10
18

12, AVENUE D'ITALIE. PARIS XIIIe

Sur l'auteur

Journaliste, sportif de haut niveau puis chef d'entreprise, David S. Khara est aujourd'hui écrivain à plein temps. Avec la trilogie composée du *Projet Bleiberg*, du *Projet Shiro* et du *Projet Morgenstern* (parus aux éditions Critic), il confirme son entrée très remarquée dans le monde du thriller. Une suite de son polar vampirique *Les Vestiges de l'aube* (Michel Lafon, 2001), adapté en bande dessinée chez Dargaud, paraîtra chez Fleuve éditions en 2014.

DAVID S. KHARA

LE PROJET MORGENSTERN

10
18

ÉDITIONS CRITIC

Du même auteur
aux Éditions 10/18

LE PROJET BLEIBERG, n° 4497
LE PROJET SHIRO, n° 4602

ISBN 978-2-264-05466-1

AVERTISSEMENT DE L'AUTEUR

Le Projet Morgenstern est une œuvre de fiction adossée à des éléments historiques. De nombreuses anecdotes, lieux, faits et personnages présentés dans ce livre ont existé mais ont été modifiés librement par l'auteur pour servir son intrigue.

« Si la guerre est horrible, la servitude est pire. »

Sir Winston CHURCHILL

PROLOGUE

Pologne, décembre 1942

Tout à sa course éperdue, l'enfant, emmitouflé dans un épais manteau *Feldgrau* volé à un garde, ne sentait ni son corps endolori par des mois de brimades, ni le froid mordant de l'hiver polonais. L'air glacial qui emplissait ses poumons lui procurait un plaisir indicible et renforçait sa détermination à fuir ses tortionnaires.

Il n'éprouvait pas de fatigue. Sa foulée gagnait en puissance et en vitesse à mesure qu'il s'éloignait de ces lieux maudits.

Au cœur de la nuit, accompagné par le seul bruit de sa respiration lente et régulière, Eytan revoyait défiler devant ses yeux les derniers événements. Comment il avait subtilisé le pistolet du haut dignitaire nazi à qui on le présentait ; la balle logée avec une précision déconcertante dans le front d'un garde SS ; le tir sur un conteneur de gaz repéré lors de ses fréquents séjours dans le laboratoire. Le chaos qui s'était ensuivi : les cris, les déflagrations, la panique des soldats et la rage sur le visage de Bleiberg, le scientifique à qui l'enfant devait une année de captivité passée à subir des dizaines, des centaines d'injections et de tests barbares et humiliants.

De tous les gamins soumis au même traitement, lui seul avait survécu. Il ne comprenait pas pour quelles raisons les expérimentations, mortelles pour les autres, donnaient chez lui des résultats positifs. Au fur et à mesure que les gardes emportaient les corps martyrisés des « sujets défaillants », sa culpabilité n'avait cessé de croître. Mais au fil du temps, insidieusement, le désespoir avait cédé la place à la colère.

Une colère aussi froide que cette nuit de décembre.

Une colère qui le maintiendrait en vie envers et contre tout, et s'abattrait bientôt sur les responsables de tant de souffrances…

*

* *

Forêt canadienne,
à la frontière américaine, de nos jours.

Le marcheur solitaire progressait à grand-peine dans la forêt balayée par le vent. À chaque pas, ses longues jambes s'enfonçaient un peu plus profond dans l'épais manteau neigeux qui recouvrait le sol. Déterminées à ne lui laisser aucun répit, les bourrasques se succédaient à un rythme infernal. Les flocons s'agglutinaient sur ses joues pour mieux mordre sa chair. Une fois de plus, il frotta les verres de ses lunettes de protection pour dégager l'amas blanchâtre qui obstruait son champ de vision. Il réajusta sa capuche puis remonta sur ses épaules les sangles de son sac à dos. Il jeta enfin un œil à la boussole qu'il tenait dans sa main gantée et constata avec soulagement qu'il se dirigeait toujours vers le sud. En dépit des éléments qui se déchaînaient contre lui, Eytan maintenait le cap. Comme toujours.

Dans une ultime tentative pour freiner le géant, le vent porta à ses oreilles l'écho de voix du passé. Les voix d'amis depuis longtemps disparus. Il espéra les voir surgir derrière les arbres, arme au poing, visage émacié par la misère et les combats : Vassili, le taciturne colosse sibérien, Karol, le frêle professeur de Cracovie et, évidemment, le charismatique Janusz et sa flamboyante barbe blonde.

Eytan s'arrêta et posa la main contre un tronc grisâtre. Ses épaules s'affaissèrent.

« Vous me manquez... », gémit-il, la gorge nouée.

Il inspira profondément et se redressa pour faire face à la fureur de la tempête.

Pas question de faiblir.

Nulle place pour la nostalgie.

Il lui fallait avancer coûte que coûte.

La vie d'êtres chers en dépendait...

CHAPITRE 1

Irak, printemps 2003.

Le coude appuyé sur l'encadrement de la vitre passager, le sergent Terry ne décollait pas les yeux du viseur à travers lequel il scrutait le flanc des collines à la recherche d'éventuels ennemis embusqués. Tous sens en alerte, il resserra ses doigts gantés autour de la crosse et du canon de son fusil d'assaut M4A1. Le survol à basse altitude de l'hélicoptère de soutien soulevait des nuages de poussière ocre sur le chemin tortueux emprunté par le Humvee de l'unité de reconnaissance.

Timothy Terry ne prêtait pas attention à la sueur qui perlait sur son front et venait mourir à la commissure de ses lèvres desséchées par le soleil de cet après-midi irakien. Ce professionnel expérimenté n'avait qu'une idée en tête : ramener indemnes les trois autres membres de son équipe.

Depuis le début de l'intervention américaine en Irak, quatre jours plus tôt, ils avaient accompli pas moins de huit missions et essuyé le tir ennemi à cinq reprises. S'ajoutaient à cela les désagréments engendrés par la désorganisation habituelle d'une armée en campagne : ravitaillement défaillant, matériel régulièrement en panne, ordres contradictoires…

Du haut de ses vingt-neuf ans, Tim Terry faisait figure de vétéran au sein du bataillon. Celui qui avait jadis été un lycéen timide ressortait transfiguré par une décennie passée dans les Marines à arpenter les théâtres d'opérations du monde entier, bien loin de son Ohio natal. Au fil de ses affectations, il s'était aguerri en tant que soldat, mais aussi en tant qu'homme. Un sang-froid à toute épreuve, en toutes circonstances, combiné à une grande empathie envers ses subordonnés, lui valait le respect et l'admiration des troupes autant que de sa hiérarchie. Cerise sur le gâteau, ses capacités au tir de haute précision demeuraient inégalées. D'aucuns prétendaient même qu'il aurait eu sa place sur un podium olympique si les cibles avaient été des êtres humains…

Tim laissait prospérer avec malice les diverses rumeurs et légendes sur son compte et gardait pour lui la vérité : il ne prenait aucun plaisir à tuer.

C'était son métier.

C'était leur métier à tous.

En dépit des discours édulcorés assénés à une population crédule par une presse servile, les soldats tuaient. Certains soignaient aussi, ou construisaient des bâtiments. D'autres se spécialisaient dans les transmissions ou la logistique. Mais la base du job restait identique : tuer quand l'ordre en était donné. Et Tim Terry s'acquittait de cette tâche comme personne.

Autre secret jalousement préservé : cette affectation sonnait le glas d'une carrière exemplaire. Il avait fait son temps, et l'idée de prendre du galon au sein d'une chaîne de commandement plus préoccupée par son avancement que par l'efficacité sur le terrain le rebutait irrémédiablement. Combien de fois Tim et ses hommes s'étaient-ils retrouvés sous un tir ami mal coordonné, combien d'ordres aberrants avait-il reçus pour satisfaire aux exigences des caméras et du dieu « Communication » ?

Trop sans doute. En tout cas, trop pour rempiler cinq années supplémentaires.

— Eh oui, aimer son flingue, c'est regarder dans la même direction que lui, lança le chauffeur, provoquant l'hilarité des deux passagers assis à l'arrière du véhicule.

Cinq minutes sans sortir une vanne : nouveau record, pensa Tim en se tournant vers son voisin. Bob Hanson affichait le sourire idiot et la mine réjouie qui ponctuaient chacune de ses saillies verbales. Ce garçon fluet à l'allure adolescente possédait un esprit subversif et une repartie qui auguraient sans nul doute d'une reconversion dans le *one man show*. Il paraissait ne jamais rien prendre au sérieux, et son humour confinait le plus souvent à l'insolence, si bien que ses camarades le maintenaient le plus loin possible des hauts gradés afin d'éviter un drame…

Tim et lui passaient le plus clair de leur temps ensemble, au cantonnement comme en mission, ce qui valait au sergent d'être la tête de Turc officielle du trublion. Parfois, la fatigue… non, l'épuisement générait des tensions épisodiques, et un nouvel arrivant aurait pu se méprendre sur la nature réelle de leur relation. Pourtant, ces deux-là étaient comme les deux faces d'une même pièce. D'un côté, le mutique et appliqué Terry. De l'autre, le volubile et fantasque Hanson. Les plaisanteries du jeune homme de vingt-trois ans masquaient une habileté hors norme au pilotage en terrain difficile et une endurance à toute épreuve. Conduire soixante-douze heures d'affilée ne lui posait aucun problème. Du moins, pas tant qu'il ingurgitait des cachets de vitamines comme autant de confiseries.

— Occupe-toi donc de la route, je surveille les environs. Et les bleus, arrêtez de vous marrer à chacune de ses conneries, lança Tim en direction des soldats assis à l'arrière, ça l'encourage !

La remarque déclencha de nouveaux éclats de rire. Baker et Charlie, deux solides gaillards comme le Corps des Marines les affectionne, se ressemblaient à s'y méprendre : grands et massifs, des traits poupins, le crâne rasé et des yeux qui se voulaient durs, mais qui trahissaient leur inexpérience et une certaine appréhension. Incapables de les distinguer, les hommes de la division les surnommaient « les bleus ». Ces gamins fêtaient leur sortie du centre de formation de Parris Island par une expédition en Irak montée à la hâte et bordélique à souhait. Pour Tim comme pour Bob, Baker et Charlie incarnaient la relève.

— Non, mais sans blague, tu peux me dire ce qu'on fout là ? pesta Bob. Il n'y a rien par ici, que des pierres et ce putain de sable qui va encrasser ce tas de ferraille. Je passe des heures à nettoyer le moteur après chaque virée. Et pourquoi n'envoient-ils qu'une seule équipe pour explorer une zone supposée à risques ? C'est débile, non ?

— Tu es un Marine, p'tit gars, tu as signé pour en chier, plaisanta Tim en reprenant son observation. Nous sommes une unité de reconnaissance, et donc…

— … nous reconnaissons, ça va, je connais le refrain. N'empêche, c'est un coin parfait pour une embuscade. Et vu le blindage inexistant de cette boîte de conserve, on ferait aussi bien de courir en battant des bras et en hurlant « Cot Cot » !

— C'est pour cette raison qu'ils nous ont assigné un hélicoptère de soutien et que j'essaye de me concentrer sur les alentours… Maintenant, tu la mets en veilleuse, et vous deux à l'arrière, vous couvrez votre périmètre.

Vingt minutes s'écoulèrent avec pour seule musique le ronronnement du moteur et du rotor de l'hélicoptère. L'équipage progressait sans encombre dans un décor martien : une terre aride et vallonnée, uniquement peuplée de blocs de roche à flanc de colline.

Autant de caches potentielles pour des ennemis désireux d'en découdre avec l'envahisseur yankee, pensa Tim, à l'affût.

Une brusque embardée projeta les quatre occupants contre les parois du Humvee lancé à vive allure à travers le défilé escarpé. Le chauffeur pila net, soulevant un concert de protestations.

— Problème technique ! Au lieu de gueuler, couvrez-moi, ordonna-t-il en tirant sur le frein à main.

Bob ouvrit la porte et se précipita hors du véhicule, imité par ses trois compagnons, l'arme au poing. Sous le commandement de Tim, les bleus se postèrent de chaque côté du tout-terrain, un genou à terre, et se mirent en position de tir.

— Putain de merde ! hurla Bob en assénant un coup de pied rageur dans la calandre du Humvee.

Il se prit la tête à deux mains et souffla bruyamment.

— Au rapport ! gronda Terry en s'approchant de son complice, le regard toujours fixé sur les environs.

— Pneus avant déchiquetés, barre de direction cassée et une fuite d'huile de la taille des chutes du Niagara, sergent, répondit le jeune pilote d'un ton grave.

— Tu as heurté des pierres ? demanda Tim, dubitatif.

— Je te jure que non !

— Tu peux nous sortir d'ici ?

— Au volant de cette épave ? N'y pense même pas. Heureusement que les pontes nous ont gratifiés d'un… attends voir… Où est passé ce putain d'hélico ?

Tim leva les yeux et scruta le ciel. Dans la précipitation, il n'avait pas remarqué la disparition de leur soutien aérien.

— Je n'y crois pas, grommela-t-il en appuyant sur le commutateur de l'émetteur attaché à son gilet tactique. Vanguard à commandement, notre véhicule est immobilisé au milieu d'un terrain non reconnu.

— Commandement à Vanguard, reçu cinq sur cinq, confirma une voix métallique entrecoupée de multiples interférences.

— Auriez-vous l'amabilité de m'indiquer où est passé notre hélico de soutien ?

— Commandement à Vanguard, nous vérifions.

— C'est ça, vérifie connard, et surtout ne te presse pas, railla Tim après avoir interrompu la transmission.

Pendant ce temps, allongé sous l'épave, Bob débitait une litanie d'insanités. Quand il ressortit de sous le châssis quelques secondes plus tard, il affichait sa tête des mauvais jours. Une inquiétude inhabituelle se lisait dans son regard.

— Mec, il y a des éclats de métal sous la caisse. Un truc a pété sous la bagnole.

— Ça ne peut pas être une mine, nous aurions été vaporisés. Pas le temps d'enquêter, décida Tim. Les gars, inutile de rester à découvert. En formation par groupes de deux, face à face sur chaque flanc de colline, embusqués derrière les rochers. Vous couvrez nos trois heures – neuf heures et nous faisons de même avec vous en attendant la cavalerie. Bob avec Baker, Charlie avec moi. Go !

Les hommes s'élancèrent.

Alors, un premier coup de feu claqua. Charlie, touché au bras, tomba de tout son long sur le sable. Au même moment retentit une deuxième détonation. Cette fois, Baker était pris pour cible. Il décolla littéralement du sol et s'écrasa sur le dos, l'abdomen transpercé.

Tim et Bob, mus par les réflexes acquis à force d'exercices et d'expérience, se précipitèrent vers le seul abri disponible : leur véhicule endommagé. Si la protection que celui-ci pouvait leur offrir contre les balles était mince, ils espéraient au moins couper la ligne de visée de leur assaillant invisible. Sous un feu désormais nourri, ils atteignirent l'arrière du Humvee, dont la carrosserie gémissait sous les multiples impacts.

Accroupis contre la tôle, la tête rentrée dans les épaules, les deux soldats laissèrent passer l'orage. Lorsque celui-ci s'apaisa, les cris des bleus résonnèrent.

— Vanguard à Commandement, essuyons tir ennemi, deux hommes à terre.

Seul un grésillement répondit à l'appel du sergent. Il se pencha pour observer ses camarades. Charlie se tordait de douleur, l'uniforme maculé de sang, tandis que Baker restait immobile.

— On ne peut pas les abandonner comme ça, déclara Tim avec son calme coutumier.

— T'es con ou quoi ? éructa Bob, fébrile. C'est pas du bouseux qui défend son village qu'on a en face. Ces mecs sont des pros. Avec notre bol, on est tombés dans un traquenard de la Garde républicaine de Saddam !

— Et tu crois vraiment qu'ils nous attendaient ici ? Tu seras gentil de laisser le soin de réfléchir à d'autres… Quand je te donne le signal, tu déclenches un tir de couverture. Go.

— Attends !

Le sergent Terry, genoux fléchis, quitta sa planque et s'élança en direction de Baker. Bob se redressa et vida son chargeur en visant au loin, droit devant lui. Tim agrippa la veste du soldat gémissant et le tira à l'abri de toutes ses forces.

Bob jeta à Tim un regard lourd de reproches.

— Tu me refais plus un coup comme celui-là, OK ?

— Loupé, mon pote, j'y retourne !

— Laisse-moi au moins le temps de changer de chargeur !

Mais déjà son équipier bondissait à découvert.

— Héros à la con, commenta le jeune pilote.

Il ressortit de sa cachette et s'apprêta à tirer à nouveau. Un claquement. Une gerbe de sang. Bob regarda, sans comprendre, son arme rouler au sol. Sa main droite, sectionnée, tenait toujours la crosse. Il tomba à genoux comme un pantin dont le marionnettiste aurait coupé les fils.

Lancé vers Charlie qui rampait péniblement dans sa direction, Tim stoppa sa course. Une hésitation qu'il regretta aussitôt. À quoi se résumait la vie d'un soldat ? Cent bonnes décisions. Une mauvaise. Fatale.

La balle redoutée ne se fit pas attendre et fut suivie de dizaines d'autres. Terry sentit les muscles de ses cuisses se déchirer sous les assauts implacables du métal brûlant. Il s'effondra à son tour, étourdi par ses propres cris. Les yeux perdus dans le ciel d'azur, il vit un hélicoptère surgir derrière la colline. Il sombra dans un délire où le temps n'avait plus cours.

À la frontière du coma et de la mort, Tim entendit des voix lointaines, étouffées. Soudain, il se remémora les moments passés, enfant, l'oreille collée à la porte de la chambre de sa sœur quand elle s'y enfermait des après-midi entiers avec son petit ami. À l'époque, il captait, amusé, des râles et des gémissements dont il n'avait compris la signification que bien plus tard.

Le souvenir s'estompa.

Aujourd'hui, les râles et les gémissements étaient d'une tout autre nature…

Au milieu d'un brouillard de plus en plus dense, une silhouette se pencha sur lui.

— Il est salement amoché, mais vivant, monsieur.

— J'espère bien, répondit l'apparition avant de s'accroupir et de s'approcher du visage de Tim. Ça va aller, mon garçon. Préparez-le pour l'évacuation, et avec ménagement.

Tim serrait les dents de toutes ses forces. Ses molaires crissaient, prêtes à se briser. Il luttait pour rester conscient, en dépit de la douleur insoutenable qui montait de ses jambes et se répandait en décharges électriques le long de sa colonne vertébrale.

Mais déjà, des hommes s'agitaient autour de lui et, bientôt, une chaleur bienfaisante envahit son bras droit et le libéra de son corps meurtri. Il se sentit flotter dans les airs.

À cet instant, les récriminations du sergent envers l'armée s'effacèrent comme par magie. La cavalerie arrivait juste à temps pour les sauver, lui, Bob et les deux bleusailles.

Que Dieu bénisse l'Oncle Sam !

— Statut des trois autres ? demanda celui qui semblait diriger l'opération.

Il marchait aux côtés du brancard qui amenait Tim vers l'hélicoptère.

— Deux blessés graves et le chauffeur dans un état critique, monsieur. Quels sont vos ordres ?

Le chef posa la main sur le front couvert de sueur de Tim Terry et l'essuya avec une douceur et une tendresse inattendues.

— *Semper Fi*, balbutia Tim, emporté par la morphine vers les limbes d'un sommeil protecteur.

Semper Fidelis. Toujours fidèle, la devise du Corps des Marines.

— Désolé, mon garçon, murmura l'homme.

Après un long silence, l'ordre claqua, définitif.

— Concernant les trois autres… Achevez-les !

CHAPITRE 2

New Jersey, de nos jours.

Les éclats de voix s'entendaient depuis la rue. Michael Dritch sourit en contemplant la devanture couleur bordeaux qui regorgeait de romans, de bandes dessinées et de produits dérivés divers – figurines de superhéros ou tee-shirts à l'effigie des personnages de *Star Wars*.

Il poussa la porte de la petite librairie spécialisée où il se rendait dès qu'il avait un après-midi de congé. L'odeur vanillée, mâtinée d'une délicate touche de moisi, qui flottait dans l'étroite boutique tout en longueur l'emportait dans un autre monde.

Aux murs, des étagères débordaient d'ouvrages tandis qu'un îlot central rassemblait des *comics* rarissimes et protégeait de la lumière ces fragiles merveilles.

Michael assouvissait aussi souvent que possible une passion qu'il cachait consciencieusement à ses collègues. L'arrivage régulier de nouveautés justifiait à lui seul ses fréquentes visites. Sous la barbe et la chevelure noire digne des Bee Gees, toutes deux impeccablement entretenues, tapi derrière une rigidité de façade que beaucoup prenaient pour du dédain, ce grand timide filiforme rêvait de pirates de l'espace et de surhommes encapés.

Il avait trouvé bien plus dans cette formidable boutique. *Morg's Universe* lui fournissait non seulement les lectures dont il raffolait, mais surtout une communauté d'amateurs éclairés qu'il considérait comme des membres de sa propre famille. Et comme dans toute famille qui se respecte, les divergences de point de vue donnaient lieu à des engueulades homériques.

À l'instar de celle qui se déroulait en ce moment même.

— Bonjour, lança-t-il à la cantonade.

Il récolta deux « ouais, bonjour » distraits avant que les hostilités ne reprennent de plus belle. Pour l'instant, les noms d'oiseaux volaient bas et l'empêchaient de cerner avec précision l'origine du différend. La joute verbale évoqua à Michael un combat de boxe entre deux geeks sous Red Bull.

Face au comptoir, vêtu d'un jean baggy noir et d'un sweat-shirt à l'effigie d'Iron Maiden, l'informaticien de génie reconnaissable à son ventre rebondi et son crâne rasé surmonté d'une petite touffe de cheveux châtain clair : Greg Nadjar.

Derrière le même comptoir, en pantalon de toile grise et chemise bleue, le patron incontesté de la librairie, blondinet à la gueule d'ange et au sourire ultra bright : Jeremy Corbin.

Il ne manquait plus que Michael Buffer en maître de cérémonie pour que l'on se croie au *Caesars Palace* !

Il se jeta dans l'arène :

— Messieurs, loin de moi l'idée de m'immiscer dans votre discussion, mais le débat n'interdit pas la courtoisie et ne passe pas forcément par l'invective, tenta Michael avec sa diction un brin pincée digne d'un lord anglais.

— C'est l'autre con qui n'y connaît rien ! s'emporta Greg, déchaîné.

— Tu sais ce qu'il te dit l'autre con, pauvre guignol ? répondit Jeremy, décidé à ne pas baisser pavillon.

— Et puis-je savoir ce qui soulève à ce point les passions ? demanda Michael.

— J'ai commis l'erreur de donner à « Môssieur » un avis qui ne lui convient pas, s'offusqua Jeremy.

— Un avis pareil, tu peux te le garder, ignare ! rétorqua Greg du tac au tac.

— Nous n'avançons pas, soupira Michael tout en détaillant la figurine géante de Captain America exposée à côté de la caisse.

— J'ai juste dit que je trouvais les cent premières pages du *Seigneur des Anneaux* un peu ennuyeuses, il n'y a pas de quoi fouetter un chat, expliqua Jeremy.

Aïe.

S'il existait un sujet sur lequel Greg s'avérait particulièrement chatouilleux, c'était bien celui-là. L'infatigable programmeur vouait un culte à Tolkien, au point de collectionner les différentes éditions du livre, les versions DVD et Blu-Ray de la trilogie réalisée par Peter Jackson ainsi qu'une batterie d'essais sur le Maître. Michael le soupçonnait même de parler l'elfique…

Des trésors de diplomatie s'imposaient pour désamorcer la situation.

— Cher Greg, nous savons tous deux que monsieur Corbin rattrape actuellement un retard culturel important. N'est-ce pas ? demanda-t-il à l'intéressé qui acquiesça d'un signe de tête.

— Mouais, commenta Greg sans décolérer. Mais tiens, toi qui ne sais pas mentir, t'en penses quoi ?

Re aïe.

— Toutes choses étant égales par ailleurs, et avec toutes les réserves nécessaires…

Michael s'interrompit. Les deux belligérants le regardaient avec des yeux impatients, pressés d'entendre une opinion qui pourrait influer de façon décisive sur l'issue du combat. Il leur adressa un sourire gêné et jeta un coup d'œil à sa montre.

— Houlà, il est grand temps que j'y aille moi, tenta-t-il.

— Réponds, insista Greg.

— Oui, je suis aussi impatient de connaître ton point de vue, ajouta Jeremy.

Pour emmerder le monde, ces deux-là se réconcilieraient de tout, se dit Michael.

Il bredouilla une phrase inaudible.

— Hein ? reprit le libraire.

Michael toussa et, prêt pour la curée, prit une profonde inspiration.

— Je disais que moi aussi je les trouvais un peu…

— Ah ah ! jubila Jeremy en frappant des mains.

— Putain, mais dans quel monde on vit ! s'emporta Greg.

S'ensuivit un dialogue de sourds que Michael qualifia intérieurement de joyeux bordel. Au temps pour son désir permanent d'arrondir les angles. Il se retrouvait au cœur de la mêlée et, il se l'avouait volontiers, il s'y sentait bien !

— Salut les garçons ! fit une voix mélodieuse, assez fort pour couvrir le brouhaha.

Dans l'agitation générale, personne n'avait prêté attention à l'arrivée de la jolie petite blonde au regard pétillant, moulée dans un uniforme marron de shérif adjoint. Le calme revint quasi instantanément dans le magasin.

— Bonjour, Jacky, répondit Michael en lui adressant un signe amical de la main.

Jeremy se précipita vers elle, glissa un bras autour de sa taille puis déposa un baiser délicat sur ses lèvres.

En dépit des liens d'amitié qu'il avait noués avec le couple, Michael en savait peu sur leur passé. Ils éludaient les questions par des boutades qui embobinaient la plupart de leurs proches, mais le laissaient perplexe. Sans qu'il pût dire précisément pourquoi, il lui semblait que Jeremy et Jacky démarraient, dans cette ville paisible et bourgeoise, une nouvelle vie.

— Salut, Jacky, embraya Greg en mettant sur son épaule le sac à dos noir qui ne le quittait jamais et dont personne ne connaissait le contenu. Tu as vraiment épousé un crétin !

— Je le sais mieux que quiconque, badina-t-elle en adressant un grand sourire à son mari, mais c'est aussi pour cette raison que je l'aime. Tu viens toujours ce soir jeter un œil à mon PC ? Je le trouve vraiment lent depuis quelques jours.

Greg ouvrit la porte de la boutique, non sans avoir serré la main de Michael.

— Ouais, vers 20 heures, je dois d'abord terminer un site web, dit-il dégainant un *smartphone* dont il détailla l'écran, l'air soucieux, avant de le ranger en hâte. Toi, tu as du bol d'être aussi musclé, lança-t-il, rageur, à l'intention de Jeremy. Allez, je vous laisse, et révisez vos classiques, bande de nazes !

— Si tu veux des muscles, tu n'as qu'à faire du jogging et soulever des cartons de livres à longueur de journée au lieu de t'empiffrer devant ton ordinateur, espèce de psychopathe ! rétorqua le libraire.

Il reçut pour seule réponse un doigt d'honneur dans les règles de l'art.

Greg parti, Jeremy entre de bonnes mains, Michael put enfin entreprendre l'exploration anxieuse du rayon Science-Fiction. Il jeta son dévolu sur un ouvrage récent intitulé *La Bataille des Chiffonniers* d'un certain Thomas Gota, une parodie de *La Guerre des Étoiles* dont plusieurs blogs spécialisés disaient le plus grand bien. Une lecture légère qui égayerait sans nul doute cette soirée automnale.

— Je te l'offre si tu me gardes la librairie samedi matin, lui proposa Jeremy, toujours collé à Jacky.

— Grosse nouba prévue vendredi ? Tu crains de ne pas te réveiller ?

— Non, pas vraiment. Jacky travaille et la petite a rendez-vous chez le pédiatre à 10 heures. Et comme il reçoit systématiquement ses patients en retard, j'ai besoin de toi. Mais si tu préfères, je peux demander à Greg ce soir.

— Inutile de l'embêter, j'en suis, acquiesça Michael sans dissimuler son excitation.

Une telle proposition s'apparentait à un honneur, et l'idée de se retrouver à la tête de la librairie le jour d'affluence équivalait, chez un enfant, à se faire enfermer une nuit entière dans un magasin de jouets !

— Ça lui fait quel âge, à Ann ?

— Six mois tout rond. Ce sera notre premier Noël tous les trois, répondit Jacky, souriante.

Cette femme était toujours d'humeur guillerette. Excepté quand un imprudent commettait une infraction, événement rarissime dans la petite bourgade du New Jersey où le crime le plus sordide se limitait d'ordinaire au vol d'un paquet de bonbons.

Un jour qu'il devisait gentiment autour d'un café avec Jeremy, Michael avait pu apprécier l'efficacité de la jeune adjointe du shérif. Il essayait de convertir son ami au cinéma d'auteur lorsqu'un épouvantable fracas avait interrompu son argumentation. En face de la librairie, une voiture s'était écrasée contre un poteau électrique. Le conducteur s'était extirpé de la carcasse fumante en brandissant un revolver.

Coiffé d'un Stetson, visiblement aviné, l'énergumène se planta au milieu de la rue et se mit à beugler *On the Road Again* de Willy Nelson.

Des pensées confuses envahirent l'esprit de l'ingénieur, pris de panique. Son vernis habituel craqua…

Voilà, c'est fini. Au XXI*e siècle, je vais mourir flingué par un putain de cow-boy. Un putain de cow-boy qui n'a même pas de putain de cheval ! J'emmerde Willy Nelson, et j'emmerde « On the Road Again » !*

Terrifié, les mains pressées contre les oreilles, il avait plongé à l'abri du comptoir en hurlant « À terre ». Jeremy observait sans ciller la scène depuis l'encadrement de la porte.

C'est alors que Jacky avait déboulé sur les lieux au volant de sa voiture de patrouille. Après un dérapage contrôlé, elle avait jailli hors du véhicule et s'était précipitée sur le délinquant avec une vitesse et une hargne inattendues pour un si petit gabarit.

— Elle est folle ! Il faut appeler de l'aide ! s'était écrié Michael qui, rassemblant quelques miettes de courage, s'était redressé pour suivre l'action.

— Ce n'est pas pour elle que je m'inquiète, lui avait répondu Jeremy laconique, les bras croisés sur la poitrine.

Une minute plus tard, une paire de menottes enserrait les poignets de l'ivrogne qui pissait le sang par les deux narines. La réputation de la jeune femme était faite.

— Ann a déjà six mois… répéta Michael après avoir secoué la tête pour s'extraire de ses souvenirs. Bon… Je file, je reviendrai demain pour prendre les clefs. Bonne soirée ! Jeremy, à l'avenir, évite de parler de Tolkien avec Greg ou tu finiras par réveiller le psychopathe qui sommeille en lui !

— Leçon retenue !

Michael se fendit d'un salut proche de l'*ojigi* nippon et quitta le magasin, avide de voir les quarante-huit prochaines heures s'écouler le plus vite possible.

— Enfin seuls, se félicita Jacky en adressant une tape vigoureuse aux fesses de Jeremy.

— Hé, les forces de l'ordre molestent les honnêtes citoyens, maintenant ?

— Tu veux me faire croire qu'un ex-obsédé sexuel de ton acabit n'apprécie pas d'être un peu maltraité par une femme en uniforme ?

Jacky appuya sa remarque d'un regard langoureux. Jeremy arbora un sourire idiot et susurra : « Pourquoi, ex ? »

— Et en plus, il ne s'en cache pas… soupira-t-elle en échappant à l'étreinte de son époux.

Celui-ci se dirigea vers l'ordinateur installé sur le comptoir et, après une rapide consultation de ses mails, se rembrunit.

— Tu espères toujours de ses nouvelles ? demanda Jacky avec gravité.

— C'est bientôt Noël, commenta sobrement Jeremy.

— Jay, il est peu probable que…

— Je sais, l'interrompit Jeremy avec plus de brutalité qu'il ne l'aurait souhaité. Pardon, chérie, mais tu sais à quel point il me manque. Merde... j'ai l'impression... enfin, je lui dois tout, tu comprends ? Toi, la petite, cette boutique. Il m'a... il nous a offert une deuxième chance, je ne peux pas l'oublier en claquant des doigts.

Qu'il était loin, le trader hautain et antipathique, confit dans l'alcool, engoncé dans le mépris des autres et le rejet de lui-même, qu'elle avait connu presque deux ans auparavant !

Bien qu'elle ne parlât jamais d'Eytan, elle aussi ressentait durement son absence. L'agent du Mossad ne les avait pas seulement protégés lors de leurs rocambolesques aventures en Europe. Par son exemple, son courage et sa pudique bienveillance à leur égard, il les avait aussi fait grandir. Et d'une certaine manière, il les avait réunis.

Jacky sentit sa gorge se nouer et estima opportun de changer de sujet.

— J'ai une requête pour toi, reprit-elle avec un entrain retrouvé.

— Quoi donc, ma chérie ?

— Pourrais-tu récupérer Ann chez sa nourrice après la fermeture ? Il me reste une flopée de P.V. à saisir.

— Humm, laisse-moi réfléchir. Je m'engueule avec mes potes, ma délicieuse petite femme me rend une visite-surprise, ma toujours délicieuse petite femme m'annonce qu'elle va se cogner des heures sup' et me demande d'exfiltrer notre fille. En gros, une journée anodine, quoi...

CHAPITRE 3

Jacky gara sa voiture de fonction sur le parking et pénétra dans la bâtisse de type colonial qui abritait les forces de police et le tribunal du comté. Si la petite ville comptait environ cinq mille habitants, l'autorité du shérif local s'étendait sur une zone bien plus vaste qui englobait cent mille âmes. L'immeuble se vidait des derniers visiteurs venus assister aux audiences correctionnelles ou accomplir des démarches administratives. La jeune femme salua d'un sourire distrait le fonctionnaire sagement assis derrière le guichet d'accueil et rejoignit l'*open space* où se trouvaient les bureaux des flics du coin.

Elle promena un regard satisfait sur la pièce parfaitement ordonnée. Avant son recrutement, ses collègues avaient transformé l'endroit en porcherie. P.V. et reliquats de sandwichs traînaient partout, et retrouver une simple agrafeuse pouvait demander des heures d'une recherche acharnée. Formée aux normes de qualité de la CIA, résumées par l'axiome « Une place pour chaque chose, chaque chose à sa place », Jacky avait réussi à force d'œillades ou de remarques bien senties à imposer les bases d'une rigueur salutaire.

Elle s'installa à son poste et s'attela à la rédaction de rapports. Pour un ancien agent de terrain, gérer la paperasserie était une véritable corvée. Aussi faisait-elle en sorte de l'expédier vite et bien. Elle le reconnaissait cependant, cette tâche représentait le seul désagrément d'un métier plutôt calme comparé à ses années passées au sein des Services secrets.

Les conditions tumultueuses de sa rencontre avec Jeremy, suite à son affectation à la protection de ce garçon, l'avaient soignée une fois pour toutes de la vie aventureuse. Elle aspirait désormais à des bonheurs simples.

Aujourd'hui, la petite famille coulait des jours heureux. Ce constat emplissait Jacky de fierté et donnait un sens à son existence, comme si, après des années d'errance et de révolte, son mari et elle avaient enfin trouvé la paix.

La nuit précoce de décembre arracha à Jacky un bâillement interminable. Elle jeta un œil à sa montre et réalisa avec horreur qu'elle saisissait des procès verbaux depuis deux heures. Elle ferma les paupières quelques secondes. Son téléphone portable, posé à côté de l'ordinateur, entonna les premières notes du générique du *Muppet Show*. Les quatre officiers de police présents – l'équipe de nuit, dont elle n'avait même pas remarqué l'arrivée – échangèrent des regards entendus et réprimèrent des rires devant sa moue réprobatrice. La manie qu'avait Jeremy de changer régulièrement cette sonnerie, avec une préférence pour les morceaux saugrenus, irritait la jeune femme et provoquait les lazzis de ses collaborateurs.

D'ici à ce que ces cons-là lancent des paris sur la prochaine musique débile… pensa-t-elle.

Elle hocha la tête de dépit, saisit l'appareil et constata que le numéro d'appel était masqué. Elle décrocha.

— Madame Walls-Corbin ?

— Elle-même.

— Je vous prie de m'écouter jusqu'au bout avant de parler, entama une voix grave et rocailleuse. Vous seriez bien avisée de vous diriger vers une des fenêtres donnant sur l'arrière du bâtiment. Les hostilités vont commencer… maintenant.

Avant même que Jacky n'ait pu protester, son ordinateur s'éteignit brutalement et le courant se coupa dans tout l'immeuble. Seuls subsistèrent dans le bureau les halos verdâtres des éclairages de sécurité. Le téléphone toujours à l'oreille, elle entendit un coup de feu étouffé en provenance du hall d'entrée.

— Tous à plat ventre ! lança-t-elle à l'intention de ses collègues.

Ceux-ci tournèrent vers elle des regards pleins de surprise et d'incompréhension. Cette fois, un fracas d'enfer retentit dans le local. Des éclats de bois volèrent, bientôt rejoints par des centaines de feuilles de papier s'égaillant dans les airs au rythme des rafales de balles qui balayaient tout sur leur passage. Les quatre policiers n'échappèrent pas au maelström et tombèrent les uns après les autres, fauchés par des dizaines d'impacts.

D'instinct, Jacky s'était accroupie, à l'abri de son bureau. Elle déboutonna la sécurité de son holster puis dégaina son arme, prête à faire feu.

— Ils viennent vous chercher, Jacqueline, reprit l'inconnu avec un calme incongru dans le vacarme ambiant. Vous ne pouvez plus rien pour vos camarades. Sortez au plus vite.

— Mais qu'est-ce que vous racontez à la fin ? Il se passe quoi ? Et comment savoir si je peux vous faire confiance ?

— 2003, Jacky. Rappelez-vous, le modèle 2003 ! martela son interlocuteur avant de raccrocher.

Jacky regarda un instant l'écran de son portable en s'interrogeant sur l'étrange remarque de son correspondant anonyme.

Le modèle 2003 ? Oh merde !

La réponse la frappa comme un coup de poing en pleine figure. Elle rangea le portable dans une poche de son pantalon. Sans perdre de temps, profitant d'une accalmie, elle se releva comme un diable sort de sa boîte et entama un sprint vers les fenêtres donnant sur l'arrière de l'immeuble. Elle se précipitait déjà vers une vitre fermée quand elle ressentit une intense piqûre au mollet droit. Emportée par sa vitesse, le visage protégé par son avant-bras, Jacky traversa la vitre et retomba lourdement sur l'herbe, au milieu des éclats de verre.

Elle rouvrit difficilement les yeux. La douleur qui irradiait désormais le long de sa jambe l'inquiétait moins que l'étrange léthargie dans laquelle elle sombrait. Alors qu'elle luttait contre le sommeil, elle entendit au loin ce qui ressemblait à une explosion et entr'aperçut un flash blanc. Incapable de bouger, elle sentit une main l'agripper par le col et, tandis qu'elle glissait en direction de la haie qui bordait les locaux du shérif, elle bredouilla : « Ann… Jeremy… » Puis, paisiblement, elle s'endormit.

CHAPITRE 4

« Versez soixante centilitres de miel dans un bol. Ajoutez la même quantité de sauce barbecue, puis les deux gousses d'ail préalablement écrasées et pour finir deux cuillers à soupe de soja. Mélangez le tout. »

À l'écran, le très médiatique chef new-yorkais Rocco DiSpirito joignait le geste à la parole.

Un œil sur le téléviseur intégré au frigo dernier cri, l'autre sur le plan de travail en inox, Jeremy suivait avec application les indications du célèbre maître queux.

S'il ne possédait pas la créativité des grands chefs, Jeremy excellait dans la reproduction des recettes dispensées sur les chaînes spécialisées. Ainsi, chaque soir ou presque, en rentrant de sa boutique, le libraire nouait son plus beau tablier autour de sa taille et s'installait à ses fourneaux afin de mitonner des petits plats savoureux pour sa douce. Menu du jour : travers de porc au miel.

Cuisiner le distrayait du désir, toujours tenace, de s'allumer une cigarette. Après de nombreuses tentatives infructueuses pour se débarrasser de sa dépendance, au rang desquelles figuraient les patchs, l'acupuncture et même l'hypnose, Jeremy avait finalement décidé que sa route vers le sevrage tabagique passerait par la gastronomie. Bilan des courses : sa consommation s'était réduite comme peau de chagrin, et Jacky se trouvait soulagée d'une tâche qui l'ennuyait prodigieusement.

À ce stade de la recette, il ne lui restait plus qu'à laisser mariner la viande et à guetter l'arrivée de sa dulcinée pour lancer la cuisson et dîner enfin, ce qui à 19 h 30 n'avait rien d'un luxe. Jacky n'avait donné aucune nouvelle. Dans leur mode de communication, cela signifiait qu'elle ne tarderait pas. Le devoir accompli – il venait de terminer de nettoyer le plan de travail et les ustensiles –, Jeremy estima avoir bien mérité la pause clope qui l'attendait sous le porche de la maison.

Il rejoignit le salon voisin et enfila son manteau noir, dont il fouilla les poches pour trouver son paquet. Il saisit au passage l'écoute-bébé audio et vidéo qui permettait de surveiller la chambre d'Ann. Un sourire aux lèvres, Jeremy ouvrit la porte d'entrée, le regard vissé sur l'écran du miraculeux appareil qui transmettait l'image de la fillette dormant à poings fermés.

Une fois dehors, il releva son col pour se protéger du vent d'est qui balayait les côtes atlantiques depuis le début de la semaine. Une flamme, une bouffée, l'artificielle mais délectable sensation de plénitude. Sur le perron de leur confortable maison blanche nichée au cœur d'un quartier résidentiel de haut standing, habité pour la majeure partie par des retraités new-yorkais, Jeremy mesurait le chemin parcouru depuis sa chute jusqu'à sa renaissance. Qui aurait cru que, trois ans plus tôt, le paisible libraire menait grand train et appartenait à l'élite des traders de Wall Street ? Qui aurait pu imaginer qu'un soir, éméché au volant de son Aston Martin, il avait causé la mort d'un nourrisson ?

Pas grand monde…

Et certainement pas Greg, qui approchait de la maison au petit trot, son inséparable sac sur le dos. Il courait, les poings enfoncés dans les poches d'une doudoune noire qui accentuait encore ses rondeurs.

— Tu es sacrément en avance, lui lança Jeremy en aspirant une nouvelle bouffée de tabac.

Greg ne répondit pas. Sa mine sévère contrastait avec sa bonhomie habituelle. L'informaticien gravit les marches à grandes enjambées avant de tendre la main droite à Jeremy, qui la serra avec enthousiasme, soulagé que leur conflit soit enterré. Mais Greg ne lâcha pas prise et augmenta même la pression de ses doigts.

— Putain, lâche-moi. À quoi tu joues ?

— Tu la fermes et tu rentres immédiatement dans ta baraque, chuchota Greg, de plus en plus étrange, presque menaçant.

Pour étayer son propos, il dégaina un pistolet équipé d'un silencieux et le brandit sous le nez du libraire. D'abord surpris, Jeremy éclata de rire.

— T'es con, tu as failli me faire peur. Tu t'es mis au Paintball ? plaisanta-t-il en souriant.

Il tendit l'index pour toucher le canon de l'arme.

— Je te garantis que ce machin ne balance pas des billes de peinture. Et je te le prouve.

Greg inclina son arme en direction des arbres du jardin et pressa la détente. Le coup de feu rappela à Jeremy les fusillades essuyées durant son périple européen avec Jacky et Eytan.

Cette fois, pas de doute, Greg maniait un vrai flingue…

Instinctivement, Jeremy leva les mains en l'air.

— Écoute, bégaya-t-il, je suis désolé, OK ? Les cent premières pages de Tolkien ne sont pas chiantes du tout. Je m'excuse. Voilà, tu es content ?

— Je me contrefous du *Seigneur des Anneaux*, s'impatienta Greg. Maintenant, tu rentres dans cette foutue baraque ou je t'en colle une.

— Ne me dis pas que tu travailles pour le Consortium, éclata Jeremy, soudain hors de lui.

Greg mit sa menace à exécution et gifla Jeremy du revers de sa main armée.

— Je t'avais prévenu, reprit-il, avant de pousser le libraire vers l'intérieur de la maison. Dorénavant, tu fermes ta grande gueule et tu passes devant.

*

* *

En elle-même, la mission ne présentait aucune difficulté : s'emparer d'un civil était un jeu d'enfant. Seul le lieu de l'intervention, une maison individuelle située dans un lotissement, pouvait poser problème. Bien que la discrétion fût de mise, le commandement acceptait l'éventualité de victimes collatérales dès lors que l'objectif était atteint. La photographie de la cible circula entre les mains des trois hommes assis à l'arrière de la fourgonnette. Le lieutenant Delgado la récupéra et la rangea dans une poche de son treillis noir. Il réajusta son oreillette et s'assura que le micro plaqué contre sa gorge tenait bien en place. Il enfila ensuite sa cagoule, aussitôt imité par ses équipiers. Ils insérèrent des chargeurs neufs dans leurs pistolets mitrailleurs puis levèrent le pouce droit les uns après les autres. Le chauffeur du véhicule démarra dans la foulée et remonta la route, en direction de l'objectif.

Comme d'habitude, Delgado ignorait les motivations de ses commanditaires. À vrai dire, il s'en fichait, tout autant que ses hommes, convaincu que la sécurité nationale primait toute autre considération.

Cinq minutes plus tard, le transport s'immobilisa. Un membre du commando positionné en face de Delgado fit coulisser la porte latérale de la fourgonnette sur un simple signe de tête de son lieutenant. Celui-ci sortit le premier. Il s'élança vers l'escalier et gravit, pistolet mitrailleur au poing, le perron de la maison. Ses trois subordonnés le suivirent. Il jeta un œil à la ronde et s'arrêta quelques instants sur le mégot fumant dans le cendrier posé sur le rebord d'une fenêtre. La fiche du sujet indiquait son goût pour la cigarette. Delgado testa la poignée de la porte d'entrée et sourit lorsque celle-ci s'ouvrit sans résistance. Dans deux minutes tout au plus, l'opération « Jeremy Corbin » serait bouclée.

Delgado et ses troupes progressèrent en silence, mais à bonne allure. Leurs déplacements coordonnés offraient une couverture mutuelle optimale et limitaient les risques de voir la cible échapper à leur vigilance. Ils explorèrent la cuisine, le salon, la buanderie et même les toilettes : sans résultat. Seule une porte, située sous l'escalier menant à l'étage, refusait obstinément de s'ouvrir. Tandis que ses acolytes surveillaient les alentours, Delgado hésita à faire sauter la serrure, mais se ravisa en entendant les piaillements d'un bébé en provenance du niveau supérieur. Des pleurs suivis d'un chant qui ressemblait à une comptine…

La cave de la maison abritait une véritable salle de jeu pour adolescent attardé. La moitié du sous-sol était occupée par un bar en zinc tout droit sorti d'un bistro des années 1930. Celui-ci faisait face à un billard flambant neuf surmonté d'une rampe d'éclairage. Quatre fauteuils carmin étaient disposés devant un écran géant. Des affiches de films de superhéros décoraient les murs en compagnie de quelques posters noir et blanc de jazzmen célèbres.

Assis dans un des sièges, Ann à moitié assoupie dans ses bras, Jeremy gardait les yeux rivés sur Greg, qui lui-même observait alternativement le père et sa fille et la porte située en haut de l'escalier en bois menant au rez-de-chaussée. Devant la froide détermination de celui qu'il doutait avoir jamais connu, échaudé par la praline que l'autre dingo lui avait balancée, Jeremy jugeait plus sage d'obtempérer à ses directives. Tant pis si les directives en question s'avéraient farfelues. Dernière exigence en date : Jeremy avait dû braquer sur Ann la caméra supposée la surveiller. Greg avait alors sèchement pincé le mollet de la petite avec une conséquence pour le moins sonore. Maboul Premier demandait maintenant à Jeremy d'entonner une berceuse.

Au bal des marteaux, pensa le libraire pour tromper sa peur, *c'est vraiment lui qui plantera le plus de clous !*

De concert, les quatre commandos entamèrent une ascension furtive. Ils débouchèrent au milieu d'un couloir.

Sans cesser de raser les murs, les soldats se dirigèrent vers la pièce faiblement éclairée d'où émanaient les pleurs. Delgado pénétra le premier dans la chambre de l'enfant. Celle-ci ressemblait à la vitrine d'un magasin spécialisé. Des tonnes de jouets d'éveil et de peluches traînaient au sol autour d'un lit rose bonbon. Une frise décorative représentant des animaux de ferme courait sur les quatre murs.

Le lieutenant dépassa une table à langer et s'approcha du berceau. Il saisit un coin de l'édredon et le souleva précautionneusement pour tomber nez à nez avec… un écran montrant un bébé mécontent et un haut-parleur relayant ses sanglots. Au même moment, des cris étouffés en provenance du couloir s'enchaînèrent. Avant qu'il n'ait eu le temps de se retourner et de tirer à l'aveugle, du sang gicla sur les petits canards du papier peint.

La sentence s'éleva dans le dos de Delgado alors que celui-ci sentait une lame lui transpercer la gorge.

— Pas de prisonniers.

Cette fois, c'était officiel, Greg avait grillé les derniers plombs qui lui restaient. Depuis deux minutes, il parlait tout seul. Les « oui », « OK », « bien reçu » se succédaient à intervalles réguliers. Jeremy ne constatait pourtant la présence d'aucun micro au col de sa veste. Le pauvre garçon passait sa vie sur sa console à jouer à *Call Of Duty* et perdait pied avec la réalité, c'était une évidence. Jeremy se promit que, s'il sortait indemne de cette prise d'otage délirante, il ne vendrait plus que des traités de botanique…

À nouveau, le forcené sembla entendre des voix mais, contre toute attente, il se détendit. Il coinça son pistolet à la ceinture de son pantalon et se tourna vers Jeremy qui continuait à bercer sa fille, mort d'inquiétude à l'idée de ce qu'il adviendrait si Jacky débarquait et se trouvait confrontée à ce fou dangereux.

— C'est bon, déclara Greg, visiblement soulagé. Nous pouvons remonter.

Jeremy se leva sans quitter des yeux son cinglé, à l'affût de la moindre réaction brusque. Il posa Ann sur le fauteuil, et sans crier gare, se rua sur Greg. Genoux pliés, bras écartés et tête baissée, tous les ingrédients étaient réunis pour un plaquage désosseur dont le libraire se délectait par avance. Avec une vitesse surprenante pour un homme rondouillard, Greg effectua un demi-tour complet sur lui-même et glissa, comme une toupie, sur les flancs de son assaillant. Au moment de l'impact, Jeremy ne brassa que de l'air et, emporté par son élan, heurta le comptoir – heureusement sans dommages. Il se releva, secoué, mais prêt pour une nouvelle tentative.

— Si tu pouvais te pointer, ça m'aiderait, je vais avoir du mal à le calmer, hurla Greg juste avant de prendre Jeremy de plein fouet pour, cette fois, un « bouchon » parfaitement exécuté.

S'ensuivit une bataille acharnée au sol. Plus tonique, Jeremy en sortit vainqueur. Il pressa un genou contre la gorge de son ravisseur.

— Mais bordel, à qui tu parles à la fin, pauvre timbré ? vociféra-t-il, hors de lui.

Greg, le visage congestionné, laissa échapper une série de borborygmes geignards et désigna du doigt la jambe appuyée sur sa trachée. Jeremy soulagea un peu le cou de sa victime.

— À lui, cracha Greg entre deux quintes de toux.

— Mais qui ça, lui ? insista Jeremy, en remettant un petit coup de pression.

— Je crois qu'il parle de moi, annonça une voix paisible derrière le libraire, qui se retourna en écarquillant les yeux sous le coup de la surprise.

— Eytan ?

CHAPITRE 5

Berlin, mai 1942.

L'entrechoquement métallique des fers emplissait le vaste hall de la luxueuse demeure berlinoise. Les semelles gémissaient sur le sol en marbre. Le souffle rauque des bretteurs témoignait de l'âpreté de l'assaut qui terrifiait ses spectateurs.

Postés derrière une desserte en chêne supportant des serviettes éponge et des bouteilles d'eau fraîche, deux domestiques, un sexagénaire grand et massif et une jolie brune au visage poupin, observaient la valse frénétique des sabres.

Au fil des minutes, l'affrontement gagnait en férocité. Le regard déterminé des duellistes en disait long sur leur volonté de ne pas céder un pouce de terrain. La violence des impacts transformait la banale séance d'entraînement en règlement de compte pur et simple. En dépit de la quarantaine qui les guettait tous deux, les bretteurs déployaient une énergie digne de jeunes loups de vingt ans.

Les doigts serrés sur sa garde, Karl-Heinz Dietz se délectait du combat avec une voracité manifeste.

Disparue, la convivialité affichée lors du déjeuner. Oubliés, les échanges courtois avec son redoutable et prestigieux invité. Ce dernier méritait une bonne leçon, de celles que sa position au sein de la hiérarchie hitlérienne lui épargnait depuis trop longtemps. Un petit rappel à la réalité et au juste ordre des choses ne pourrait lui être que profitable.

En cette époque incertaine et absurde, les privilèges du rang prévalaient sur toute considération intellectuelle, culturelle et même physique. Sur ces trois points, son adversaire, Reinhard Heydrich lui avait toujours été inférieur. Décrit par beaucoup comme le cerveau du *Reichsführer-SS* Himmler, et chef incontesté du *Reichssicherheitshauptamt*, l'office central de la sécurité du Reich, le général Heydrich en serait quitte pour quelques contusions et une salutaire plaie à l'ego !

Alors que Karl-Heinz s'appuyait sur une vitesse d'exécution hors norme couplée à un sens inné de la feinte, Reinhard exploitait une allonge supérieure et une technique éprouvée.

Hélas, il ne put stopper une nouvelle offensive tout en vélocité et encaissa un sévère fouetté sur le bras droit. Fou de rage, il arracha son masque et le jeta à terre avant de masser vigoureusement le muscle endolori.

Karl-Heinz retira à son tour sa protection faciale, qu'il cala sous son aisselle. Il essuya du revers de la manche son front humide et glissa ses doigts fins dans ses courts cheveux noirs comme le jais.

— Voilà qui porte le score à 8 touches à 2, si je ne m'abuse. Vous souhaitez peut-être en rester là, Reinhard, proposa-t-il en testant la souplesse de sa lame.

Les prunelles azur d'Heydrich lancèrent des éclairs à l'évocation d'une capitulation déshonorante. Il ramassa son masque d'un geste colérique et se remit en garde.

Fallait-il admirer la ténacité de cet homme ou railler son incapacité à reconnaître la défaite ? Le colonel Karl-Heinz Dietz n'aurait su trancher avec certitude. Sportif accompli, il n'appréciait rien tant que l'esprit guerrier et l'engagement absolu, mais jamais au détriment de la lucidité. L'instinct de survie participait des qualités du combattant. Réévaluer une situation sans laisser son orgueil prendre le pas sur la raison dessinait bien souvent la frontière séparant les morts des vivants. Cette philosophie l'avait tenu éloigné des compétitions sportives, à l'enjeu trop faible pour satisfaire ses appétits. Pour lui, l'équation ne se résumait pas à gagner ou perdre. Il la portait à un tout autre niveau : tuer ou être tué.

Mon Dieu, pensa-t-il en détaillant le grand blond dégingandé qui se redressait, à bout de souffle, *de vrais sabres rendraient cet assaut plus palpitant...*

— En garde, ordonna en français le général.

Karl-Heinz remit son masque, non sans gratifier l'arrogant d'un sourire dédaigneux. La hargne d'Heydrich n'occultait pas la flamme de l'inquiétude qui brûlait dans son regard, inflexible à l'ordinaire.

Une fois les sabreurs en position, il lança les hostilités d'un « Allez » hésitant.

Sans attendre, Dietz profita de la raideur de son adversaire et se précipita vers lui. Le poignet souple et vif, il adressa des attaques simples en direction du bras blessé. Les parades maladroites se succédèrent tant bien que mal, jusqu'au moment où une quarte trop tardive déséquilibra le défenseur et ouvrit une voie royale. Le torse s'offrait à Karl-Heinz, qui s'engouffra dans la brèche et planta de toutes ses forces la pointe de son arme dans le plexus solaire du général. Celui-ci, le souffle coupé, mit un genou en terre.

— Assez ! hurla-t-il, hors de lui.

Comment peut-on à ce point craindre un homme affublé d'une voix de fausset ? s'interrogea Karl-Heinz.

Cette fois, le masque vola à travers la pièce et percuta l'un des nombreux tableaux accrochés au mur. Le cadre se fracassa contre le sol. Un lourd silence s'ensuivit, rompu par le claquement de doigts adressé par Heydrich aux domestiques. Le majordome saisit une serviette et accourut aussi sec, imité par la jeune femme, qui se dirigea, tête basse, vers Karl-Heinz.

— J'en conclus que l'entraînement est terminé, déclara ce dernier, laconique.

Il reçut pour seule réponse une bordée de jurons étouffés. Battre un personnage tel qu'Heydrich demandait du courage et un talent certain, car il appartenait au cercle fermé des meilleurs escrimeurs du pays, peut-être même du monde. L'humilier s'apparentait par contre à une pulsion de mort. Un regard de ce géant blond tuait aussi sûrement qu'une balle.

N'importe qui risquerait sa vie à lui manquer de respect.

Karl-Heinz Dietz n'était pas n'importe qui.

Il se délectait du pouvoir que ses aptitudes inégalées de chasseur lui conféraient sur les caciques d'un système dont il méprisait l'idéologie autant que le fonctionnement. La plupart auraient été bien avisés de lire quelques-uns des livres voués à l'autodafé par le régime, histoire de combler des lacunes intellectuelles qui précipiteraient, tôt ou tard, l'ancien empire germanique vers le chaos et la destruction.

Reinhard Heydrich se dirigea vers l'escalier magistral situé au fond du hall et en gravit péniblement les marches, la main appuyée sur la massive rambarde de marbre. Il disparut dans le couloir menant aux appartements des invités.

Resté seul – les domestiques s'en étaient retournés à leurs tâches habituelles –, le maître des lieux se posta devant le miroir à pied de l'entrée. Il redressa le menton et célébra sa victoire en dessinant dans les airs son salut très personnel.

De la pointe de son sabre, il traça un J parfait, la première lettre du surnom qui lui collait à la peau. Un surnom qu'il portait avec fierté et dont chaque fait d'armes devait entretenir la légende.

Der Jäger. Le chasseur…

Une demi-heure et une douche plus tard, les deux hommes, apaisés, se retrouvèrent dans le petit salon, un verre de vin à la main. Assis sur un canapé Chesterfield, Heydrich avait recouvré sa contenance, et masquait sa froideur et sa dangerosité derrière une politesse de façade qui ne trompait pas son hôte. Le déjeuner et l'assaut qui avait suivi constituaient le hors-d'œuvre de la journée. Karl-Heinz, installé les jambes croisées dans un fauteuil face à son invité, guettait avec impatience le plat de résistance.

— Splendide décoration, ironisa le général en détaillant les multiples trophées exposés. Je constate qu'elle résume bien votre carrière.

Aux côtés d'une pléthore de coupes et de médailles, des têtes empaillées d'animaux sauvages ornaient trois des quatre murs. Aux zébus et autres antilopes, Heydrich préféra un lion figé, gueule ouverte, crocs en évidence.

— Des colifichets sans importance. Les pièces maîtresses de ma collection se trouvent dans mon cabinet de curiosités, mais je n'en fais que rarement étalage.

Au fait, sacrebleu, venez-en au fait, de grâce. Je ne vous ai que trop vu ! pesta Karl-Heinz en silence.

Reinhard posa son verre sur le guéridon jouxtant le canapé, se leva et se dirigea vers le gramophone qui trônait sur un buffet, entre deux portes-fenêtres donnant sur un parc. Il observa quelques instants un cygne qui glissait, indifférent aux hommes, sur un étang artificiel. Son attention se porta ensuite vers la pile de disques, qu'il entreprit d'examiner par le menu.

— Ah, Schubert ! s'exclama-t-il. Verriez-vous un inconvénient à ce qu'une sonate accompagne notre discussion ?

Karl-Heinz partageait le goût pour la musique de ce fils de chanteur d'opéra. Les premières notes s'élevèrent du pavillon en tôle chromée, avant même qu'il ait pu donner son accord.

— Je ne suis pas venu pour profiter de votre table et encore moins pour vous donner le plaisir de m'infliger une correction, vous vous en doutez, déclara Heydrich, acide, en reprenant place dans le canapé.

Enfin, les choses sérieuses.

— J'ai entendu des échos élogieux de votre mission en Grèce, continua-t-il. Vous avez réussi là où l'armée italienne a lamentablement échoué. Je tenais à vous féliciter personnellement pour ce travail remarquable.

— La flatterie n'a pas de prise sur moi, Reinhard. Je suis las de traquer vos terroristes du dimanche, des enfants épris de liberté, sous-équipés, sous-entraînés, incapables d'opposer une résistance respectable. Le jeu perd en intérêt quand l'adversaire est à ce point faible. Sur ce plan, mon périple grec s'est avéré d'un ennui insondable. Quant à nos alliés italiens, ils élèvent la nonchalance et l'inefficacité au rang d'art.

— Le ciel nous protège de nos amis italiens… Nos troupes font face à des opérations de guérilla dans de nombreux territoires occupés, soupira Heydrich en reprenant son verre.

— La *Wehrmacht* est une machine bien huilée, pour peu que l'ennemi se plie aux règles de la guerre. Face à des groupuscules éparpillés, invisibles et déterminés, notre grande armée se révèle inopérante.

— D'où l'existence d'une unité aussi spéciale que la vôtre. Je me félicite d'ailleurs de l'avoir créée.

Parfait exemple de travestissement effronté de la réalité, ironisa Karl en son for intérieur. *Inutile de vous en attribuer le mérite, c'est moi et moi seul qui ai constitué ce groupe.*

— Bref, trancha Heydrich, la résolution de la question juive dans la sphère d'influence allemande et les combats sur le front de l'Est monopolisent l'essentiel de nos forces.

— Cette campagne de Russie est une honte, l'interrompit froidement Karl-Heinz en ignorant à dessein l'évocation des juifs, dont le sort l'indifférait. L'offensive en elle-même est une aberration stratégique et un suicide militaire. Seules guettent la défaite ou une victoire à la Pyrrhus. L'opération *Barbarossa* s'inscrit en complète contradiction avec la *Blitzkrieg* menée contre la France ou la Pologne.

Des batailles courtes, des pertes limitées, voire dérisoires, voilà ce que j'appelle une guerre intelligente. Mais demain, nos armées se briseront contre les remparts de l'hiver soviétique ; nul besoin d'être un génie pour le prédire avec certitude.

— Vous êtes conscient que de tels propos flirtent avec la sédition ?

— Bien sûr, mais nous sommes entre nous, et je vous connais assez pour savoir que vous partagez mon point de vue, répondit-il avec une pointe d'acrimonie. Nous respectons tous deux l'efficacité. Quant à la flagornerie, c'est un des rares sports dans lequel je n'excelle pas.

— Les généraux dépêchés en Russie par le Führer sont des incapables, asséna Heydrich dans un grand sourire. Hélas, la conduite de la guerre ne m'appartient pas. Du moins, pas encore. Mais ce n'est pas de cela que je suis venu vous entretenir. Un autre problème requiert vos talents.

Heydrich s'installa de nouveau dans le canapé et attrapa la mallette en cuir noir qui se trouvait à ses pieds. Il la posa sur la table basse et en fouilla le contenu dans un bruissement de papier froissé.

— Le *Reichsführer* Himmler a autorisé des expériences médicales de la plus haute importance sur des enfants juifs.

— Voilà qui a l'air ennuyeux à mourir. Il vous faudra trouver mieux que cela pour éveiller mon intérêt.

— Lisez ceci, fit Heydrich en lui présentant un dossier, et je vous promets que vous me supplierez d'être affecté à cette mission.

Karl-Heinz lança un regard intrigué à son interlocuteur.

— Voyons voir, commenta-t-il, faussement distrait ; centre de recherches du camp de Stutthof…

juif polonais… sujet d'expérimentation… Je vois que nos scientifiques s'en donnent à cœur joie… Un enfant de dix ans ? Allons, Reinhard, soyons sérieux…

— Poursuivez, ordonna Heydrich sur un ton qui ne laissait la place à aucun atermoiement.

— C'est vraiment pour vous faire plaisir, alors…

Il tourna les pages plusieurs fois, incrédule quant à leur contenu, puis referma enfin le document avant de le tendre au général.

— Stupéfiant… Tout ceci est vrai ?

— On ne peut plus vrai. Quand le *Reichsführer* m'a fait part de ce projet d'*Übermensch*, j'y ai d'abord été indifférent. Mais le succès de cette expérimentation m'incite à envisager une action.

— Laquelle ?

— Le *Reichsführer* tient à ce que son cobaye se développe. Moi, non.

— Ciel, une divergence ? Voilà qui ferait jaser dans les hautes sphères, railla Karl-Heinz.

— Épargnez-moi vos quolibets. Cette expérimentation ne me dérangerait pas si le premier représentant d'une race génétiquement supérieure, si le premier Aryen, n'était autre qu'un enfant juif. La symbolique est insupportable moralement et désastreuse politiquement. Je vous charge donc de l'éliminer et, bien sûr, je compte sur votre discrétion. Sinon…

— Les menaces sont inutiles. Vous me fournissez une proie unique, cela suffit à obtenir ma pleine et entière collaboration. Quand dois-je passer à l'action ?

— Vous attendrez mon signal. Pour l'instant, le sujet subit encore des tests, et il n'est pas question d'intervenir au sein du centre de recherches. Les scientifiques estiment que leur « créature » sera opérationnelle pour le combat d'ici quelques mois. Sa mort devra survenir pendant une session d'entraînement.

— J'espère qu'il sera aussi dangereux que vous semblez le penser. Assassiner un enfant de dix ans ne représente pas un exploit en soi.

— D'après ce que j'ai lu dans ce dossier et les capacités incroyables dont il fait déjà montre, il pourrait vous donner du fil à retordre.

Karl-Heinz caressa ses lèvres du bout des doigts, puis afficha un sourire gourmand.

— Bien, conclut le général en se frappant les cuisses. Je rentre donc à Prague avec la certitude que vous réglerez cette histoire.

Mallette en main, Reinhard Heydrich, suivi de Dietz, se leva et franchit la porte pour rejoindre le vestibule. Il enfila son long manteau de cuir, que le majordome lui tendait, et vissa sur son crâne sa casquette ornée d'une tête de mort. Il retrouva aussitôt une partie de sa superbe, fort entamée par l'intermède sportif de l'après-midi.

— Quand le temps sera venu de vous rendre en Pologne, vous aurez tout pouvoir sur les autorités locales. Vous tâcherez de ne pas trop les tourner en ridicule…

— Voyons, s'offusqua Karl, ce n'est pas mon genre !

Karl-Heinz n'attendit pas le départ de l'automobile chargée de transporter Heydrich vers son Messerschmitt pour s'en retourner au salon et lire le dossier laissé par son visiteur. Il sentit une excitation inhabituelle s'emparer de tout son être. Se pouvait-il qu'il tienne entre ses mains ce qu'il cherchait depuis si longtemps ? Une proie à la hauteur de ses compétences…

— Maria, s'il vous plaît !

La servante se présenta sur le seuil de la pièce.

— Dois-je débarrasser, monsieur ? demanda-t-elle d'une voix fluette qui trahissait sa peur.

— Faites, faites, confirma Karl-Heinz sans décoller les yeux du précieux dossier.

La jeune femme passa à côté de lui et s'affaira à disposer les verres sur un plateau. Elle rangea ensuite le disque qui tournait à vide sur le gramophone. Un mélange d'inexpérience et de précipitation lui valut de renverser une lampe qu'elle rattrapa de justesse.

— Beau réflexe, commenta Karl-Heinz, amusé.

Il détailla la petite Maria d'un œil neuf. Un joli minois, la taille fine et la poitrine généreuse, la bougresse n'était pas dénuée d'atouts.

— Excusez-moi, monsieur, bredouilla-t-elle.

— Ce n'est rien. Tant que vous y êtes, débarrassez-moi de cette piquette, ordonna-t-il en désignant du doigt la carafe de vin. Vous servirez dans ma chambre un bordeaux de ma réserve personnelle.

Maria s'exécuta et s'éclipsa, tête basse. Il saisit le dossier et lui emboîta le pas, tout en jouant avec la clef suspendue au bout de la chaîne en or accrochée à un passant de son pantalon. Ses yeux s'attardèrent sur la chute de reins de sa domestique.

Une beauté aussi nature mériterait toute son attention un jour prochain. Pour l'instant, l'excitation de la chasse l'emportait sur le désir de violenter sa servante. Lorsque celle-ci bifurqua en direction des cuisines, Karl-Heinz emprunta un étroit couloir longeant l'escalier, jusqu'à une porte qu'il ouvrit à l'aide de la clef qui ne le quittait jamais.

Il pénétra dans une pièce plus sombre que la nuit et chercha l'interrupteur de ses doigts fins.

Un simple clic, et la lumière inonda le cabinet. Il referma aussitôt la porte et se posta jambes écartées, mains sur les hanches. La fierté l'envahit, comme à chacune de ses visites dans le Saint des Saints. Une fierté intacte depuis le premier jour où il avait fait ériger ce temple à sa propre gloire.

Autour de lui trônaient aux murs une dizaine de panneaux en bois d'où dépassaient des têtes humaines momifiées arborant des expressions parfois incrédules, souvent grotesques. Chacun des visages ainsi exhibés portait sur le front un J gravé au couteau. À la base de chaque trophée était inscrit sur une plaque de métal le nom du vaincu.

Quelle collection ! Seules les proies exceptionnelles méritaient leur place dans le hall d'honneur des guerriers lui ayant donné du fil à retordre. Ici étaient représentées toutes les nationalités, toutes les croyances, sans distinction. Pour Karl-Heinz, tous les hommes étaient égaux. Du moins l'étaient-ils face à la mort que le *Jäger* dispensait comme nul autre.

Son regard balaya les murs à la recherche d'un emplacement libre, puis se fixa sur un espace entre un résistant roumain, prise récente, et un combattant perse. Deux coriaces ! *Si cet abruti d'Heydrich a dit vrai, si tu tiens toutes tes promesses*, pensa-t-il, *tu figureras en bonne compagnie, petit cobaye...*

Il ouvrit le dossier et le parcourut rapidement à la recherche du nom de sa prochaine cible. Un nom à rallonge qui nécessiterait une plaque plus haute et plus longue qu'à l'accoutumée.

Karl-Heinz Dietz pressa sa paume contre le panneau vide.

À très bientôt au sein de ma collection, Eytan Morgenstern...

CHAPITRE 6

New Jersey, de nos jours.

Jeremy hésitait entre sauter partout dans la pièce ou se précipiter sur le colosse chauve qui se tenait face à lui, goguenard. Son cerveau générait un flux de questions qui se télescopaient au point de créer un embouteillage. Le bug du siècle. Au final, il ne fit rien. Du tout. Il ne bougea pas, ne parla pas et détailla d'un regard bovin son ami : pantalon de treillis, veste assortie, tee-shirt kaki ras du cou et pompes de bûcheron canadien. Aucun doute : le Géant Vert était de retour !

— Tu as l'air en forme, commenta Eytan, avec un fond d'inquiétude dans la voix.

Échec de la tentative de réponse. Fonction parole indisponible.

— À l'avenir, continua-t-il en aidant Greg à se relever, je te saurais gré de ne plus essayer de tuer mes agents.

Agent. Greg. Traitement information impossible.

— Jay ? fit Eytan en passant la main devant les yeux hagards du libraire.

— Il est en état de choc, diagnostiqua Greg, amusé.

Redémarrage système nécessaire.

Jeremy cligna des paupières, secoua la tête et souffla un grand coup.

— Oui… pardon… je suis là, balbutia-t-il, satisfait de recouvrer ses moyens.

— Parfait, lança Eytan, rassuré. Embarque la petite, nous partons sur-le-champ.

Jeremy voulut protester, prendre le temps de marquer des retrouvailles inespérées. Le géant l'en dissuada en posant une paluche sur son épaule. Un geste amical, mais ferme.

— Je comprends que tu t'interroges. Pour l'instant, tu te tais et tu embarques ta fille. Greg, toi et moi sommes attendus.

— Par qui ? demanda Jeremy.

Pour éviter toute récrimination, il se fendit d'un large sourire.

— Visiblement, tu n'as pas compris le passage sur les questions qui doivent être remises à plus tard… Nous partons rejoindre ta femme, soupira Eytan en tapant dans ses mains. Maintenant, bouge. Au passage, tu récupéreras dans le hall le sac de fringues que j'ai rassemblées pour toute la petite famille.

À l'évocation de Jacky, Jeremy prit Ann dans ses bras et grimpa quatre à quatre les marches à la suite de l'improbable duo.

*

* *

Une insupportable odeur de fioul agressait ses narines, emplissait sa gorge, prenait possession de son estomac pour le retourner à l'envi. Jacky réprima *in extremis* une nausée qui se mua en quinte de toux. Une sensation de roulis lui remettait en mémoire des gueules de bois homériques. Elle voulut ouvrir les yeux, mais se ravisa, aveuglée par la lumière vive qui éclairait la pièce. Elle tenta de se redresser en poussant sur ses avant-bras, sans succès. En l'état, aligner deux pensées cohérentes s'avérait compliqué.

— Restez allongée. Avec la dose de narcoleptique que vos assaillants vous ont injectée, vous ne récupérerez pas vos forces avant une trentaine de minutes. Je ne dispose pas des médicaments nécessaires pour vous remettre sur pied, alors j'ai composé avec ce que j'avais sous la main et vous ai fait inhaler des vapeurs de fioul.

Au prix d'un nouvel effort, et sans faire cas des conseils de celui qu'elle devinait être son sauveur, Jacky réussit enfin à s'asseoir. Elle massa ses tempes à l'aide de ses pouces et exerça une série de pressions sur ses paupières dans l'espoir de retrouver au plus vite une vision nette. La voix de l'homme qui s'adressait à elle ne correspondait pas à celle de l'appel téléphonique salutaire ; elle sonnait plus jeune, plus douce, moins grave aussi.

— Où suis-je ? murmura-t-elle.

— En sécurité, et avec des amis.

— Je vous demande pardon, il m'était impossible de m'épancher au téléphone, déclara un autre homme dont Jacky n'avait pas encore détecté la présence. J'ai donc eu recours à votre mémoire.

Cette fois, pas de doute : il s'agissait de son mystérieux interlocuteur. Elle n'avait donc pas affaire à un, mais à deux inconnus. Jacky sourit avec peine. Sa vision retrouvée, elle découvrit un homme âgé, la soixantaine sinon plus, au visage rond et amical. De profondes rides lui barraient le front et les joues. Il portait un pantalon de toile noir, un pull en laine à col roulé et un épais blouson sombre. En dépit d'un embonpoint naissant, il émanait de cet individu une force surprenante.

— 2003... le modèle des menottes défectueuses qui nous ont permis de nous échapper quand nous étions prisonniers du Consortium, en Belgique, il y a deux ans de cela[1].

— Précisément. Et nous savons tous les deux qu'à part votre mari et vous, seul Eytan pouvait connaître cet épisode. (Un signal sonore évoquant la réception d'un message téléphonique retentit.) Je vous laisse avec votre médecin personnel. À plus tard.

Secouée par une décharge d'adrénaline à l'évocation de son époux, Jacky retrouva comme par magie le plein usage de ses fonctions cognitives. Elle bondit sur ses jambes, mais ne parvint pas à maintenir son équilibre et bascula vers l'avant. Elle sentit deux bras solides l'enlacer et accompagner sa chute en douceur. Collée contre lui, elle voyait maintenant clairement le second interlocuteur et son environnement. La jeune femme crut d'abord se trouver dans une cellule de prison tant la pièce était étroite. Un vrai cauchemar pour claustrophobe. Une banquette sommaire surmontée d'un fin matelas était poussée contre un mur d'acier. Une ampoule nue, entourée d'un grillage métallique, fixée au plafond dispensait un éclairage puissant et agressif. Des rivets couraient le long des parois et sur le pourtour de la porte. Les éléments s'assemblaient dans son esprit pour former un tableau plus précis. Entre l'aspect de l'endroit, les vapeurs de fioul et la sensation de

1. Voir *Le Projet Bleiberg*, 10/18, n° 4497.

roulis, Jacky eut la certitude d'être en mer, probablement à bord d'un chalutier.

Elle reporta son attention sur l'homme qui la tenait toujours dans ses bras. Il était grand et assez large d'épaules. Elle remarqua surtout à quel point il était beau. Un visage à la symétrie parfaite, une mâchoire volontaire et un sourire digne des publicités pour dentifrice. Une tronche d'acteur. Il émanait de ce personnage un charme canaille. Il possédait dans l'œil un éclat rieur, une étincelle malicieuse qui l'élevait bien au-dessus du bellâtre de base. Voilà le genre de médecin, s'il l'était vraiment, que l'on consulterait sous les prétextes les plus fallacieux ! Hormis ses cheveux châtains, elle reconnaissait chez cet inconnu certains des traits qui l'avaient fait craquer pour Jeremy.

L'homme lui adressa un clin d'œil complice.

— Je vous tiens, la rassura-t-il d'une voix mélodieuse. Profitons donc de cette promiscuité opportune pour faire connaissance…

*

* *

Dissimulé par la pénombre, Jeremy surveillait la rue de son lotissement tandis qu'Eytan et Greg s'affairaient autour de la fourgonnette de leurs agresseurs, garée derrière la maison. Blottie dans les bras de son père, Ann dormait du sommeil béat des nourrissons.

Jay aspira une bolée d'air pur et promena son regard sur les habitations voisines. Quand ils s'étaient décidés à fonder leur foyer, Jacky et lui avaient porté leur choix sur cette bourgade paisible du New Jersey qui possédait de nombreux atouts : elle permettait de goûter à une vie de village, au sein d'une communauté soudée, tout en restant à distance raisonnable de New York. Entre son concours de la meilleure tarte aux pommes, ses compétitions de pêche à la truite et l'élection de la reine de promo du lycée, la ville réunissait toutes les conditions pour leur permettre de couler des jours bien pépères.

Dommage qu'il n'y ait pas un concours du meilleur aimant à emmerdes, parce que là je gagnerais haut la main ! se dit le libraire. *En l'espace d'une soirée, je me fais prendre en otage par un geek, une bande de ninjas investit ma maison, et un tueur du Mossad débarque pour m'emmener je ne sais où...*

Il soupira et resserra son étreinte autour de sa fille.

Monsieur Adams, son vieux voisin anglais, remontait la rue. L'homme, de belle stature, entretenait sa ressemblance avec le prince Philip, duc d'Édimbourg. Il promenait un Welsh Corgi au bout de sa laisse. Jeremy se promit d'inviter le retraité à boire un thé une fois ses ennuis réglés.

Avec mon bol, songea-t-il dubitatif, *c'est un agent du MI6 qui sautera sur l'occasion pour m'attaquer avec une pince à sucre.*

Le libraire s'interrogeait sur son incapacité à mener une vie normale quand Eytan lui posa une main sur l'épaule. Il sursauta et se tourna vers son ami qu'il n'avait pas vu venir.

— Tu es prêt ? Nous partons, lui murmura le *kidon*.

Il contempla une dernière fois sa maison blanche dont il n'avait pas fini de repeindre la façade, la table de jardin en plastique vert qu'il n'avait pas pris le temps de ranger.

— En avant, répondit-il, une pointe d'excitation dans la voix.

Un quart d'heure plus tard, Greg conduisait la fourgonnette. Ses coups d'œil répétés dans les rétroviseurs trahissaient sa crainte d'être suivi. Assis au centre de la banquette avant, Eytan se contorsionnait pour laisser un peu de place à Jeremy, écrasé contre la portière passager par la large carrure de son voisin.

Les retrouvailles ne ressemblaient en rien aux centaines de scénarios que Jeremy avait échafaudés dans ses rêves les plus fous. Le film idéal ? Une chaude soirée d'été passée une bière à la main dans le jardin, à écouter les souvenirs d'un homme de quatre-vingts ans qui en paraissait trente, survivant des pires heures de l'humanité. Jusqu'au bout de la nuit, ils auraient échangé des plaisanteries puis des confidences sur leurs parcours respectifs, comme l'auraient fait deux frangins. Car au fil des jours écoulés depuis leur première rencontre, c'était bien ce qu'Eytan était devenu à ses yeux : un frère.

Foutue cristallisation... Loupé pour le film à l'eau de rose, regretta Jeremy.

Un gouffre séparait le fantasme de la réalité. Il fallait se rendre à l'évidence : la vie d'Eytan ne lui laissait guère le loisir de visites de courtoisie, et les effusions ne seraient jamais son fort. Seule une situation de crise justifiait sa présence. Si Jeremy ne comprenait pas encore les tenants et aboutissants des derniers événements, il ne doutait pas de leur gravité. Il jugea bon de remettre à plus tard ses questions et d'attendre un signal du géant pour en apprendre plus.

Eytan passa les premières minutes du voyage téléphone en main, à expédier des SMS. Une fois l'appareil rangé, il sortit de son mutisme et se fendit de maigres explications, ainsi que d'une confirmation étonnante qui arracha Jeremy à sa mélancolie.

— Greg est un agent du *Kidon*... répéta Jeremy, effaré. Tu bosses pour la branche enlèvement et élimination du Mossad ?

Le chauffeur acquiesça d'un hochement de tête.

— Je ne savais pas quelle serait l'attitude du Consortium à votre égard, intervint Eytan, il me fallait donc garder un œil sur Jacky et toi.

— Ben merde, Greg... Celle-là, je ne l'avais pas vue venir.

À en juger par le sourire du conducteur, la réflexion s'apparentait à un véritable compliment.

— Tu sais que c'est le principe de ce genre d'organisation ? Nous n'allons pas porter des badges pour faciliter notre identification, railla Eytan.

— Mouais, logique... Et tu dis que tu as neutralisé des hommes chargés de nous enlever, Ann et moi ?

— Oui. Quatre commandos et leur chauffeur. Les cadavres sont stockés derrière nous.

— Dégueu ! s'exclama Jeremy en tournant la tête en direction du plexiglas opaque qui séparait le poste de pilotage de l'arrière du véhicule. Tu crois qu'ils peuvent avoir un rapport avec l'affaire Bleiberg ? Et tu étais vraiment obligé de les tuer ?

— Je ne connais pas encore leur commanditaire, précisa Eytan. Tout ce que je sais, c'est qu'ils arboraient les tatouages des forces spéciales. Ces gens ne sont pas des enfants de chœur. Je devais les éliminer. Au fait, pendant que j'y pense, il faudra changer la moquette et le papier peint de la chambre de la petite, s'excusa le géant.

— Sympa...

La mine contrariée, Jeremy reporta son attention sur la route.

— Dites, c'est une impression ou nous arrivons en bord de mer ?

— Tu es sacrément observateur, se moqua Greg en se garant sur le bas-côté.

— Toi, je t'emmerde, répondit Jeremy, revanchard.

— Vous continuerez votre passionnante conversation plus tard, arbitra Eytan avec une autorité qui calma instantanément les velléités querelleuses des deux camps. Notre nouveau transport nous attend.

Jeremy descendit le premier, Ann toujours lovée dans ses bras. Il jeta un œil à la ronde, mais à la seule lumière des phares, ne put déterminer avec précision où ils se trouvaient. Cependant, le bruit des vagues à proximité confirma son intuition première.

Greg s'éloigna en direction d'un ponton et disparut dans les ténèbres. Eytan s'appuya contre le capot de la fourgonnette face à Jeremy, puis sortit de sa veste un cigare qu'il cala entre ses dents.

— Je suis content de te revoir, déclara-t-il à voix basse en craquant une allumette.

Il inhala une longue bouffée et adressa à Jeremy le sourire que celui-ci n'espérait plus.

Ce salopard aime ménager ses effets, s'amusa-t-il intérieurement.

— Moi aussi, et tu n'imagines pas à quel point. Tu sais que j'ai un bon million de questions à te poser ?

Eytan éclata d'un rire sonore qui emplit Jeremy de joie.

— Je te promets d'y répondre quand nous aurons plus de temps. Nous devons agir dans l'urgence, alors je te demande de suivre le mouvement en parlant le moins possible. D'accord ?

— Juré.

— Un ami va venir te chercher. Il t'emmènera à bord d'un chalutier où tu retrouveras Jacky.

— Tu ne nous accompagnes pas ? s'inquiéta Jeremy.

— Si, mais avant, j'ai du nettoyage à faire... annonça le colosse en désignant du doigt la camionnette. Je vous rejoins d'ici une demi-heure, pas plus.

— Sérieux et appliqué, comme toujours en mission, pas vrai ?

— Ceci est bien plus qu'une banale mission, Jeremy, souffla Eytan.

— Ah bon ? Et c'est quoi, alors ?

Le géant tira une nouvelle bouffée.

— Une guerre...

CHAPITRE 7

Washington, quelques semaines plus tôt.

Attaché-case en main, Titus Bramble arpentait d'un pas décidé les couloirs démesurés et labyrinthiques du Pentagone. Les nombreux militaires croisés en chemin le saluaient sans qu'il daigne leur accorder la moindre attention. Son poste actuel n'aurait pas dû lui valoir un tel accueil, mais tous ou presque connaissaient son passé glorieux au sein de l'armée et continuaient à le traiter comme un des leurs. Un jour normal, il les aurait salués en retour. Mais ce mardi n'avait rien d'un jour normal.

Le directeur de la branche « opérations paramilitaires » de la Division des Activités Spéciales de la CIA n'appréciait pas les convocations de dernière minute. Maniaque de la planification minutieuse, il détestait être pris au dépourvu. La réunion à laquelle il se rendait d'aussi mauvaise grâce était organisée directement par l'exécutif. Contrariété suprême, personne n'avait jugé bon de lui transmettre l'ordre du jour ni la liste des participants. Tout pour plaire à cet ancien Marine dont les faits d'armes s'étaient écrits en lettres de sang derrière les lignes ennemies, au plus profond des jungles vietnamiennes et sud-américaines.

De cette époque, Titus avait conservé un cou de taureau et une solide carrure que le poids des ans n'avait pas atténués. Son visage monolithique arborait les stigmates des combats acharnés auxquels il avait pris part. Une impressionnante cicatrice courait le long de son front et descendait sur sa joue droite, jusqu'à la base de la mâchoire. Petit souvenir d'une baïonnette viêt-cong qui n'avait épargné son œil que par miracle. Le responsable avait payé son insolence d'un coup de couteau en plein cœur, comme une dizaine d'autres guérilleros livrés à sa vindicte. Aujourd'hui, les treillis boueux avaient laissé place à des costumes hors de prix taillés sur mesure, et les poignards ne se fichaient que dans le dos des naïfs dépourvus de sens politique. Nouveau champ de bataille, nouveaux modes opératoires, règles inchangées : tuer ou être tué. Là trouvait sa source le goût immodéré de Titus pour l'anticipation…

Le patibulaire quinquagénaire darda son regard froid sur l'aide de camp qui venait à sa rencontre. La trentaine entretenue à la méthode « Pilates », bien peigné et propre sur lui, ce morveux portait l'uniforme avec l'arrogance de ceux pour qui la guerre n'est qu'une suite d'images satellites projetées sur écrans géants, à commenter confortablement installés dans des états-majors aseptisés.

« Usurpateur, jean-foutre, planqué de merde » figuraient parmi les sobriquets qui traversèrent l'esprit de Titus lorsque la baudruche lui tendit une main hésitante.

— Lieutenant Thomasson, se présenta-t-il. Ces messieurs vous attendent, si vous voulez bien me suivre.

— Négatif, dit Titus, toujours immobile. Donnez-moi d'abord les noms et fonctions des personnes présentes.

— Je n'ai pas reçu la consigne de…

— Vous venez d'en recevoir une, claire et directe. Répondez.

— Mais… heu…, balbutia Thomasson. Eh bien, sont présents un général appartenant au Corps des Marines, un émissaire de la Maison-Blanche et deux personnes dont j'ignore tout. Je vous prie de m'excuser, je ne connais pas leur nom, on m'a juste demandé de vous…

— Je vous suis, l'interrompit Titus, dont la curiosité était piquée.

Le lieutenant effectua un demi-tour sur le pied gauche et le guida vers la salle de réunion. Il présenta un badge blanc frappé de l'aigle américain devant un capteur d'où émana un flash vert.

— Je vous laisse entrer, je ne participe…

Avant qu'il ait pu achever sa phrase, Titus s'était déjà élancé dans la pièce, bien décidé à imposer son autorité et à prendre toute sa place au milieu de l'aréopage qui réclamait sa présence. La porte se referma derrière lui.

— Bramble, nous avions peur que tu ne te sois égaré dans le dédale qu'est le Pentagone, lui lança un visage familier et, pour tout dire, apaisant.

— Lamont, répondit sobrement Titus.

Travis Lamont se leva de son fauteuil installé au bout de la table rectangulaire autour de laquelle se tenaient trois autres personnes puis se dirigea vers le représentant de la CIA. Ils échangèrent une chaleureuse poignée de main qui eut pour vertu de dérider Titus. Ainsi, c'était lui, l'émissaire de la Maison-Blanche. Lamont survivait inlassablement aux changements d'administration depuis une quinzaine d'années. La quarantaine bedonnante, toujours d'humeur légère, ce petit homme à la bouille ronde, à la mèche plaquée et aux costumes gris trop étroits ne payait pas de mine. Pourtant, cet éminent spécialiste des nouvelles technologies avait conseillé trois présidents successifs et jouait un rôle prépondérant dans les décisions prises par l'exécutif en ce domaine. Titus et lui se connaissaient de longue date et collaboraient à l'occasion dans une entente cordiale exempte, jusqu'à présent, de coups fourrés.

— Si tu veux bien prendre place...

— Pourquoi n'ai-je pas été prévenu de l'ordre du jour ? se renfrogna Titus.

— Tu sais ce que c'est, à Washington, tout se décide dans l'urgence. Installe-toi, nous allons commencer, le pressa Lamont en rejoignant son siège.

Titus s'assit à ses côtés, posa son attaché-case sur la table et en sortit une tablette numérique enchâssée dans un étui de cuir brun.

— Puisque tout le monde est là, je vais faire les présentations, reprit Lamont. Face à nous, le général Bennington du Corps des Marines, sur notre droite, monsieur Jonathan Cavendish, président de la société H-Plus Dynamics accompagné de son secrétaire... excusez-moi, j'ai oublié votre nom.

Travis Lamont fouilla dans la dizaine de fiches disposées devant lui.

— Voilà... Fergus Hennessy.

Titus examina les membres de l'assistance avec attention.

D'abord le général Bennington. Âge équivalent au sien, carrure similaire, cheveux gris en brosse, yeux verts, mâchoire de boxeur. Confiance en lui évidente, habitué des lieux. L'homme était une sorte de clone de Titus, balafre en moins. Un dossier marron était posé devant lui.

Au tour de Cavendish, qui se tortillait dans son fauteuil, mal à l'aise. Costume civil de marque coupé près du corps, Boss ou Armani. Trente, trente-cinq ans, maigre, visage émacié, long nez tordu. Un grand échalas au charisme inexistant, anglais à en juger par son patronyme. H-Plus Dynamics, inconnu au bataillon ! Il s'agissait à tous les coups de l'un des bienheureux fournisseurs du généreux Oncle Sam dont les commerciaux faisaient le siège du Pentagone et du Capitole pour glaner quelques miettes des milliards alloués par le Congrès à la Défense nationale.

Enfin, le secrétaire. Petit, un mètre soixante environ, sec et tonique, regard noir perçant, gueule carrée, l'employé paraissait plus à son aise que son patron. Sans doute était-il également plus vif d'esprit. Fergus : écossais ou d'origine écossaise. Âge compris entre quarante et quarante-cinq ans.

— Objet de la réunion ? demanda Titus sans détour et sur un ton martial.

— Toujours aussi direct, ricana Travis Lamont. En fait, nous rencontrons un problème qui nécessite ta présence, et…

— Lequel ? l'interrompit Titus, pressé d'aller au but.

— Celui-ci, répondit le général Bennington.

Il fit glisser le dossier placé devant lui en direction de Titus avec une force telle que ce dernier dut l'intercepter pour ne pas le recevoir en plein ventre. Sans ciller, il l'ouvrit et tomba sur deux photographies mal cadrées qu'il détailla, impassible. La première montrait une armoire à glace chauve de trois quarts dos portant une veste de treillis. Sur la seconde, prise en hauteur, le même type, en tee-shirt, cette fois de face, discutait avec un homme noir en tenue sportive.

— Si ces clichés viennent du service d'information des armées, il est temps d'embaucher de vrais photographes, déclara-t-il, pince-sans-rire. En quoi suis-je concerné ?

Le sourire crispé du général trahissait un énervement contrôlé à grand-peine. Les deux civils à droite de la table ne bronchèrent pas. Conscient de la tension qui grandissait dans la salle, Lamont intervint :

— Les deux photos ont plus de trente ans d'écart. Nos logiciels de reconnaissance faciale sont formels. C'est bien le même individu qui apparaît sur ces tirages, mais il n'a pas pris une ride dans l'intervalle. Tu comprendras que, pour nous, c'est une source d'interrogations.

— De qui s'agit-il ?

— Un agent israélien nommé Eytan Morgenstern.

— Ça ne me dit rien. Avez-vous envisagé une erreur de traitement informatique ?

— Il n'y a aucune erreur, affirma le général. Et vous le savez mieux que personne, Bramble, puisque ces photos émanent de vos services.

Les regards que s'échangèrent les protagonistes évoquaient une partie de poker à la dernière donne d'une table de championnat. Un lourd silence s'installa, trop long au goût de Lamont.

— Soyons clairs, personne n'accuse la CIA, modéra-t-il.

— De quoi nous accuserait-on ?

— De ne pas partager des informations capitales pour la sécurité nationale, surenchérit Bennington. D'ailleurs, nous n'avons pas eu accès à tout le dossier, juste à ces images.

Apprendre que la CIA subissait des fuites et se voir en prime accusé à demi-mot d'acte de trahison fit sortir Titus de ses gonds.

— J'exige des excuses et des explications. Comment ces photographies vous sont-elles parvenues ? Que font des civils dans une telle réunion ?

— Tout le monde se calme ! Les mots du général ont certainement dépassé sa pensée, dit Lamont en adressant à Bennington un regard appuyé que Titus traduisit par « Plus d'huile sur le feu, par pitié ». Je ne t'ai pas demandé de venir pour faire le procès de qui que ce soit. Vois-tu, nous développons actuellement un programme militaire spécial dont nos amis Marines sont le fer de lance. Ces messieurs de H-Plus Dynamics entreprennent des recherches pour le compte du gouvernement, et il se trouve que ce Morgenstern pourrait revêtir une importance capitale dans ledit programme. Jonathan, fit-il en se tournant vers Cavendish, si vous voulez bien nous en dire plus…

Jusque-là observateur apathique, celui-ci se redressa dans son fauteuil, puis mit son poing devant sa bouche avant de toussoter à deux reprises. Une toux grasse et vulgaire.

— Notre société conduit de nombreux travaux visant à améliorer les performances physiques des soldats sur les zones de combat, débita-t-il avec circonspection. Si ce que nous voyons sur les photos que le général vous a montrées se confirme, si cet agent israélien ne vieillit pas, notre projet bénéficierait grandement de l'examen médical de cet individu.

En amateur de rhétorique, qualité indispensable pour le poste qu'il occupait, Titus reconnut à sa juste valeur la démonstration de « parler pour ne rien dire » que venait de leur faire Cavendish.

— Je ne suis guère plus avancé, commenta-t-il, laconique.

— Impossible de t'en dire plus, s'excusa Lamont. Il nous faut ce Morgenstern et, pour ce faire, nous avons besoin de tes services.

— Il suffisait de demander, au lieu de louvoyer, lui reprocha Titus. Si c'est un agent du Mossad, l'intercepter risque d'être compliqué. Nos relations actuelles avec Israël ne sont déjà pas au beau fixe. Je vais voir ce que je peux faire, mais cela risque d'être long.

— Eh bien voilà, embraya Lamont d'un ton enjoué, tout va mieux en se disant clairement les choses.

— Vous comprendrez que je diligente également une enquête sur cette fuite au sein de mes équipes, reprit Titus.

— Ce n'est pas une fuite, objecta Bennington. Nous travaillons tous pour le même camp, il est donc normal que les informations circulent…

Titus ne releva pas la provocation, mais il veillerait à ce que ce soit la dernière.

— Messieurs, si nous en avons terminé, vous ne verrez aucun inconvénient à ce que je prenne congé, déclara-t-il en rangeant sa tablette inutilisée.

Il se leva, imité par les quatre autres, salua les deux fantoches et le vindicatif Bennington, puis se présenta devant la porte de la salle de réunion. Travis Lamont le rejoignit et déclencha l'ouverture à l'aide de son badge. Il tendit la main à Titus qui, en dépit de l'irritation et de l'inquiétude qui le gagnaient, jugea plus sage de la saisir.

— Trouve ce type et amène-le-nous vivant. Ne traîne pas trop. Quand je te dis que ce programme spécial est vital, ce n'est pas une image. Sans résultats de ton côté, nous serons contraints de prendre des mesures… contrariantes.

Lamont dans toute sa splendeur. Sympathique, avenant, mais toujours en position de force. La menace sous-jacente était claire : sans une collaboration inconditionnelle, Titus goûterait aux joies d'une retraite anticipée.

— Compte sur moi, promit-il.

Titus Bramble quitta le Pentagone au pas de charge. Son instinct lui soufflait qu'il ne fallait pas perdre une minute…

Un quart d'heure plus tard, après un débriefing sommaire de l'entrevue, Jonathan Cavendish et Fergus Hennessy s'approchaient de la limousine qui les attendait sur un des parkings du mythique bâtiment. Le chauffeur sortit et se hâta d'ouvrir les deux portières arrière.

Hennessy tendit sa lourde mallette à Cavendish qui s'empressa de la saisir.

— Comment étais-je, monsieur ? demanda ce dernier avec anxiété.

— Vous manquez encore d'assurance, mais cela viendra avec l'expérience, répondit Hennessy en s'allumant une cigarette.

— Vous avez repris ? s'étonna Cavendish

— Eh oui, regretta-t-il, la cigarette électronique ne me suffit pas. Mais je ne désespère pas d'arrêter. Un jour.

— Que croyez-vous que va faire la CIA ?

— Je l'ignore, et cela m'indiffère totalement. Monsieur Morg et moi avons de petits comptes à régler, et lancer à ses trousses l'élite des troupes yankees m'amuse follement. De plus, le jeu du chat et de la souris auquel les deux parties vont se livrer nous sera de toute façon bénéfique. Une pierre, deux coups, sourit-il en balançant son mégot sur l'asphalte.

CHAPITRE 8

New Jersey, de nos jours.

Jeremy protégeait du mieux possible Ann des embruns soulevés par le bateau à moteur. Sa fille et lui y avaient embarqué quelques minutes plus tôt en compagnie de Greg et d'un sexagénaire à la voix rocailleuse et au visage buriné. L'homme s'était sobrement présenté sous le nom d'Eli avant de charger son petit monde et de mettre le cap sur une faible lumière qui luisait au large.

Ils arrivèrent bientôt en vue d'un chalutier contre lequel l'esquif vint se placer avec une précision exemplaire. Greg grimpa le premier à une courte échelle de corde accrochée au bastingage. Il tendit les bras en direction de Jeremy qui, après une seconde d'hésitation, lui confia Ann et monta sur le pont dans la foulée.

Le dénommé Eli mit les gaz sans perdre un instant et repartit en direction de la berge.

— Rends-la-moi ! ordonna Jeremy.

Greg s'exécuta de bonne grâce, visiblement peu à l'aise avec un nourrisson.

— Désolé pour tout à l'heure, mais j'obéissais aux consignes, s'excusa-t-il.

— Je comprends. Mais puisque tu le mentionnes…

Il cala la petite contre son torse et décocha un direct du droit à Greg qui recula moins à cause de la violence de l'impact que sous l'effet de la surprise.

— Celle-là, tu n'allais pas l'emporter au paradis, se félicita Jeremy. Nous sommes quittes !

Greg se ressaisit et testa les ailes de son nez pour s'assurer qu'il n'était pas cassé.

— On va dire que je l'ai mérité. Mais ne t'avise pas de recommencer, menaça-t-il. Viens, mettons-nous à l'abri, inutile d'exposer ta fille au vent et au froid.

— Je n'ai pas de raison de t'en coller une autre, sauf si tu déconnes encore. Passe devant, je te suis.

Ils traversèrent le pont en direction de la cabine de pilotage, puis descendirent vers les quartiers de l'équipage. Les deux hommes empruntèrent une coursive bordée par d'épaisses portes métalliques fermées et débouchèrent sur un réfectoire.

Jacky se tenait là, attablée devant un café fumant, à glousser comme une dinde aux plaisanteries débitées par une gravure de mode tout droit sortie des pages de *Gentleman Quality*. Le genre grand, coiffure impeccable même au réveil, bronzé l'hiver et l'air classe en toutes circonstances. Même avec un simple jean clair et une veste en cuir noir sur un gilet assorti, il était d'une rare élégance. Le mec que n'importe quel époux détesterait immédiatement s'il le voyait discuter avec sa femme…

Avisant son mari et sa fille, Jacky se leva brusquement et se précipita sur eux. Elle embrassa

Jeremy à pleine bouche, ce qui atténua un peu son irritation, et serra Ann dans ses bras.

— Docteur Avi Lafner, fit « Gentleman Quality ».

Médecin en plus... J'espérais qu'il ne sache pas écrire son nom, c'est raté. L'enfer... pensa Jeremy.

— Jeremy Corbin.

— Je sais, Eytan m'a beaucoup parlé de vous, répondit l'autre avec l'entrain d'un fan rencontrant une idole.

Jeremy le trouva tout de suite moins antipathique.

— Nous avons anticipé la présence de votre enfant. J'ai amené de quoi lui préparer un biberon ainsi que des jouets, et je lui ai aménagé un endroit pour dormir, conclut-il en désignant un berceau installé dans le coin de la pièce.

— Merci, Avi, sourit Jacky.

D'une main coquette, elle recoiffa quelques boucles de cheveux indisciplinées, ce qui lui valut un regard noir de son époux.

— Nous allons vous laisser, le temps qu'Eytan et Eli nous rejoignent, annonça le médecin en invitant Greg à quitter les lieux.

— Enfin seuls, déclara Jeremy sitôt les deux hommes disparus. Dites-moi, madame Walls-Corbin, je n'ai pas l'impression de vous avoir manqué !

— Tu es jaloux, ma parole, minauda la jeune femme.

— Moi ? Je ne vois pas de qui...

Jacky lâcha un petit rire moqueur et reporta son attention sur le bébé.

— Au fait, reprit-elle en couchant Ann dans le petit lit, que faisait Greg avec toi ?

Une mise au point s'imposait. Ils s'installèrent tous deux à une table autour d'un café et consacrèrent les quinze minutes suivantes à se raconter leur soirée respective. L'attaque des locaux de la police, la délirante prise d'otage dans le sous-sol de leur maison, ils n'omirent aucun détail. L'identité réelle de Greg alimenta largement la conversation. Une évidence se faisait jour sans équivoque : la famille Walls-Corbin se retrouvait dans la mouise et ignorait pourquoi.

— Tiens, fit Jeremy en tendant à son épouse le sac de vêtements rassemblés à la hâte. Eytan m'a dit que tu devais abandonner ton uniforme de shérif, alors il t'a préparé de quoi te changer.

Jacky enfila un jean bleu, un pull gris ras du cou et une paire de bottes marron à talons plats. Elle coiffa un bonnet de laine et termina sa métamorphose en passant un bomber noir.

Le retour d'Avi, suivi d'Eli et de Greg, laissa espérer un début d'explication. Eytan arriva le dernier et dut se courber pour franchir la porte.

— Vous allez bien ? demanda-t-il.

Jacky et Jeremy acquiescèrent d'un signe de tête.

— Parfait, je vais faire les présentations : Eli Karman est mon coordinateur au sein du Mossad.

— Était, corrigea le sexagénaire.

Un masque de contrariété assombrit brièvement le visage d'Eytan.

— Avi Lafner est… était… médecin au sein de nos services.

— Chef, objecta *Gentleman Quality*. Médecin-chef.

— Quant à Greg, il était chargé d'assurer votre sécurité depuis votre installation dans le New Jersey. Tu noteras, Jeremy, que j'ai sélectionné le plus geek de mes agents.

Eytan termina sa phrase par un regard appuyé à Greg.

— Contrairement à mes deux camarades, je n'ai aucune précision à apporter, sourit ce dernier.

— Enchanté, tout le monde, répliqua Jeremy. Mais nous, des précisions, nous en voulons bien, n'est-ce pas, ma chérie ?

— Ça s'impose, conclut Jacky.

— Bien sûr, soupira le *kidon*. Mais c'est une longue histoire…

CHAPITRE 9

Londres, janvier 2011.

De lourds nuages noirs s'aggloméraient au-dessus de la capitale anglaise. La pluie menaçait de s'abattre, mais elle n'entamerait pas le flegme légendaire des sujets de Sa Majesté. Rien d'alarmant pour un peuple qui, soixante-dix ans plus tôt, avait vu les bombardiers allemands cracher des tonnes de fer et d'acier. En ce temps-là, seul l'Empire britannique se dressait face aux hordes fascistes qui déferlaient sur le monde, balayant tout sur leur passage.

Penché sur le garde-corps cernant la terrasse de l'appartement, une tasse de thé à la main, Eytan se reprocha un sentimentalisme déplacé. Malgré sa lutte perpétuelle pour évoluer avec son époque, il lui arrivait, comme de nombreux anciens combattants, de céder aux sirènes d'un passé depuis longtemps révolu. Il lui était encore difficile de contempler la ville sans revoir les immeubles éventrés ou la multitude de soldats alliés qui déambulaient dans les rues au milieu de civils imperturbables. Parfois, il lui semblait même entendre les alarmes prévenant de l'attaque imminente des missiles V2 tirés depuis le continent. Pour cette raison, Eytan évitait de s'éterniser à Londres autant que possible. Aussi ce petit duplex donnant sur la Tamise ne servait-il plus que de pied-à-terre lors de ses rares séjours en Angleterre.

En dépit de son goût pour les hôtels de standing, Eytan préférait se réfugier dans ce logement à la décoration sommaire. Et tant pis si les assauts de la mémoire frappaient en ces lieux plus durement qu'ailleurs.

Le clapotis des premières gouttes résonna sur les dalles de grès ocre recouvrant le sol. En fait de crachin, une véritable averse doucha le géant, qui ferma les yeux et releva la tête en inspirant profondément. Rien de tel que l'eau froide pour renouer avec le présent et s'affranchir des rêveries morbides.

Eytan engloutit son thé d'une traite, rentra à l'abri et se dirigea vers la table sur laquelle des documents s'entassaient. Le résultat d'une traque de six mois. Une traque aléatoire, incertaine, mais qui s'avérait payante. Sans l'implication d'Avi Lafner et ses multiples contacts dans le monde médical, rien n'aurait été possible. Et voilà qu'après de longues semaines de recoupements et des heures passées au téléphone, le fantasque médecin lui avait fourni l'adresse tant attendue.

Eytan saisit la veste de treillis posée sur le dossier de sa chaise puis avisa le holster dans lequel se trouvait son pistolet.

Inutile, pensa-t-il en souriant, *ce sera plus satisfaisant à mains nues.*

Lorsqu'il quitta l'appartement, Eytan sifflotait *It's raining again* de Supertramp.

Aujourd'hui, un pauvre type verrait bien plus déplaisant que des trombes d'eau lui tomber dessus…

Le front collé à la vitre du taxi, Ian Jenkins entrevoyait le bout du tunnel. Après six mois d'une convalescence plus difficile qu'escompté, il retrouverait bientôt le plein usage de sa jambe. À la plastie ligamentaire, prévisible au vu de la nature de sa blessure, s'était ajouté un nettoyage de la rotule fracassée par la balle et un remplacement du ménisque qui s'était fendu sous l'impact.

Le jeune P-DG d'une *start-up* de services informatiques spécialisée dans la logistique avait appris la patience. Une notion jusqu'alors dénuée de sens pour ce fils de la haute, unique héritier d'une dynastie d'entrepreneurs et de politiciens britanniques. Porté par de brillantes facultés intellectuelles, des résultats scolaires exemplaires et une confiance en soi à l'avenant, Ian avait toujours pensé que son ascension ne connaîtrait aucune entrave. Son recrutement par le très fermé et puissant Consortium avait confirmé ses certitudes. Qu'une organisation séculaire dont le but premier était d'influer sur l'évolution de l'humanité et d'imprimer au monde une direction au milieu du chaos s'intéresse à lui, voilà qui constituait un véritable accomplissement.

Du moins jusqu'à la désastreuse « mission » praguoise. Le briefing que lui en avait fait Cypher – pseudonyme choisi par le dirigeant de la société secrète – n'avait laissé présager d'aucune difficulté particulière. Ian devait conclure un accord avec un agent israélien d'origine polonaise, spécialisé dans la traque et l'élimination d'anciens criminels de guerre. Les termes de l'arrangement étaient simples : en échange de sa collaboration, l'agent récupérerait entier l'un de ses proches enlevé par les sbires du Consortium. Pour mener la négociation, Ian avait bénéficié de gardes du corps et de l'assurance que son interlocuteur se présenterait désarmé. Moralité : les gardes du corps n'avaient pas levé le petit doigt, et l'interlocuteur s'était pointé armé comme un porte-avions.

Si l'argent atténuait les désagréments causés par la réduction de sa mobilité, il n'effaçait pas plus l'offense subie que la peur éprouvée. Celle, légitime, provoquée par l'ire d'un tueur chauve de deux mètres de haut, mais aussi celle, plus inquiétante, d'avoir été lâché par ses nouveaux amis.

En dépit de son état, Ian avait saisi des bribes de la conversation entre son agresseur et Cypher. Les commentaires du maître du Consortium concernant l'arrogance du jeune Anglais et le besoin de lui infliger une bonne leçon avaient fait mouche. Et rien de tel qu'une balle dans la rotule pour entamer une réflexion de fond sur la prudence, l'humilité et sa propre vulnérabilité.

Restait à trouver le juste équilibre entre le désir de revanche et la nécessité de faire profil bas. Autant tourner la page sans faire de vagues. Le Consortium ne donnait plus de nouvelles depuis son opération chirurgicale. Quant au psychopathe géant, le diable seul savait ce qu'il était advenu de lui.

Aujourd'hui, six mois après cette mésaventure, Ian Jenkins le constatait amèrement : il n'était plus que l'ombre de lui-même. Maigre consolation, cette matinée marquerait la fin de ses tourments physiques.

Les cumulo-nimbus annonçaient une journée arrosée. Les tiraillements ressentis au niveau de son articulation meurtrie promettaient des rhumatismes tenaces dans des environnements humides.

À l'aune de ce constat, il envisagea sérieusement de quitter l'Angleterre pour émigrer dans un pays chaud et sec.

— Nous sommes arrivés, monsieur. Ça fera vingt-trois livres, réclama le *cabby*.

Ian fouilla dans la poche intérieure de sa veste en cuir, sortit un portefeuille dont il tira trente livres. Poussé par l'impatience, il abandonna la monnaie au chauffeur et prit appui sur l'encadrement de la portière pour s'extraire en douceur du véhicule.

En dépit de ses efforts pour ne pas brusquer son genou, celui-ci émit un craquement de bois mort. Bien qu'il n'eût ressenti aucune douleur, il redoutait en permanence la rechute…

Ian pénétra dans le cabinet cossu et très « select » du quartier de Chelsea. Il traversa un couloir et entra dans une cabine attenante à la salle d'exercice. Là, il suspendit soigneusement ses vêtements sur des cintres, ne gardant que son caleçon bleu à pois verts. Il franchit la petite porte séparant le vestiaire de la pièce voisine et s'allongea sur la table de massage qu'il ne pouvait plus voir en peinture tant elle symbolisait des mois de souffrance.

Une fois installé sur le ventre, Ian plaça sa tête dans la cavité faciale pour la dernière fois et attendit les yeux fermés l'arrivée du kinésithérapeute. Une joie immense, comme il n'en avait pas éprouvé depuis longtemps, l'envahit. Cette ultime séance validerait les progrès effectués et mettrait un terme définitif au pire épisode de sa jeune carrière.

Deux grandes mains s'abattirent sur ses mollets. Il sursauta et rouvrit soudain les yeux.

— Je ne vous ai pas entendu entrer, s'excusa-t-il, le regard vissé sur le linoléum gris moucheté.

Le spécialiste répondit par un grognement incompréhensible et tâta de ses doigts l'arrière du genou. Il palpa les ligaments et les muscles de la cuisse puis saisit la cheville et la redressa pour tester l'élasticité de l'articulation.

— Pour le genou, tu es bon. Pour le reste, par contre, tu n'es pas sorti du sable, mon con…

Cette voix ! Oh putain, pas lui…

Il tenta de relever la tête, mais une pression puissante maintint son visage dans la cavité.

— Tu croyais vraiment que je t'avais amoché pour le simple plaisir de t'humilier ?

— Ce n'était pas le cas ? demanda Ian, effrayé.

— En t'obligeant à te faire opérer, je me laissais une chance – mince, je te l'accorde – de te localiser, précisa Morg dans un soupir. Enregistrer ton admission sous un faux nom dans une clinique allemande était certes malin, mais insuffisant pour m'empêcher de te retrouver. Tu n'imagines pas combien d'actes de chirurgie orthopédique sont pratiqués chaque jour sur l'ensemble du continent européen. Un ami m'a dit il y a très longtemps que le secret de la santé était de fumer, de boire et de ne surtout pas faire de sport. Crois-moi, le nombre de dossiers que nous avons dû éplucher lui donne raison !

— Vous avez vérifié tous les dossiers liés au type d'opération que j'ai subie à l'échelle de l'Europe ? interrogea Ian, la tête toujours maintenue contre la table.

La peur se mêlait à une sidération croissante.

— Je suis d'un naturel opiniâtre et, tu le découvriras à l'usage, je ne laisse jamais rien au hasard.

La pression sur la nuque se relâcha. Le psychopathe lui tirait maintenant les cheveux en arrière pour l'obliger à se redresser. Ian manqua perdre l'équilibre lorsque Morg le traîna dans un coin de la salle. Le jeune entrepreneur avançait sur la pointe des pieds pour atténuer la douleur qui lui brûlait le cuir chevelu.

— Voilà, ici, ce sera parfait, déclara le géant en balançant Ian, qui s'écrasa contre le mur et s'affaissa.

Morg s'accroupit puis passa le bras droit autour du cou de l'Anglais et l'incita à se relever en l'étranglant à moitié.

— Qu'allez-vous me faire ? suffoqua Ian, persuadé que sa dernière heure était arrivée.

— Détends-toi, ordonna le tueur en dégainant un téléphone portable.

Il colla sa grande tête à celle de Ian puis plaça l'appareil face à eux.

— *Cheese*, dit-il en souriant à pleines dents.

Il examina ensuite l'écran sur lequel s'affichait un cliché des deux hommes, joue contre joue, l'un gai, l'autre les traits déformés par la panique. Enfin, Morg s'éloigna de quelques pas pendant que Ian se courbait en avant, le visage congestionné, et toussait à plusieurs reprises.

— Nous voici désormais officiellement amis, se félicita le géant en rempochant le mobile, même si tu as l'air un peu tendu sur la photo.

Puis, aussi soudainement qu'il avait lâché prise, il se rua sur Ian, enserra sa gorge dans sa main et le plaqua à nouveau contre la paroi avec une force telle que le malheureux ne touchait plus terre et respirait avec peine.

— Maintenant, je t'explique, parce que je sens que tu ne comprends pas tout. D'après ce que je sais du Consortium, il garde un œil attentif sur ses membres. Dorénavant, tu es ma taupe auprès de Cypher. Dès qu'il te contacte, tu me préviens, sinon la photo termine sur la page d'accueil du site de ta *start-up*. Je doute que le grand maître de votre société secrète apprécie notre complicité naissante…

Poursuivant la stratégie du chaud et froid, le tueur libéra Ian de son emprise, mais resta collé à lui. Nouveaux toussotements, nouvelles interrogations, et un rythme cardiaque annonciateur d'une attaque imminente…

— Qui vous dit qu'il me contactera ? Je n'ai eu aucune nouvelle depuis Prague.

— Cypher t'aurait déjà éliminé s'il ne comptait pas recourir de nouveau à tes services. Et s'il prend connaissance de notre pacte, tu auras beau lui raconter la vérité, il te fera disparaître pour ne prendre aucun risque. Mais ce sera rapide à côté de ce que je te ferai subir si tu tentes de me doubler. Compris ?

Ian profita de l'accalmie pour évaluer sa situation. Les faits tels que son interlocuteur les présentait ne lui laissaient guère le choix. Effacée, la fierté d'appartenir à l'élite des hauts décideurs ; liquidés, les fantasmes sur la trépidante vie au cœur des secrets. Coincé entre le marteau et l'enclume, Ian Jenkins mesura la précarité de sa position.

— Compris, murmura-t-il.

— Je savais que tu étais un homme intelligent, se moqua le géant.

Il sortit un second téléphone portable et le tendit à son allié de circonstance qui s'en saisit, toujours sur la défensive.

— Si besoin, tu m'appelles avec ça : il n'y a qu'un numéro enregistré. Les communications sont cryptées. Je compte sur toi, conclut Morg avant de quitter la pièce tel un courant d'air.

Ian se laissa glisser contre le mur et s'assit à même le sol. Des larmes de frayeur roulaient le long de ses joues, vite chassées par le soulagement d'avoir survécu encore une fois à une rencontre cauchemardesque. Se remémorant la souffrance éprouvée à Prague, il se satisfaisait de s'en tirer avec une simple crise de panique. Il se focalisa sur sa respiration et retrouva lentement son calme. Il se releva et prit appui sur la table de massage pour se diriger vers la cabine où l'attendaient ses vêtements. Reboutonner sa chemise s'avéra compliqué tant ses doigts semblaient dotés d'une volonté propre. Le téléphone remis par son agresseur sonna. Il répondit à toute vitesse.

— Oui ?

— Jenkins, j'oubliais…

— Quoi ? demanda Ian, dans l'expectative d'une nouvelle douche froide.

— Joli caleçon…

CHAPITRE 10

Banlieue de Tel-Aviv, au même moment.

L'homme avançait en catimini dans le couloir. Le moindre bruit trahirait sa présence et attirerait l'attention du vigile avachi dans le poste de sécurité situé à l'autre bout du hall de la clinique, déserte en cette heure tardive. La réussite de son plan exigeait une discrétion absolue. L'exécution serait rapide, précise, mais certainement pas indolore. Surtout pas indolore.

L'ombre furtive jeta un coup d'œil au garde qui visionnait un film sur son ordinateur portable, les jambes allongées sur le bureau. À pas de velours, elle navigua entre les bancs dévolus aux patients et visiteurs et se dirigea vers sa victime.

— Ce soir, tu vas crever, sale garce, murmura-t-il une fois devant sa cible. Je ne voulais pas en arriver là, mais tu t'obstines, alors je suis contraint de passer à l'action. Depuis des mois, tu tentes de m'empoisonner plusieurs fois par jour. Tu te doutais bien que si j'en réchappais, ma vengeance serait terrible…

Doigts contractés autour d'un long tournevis cruciforme, l'homme luttait contre la vague de plaisir et d'excitation qui le secouait de la tête aux pieds. Ce n'était pas le moment de flancher. L'heure était grave.

Soudain, une vibration monta de la poche de sa blouse blanche. Pestant en silence, il attrapa maladroitement le portable dont la sonnerie résonnait déjà dans toute la pièce et lâcha son tournevis, qui rebondit au sol avec fracas.

Le vigile de service, alerté par le raffut, jaillit de son antre et alluma les néons du hall.

Agir, vite.

— Un problème, docteur ? demanda le planton.

— Aucun, répondit Avi Lafner, accoudé au distributeur automatique de boissons qu'il s'apprêtait à expédier *ad patres*. Je prenais juste un petit café quand mon téléphone a sonné, précisa-t-il.

— Je serais vous, j'éviterais, lança le cerbère en retournant à son poste sans remarquer le tournevis calé sous sa semelle, le café est immonde.

Et d'après toi, pourquoi voulais-je exploser cette saloperie ? pensa le médecin, portant l'appareil à son oreille.

— Putain, Eli, pourquoi tu m'appelles à une heure pareille ? reprocha-t-il à son interlocuteur avec une mauvaise humeur palpable.

— J'ai connu des accueils plus chaleureux, lui reprocha Eli Karman d'un ton pincé.

— Pardonne-moi, se ressaisit Avi, mais j'étais en plein… travail. Que puis-je pour toi ?

— Ça te dérangerait si je passais te voir maintenant ? J'ai reçu mes résultats, et…

— Pas de problème, j'ai encore des dossiers à compléter. Je t'attends.

Avi Lafner raccrocha puis se pencha pour ramasser l'arme du crime avorté. Il asséna une tape au distributeur.

— Ce soir, tu as eu de la chance, mais ton heure viendra…

Une demi-heure plus tard, les deux hommes se tournaient le dos dans la salle d'examens. Eli Karman reboutonnait sa chemise tandis qu'Avi Lafner terminait la lecture des relevés d'analyses. Ceux-ci confirmaient les craintes soulevées par l'auscultation pratiquée quelques minutes plus tôt.

— Alors ? demanda le sexagénaire en se retournant vers son ami, sans inquiétude apparente.

— Fais-moi le plaisir d'arrêter de fumer. Et pas dans un an : tout de suite ! répondit celui-ci en ouvrant la porte menant au couloir.

— Sinon ?

— Sinon tu aggraveras le début d'emphysème qui t'épuise dès que tu montes trois marches. Je vais te prescrire ce qu'il faut pour atténuer les symptômes, principalement la fatigue, mais les dégâts au niveau de tes voies respiratoires sont irréversibles.

— Au moins, ce n'est pas un cancer, soupira Eli en quittant la pièce à l'invitation de son hôte.

— Ce n'est pas encore un cancer, rectifia Avi, avec un sérieux qu'Eli ne lui connaissait pas. Allons dans mon bureau, que je te fasse l'ordonnance. Ne te berce pas d'illusions, tu ne retrouveras pas une deuxième jeunesse.

— J'ai passé l'âge de me faire des illusions.

Ils remontèrent un long couloir impersonnel puis pénétrèrent dans le bureau d'Avi. Ce dernier, pour détendre l'atmosphère et excuser son accueil frisquet au téléphone, raconta le différend qui l'opposait à la machine à café.

— Tu vas finir par t'attirer des ennuis avec la hiérarchie, le prévint Eli. L'humour n'est pas la qualité première de nos chers collègues.

— Si tu savais à quel point je m'en fous. J'ai croisé en quelques années plus de profils psychotiques au sein des services secrets et de l'armée qu'un psychiatre n'en verra dans toute sa carrière. Alors, pour supporter tout ça, j'instille quelques grammes de fantaisie dans ce monde de brutes. Si cela avait l'heur de déplaire à ces messieurs de la direction, je foncerais ventre à terre vers le secteur privé. Et puis, mon ami, tu es un peu gonflé de me parler d'ennuis, parce que les professionnels de « On se fout dans la merde avec tambours et trompettes », c'est quand même Eytan et toi ! Avec le prix spécial du jury pour ton enlèvement.

— Je te l'accorde. D'ailleurs, tu serais bien avisé de garder pour toi le malheureux épisode de ma séquestration par le Consortium. *Idem* pour mon état de santé… À propos d'Eytan, il m'a téléphoné avant de prendre son avion. Il te remercie pour les investigations que tu as menées.

— Il a débusqué le mec à qui il a fait sauter la jambe ? Tant mieux, parce que j'en ai bavé des ronds de chapeau pour retrouver sa trace.

— Eytan retrouve toujours ceux qu'il cherche.

— Arrête, tu m'excites quand tu parles comme Terminator, plaisanta Avi face au ton sentencieux employé par son interlocuteur.

— Tu es indécrottable.

— Ce n'était pas une vanne, protesta Avi, peu crédible.

Il sourit face à la moue circonspecte que lui renvoyait Eli.

— Oui, bon, peut-être un peu. Je te rappelle que je suis un administratif, je n'ai pas goûté aux joies du service actif, contrairement à vous deux. Tu sais que j'adore écouter le récit de vos aventures. Même si les tiennes datent un peu. Tu as quitté le terrain depuis quoi, vingt ans ?

— Dix-neuf précisément.

— Ça te manque ?

— Un peu plus chaque jour…

CHAPITRE 11

Tel-Aviv, dix-huit mois plus tard.

Le complexe immobilier comptait cinq bâtiments, des blocs de béton écrus de quatre étages auxquels les étroites fenêtres rouges et la ramure verdoyante des arbres éparpillés sur les terre-pleins ajoutaient de rares touches colorées. Une cinquantaine de voitures envahissait le parking surchargé. Le plus clair du temps, dénicher une place virait au cauchemar, et seuls les plus matinaux trouvaient à se garer. Lors de la construction de cette discrète zone d'activité en banlieue de Tel-Aviv, personne ne s'attendait à une telle affluence. Mais au fil des ans, une myriade de petites entreprises avait pris possession des locaux. Des spécialistes de la logistique industrielle côtoyaient des cabinets d'avocats, des bureaux d'études en ingénierie et autres agences de design ou de communication.

À l'ombre d'un olivier, Eli Karman fumait benoîtement son cigarillo et observait, amusé, le bal ininterrompu des clients, fournisseurs et salariés. Ceux-ci évoluaient quotidiennement dans ce cadre studieux sans réaliser une seconde qu'un bon tiers des sociétés présentes affichaient des enseignes bidon derrière lesquelles se tenaient les réunions les plus importantes du *Kidon*, la division élimination et enlèvement du Mossad.

Le siège de l'organisation se situait à Herzliya, au nord de Tel-Aviv, et centralisait le traitement et l'analyse des informations. Pour des raisons évidentes de discrétion et d'anonymat, les instances dirigeantes jugeaient plus sage de délocaliser les rencontres impliquant les agents opérationnels.

Les secrets se cachent souvent au grand jour.

L'arrivée pétaradante d'une moto de grosse cylindrée perturba la quiétude d'une poignée d'oiseaux qui s'envolèrent aussitôt. Le pilote effectua un tour complet du parking à la recherche d'un emplacement libre ; sans succès. La monture et son imposant cavalier s'approchèrent d'Eli, qui n'avait jamais compris ni partagé le goût d'Eytan pour ce moyen de transport. Atterré, il le regarda gravir le terre-plein puis déployer la béquille. Le géant mit ensuite pied à terre et ôta son casque noir.

— C'est toujours l'enfer, ici, s'étonna Eytan.

— Depuis le temps, vous devriez être averti, lâcha Eli d'une voix lasse.

— Mon éternel optimisme…

— Rien de tel que le bus pour éviter les pollueurs et les spécialistes de l'incivilité !

— Après cinq heures de vol, je rêvais de recevoir une leçon de morale, soupira le *kidon*.

— Il est grand temps que quelqu'un se charge de votre éducation !

— Dites, j'ai la délicatesse de ne jamais évoquer certains épisodes gênants de vos jeunes années, mais je peux me laisser aller… le menaça Eytan, un sourire carnassier aux lèvres.

La pique fit mouche. En apparence anodine, cette discussion résumait à merveille la complexité des relations entre les deux hommes. À la fois père et fils, fils et père, chacun peinait à trouver des repères stables. Quand, orphelin chétif de sept ans, Eli avait embarqué sur un navire à destination d'Israël en 1953, il ignorait que la providence placerait sur sa route un être aussi exceptionnel que le colosse chauve. Un concours de circonstances orchestré par un petit caïd à l'esprit vif prénommé Franck avait amené Eytan à adopter Eli. Encore aujourd'hui, il se rappelait ce grand bonhomme, la tendresse pudique de son regard, et ses mots prononcés d'une voix étrangement douce : « Alors Eli, ça te dirait qu'on fasse un bout de chemin ensemble ? » Le genre d'offre qui ne se refuse pas.

Les années qui suivirent, Eytan s'absenta souvent pour « ses affaires ». Pourtant, Eli ne manqua de rien, surtout pas d'amour paternel, et bénéficia d'une solide éducation dispensée par les meilleures écoles. Lorsqu'il eut treize ans, son « père » lui révéla la tragique vérité sur son passé, ses spécificités biologiques hors normes acquises contre son gré, et la mission qu'il poursuivait inlassablement : retrouver, arrêter ou éliminer les criminels de guerre. Eli en conçut une admiration et une fierté incommensurables. L'enfant souffreteux se mua en adolescent sportif, dur au mal, hargneux dans l'effort. Eytan voulait pour lui une vie apaisée, insouciante, un bonheur simple. Tout ce qu'on lui avait volé. Mais pour Eli, le vrai bonheur résidait dans la dévotion à cet homme à part. Jeune adulte, et malgré les protestations du *kidon*, il s'enrôla dans Tsahal, avant de rejoindre le Mossad. Ensemble, ils écumèrent la planète une vingtaine d'années durant. Mais alors qu'Eytan gagnait en force et en efficacité, Eli subissait les effets de l'âge et un jour, il dut se rendre à l'évidence et déposer les armes. Son combat prit alors une autre forme : il coordonna les actions de son père, ami et mentor sous le titre fallacieux de « conservateur des archives du Mossad ». Une façon symbolique de signifier que les deux hommes soldaient les comptes d'un passé cruel.

Eli trouva le temps de rater un mariage, dont ne subsista qu'une petite fille formidable, Rose, installée à Boston et maman depuis peu. La paternité marqua un tournant décisif dans sa relation avec Eytan.

De protégé, il devint protecteur.

— Eli, fit Eytan, il faut qu'on y aille ou nous serons en retard.

— Vous avez raison, répondit-il, soulagé de s'arracher à ses pensées. Pas trop dur de quitter votre île irlandaise ? demanda-t-il pour revenir à des considérations plus anodines.

— Ça va, assura Eytan en marchant à grandes enjambées en direction du bâtiment numéro 5. J'ai profité de mon séjour pour terminer des travaux en souffrance. À force, je vais bien finir par la rendre habitable, cette bicoque, plaisanta-t-il.

— Avez-vous des nouvelles de votre informateur londonien ?

— Toujours pas. J'ai posé une première pierre dans le jardin du Consortium et de notre ami Cypher. Mais Rome ne s'est pas faite en un jour. Il va encore nous falloir de la patience.

— Et Dieu sait que vous en avez, commenta Eli en entrant dans l'immeuble.

— Parfois, conclut Eytan, mais pas toujours…

Trente minutes plus tard, les deux hommes poireautaient dans le hall d'accueil d'un cabinet juridique où aucun avocat n'avait jamais mis les pieds. Enfoncé dans un fauteuil trop bas pour lui, Eytan croisait et décroisait les jambes à la recherche d'une position confortable, sous le regard amusé d'Eli. De guerre lasse, il se leva, s'appuya contre une fenêtre et contempla le parking. Un moyen comme un autre de lutter contre l'agacement causé par une attente interminable. Une porte s'ouvrit dans son dos.

— Qu'est-ce que tu fais là ? s'étonna Eli.

Eytan se retourna et tomba nez à nez avec Avi Lafner vêtu d'un jean délavé, de baskets bleues et d'un polo de rugby rayé rouge et blanc.

— J'ai été convoqué, répondit ce dernier, surpris.

— Et tu te pointes ici habillé comme pour un pique-nique ? lui fit remarquer Eytan.

— Tu ne manques pas d'air, fringué comme tu l'es…

— Touché.

— Et vous deux, qu'est-ce que vous fichez là ?

— Nous pensions recevoir une nouvelle affectation, déclara Eli, circonspect. Je vais sonder les secrétaires pour essayer d'en savoir plus.

Il revint une minute plus tard, accompagné d'une jeune femme brune dont les longues jambes fuselées happèrent le regard de Lafner. Elle, par contre, n'avait d'yeux que pour Eytan.

— Si vous voulez bien me suivre, vous êtes attendus.

Elle ouvrit la marche, précédant Eli, Avi qui penchait la tête pour mieux observer les mollets musclés de la demoiselle, et enfin Eytan qui poussait le médecin avec force coups de coude moqueurs. Elle les guida jusqu'à une salle de réunion, frappa à la porte puis invita Eli à entrer.

En apercevant les trois hommes présents dans la pièce, le vétéran blêmit et se retourna vers ses compagnons.

— Ce n'est pas une réunion, murmura-t-il, atone.

Avi interrompit sa contemplation.

— Ah bon ? Et sans vouloir te manquer de respect, ce serait quoi d'autre ? demanda-t-il avec une pointe d'ironie dans la voix.

Il se tourna vers Eytan, lui-même livide.

— C'est un procès…

CHAPITRE 12

La prédiction d'Eytan se vérifiait un peu plus au fur et à mesure des présentations. Assises côte à côte derrière une table en mélaminé marron, les trois têtes pensantes du Renseignement israélien ressemblaient à s'y méprendre à autant de juges impassibles et austères. Eli en connaissait vaguement deux, rencontrés lors de débriefings lointains. L'individu qui se trouvait au centre n'appartenait pas au menu fretin : Simon Attali, spécialiste géopolitique, s'occupait des relations occultes entre services secrets. Ce trentenaire au teint mat et aux cheveux bruns avait un physique sec et un visage aux expressions indéchiffrables. Diplomate de l'ombre, il entretenait des réseaux complexes, ce qui lui permettait de tout savoir sur tout, avec deux longueurs d'avance sur les politiciens les plus avertis. Un homme de grande valeur pour un pays dont la situation précaire sur l'échiquier international dépendait de sa capacité à anticiper. Un homme puissant et dangereux.

Sagement installés sur d'inconfortables chaises en plastique blanc, Avi et Eli échangeaient des regards suspicieux. Seul Eytan demeurait debout, nonchalamment appuyé contre un mur, collé à un écran plasma, les mains croisées dans le dos.

— Agent Morg, prenez place, l'invita Attali.

— Impossible, rétorqua Eytan à la surprise de son interlocuteur.

— Et pourquoi donc ?

— Vos chaises pour nains ne supporteront jamais mon poids.

Eli ne broncha pas, mais Avi ne put réprimer un rire qui eut le mérite de dérider Attali.

— Je loue votre prévenance envers le précieux matériel de notre administration. Puisque certains d'entre nous sont d'humeur joviale, nous allons commencer. Alors, mon cher Karman, n'avez-vous rien à me dire ? demanda-t-il en se tournant lentement vers Eli.

— Je ne vois pas, répondit le sexagénaire. Nous n'avons pas été informés de l'objet de cette rencontre.

Avant même la fin de la phrase, Attali se désintéressa d'Eli et porta son regard sur Eytan.

— Morg, rien qui vous vienne à l'esprit ?

— Moi bras armé, moi pas esprit, lança le *kidon* en fermant à demi les paupières pour singer un air demeuré. Avec succès si l'on en jugeait par le nouveau ricanement d'Avi et l'expression de colère qui traversa le visage d'Attali.

— Je vous aurai laissé une chance, souffla ce dernier en cliquant sur la souris de son ordinateur.

Sur l'écran géant apparut une image qui glaça l'atmosphère : Eli, les mains liées dans le dos, un masque noir sur les yeux.

— La mémoire vous revient-elle, messieurs ? demanda Attali, sourire retrouvé.

Dans un silence assourdissant, les trois hommes échangèrent des regards incrédules.

— … pas grave, continuons…

Une nouvelle série de photos défila. Sur la première, quatre cadavres de soldats israéliens gisaient dans leur sang sur un sol carrelé. Sur la seconde, une femme rousse, inconsciente, allongée sur un lit roulant.

— Puisque vous n'avez rien à me dire et que cette enquête a exigé des mois, je vais vous dresser un petit résumé pour vous rafraîchir les idées. Il y a quelque temps de cela, Eli Karman devait se rendre à Boston, mais n'y est jamais arrivé et semble avoir fait un stage en tant qu'otage chez des ravisseurs indéterminés. Dans le même temps, l'agent Morgenstern ramène de mission une prisonnière qui élimine quatre de nos soldats sous les yeux d'Avi Lafner. Puis, pour d'obscures raisons, l'agent Morgenstern libère cette meurtrière au mépris de nos règlements et sans en informer sa hiérarchie. Mais ce n'est pas tout, poursuivit-il en sortant de sa sacoche un document relié d'une dizaine de pages. Une note confidentielle de l'armée tchèque évoque, le lendemain de cette libération arbitraire, un raid sur un de leurs campements. Le bilan se porte à un mort et une trentaine de blessés. J'ai ici le témoignage d'un survivant décrivant avec emphase « un titan au crâne rasé, armé jusqu'aux dents » qui aurait, je cite à nouveau, « tout fait péter sans leur laisser la moindre chance ». Alors, évidemment, j'ai tout de suite pensé à…

Simon Attali ne termina pas sa démonstration et se contenta de fixer le crâne chauve d'Eytan, qui restait de marbre.

— Je vais vous expliquer, intervint Eli.

— Trop tard. (Attali appuya chaque mot.) Vous avez eu votre chance, elle est passée. Que vous utilisiez les moyens du Mossad pour mener à bien vos vendettas personnelles m'est déjà insupportable, mais il est intolérable que vous foutiez la merde dans nos relations internationales, s'emporta-t-il en frappant la table du plat de la main. Vous comprendrez que des mesures s'imposent. Les voici.

— Attendez, laissez-les au moins… tenta Avi, vite rabroué.

— … Docteur Lafner… L'homme qui décroche son téléphone et déclare à ma secrétaire… Je l'ai notée tellement elle m'a fait rire… ah, voilà : « Ici la Clinique Vétérinaire Golda Meir ». Quel humour ! Mais j'ai mieux ! Après l'examen d'un membre de Tsahal, vous avez recommandé un internement psychiatrique arguant du fait que « le patient présente de nombreuses déficiences intellectuelles confinant à la débilité mentale. Une réintégration dans un cursus scolaire primaire s'impose. En plus, c'est un connard. »

— Je m'en souviens ! Il était gratiné, cet abruti, conclut Avi en lançant un coup d'œil à Eytan, qui lui rendit son sourire.

— Cet abruti est un général respecté soutenu par de nombreux politiques.

— Ce n'est pas de ma faute si vous recrutez des tarés…

— Là, nous sommes d'accord, mais il n'est jamais trop tard pour réparer ses erreurs : Karman, je vous colle à la retraite d'office. Lafner, vous êtes invité à rejoindre le secteur privé, de préférence à l'étranger.

La surprise fit place à un concert de questions et de protestations. Avi et Eli se levèrent sans que cela perturbe en rien le juge, dont la sentence continuait de s'abattre.

— Morg, compte tenu de vos états de service, vous êtes transféré aux opérations spéciales liées au Hezbollah et à l'Iran.

— Quoi ? tempêta Eli.

— Les derniers criminels de guerre, à l'image de Laszlo Csatary, sont grabataires. Les talents de Morg seront désormais plus utiles sur d'autres fronts.

— Je vous rappelle, poursuivit Eli, que son statut découle directement d'accords conclus entre Churchill et Ben Gourion. Eytan est seul décisionnaire de ses affectations et refuse toute implication dans les conflits actuels.

— Des accords secrets, datant de plus d'un demi-siècle. Le monde a changé. L'agent Morgenstern est assez grand pour nous dire lui-même ce qu'il en pense…

Tous les regards convergèrent vers le géant. Tête basse, celui-ci écarta un pan de sa veste et sortit précautionneusement un pistolet de son holster. Il en retira le chargeur, qu'il laissa tomber à terre en même temps que l'arme.

— Votre choix est donc fait, commenta Attali, les lèvres pincées. Je suspends sur-le-champ vos accréditations ainsi que vos émoluments. J'ai encore quelques papiers à vous faire signer…

Il adressa ensuite un signe de tête aux deux observateurs, qui se levèrent et quittèrent la pièce sans prêter attention aux accusés, eux-mêmes silencieux.

Il ferma la porte derrière eux non sans leur préciser qu'il les rejoindrait sous peu.

— Voilà, souffla-t-il, soulagé, mes assesseurs vont rapporter ce qui vient d'être dit au ministère. Maintenant que vous êtes tous trois officiellement virés, en retraite ou suspendus, nous allons pouvoir aborder dans la sérénité les termes de votre nouvelle mission…

CHAPITRE 13

Eli Karman avait toujours considéré Simon Attali comme un expert dans l'art du contre-pied, mais il ne s'attendait cependant pas à se faire manipuler de la sorte. Avi, quant à lui, tentait de saisir les tenants et aboutissants d'une mascarade qui prenait en défaut sa sagacité naturelle. Même Eytan, pourtant difficile à déstabiliser, cachait avec peine son incompréhension face au revirement de situation orchestré par le maître-espion.

— À quoi rime cette comédie ? demanda Eli, endossant le rôle de porte-parole du groupe.

— Asseyez-vous, Karman ! ordonna Attali. Lafner, un mot, un seul mot qui ressemble de près ou de loin à une plaisanterie et j'applique immédiatement votre sanction. Quant à vous, Morg, veuillez reprendre votre quincaillerie. J'aimerais rendre cette salle dans l'état où je l'ai trouvée en arrivant, précisa-t-il en s'affairant sur son ordinateur.

Avi fit glisser son index le long de ses lèvres pour indiquer qu'il respecterait la consigne. Eli reprit place sur sa chaise, tandis qu'Eytan s'accroupissait pour ramasser le chargeur, qu'il inséra dans son arme.

— Pour accomplir la tâche qui vous incombe, et qui de toute façon vous concerne au premier chef, agent Morgenstern, il me fallait d'abord couper les liens officiels vous rattachant tous trois à nos services, et donc à notre gouvernement. Mais commençons par le commencement, murmura-t-il d'un air distrait avant d'appuyer énergiquement sur une touche du clavier de son portable.

Attali reporta son regard vers l'écran, imité en cela par le trio.

— Voilà… dit-il alors que deux photographies apparaissaient l'une à côté de l'autre. À gauche, Morg en 1975 enregistré par une caméra de surveillance de Langley durant un programme de formation croisé avec les Américains. À droite, Morg photographié en Suisse il y a environ deux ans par une certaine…

— Jacqueline Walls… soupira Eytan.

Il renversa la tête, ferma les paupières et se massa la nuque.

— Tout à fait. Une source anonyme et bien renseignée m'a informé qu'un petit génie de la CIA, qui s'amusait depuis quelque temps à interconnecter des bases de données images, a fini par déterrer des fichiers oubliés. Une recherche en apparence anodine, et tout à coup : le Graal. Imaginez sa surprise quand il a découvert qu'un homme apparaissant sur deux clichés espacés de quatre décennies n'avait pas pris la moindre ride.

— Les Américains savent pour Eytan ? interrogea Avi, étonné.

— Jusqu'ici, ils pensaient qu'Eytan Morg n'était qu'un nom de code appliqué à plusieurs de nos agents au fil du temps. Ils possèdent aujourd'hui la conviction qu'il s'agit bien d'une seule et même personne.

— Je vois venir les problèmes, commenta Eli qui comprenait mieux que quiconque les multiples implications d'une telle révélation.

La plus insupportable était qu'Eytan soit convoité pour de nouvelles expérimentations. Si l'on en jugeait par les mâchoires crispées du *kidon* et par la lueur de rage qui brillait dans ses yeux, ce dernier envisageait lui aussi cette hypothèse. Mais il ne se laisserait certainement pas capturer sans combattre…

Attali opina du chef et porta son regard sur Eytan.

— Je partage vos inquiétudes. Mais l'affaire ne s'arrête pas là.

— Continuez, intima Eytan, d'une voix inhabituellement forte d'où émanait l'impatience mal contenue d'en découdre.

— Toujours d'après ma source, la CIA n'est pas l'organisme qui s'intéresse à vous. Elle ne serait qu'un maillon d'une vaste chaîne qui remonte aux plus hautes sphères du pouvoir. Problème : j'ignore tout de cette chaîne… Et c'est à vous trois qu'incombe la tâche de remplir les blancs.

Avi se fendit d'un sourire angélique et leva la main.

— Lafner, nous ne sommes pas à l'école, soupira Attali, vous pouvez prendre la parole.

— Je préfère être prudent, précisa Avi. En quoi puis-je être utile ? Je ne suis pas formé pour le terrain.

— Remarque pertinente, se félicita Attali, rassuré que l'intervention du fantasque médecin ne tienne pas de la bravade. Toujours d'après cette source providentielle, l'intérêt porté à Morg serait lié à un projet militaire touchant au domaine médical, ce qui paraît logique au vu des particularités de notre ami. Je compte sur votre expertise en la matière pour me renseigner sur les intentions réelles des Yankees.

— J'ai moi aussi une question, dit Eytan. Comment avez-vous obtenu les éléments concernant la République tchèque ?

— C'est l'autre volet surprenant de cette affaire. Contrairement à ce que je vous ai dit, nous n'avons pas enquêté durant des mois. J'ai trouvé sur mon bureau un dossier contenant les informations, tout simplement. Ce qui me laisse à penser que vous avez contrarié des gens puissants et déterminés à vous nuire.

Eytan et Eli échangèrent un regard entendu.

— Cypher, articula ce dernier silencieusement

Le géant approuva d'un hochement de tête.

— Pour l'instant, gardez vos petits secrets si ça vous chante, les rassura Attali. Nous nous en occuperons plus tard. Dans l'immédiat, notre objectif est ailleurs.

— Par où commençons-nous ? demanda Eytan, déjà dans les starting-blocks.

— D'après mon informateur, une opération visant à s'emparer de Jacqueline Walls et de son époux, Jeremy Corbin, est prévue sous soixante-douze heures dans le New Jersey. Ces deux personnes constituent le principal moyen pour nos adversaires d'en apprendre plus sur vous. Karman, vous assurerez la coordination sur place. Lafner, vous serez notre « conscience scientifique ». Agent Morgenstern, faites le nécessaire pour stopper les ravisseurs. C'est dans vos cordes, je crois…

— Faites-moi confiance…

— Point important : votre photo a été transmise aux services américains de l'immigration. Impossible de vous rendre aux États-Unis en avion.

— Je passerai par l'est du Canada et je franchirai la frontière à pied, par la forêt.

— Couvrez-vous, le climat là-bas est exceptionnellement mauvais en ce moment, précisa Attali avec une pointe d'ironie.

— Vous croyez vraiment que cela m'arrêtera ?

La question d'Eytan sonnait comme une promesse. Attali y répondit par un sourire satisfait.

— J'en doute… Messieurs, vous volez désormais en dessous du radar. Pas de soutien logistique officiel, aucune exfiltration envisageable. Si vous vous faites prendre, nous ne sommes plus concernés depuis votre retraite-licenciement-suspension. Seul contact autorisé : nos téléphones cryptés. Morg, que faites-vous ? demanda-t-il à Eytan, concentré sur le clavier de son mobile.

— Depuis deux ans, j'ai affecté l'agent Greg Nadjar à la surveillance de Jacky et Jay ; je lui recommande d'accroître sa vigilance le temps que j'arrive sur site.

— Encore une initiative… disons… discrète de votre part. Au moins peut-elle s'avérer utile en l'occurrence. L'heure est venue pour moi d'activer mes réseaux au Pentagone et à la Maison-Blanche. Messieurs, à vous de jouer.

Eli et Avi se levèrent.

— Partez devant, je souhaite encore dire un mot à notre ami, en privé.

Le vétéran et le médecin obéirent sans poser de questions, abandonnant l'espion et l'exécuteur.

— Quoi qu'il advienne, Eytan, ne vous faites pas prendre.

— Rassurez-vous. Je ne créerai pas d'incident di…

— Ce n'est pas pour la diplomatie que je m'inquiète, le coupa Attali en fixant les yeux bleus du *kidon* avec une intensité nouvelle.

Eytan lui renvoya son regard. Les deux hommes demeurèrent ainsi, entretenant une conversation silencieuse. Eytan se détendit, le temps d'un serment muet. Celui de ne plus jamais traverser l'enfer de son enfance. Quel qu'en soit le prix.

Il retrouva ses compagnons en bas de l'immeuble. Ceux-ci étaient en plein milieu d'un échange passionné sur les préparatifs d'un départ en urgence pour les États-Unis. Eytan fila vers sa moto sans s'arrêter. Eli et Avi trottèrent pour le rattraper juste avant qu'il n'enfile son casque, resté sur la machine.

— Il faut nous coordonner, proposa Eli, persuadé de connaître la prochaine repartie d'Eytan.

— Je me contrefous des consignes, vous ne venez pas ! asséna ce dernier.

— Et puis quoi encore ? protesta Avi. Si je n'obéis pas, je suis viré. Tu ne voudrais pas faire virer un copain ?

— Trouve mieux, répondit Eytan, insensible au stratagème du médecin, lequel cherchait le soutien d'Eli.

Pour seule réaction, le sexagénaire balança un coup de pied à la moto, qui bascula au sol sous les regards incrédules.

— Pas sans nous, lâcha-t-il.

Sans perdre son calme, Eytan releva la cylindrée, marmonnant des mots inaudibles. Une nouvelle poussée, plus rageuse, vint annihiler ses efforts. Un rétroviseur s'était détaché au moment de la chute et avait roulé sur le bitume. Impassible, il entreprit de le ramasser. Il marmonnait toujours, mais cette fois Eli capta le sens de ses paroles.

« Pas question de vous mettre en danger à cause de moi. »

— Qu'est-ce que tu dis ? insista Eli, abandonnant le vouvoiement sous le coup de la colère.

Il saisit une manche de la veste du géant et le retourna violemment vers lui.

— Je ne veux pas que vous couriez de risques. Trop de gens sont déjà morts par ma faute, répéta le *kidon*.

— Nous ne sommes pas des gens ! Tu m'as élevé, et lui, hurla Eli en désignant Avi du doigt, c'est ton ami, comme le sont Jacqueline et Jeremy ! Je t'ai toujours obéi, même quand tu m'as demandé de me retirer du service actif, mais aujourd'hui c'est moi qui décide ! Tu veux te battre, très bien. Je viens avec toi, et si Avi veut nous accompagner, alors il est assez grand pour en assumer les conséquences.

Les yeux fermés, le *kidon* écoutait le vieux lion tempêter.

— Je sais ce que tu rumines, Eytan. Aimer n'est pas une faute professionnelle, objecta Eli, à bout de souffle. C'est un moteur. Le seul moteur qui vaille. C'est toi qui me l'as appris…

Au bord des larmes, le sexagénaire se prit la tête entre les mains.

— D'accord, murmura le géant, vous venez avec moi, mais je préfère vous prévenir : je ne vais pas faire dans la dentelle…

CHAPITRE 14

Le long des côtes du New Jersey, de nos jours.

Le bateau tanguait doucement au rythme d'une mer calme, imprimant un léger mouvement de va-et-vient à l'unique ampoule qui éclairait le réfectoire. Attablés devant des sandwichs et des canettes de soda, Jacqueline et Jeremy écoutaient religieusement le récit d'Eytan, ponctué de précisions apportées par Eli et Avi. Le *kidon* évoqua la surveillance exercée par Greg et la neutralisation de deux équipes d'intervention chargées d'enlever le couple et l'enfant.

— Quand êtes-vous arrivés aux États-Unis ? demanda Jeremy en levant les yeux vers le trio.

— Nous avons atterri hier soir à JFK, répondit Avi.

— Quant à moi, j'ai dû passer à pied par le Canada et j'ai été retardé par une tempête de neige. Je ne suis arrivé qu'aujourd'hui en fin de journée, autant dire *in extremis*, souligna Eytan. Juste à temps pour intercepter le commando qui attaquait ta maison. Pendant ce temps, Eli récupérait Jacky et la ramenait sur ce bateau.

— Et tout ça à cause de moi ! pesta cette dernière. Si je ne t'avais pas photographié en Suisse, nous n'en serions pas là.

Elle fouetta l'air d'un geste impatient de la main, comme pour balayer les erreurs du passé, et reprit :

— Tu crois que la CIA a commandité notre enlèvement ? C'est bizarre, non ? L'Agence ne mène pas d'actions sur le territoire américain.

— Laissez-moi vous répondre à propos de votre ancien employeur, intervint Eli. L'Agence n'est pas au cœur de l'opération, tout se déciderait directement à la Maison-Blanche.

— Carrément... Et qu'avez-vous fait des membres du commando ?

Eytan plongea deux doigts dans la poche de poitrine de sa veste de treillis et en sortit un petit palet noir, condensé de technologie explosive, identique à celui utilisé dans un hôtel zurichois pour faire disparaître trois hommes du Consortium abattus par Jacky.

— Pas de prisonniers, affirma-t-il froidement, sans exprimer ni regret ni pitié.

Un silence embarrassé s'empara de l'assistance, vite interrompu par les vibrations du téléphone portable d'Eytan. Ce dernier décrocha et quitta la cabine.

— Au fait, où est Greg ? demanda Jeremy.

— D'après toi, qui pilote le bateau ? lui répondit sèchement Jacky. Pardon, s'excusa-t-elle aussitôt en voyant la mine déconfite de son époux, je ne voulais pas t'envoyer bouler, mais je me sens coupable d'avoir...

— ... pris cette photo ? Vous ne pouviez pas savoir, la réconforta Eli. Le siècle dernier fut celui des images, l'actuel est celui de leur diffusion à grande échelle. Additionnez les téléphones portables, les caméras de surveillance avec les progrès de l'informatique et d'Internet, et vous verrez clairement qu'un incident de ce genre était inéluctable. C'est tombé sur vous, cela pouvait tomber sur n'importe qui.

— Il a raison, appuya Jeremy alors qu'il replaçait la petite couverture sur Ann.

Revenant de la coursive, Eytan franchit à nouveau le sas étroit.

— Nous partons pour New York, annonça-t-il. Notre informateur anonyme souhaite me rencontrer demain en début d'après-midi. Apparemment, les tentatives d'enlèvement l'incitent à nous en dire plus.

— Cet informateur, c'est votre contact à Tel-Aviv ? s'enquit Jeremy, dépassé.

— Non, intervint Avi, jusque-là simple observateur. Cet informateur, c'est celui qui renseigne notre contact, Simon Attali. C'est compliqué… conclut-il en fronçant les sourcils et en moulinant l'air de ses mains.

— Cette invitation pourrait tout aussi bien être un piège, prévint Eli.

— J'espère bien, susurra Eytan à l'oreille du vétéran en prenant soin de n'être entendu que de lui seul.

— Et nous ? demanda Jacky

— Vous…

Eytan s'interrompit sous le regard noir que lui adressait Eli.

— Vous… avez un choix à faire, soupira-t-il. Soit vous partez avec la petite vers un lieu discret sous la protection de Greg, soit vous venez avec nous.

— Autrement dit, dans le premier cas, nous restons à l'abri avec notre fille à attendre que vous régliez ce merdier, et dans le second, nous fonçons droit dans la gueule du loup. C'est bien ça ?

Eli s'assit en face de la jeune femme avant qu'Eytan ait pu ajouter un mot.

— En cas de grabuge, nous pourrions avoir besoin de vos compétences, Jacqueline. Si vous êtes près de nous, nous veillerons à votre sécurité. La décision finale vous appartient et nous la respecterons.

— Verriez-vous un inconvénient à nous laisser quelques instants, afin que nous en discutions ? demanda-t-elle.

— Retrouvez-nous au poste de pilotage dans cinq minutes. D'ici là, les garçons, nous devons établir une stratégie, ordonna Eytan.

Une fois seuls, Jeremy et Jacky se dirigèrent vers le berceau. Ils s'enlacèrent et posèrent des yeux attendris sur le nourrisson, inconscient des tourments du monde des adultes.

— Il a bien dit « cinq minutes » ? fit Jeremy.

Jacky inspira profondément, se colla un peu plus à son mari, puis appuya la tête sur son épaule.

— Ça nous laisse un peu de temps pour lui dire au revoir, murmura-t-elle.

Avec une précision d'horloger, ils rejoignirent la « convention » d'agents secrets dans la cabine de pilotage. Les mains solidement cramponnées à la barre, Greg naviguait avec l'assurance d'un vrai loup de mer. Eli et Eytan portaient chacun en bandoulière un sac militaire plein à craquer, ce qui leur conférait, en dépit de leur gabarit dissemblable, un même aspect inquiétant. À côté d'eux, Avi avait des allures de touriste avec sa petite valise à roulettes. Tous trois étaient penchés au-dessus d'un plan dessiné à la hâte, étalé sur la table métallique dédiée en temps normal à la consultation des cartes marines.

À l'arrivée du couple, Greg, fier comme Artaban, se fendit d'un grand sourire et d'un « coucou » des doigts. Eli et Avi relevèrent brièvement la tête. Seul Eytan demeura concentré et impassible.

— Jacky, je t'ai mis de côté un automatique, un holster et des balles.

— Tu connaissais notre réponse avant même de nous poser la question, ironisa-t-elle.

— Je la redoutais…

CHAPITRE 15

Quelque part dans les environs de Londres,
juin 1942.

Des filets d'eau suintaient le long des murs couverts de salpêtre sur lesquels subsistaient de vagues traces de peinture beige.

Le garde avançait, la démarche martiale, sans se soucier le moins du monde de la décrépitude ambiante. Neville le suivait, les yeux rivés sur le sol humide parsemé de flaques noirâtres. Pour l'instant, sa préoccupation première était de préserver de la salissure ses chaussures vernies et les revers de son pantalon importé des États-Unis.

Les deux hommes descendirent une volée de marches et débouchèrent sur un large couloir éclairé par cinq plafonniers circulaires espacés de trois mètres les uns des autres. Des cônes de lumière pâle s'écrasaient sur le carrelage vétuste et laissaient deviner les barreaux rouillés des cellules devant lesquelles trônaient des bancs de bois blanc.

Il régnait en cet endroit une odeur de moisi et un goût de désespoir.

— Combien de prisonniers comptez-vous actuellement ? demanda Neville.

— Un seul, monsieur. C'est réservé aux fortes têtes ici, crut bon de préciser le sergent Howard sans gratifier le visiteur du moindre regard.

Cet homme courtaud promenait un visage triangulaire sur un cou de taureau engoncé dans ses épaules. À défaut de trahir quelque intelligence, ses petits yeux marron exprimaient tout à la fois la pugnacité et l'amour immodéré des règles établies.

C'est avec les fortes têtes que se gagnent les batailles, pensa Neville.

Avant qu'il ait pu lâcher un commentaire acerbe, son chaperon s'arrêta, pivota brusquement vers une cellule et se tint droit comme un I.

Ce type se douche à l'amidon tous les matins...

La rigueur du mouvement, exécuté avec la méticulosité des gestes mille fois répétés, subjugua moins Neville que le ridicule consommé du rituel. À croire que le cours de la guerre dépendait de la conformité d'un salut au sacro-saint manuel militaire...

— Garde-à-vous ! hurla le sergent.

— Dans tes rêves, répondit une voix grave aux échos caverneux.

Howard saisit la matraque accrochée à sa ceinture et arma son bras pour asséner un coup brutal sur les barreaux.

— Merci, sergent ! intervint Neville d'un ton sec.

L'ordre, soudain et autoritaire, dissuada le garde-chiourme d'aller au bout de son geste.

— Vous pouvez disposer. Je retrouverai mon chemin tout seul quand j'en aurai terminé avec lui.

Le sergent Howard hésita un instant, mais rengaina sa matraque devant l'air décidé de Neville.

— Bien, monsieur, marmonna-t-il entre ses dents avant de rebrousser chemin.

Une fois le maton parti, la voix grave s'éleva de nouveau de la cellule obscure.

— J'aurais bien demandé à ma charmante secrétaire de vous apporter une tasse de thé, milord, mais elle vient juste de sortir.

L'homme s'avança dans la lumière. De taille moyenne, il portait un pantalon de coton vert délavé, enfoncé dans des rangers noires sans lacets. Sa veste de treillis trop longue, délestée de tout bouton, s'ouvrait sur un tee-shirt gris tendu par des pectoraux saillants. La force brute du prisonnier sautait aux yeux. Tout comme la beauté classique de son visage : des cheveux châtain foncé, coupés court, un front plat et volontaire, des pommettes proéminentes et un nez aquilin qui surplombaient une bouche aux lèvres généreuses. Malgré son teint hâve et la barbe de trois jours qui recouvrait son menton fier, ce garçon ressemblait plus à une vedette hollywoodienne qu'à un soldat en campagne, et encore moins à un taulard.

Le contraste avec l'élégance de Neville s'avérait moins brutal qu'il ne l'avait envisagé. Doté d'un visage anguleux dominé par un nez busqué et de petits yeux bistrés, ce dernier avait très vite compris qu'il appartenait à la catégorie des hommes laids pour qui l'intelligence constituait la seule arme de séduction. Au moins avait-il une silhouette vigoureuse mise en valeur par des costumes taillés au cordeau. Du haut de son mètre quatre-vingt-dix, Neville ne passait pas inaperçu et connaissait toutes les ficelles pour subjuguer un auditoire.

Pourtant, face au détenu posté devant lui, il sentit remonter les relents de complexes difficilement combattus au fil de son existence.

— Asseyez-vous, je vous en prie, railla le prisonnier tout en singeant une révérence.

Dubitatif, Neville promena son index sur le bois du banc. Il fut surpris de constater que celui-ci n'était ni sale ni humide, mais simplement rongé par les vers. Il ôta son chapeau de feutre et s'assit sous le regard bravache du captif.

— Vous ne connaissez visiblement rien du monde carcéral, dit celui-ci.

Il posa les mains sur les barreaux de la cellule.

— La crasse et les moisissures sont réservées aux détenus.

Il referma ses doigts noueux sur le haut des barres de fer et, à la seule force des bras, se souleva de terre puis entama une série de tractions.

Neville l'observa en silence durant ce qui sembla une éternité tant ces lieux lui étaient odieux.

L'homme lâcha enfin prise et retomba au sol avec souplesse. Il affectait de ne prêter aucune attention à son visiteur.

— Stefan Starlin, récita Neville. Né à Birmingham le 3 juillet 1910, d'une mère couturière et d'un père… policier, continua-t-il en haussant les sourcils. Sportif accompli, vous intégrez l'armée en 1930. Vos supérieurs remarquent rapidement vos étonnantes facultés d'adaptation et d'improvisation. Ils soulignent également votre propension à l'arrogance et un besoin viscéral de reconnaissance. Par ailleurs, comme en témoignent les multiples rapports rédigés à votre encontre, ces petits travers vous poussent à l'insubordination. Ainsi, lors de la retraite de Dunkerque, vous battez tous les records : vingt-trois soldats allemands abattus à vous seul pour couvrir le repli d'un groupe de Français vers le port, et ce en dépit des ordres de retraite.

— Les frisés nous encerclaient ! Il était inconcevable de laisser derrière nous des hommes que nous pouvions sauver ! aboya Starlin, les narines palpitantes. Encore moins des gars avec lesquels nous avions combattu. C'est une question d'honneur, conclut-il en frappant les barreaux de ses paumes.

— Bien sûr, commenta Neville. Cependant, vos supérieurs ont considéré sévèrement votre décision et, en lieu et place de médailles, vous avez récolté un blâme.

— Les hochets ne m'intéressent pas…

— Un point sur lequel je vous rejoins.

Neville s'éclaircit la gorge.

— Toujours est-il que vous végétez depuis deux ans en tant qu'instructeur pour les nouvelles recrues. Enfin… jusqu'à la semaine dernière et l'ultime dérapage : vous abattez un lieutenant au cours d'un exercice de tir. Circonstance aggravante, vous et lui étiez régulièrement en bisbille, au point d'en venir aux mains à plusieurs reprises.

Starlin pencha la tête sur son épaule, un pli narquois au coin de la bouche. Il tourna les talons et s'enfonça dans l'obscurité de la cellule.

— Cessez ce petit jeu. Déclinez vos noms et fonctions, monsieur, ainsi que l'objet précis de votre visite.

— Vous serez jugé d'ici un mois, deux tout au plus, reprit Neville en ignorant ostensiblement l'injonction. Compte tenu des charges qui pèsent contre vous, je miserais volontiers sur une condamnation à mort par pendaison.

— C'était un accident ! vitupéra Starlin. Je n'avais pas l'intention de descendre ce connard. Tout le monde le sait. S'il n'avait pas été un putain de fils à papa, je ne me retrouverais pas ici !

— Oui, bien sûr. Vous êtes victime d'un abominable complot, d'une terrible injustice... Vous savez ce que je pense ?

Neville se leva et vint se coller contre les barreaux.

— Je crois que vous êtes un fouteur de merde incontrôlable, comme tous les Polaks, chuchota-t-il avec un dédain renforcé par une grimace de dégoût.

— Enfoiré de rupin, cracha Starlin.

Il jaillit de la pénombre et saisit le visiteur par le col de sa veste.

— Si je n'étais pas en cage, je vous...

D'un mouvement rapide, exécuté avec sang-froid, Neville abattit ses coudes sur les poignets de son assaillant. La prise fut brisée net. Stupéfait, le prisonnier recula et replia ses bras endoloris contre sa poitrine.

— Vous êtes chatouilleux sur vos origines polonaises, commenta Neville en réajustant son veston. Restez-en au tir à distance. Au corps à corps, vous ne faites pas encore le poids.

Il reprit place sur le banc et croisa les jambes.

— Une grande partie de ma famille réside en Pologne. À supposer qu'ils ne soient pas tous morts... Allez-vous finir par me dire qui vous êtes et ce que vous me voulez ? pesta Starlin, l'œil torve.

— Face aux échéances qui vous attendent, mon nom est moins important pour vous que ma fonction. Voyez-vous, soldat Starlin, le cabinet de guerre développe depuis deux ans un programme d'intervention sur le continent : le *Special Operations Executive.* Ce « SOE » est tenu secret, aussi bien de nos ennemis que de nos alliés. La plupart des ministères ignorent même notre existence.

— C'est fascinant ! Qu'est-ce que vous voulez que ça me foute ?

Neville soupira et reprit :

— Mon travail consiste à sélectionner et former les personnes susceptibles d'intégrer cette unité de combattants de l'ombre. Nous mettons en place des cellules de coordination des groupes de résistance au sein de certains pays occupés. Une fois parachutés, nos agents dirigent des actions de sabotage et d'élimination. Évidemment, le danger est très élevé. Je suis ici pour vous recruter. En d'autres termes, cher ami, je détiens le pouvoir de vous éviter une mort certaine pour vous envoyer vers une mort probable.

— J'en suis, milord ! Quitte à crever, que ce soit au combat et pas dans ce trou à rats ! s'exclama Starlin avec promptitude.

— Votre enthousiasme me touche, mais avant d'envisager la moindre mission, vous devrez suivre un entraînement spécifique pour combler vos lacunes et développer vos points forts.

Stefan Starlin massa de nouveau ses poignets endoloris.

— Message reçu cinq sur cinq.

— Vous vous tiendrez à carreau et obéirez aveuglément à tout ce que nous vous demanderons. J'insiste sur le mot « aveuglément ». À la première incartade, à la première contestation, vous retrouverez votre place dans la file d'attente du couloir de la mort. Suis-je assez clair ?

— Parfaitement clair.

— Si vous vous révélez à moitié aussi doué que ces documents le prétendent, vous serez une recrue de qualité.

Avec un sens du timing consommé, le sergent Howard déboula dans le corridor et se mit prestement au garde-à-vous.

Je parierais qu'il est né dans cette position, se dit Neville en hochant la tête.

— Votre chauffeur m'envoie vous rappeler votre rendez-vous avec le Premier ministre, mon colonel, hurla Howard.

— Colonel ? interrogea Starlin, stupéfait.

Le visiteur se leva et coiffa son chapeau, dont il lissa le bord.

— Colonel Neville Wladowski, à votre service.

— Wladowski ? Vous êtes polonais ?

— Par mon père, oui, confirma Neville en adressant un clin d'œil au prisonnier.

Il réprima un sourire devant l'air ahuri de Stefan Starlin. Il lui tourna le dos et remonta le couloir d'une démarche lente et déliée.

— Je vous retrouve demain sur le terrain d'entraînement, soldat.

— Ah, parce qu'en plus vous dirigerez ma formation ?

Neville disparaissait déjà dans la pénombre.

— Non, soldat, je la suivrai à vos côtés, lança-t-il par-dessus son épaule.

— Pardon ? cria Starlin, au comble de l'incompréhension.

— Naturellement, répondit Neville, puisque nous serons parachutés en Pologne ensemble…

CHAPITRE 16

New York, de nos jours.

L'Audi A6 noire émergea du Holland Tunnel reliant l'île au continent. Jeremy n'avait pas remis les pieds à Manhattan depuis la vente de son luxueux appartement situé à proximité du musée Guggenheim. Vestige d'une époque pour lui révolue, où même la dignité s'échangeait sur les marchés financiers comme l'ultime offrande au dieu pognon.

Les premières lueurs d'une aube grise et morne coiffaient la cime des immeubles de West Street, géants massifs et immobiles veillant sur le trafic dense des banlieusards en route vers leur lieu de travail. Eytan conduisait depuis leur retour sur la terre ferme, deux heures plus tôt. Sa clique et lui avaient loué deux puissantes berlines dans lesquelles le commando improvisé s'était réparti après moult discussions, moins motivées par des considérations tactiques que par la détermination de Jeremy à voyager en compagnie du *kidon* et de Jacky. Eli eut beau arguer que de nombreux aspects de la rencontre restaient à étudier et que le trajet s'y prêtait fort bien, rien n'y fit. Avi, lui, « s'en fichait comme du boson de Higgs », dès lors qu'un café acceptable l'attendait à l'arrivée. Quant à Jacky, affectée par la séparation d'avec Ann, confiée aux bons soins de Greg – lequel avait dû jurer à plusieurs reprises de veiller sur l'enfant avec toute l'attention du monde –, elle n'entra pas dans le débat. De guerre lasse, Eytan trancha en faveur de Jeremy, mais doucha dès les cent premiers mètres sa volonté de l'inonder de questions. Émetteur-récepteur Bluetooth à l'oreille, il profita du voyage pour discuter avec Eli par téléphone, au grand désarroi de l'ancien trader.

La rencontre avec l'informateur de Simon Attali devait avoir lieu sur le High Line Park, une ancienne portion de voie ferrée aérienne du sud de Manhattan aménagée en promenade fleurie et arborée. Le rendez-vous était prévu à quatorze heures, à l'angle de la 10e Avenue et de la 17e Rue, à proximité de l'endroit où la ligne traversait l'immeuble du Chelsea Market Building.

Eytan mena sa troupe vers le *Maritime Hotel*, improbable rectangle vertical d'une dizaine d'étages à la façade constellée de fenêtres circulaires évoquant les hublots d'un paquebot de croisière. Un bâtiment situé à deux pas du point de rencontre. Le géant réserva deux chambres simples à l'intention d'Eli et Avi, éprouvés par le décalage horaire, et une double pour Jacky et Jeremy dont les yeux rougis trahissaient l'épuisement physique et émotionnel.

Il leur restait sept heures avant le rendez-vous fixé par celui que Jeremy surnommait « Gorge profonde », en clin d'œil à l'informateur des journalistes du *Washington Post* dans le scandale du Watergate. Tous acceptèrent de bonne grâce la référence car ils se sentaient eux-mêmes pris au piège d'une affaire d'État. Eytan exigea que chacun se repose puis profite d'une collation équilibrée pour « éviter le coup de mou sans surcharger les organismes ». Lui se consacrerait à la reconnaissance des environs.

Ils obtempérèrent, peu enclins à affronter une journée à haut risque avec un déficit de sommeil.

À midi, le quatuor se retrouva au *Bottega Caffè*, au rez-de-chaussée de l'hôtel. Si la décoration des chambres et du hall illustrait la volonté de l'architecte de filer la métaphore maritime jusque dans les plus petits détails, le restaurant obéissait à une autre inspiration. Un long comptoir accueillait les clients, nombreux à cette heure. Ils venaient y siroter un Martini ou l'une des bouteilles de vin italien exposées au-dessus d'un miroir immense, tout droit sorti d'un bar de western. À l'extrémité de la salle, un pizzaiolo enfournait de généreuses pizzas à un rythme infernal sous la surveillance d'un alignement de jambons et salamis savoureux, au moins en apparence.

Arrivé le premier, Avi considérait d'un regard suspicieux le cappuccino fumant que la serveuse, piquante brunette au type méditerranéen, venait de déposer sur sa table.

— Voici donc le café tant attendu, plaisanta Eli en prenant place à ses côtés.

— S'il est à l'image de la décoration, tu comprendras mon inquiétude, commenta le médecin, circonspect.

Jacky, qui avait retrouvé des couleurs et un peu d'allant, s'attabla à cet instant, imitée par un Jeremy embrumé.

— Vous avez un problème avec la déco ? embraya-t-elle de but en blanc.

— Moi, non, répondit Eli en consultant la carte, un sourire amusé aux lèvres.

— Ma chère, si vous… si tu connaissais l'Italie aussi bien que moi, tu saurais distinguer le flamboyant original de la pâle copie, expliqua Avi, les yeux rivés sur sa boisson comme s'il s'agissait d'une bombe prête à exploser.

— Des nouvelles d'Eytan ? demanda Jeremy, absolument pas concerné par les considérations du médecin, mais agacé par le « ma chère ».

— Pas encore, fit Eli. En bon perfectionniste, il aura certainement passé le quartier au peigne fin. Rassurez-vous, Jeremy, il ne tardera pas.

— Vous le connaissez bien ? poursuivit ce dernier.

— Mieux que quiconque, ce qui ne représente en fait pas grand-chose.

— Que voulez-vous dire ?

— Eytan est un mystère, jeune homme. Je le côtoie depuis longtemps, et pourtant je suis loin de tout savoir de lui. Je comprends que vous mouriez d'envie de discuter avec lui de son passé. Mais je préfère vous prévenir, si vous le questionnez, vous vous heurterez à un mur. Sa réserve n'a rien à voir avec une quelconque fierté ou un ego mal placé. Si vous tenez à lui, comme je le pense, acceptez ses silences… et sa pudeur.

Lisant la déception sur le visage du libraire, Eli réfléchit quelques instants, puis reprit :

— Je puis cependant résumer notre ami en une phrase. Connaissez-vous Francis Scott Fitzgerald ?

— Évidemment, mais quel rapport ?

— « Montrez-moi un héros, je vous écrirai une tragédie », déclara Eli d'une voix résignée.

Jeremy reçut la citation en plein cœur. Une émotion semblable l'avait étreint lorsque, prisonnier du professeur Bleiberg, il avait appris des bribes de vérité sur Eytan et son enfance volée. À l'aune des paroles d'Eli, sa curiosité lui paraissait malsaine.

— Je comprends, s'excusa-t-il auprès du vieil Israélien qui lui renvoya un regard à la fois tendre et paternel.

— Et si nous commandions ? proposa Jacky pour ne pas laisser s'installer un malaise qu'elle-même ressentait.

— Tu as raison, et puisque nous parlons de tragédie et de héros, je ne me défilerai pas. Voyons ce que vaut vraiment ce cappuccino, s'encouragea Avi avant de plonger ses lèvres dans la boisson.

Son visage se crispa, les yeux plissés dans l'attente d'un goût au mieux inexistant. Tout à coup, il sembla s'illuminer.

— Délicieux, se félicita-t-il. Un bonheur !

Le numéro eut le mérite d'adoucir l'ambiance, et ils partagèrent un déjeuner convivial à l'issue duquel se présenta Eytan. Souriant, mains dans les poches, il traversa la salle pleine à craquer. Il se posta face à quatre têtes levées vers lui, visiblement satisfait de l'osmose qui s'opérait entre ses protégés.

— Je vois que vous avez écouté mes conseils, déclara-t-il après avoir détaillé les mines débarrassées des stigmates de la fatigue.

— Mange un morceau avec nous, l'invita Jacky.

— Merci, j'ai déjà avalé un sandwich en effectuant mes repérages. Navré de jouer les rabat-joie, mais il est bientôt l'heure. Ne traînez pas pour terminer vos agapes. Retrouvez-moi ensuite sur le parking, indiqua-t-il avant de repartir comme il était venu.

Si amicale fût-elle, son intervention leur rappela à tous les raisons de leur présence. Le repas se conclut à la hâte, et, cinq minutes plus tard, après avoir regagné leurs véhicules, ils prirent la direction d'une ruelle voisine où ils s'immobilisèrent.

Eytan demanda à Avi et Eli de faire le guet, puis retira les sacs du coffre des voitures. Il fit glisser la fermeture éclair du moins chargé et sortit deux petites boîtes en métal chromé qu'il ouvrit à la volée. Il remit à chacun ce qui ressemblait à un bouchon d'oreille couleur chair.

— Ce sont des écouteurs avec système de transmission intégré, indiqua-t-il en installant le sien. Inutile de parler fort, le micro capte les vibrations de vos cordes vocales.

Tel un *quarterback* avant une mise en jeu décisive, Eytan délivrait avec autorité les consignes à ses troupes, regroupées en cercle autour de lui.

— Eli se mêlera aux visiteurs et se tiendra à distance de contact de Jeremy. Avi, et Jacky resteront à l'écoute, chacun au volant d'une voiture. Laissez tourner les moteurs au cas où il faudrait décrocher en urgence. Jacky, tu stationneras côté ouest de la High Line, tandis qu'Avi se positionnera côté est. Je vous montrerai exactement où tout à l'heure. Jeremy, tu te promèneras jusqu'à ce que je repère « Gorge profonde ».

— Et toi, où seras-tu ? demanda Jeremy. Et comment reconnaîtras-tu « Gorge profonde » ?

— D'après Simon Attali, lui et moi nous serions déjà rencontrés. Je n'en sais pas plus. Je me posterai sur le toit de cet immeuble, précisa-t-il en pointant du doigt le sommet d'un bâtiment d'habitation délimitant la ruelle. Je veillerai sur vous de là-haut. Vous signalerez tout ce qui vous semble suspect, peu importe s'il s'agit d'une fausse alerte. La différence entre surprendre et être surpris tient à ce genre de détails. J'exige donc de votre part une attention maximale. N'oubliez pas que nous sommes tous reliés par les oreillettes. Donc, pour éviter la cacophonie, Eli et Jeremy s'exprimeront en priorité. Vous ne coupez la parole qu'en cas d'urgence. Mes interventions priment tout le reste. C'est bien compris ?

Un silence religieux confirma l'approbation générale.

— Parfait. Des questions ?

— Oui, une, osa Jacky. Jeremy n'a aucune formation militaire, alors pourquoi le lancer dans la gueule du loup ?

— Ceux qui nous en veulent connaissent vos têtes et la mienne. Avi et Eli sont toujours anonymes. Je souhaite garder cet atout dans ma manche le plus longtemps possible. Par ailleurs, si c'est un piège, autant donner l'impression à nos adversaires que nous nous y précipitons. Donc Jeremy est l'appât idéal.

— Je suis plus à même de réagir en cas de corps à corps, opposa la jeune femme.

— Oui, mais toi, tu conduis. Jeremy, non – du moins, pas depuis son accident. Vrai ou faux ?

— Un point pour toi, admit Jeremy. Et je ne suis pas près de retoucher un volant. Par contre, je suis super fort à vélo et en course à pied…

— Formidable ! ironisa Avi. Tu apprends à nager, et en route pour une carrière de triathlète !

— Mais qu'il est drôle !

— Plus que drôle, spirituel…

— Soyez sérieux deux minutes, dit Eli tel un maître d'école rappelant à l'ordre deux élèves dissipés. Nous évoluons en milieu urbain. Toute erreur peut nous coûter la vie et mettre en danger celle des passants.

— Il a raison, acquiesça Jacky.

— Oh, ça va, chérie, on déconne…

— La récréation est terminée ! gronda Eytan. Le prochain qui sort une vanne, je l'assomme et je l'enferme dans le coffre ! Je ne plaisante pas. Je ne tolérerai aucun écart. Maintenant, tout le monde en place. Jacky, viens, je te montre ta position, conclut-il, péremptoire, en adressant un regard noir à Avi et Jeremy, soudain silencieux et penauds.

Un quart d'heure plus tard, chacun occupait son poste avec une attention redoublée. Depuis le sommet de l'immeuble où il avait établi sa base, Eytan donna le top départ.

— Allez, mon pote, en piste murmura-t-il, accroupi, l'œil vissé à la lunette de son fusil de précision.

À ces mots, Jeremy, qui grimpait les marches de l'escalier menant au parc, éprouva une grande fierté, hélas vite balayée par le sentiment de n'être qu'une souris jetée dans la cage d'un serpent affamé…

CHAPITRE 17

New-Yorkais et touristes déambulaient le long des allées, séduits par le panorama des artères enfiévrées de Big Apple. La High Line, voie ferrée aérienne désaffectée dont les rails serpentaient encore parmi les graminées, s'étendait sur plus de deux kilomètres, entre Gansevoort et la 30e Rue, à six mètres de hauteur. Architectes et paysagistes avaient préservé les balustrades Art déco en acier et agrémenté les plates-bandes de plantes vivaces. Ainsi la surprenante coulée verte offrait-elle une promenade hors du temps, où vestiges industriels et parterres d'herbes sauvages coexistaient en plein cœur de la mégapole.

Eytan avait choisi de se poster sur le toit d'un immeuble résidentiel tournant le dos à l'Hudson. Il bénéficiait d'une vue plongeante et dégagée sur le parc et sur l'urbanisme effréné de l'est de Manhattan, où les buildings se pressaient les uns contre les autres. Un échange de plaisanteries et une généreuse liasse de billets avaient convaincu le gardien de lui autoriser l'accès, au prétexte de photographier une star de cinéma en goguette pour un journal à scandale. Ce stratagème fonctionnait à tous les coups. Ne restait plus qu'à procéder aux ultimes préparatifs avant l'entrée en scène…

Quelques viornes à fleurs blanches penchaient leurs rameaux souples pour saluer les visiteurs. Indifférent au charme suranné de l'endroit, Jeremy progressait lentement au milieu d'une foule clairsemée, les poings serrés dans les poches de son manteau noir, et affectait une décontraction à mille lieues de son niveau de stress réel.

Taraudé par la culpabilité, Eytan observait la déliquescence de son appât humain à travers la lunette de son impressionnant fusil de précision

— Respire, je ne te lâche pas, lui lança-t-il dans l'oreillette avec un calme rassurant.

— C'est gentil, mais je voudrais t'y voir, marmotta Jeremy d'une voix nouée.

— Oh, mais je connais ! Je t'en raconterai de belles quand nous en aurons terminé.

— C'est une promesse ?

— Croix de bois, croix de fer.

— Je saurai te la rappeler…

— Compte sur moi.

— Je ne fais que ça, je te signale !

Eytan sourit.

— Pas faux. Rien de spécial autour de toi ?

— Non, un groupe de gamins avec deux accompagnatrices, des personnes isolées et des petits vieux qui se baladent.

— OK, reste attentif. Eli, quoi de neuf de ton côté ?

— Rien de significatif non plus, répondit le sexagénaire qui évoluait sous le passage couvert du Chelsea Market, à une vingtaine de mètres derrière Jeremy. Des touristes japonais qui prennent des photos, un couple avec deux enfants, un clochard cul-de-jatte en fauteuil roulant poussé par un type crasseux en jogging avec des cheveux longs dans le cou. C'est une caricature de Chris Waddle. Un véritable anachronisme !

— Je ne les distingue pas bien. C'est qui, Chris Waddle ? demanda Jeremy, qui trouvait dans la discussion une dérivation bienvenue à sa nervosité.

— Une star du foot des années 1980, précisa Eli. Bon joueur, mais mal coiffé !

— Connais pas.

— C'est bon, je les vois qui sortent du passage, annonça Eytan. Celui qui pousse le fauteuil a un long sac à l'épaule, Eli, tu as vérifié ?

— Tu me crois plus rouillé que je ne suis. Regarde bien dans ton viseur, tu verras dépasser du sac deux poignées de béquilles. Rien à signaler de ce côté. De toute façon, ils se dirigent vers l'ascenseur pour descendre au niveau de la rue.

— Confirmé, ils entrent dans la cabine. Jeremy, quelle heure as-tu ?

— 13 h 59 à ma montre. J'espère que « Gorge profonde » est ponctuel, je suis pressé de partir d'ici. C'est bien la première fois qu'un jardin me fait flipper !

— Attention ! prévint brusquement Eli. Trois hommes en costume noir et pardessus gris arrivent dans le passage couvert.

— Description, ordonna Eytan en calant la crosse de son arme contre son épaule.

— Grands, baraqués, cheveux courts, démarche décidée. Ils portent tous un attaché-case. Ils se sont immobilisés au niveau de la terrasse.

— Dites, les pros, c'est une mystique le costume noir pour les méchants ? ironisa Jeremy.

— Personnellement, je ne trouve pas ça très malin, mais j'avoue que c'est fréquent, admit Eytan. Eli, au premier geste suspect, tu interviens.

— Je ne me gênerai pas ! rétorqua le vétéran avec une gourmandise malsaine.

Au volant de leur voiture respective, garés à la sortie de ruelles de part et d'autre du parc aérien, Jacky et Avi ne perdaient pas une miette des échanges. L'ex-garde du corps de poche reconvertie en adjointe d'un shérif du New Jersey rongeait son frein. Elle trompait sa frustration de ne pas se trouver dans l'arène et de savoir son mari ainsi exposé en scrutant chaque piéton, chaque véhicule qui traversait son périmètre de surveillance. De son côté, le médecin se passionnait pour sa première opération non chirurgicale avec une excitation croissante.

La voix d'Eytan retentit alors dans les écouteurs.

— Attention tout le monde, soyez sur vos gardes, le jeu est lancé ! Notre client arrive.

— Où ça ? s'enquit Jeremy en tournant la tête dans toutes les directions.

— Il débouche en haut de l'escalier sur ta droite. Avance doucement vers lui et évite les gestes brusques. Eli, si tes trois gugusses bougent une oreille, tu me préviens avant de leur tomber dessus.

— Reçu, répondit le sexagénaire.

— À quoi il ressem… Attends, c'est la brute en costard bleu, avec les cheveux gris et une balafre énorme sur la tronche ? C'est pas un homme, c'est un avis de recherche !

— Bramble, murmura Eytan. Si on me l'avait dit, je ne l'aurais pas cru…

— Bramble ? Titus Bramble ? répéta Jacky, éberluée.

— Toi aussi, tu le connais ? s'étonna Jeremy.

— Il dirige la branche « opérations paramilitaires » de la Division des Activités Spéciales de la CIA. Un ancien commando d'élite. Une légende. Un peu que je le connais !

— Dites-moi que c'est un mec cool en dépit de sa sale tronche, implora Jeremy en s'approchant du quinquagénaire à la carrure impressionnante.

— Si tu mets de côté sa passion pour les armes tranchantes et le nombre de scalps à son compteur, oui, c'est un mec cool, répondit Eytan.

La déglutition de Jeremy n'en fut que plus sonore.

— Bonjour, risqua-t-il d'une voix grêle, à l'intention du dénommé Bramble.

Le regard de pierre de ce dernier, couplé aux informations délivrées par Eytan avec un sens de l'humour tout personnel, acheva de tétaniser le jeune homme.

Il est sympa, il est sympa, il est sympa, se répétait-il en bon adepte de la méthode Coué. Bramble le détaillait de la tête aux pieds comme s'il lui imposait une radiographie intégrale.

— Corbin, où est Morg ? C'est à lui que je souhaite parler, ordonna-t-il avec un timbre de stentor en phase avec son apparence.

Il est... pas sympa...

— Il veut te parler, murmura Jeremy.

— Passe-lui l'oreillette supplémentaire que je t'ai donnée et décroche vers le nord en direction de la voiture d'Avi. Inutile de t'exposer plus longtemps. Eli, des nouvelles ?

— Fausse piste. Les types discutent de poursuites en justice. Soit ils jouent bien la comédie, soit ils sont vraiment avocats et profitent d'une pause après une réunion. Je garde un œil sur eux.

Jeremy se remémora les conseils d'Eytan lui suggérant d'éviter les gestes brusques. Il sortit tout doucement le transmetteur de sa poche et le tendit timidement à Bramble qui l'inséra sans délai. Jeremy s'éloigna en direction de l'escalier.

Je suis vivant ! se félicita-t-il en dégringolant les marches.

— Morg… Tu as réglé ta mire sur moi, je suppose.

— Tout juste, Bramble, mentit Eytan dont le viseur examinait les promeneurs.

— Je ne pensais pas qu'on se reparlerait un jour.

— Et je ne t'imaginais pas derrière tout ça.

— Je ne suis pour rien dans cette affaire. J'ai tout fait pour temporiser et couvrir tes arrières, mais ce n'est plus possible désormais. C'est pourquoi j'ai pris contact avec Attali pour te voir.

— Crache le morceau, le temps presse.

— Tu crois vraiment que je te tendrais un piège après ce que nous avons vécu ensemble ? *Semper Fidelis*, Morg, toujours fidèle. Détends-toi, je suis venu seul.

— Pas moi…

— Prudence est mère de sûreté, ton immuable credo, souffla Bramble en s'accoudant à une balustrade.

— Ne joue pas avec mes nerfs, Titus, j'ai des fourmis dans les doigts.

— Te protéger m'a déjà coûté plusieurs hommes. L'armée est prête à tout pour maintenir son programme secret, y compris à éliminer des agents gouvernementaux.

— Et des civils ! Tu sais à quel point je deviens chatouilleux quand on s'en prend aux civils.

— Autant que moi quand on touche à mes hommes.

— Désolé de m'immiscer dans votre discussion sous testostérone, intervint Jeremy alors qu'il remontait la 10e avenue. J'ai une question pour Eli et Eytan.

— Qu'est-ce qu'il y a ? le pressa ce dernier.

— Le cul-de-jatte en fauteuil roulant dont vous parliez tout à l'heure, vous pouvez me rappeler à quoi il ressemblait ?

— Crade, mal rasé, une casquette bleue, des cheveux longs, un jean sale, pourquoi ?

— Parce que j'ai un type qui marche dans ma direction, qu'il me regarde méchamment, et qu'il correspond pile-poil à ce portrait.

— C'est impossible, il n'avait pas de jambes ! protesta Eli.

— Faudrait le lui signaler, parce que je vous l'affirme, là, il en a deux… et il commence à courir !

— Remonte sur la High Line, Jeremy ! Fonce vers Eli ! cria Eytan. Bramble, enfoiré, cracha-t-il, le doigt sur la détente, prêt à faire feu.

— Morg, ce n'est pas moi ! Le programme…

Titus Bramble bascula vers l'avant et s'affala contre la rambarde. Un geyser de sang jaillit de son torse tandis qu'il s'écroulait sur les dalles de l'allée, au milieu d'un concert de hurlements. Un désordre indescriptible s'empara du parc si tranquille dix secondes plus tôt. Les badauds s'éparpillaient dans tous les sens à la recherche d'un abri. Les plus téméraires empoignaient leur téléphone portable et composaient le 911 aussi vite que leurs doigts tremblants le leur permettaient.

Le compteur d'adrénaline dans le rouge, Jeremy joua des coudes pour remonter le flux des fuyards et entama une course folle en direction du Chelsea Market Building. La masse eut au moins le mérite de ralentir la progression de son poursuivant, qui écartait rageusement des bras les malheureux terrifiés dévalant les escaliers.

Eli s'accroupit autant que ses articulations fatiguées le lui permettaient auprès des trois avocats allongés au sol, témoins involontaires de la scène. Il dégaina le pistolet qu'il conservait caché sous sa veste et attendit l'arrivée du libraire.

— Eytan ? Que se passe-t-il avec Bramble ? demanda Jacky, fébrile.

— Il s'est fait descendre. Il y a un autre sniper dans le coin, affirma-t-il en se relevant, son arme entre les mains, pour balayer les toits alentour. Changement de programme ! Eli, tu n'interviens pas sinon tu te feras allumer par le sniper. Vérifie si Bramble est mort et surtout reprends l'oreillette. Jeremy, je ne peux plus te couvrir, je cherche l'enfoiré embusqué. Il va falloir te débrouiller seul. Continue à courir vers le sud du parc.

— Je vais me faire dégommer comme un lapin ! haleta le jeune homme.

— S'ils envoient des fantassins à ta poursuite, c'est qu'ils te veulent vivant. Jacky, tu récupères Jay au prochain escalier. Avi, tu attends Eli. Dans trois minutes maximum, le quartier sera bouclé par les flics, alors grouillez-vous !

Jeremy obéit de mauvaise grâce. Il dévala l'allée au train infernal d'un coureur de demi-fond en se demandant pourquoi les plans ne se déroulaient jamais sans accroc…

CHAPITRE 18

Eytan détestait les opérations en groupe, plus encore lorsqu'elles se déroulaient en milieu urbain. Entre la foule, imprévisible par nature, le risque de voir la police surgir et les contraintes liées à la circulation, les aléas s'accumulaient au point que toute planification s'avérait illusoire. À cela s'ajoutait une vérité immuable : tuer était toujours plus simple que protéger. Le funeste destin de Titus Bramble en faisait l'éclatante démonstration.

Un genou au sol, Eytan révisait sa liste de priorités au fil des informations qui lui parvenaient de ses équipiers de fortune, sans cesser toutefois d'identifier les lieux susceptibles d'accueillir le tireur qui venait d'abattre Bramble. Au moment de son exécution, ce dernier se tenait face au poste occupé par Eytan, à l'ouest du parc, dos à l'Hudson. D'après la façon dont le sang avait giclé de la blessure et le mouvement imprimé par l'impact au corps de la victime, la balle provenait d'un toit situé à l'opposé de sa position. Débusquer le sniper devenait plus essentiel à chaque instant. À coup sûr, il observait la scène qui se déroulait dans le parc et renseignait ses hommes au sol de l'évolution des événements.

Une tactique similaire à celle mise en place le matin même par le *kidon*. Une tactique estampillée « unité de reconnaissance »…

— C'est bon, je suis garée au pied de l'escalier de West Fourteenth Street, annonça Jacky, impatiente de voir apparaître Jeremy.

— Bramble est mort, déclara Eli à son tour, mais il m'a…

— Si tu as récupéré le matériel, l'interrompit Eytan, rejoins Avi et dirigez-vous vers Jacky en quatrième vitesse. Jeremy, comment t'en sors-tu ?

— Je ne m'en sors pas ! hurla la cible mouvante, le souffle court. Ce connard cavale de plus en plus vite. Si je prends ce putain d'escalier, il me rattrape.

— Et merde ! pesta Jacky. Un autre type est en train de monter, il va te couper la route.

— Tu dis ça pour me faire plaisir…, geignit Jeremy en allongeant encore la foulée.

— Tu es sûre que c'est un ennemi ? demanda Eytan au moment même où un reflet attirait son attention.

Il provenait du sommet d'un immeuble d'une vingtaine d'étages situé environ à quatre cents mètres de l'autre côté du parc. D'expérience, le *kidon* sut qu'il s'agissait de la réverbération du soleil sur une lunette de précision et il eut la certitude d'avoir localisé le tireur. Sa position plus élevée lui conférait un avantage. Il avait réussi à abattre Bramble d'une seule balle, et ce, malgré la distance considérable qui le séparait de sa cible. Un exploit qui en disait long sur ses capacités. Durant toute sa carrière, Eytan estimait n'avoir croisé que deux ou trois personnes capables d'un tel coup. Quel qu'il soit, son adversaire n'était pas à prendre à la légère.

— Affirmative ! Si j'en crois votre portrait, c'est Chris Waddle ! Je l'intercepte, gronda Jacky, déterminée.

— Jacky, non ! ordonna Eytan. Je ne veux pas que tu sois repérée !

— Rien à foutre !

L'initiative de Jacky ne laissait plus le temps à Eytan d'apprécier la vitesse du vent, l'angle d'attaque ou la distance pour ajuster son tir. Le coup au but, chronophage par essence, devenait irréalisable, même pour un expert de sa trempe. Son adversaire se trouvait sur un immeuble plus haut que le sien, protégé par un parapet. Eytan ne voyait que le sommet de son crâne. Il n'avait plus le choix s'il voulait alléger la pression sur ses compagnons. Il lui fallait sacrifier sa discrétion et attirer le maximum d'attention sur lui. Ce qui signifiait griller un atout plus tôt que prévu…

Il se releva pour accroître son champ d'intervention, inspira profondément et appuya sur la détente à deux reprises. Les impacts sur le muret cernant le toit eurent l'effet escompté et contraignirent son ennemi à s'accroupir pour se mettre à l'abri, le privant ainsi de contact visuel. Sans attendre, Eytan pivota et abaissa son arme dans un même geste, en direction du parc. En contrebas, Jeremy courait toujours, laissant sur sa droite un nouvel escalier d'où émergeait, les lèvres déformées par un rictus haineux, l'homme qui poussait le fauteuil roulant quelques minutes auparavant. Jacky surgit à sa suite une poignée de secondes plus tard et se lança à ses trousses comme une furie.

Au grand désarroi du géant, la panique déclenchée en amont ne s'était pas répercutée sur la portion sud de la High Line. La foule se densifiait et bloquait par intermittence sa ligne de visée, interdisant les tirs sous peine de provoquer une hécatombe parmi les innocents. Jeremy prit quelques longueurs d'avance grâce à un slalom tout en souplesse. Son poursuivant, à la course plus rigide, paraissait moins à l'aise, percutant les promeneurs et perdant au passage de précieuses secondes. Jacky, elle, compensait son petit gabarit par une fréquence de foulée plus élevée et se faufilait tel un chat entre les badauds. Elle ne tarderait pas à fondre sur sa proie. Restait à mettre à profit ce répit bienvenu.

— Eli, situation ? interrogea Eytan en pivotant à nouveau vers la position du sniper.

— Je suis dans la voiture avec Avi, nous descendons la 10e avenue vers le sud du parc.

— Autorisation d'intervenir.

— C'est parti ! répondit Eli, juste avant de lancer un « pied au plancher » à Avi.

Sa consigne donnée, Eytan avisa le sniper qui l'observait à son tour, debout lui aussi, fusil à l'épaule pointé dans sa direction.

Enfin, pensa-t-il, satisfait.

Il lui était impossible de distinguer les traits de cet homme, partiellement masqués par son arme, mais ses cheveux courts et blonds, coiffés en brosse, ainsi que sa posture, ferme et assurée, confirmaient l'intuition initiale : un tireur de haute précision, très entraîné, tout droit sorti des rangs d'une unité d'élite. Les minuscules secondes consacrées par Eytan à analyser la situation de Jeremy et Jacky avaient conféré à son adversaire un délai décisif pour ajuster sa cible. De tels duels sanctionnaient la moindre erreur, le moindre retard, avec une sévérité définitive. Une pression, un projectile qui fend l'air sur quelques centaines de mètres et… tout s'arrête.

Les deux hommes s'observèrent un court moment, sans qu'aucun ne bouge, joueurs d'échecs imperturbables, chacun déterminant les mouvements de ses troupes et anticipant ceux de l'adversaire. Eytan savait ses chances de mettre dans le mille limitées, voire inexistantes. Il savait aussi que s'il constituait l'objectif prioritaire du commando, ce dernier ne le tuerait qu'en ultime recours. Voilà qui rééquilibrait les débats. En espérant que ses mystérieux ennemis aient vraiment besoin de le prendre vivant…

Le *kidon* bloqua sa respiration, visa à nouveau le parapet, puis vida son chargeur, rehaussant la mire balle après balle, en cherchant le meilleur compromis entre vitesse d'exécution et précision. Il n'avait qu'une seule idée en tête : ne pas laisser le temps à l'autre de coordonner les actions des fumiers qui poursuivaient ses protégés. Le sniper dut se jeter à couvert lorsque les impacts se rapprochèrent. En toute logique, la nouvelle stratégie d'Eytan ne tarderait pas à porter ses fruits.

— J'arrive sur ma cible ! hurla soudain Jacky. Merde… qu'est-ce qu'ils foutent ?

— Que se passe-t-il ? demanda Eli.

— Les deux mecs ! Ils bifurquent vers un escalier.

Tu leur as donné l'ordre de repli que j'attendais. Enfin, tu fais ton boulot, salopard, se dit Eytan.

— Chéri, tu peux arrêter de courir, tu ne crains plus rien. Moi, je les prends en chasse.

À bout de souffle, Jeremy ne se fit pas prier.

— Négatif ! Cette fois, tu m'obéis, Jacqueline ! exigea Eytan avec la plus absolue fermeté tandis qu'il maintenait la pression sur son ennemi. Eli, actualisation : embarque Jeremy et Jacky. Utilise la force si elle refuse. Récupérez sa voiture, elle montera avec toi. Tu prendras le volant. Ensuite, foncez tous les quatre vers le nord en direction de Central Park.

— Bien reçu, obtempéra Eli sans poser de questions.

— Je peux avoir une explication ? insista Jacky, passablement énervée, en regardant les deux types, toujours à fond, emprunter le premier escalier sur leur route.

— Maintenant que j'ai révélé ma position, vous ne représentez plus une priorité, répondit calmement Eytan. Le plan de secours a fonctionné. Le chef du commando aura mis le temps, mais il vient de redéployer ses hommes vers leur principal objectif : moi.

Et maintenant, nous allons jouer selon mes règles...

CHAPITRE 19

Alarmé par les premières sirènes des voitures de police, Avi tapotait nerveusement son volant des doigts sans cesser de guetter les alentours de la High Line. Auditeur discret des derniers événements, il souhaitait au moins ne pas échouer dans les tâches qui lui incomberaient, le cas échéant. En l'occurrence, démarrer sur les chapeaux de roues sitôt Eli, l'ex-trader néolibraire futur triathlète et sa charmante épouse installés dans la Ford. Leur apparition à l'entrée de la rue soulagea le médecin. Le sexagénaire monta devant. À l'entendre respirer, il semblait avoir avalé une pompe à vélo grippée. Rien d'anormal au vu de l'état de ses poumons et de ses bronches. Le petit couple prit place à l'arrière. Jeremy dégoulinait de sueur. Jacky, quant à elle, affichait un visage fermé synonyme de « si tu m'adresses la parole, je t'en colle une » pour tout homme à femmes avisé – catégorie dont Avi se réclamait avec une fierté non dissimulée.

— Tu nous déposes, Jacky et moi, à sa voiture, ordonna Eli, et tu embrayes directement vers…

— … Central Park, j'ai compris l'histoire, déclara Avi en s'insérant dans le trafic de l'avenue.

— Vous comptez vraiment laisser Eytan se démerder tout seul ? demanda Jeremy.

— Bienvenue dans ma vie, soupira Eli. Il vient de couper son émetteur, alors nous suivons ses consignes. Il sait ce qu'il fait. La dernière chose dont il a besoin en ce moment, c'est de nous avoir dans les pattes, surtout quand certains ignorent l'importance du mot « obéir »… S'il nous dit de nous replier, nous nous replions. Fin de la discussion.

Visée par la remarque, Jacky se renfrogna et se pelotonna contre la portière, bras croisés sur la poitrine. Mû par un instinct de survie affûté par deux années de vie commune, Jeremy retint la main qu'il s'apprêtait à poser sur son épaule. Joyeuse et avenante en temps normal, sa femme pouvait devenir irascible sous l'effet de la frustration. Si rares fussent ses épisodes colériques, aucun être sensé ne s'opposait à elle quand ils survenaient. Mais en l'occurrence, Jeremy la comprenait. Laisser Eytan s'exposer seul à un ennemi supérieur en nombre et bien organisé, dans le but de les protéger une fois encore, ne lui plaisait aucunement. Un malaise partagé par les autres occupants de la berline à en juger par le silence gêné qui y régnait.

Ils rejoignirent rapidement le véhicule délaissé par Jacky et se garèrent juste derrière. Alors qu'elle s'apprêtait à descendre, elle se retourna soudain vers Jeremy et l'embrassa à pleine bouche avant de retrouver Eli.

Une telle fougue ne me dit rien qui vaille, pensa le libraire en la regardant s'éloigner.

Eytan démontait son fusil de précision et rangeait précautionneusement chaque pièce dans son sac militaire. Il se désintéressait désormais du sniper. De toute façon, ce dernier ne devait pas le quitter des yeux pour continuer à coordonner ses hommes. S'ils souhaitaient le capturer, l'encerclement restait la stratégie la mieux adaptée. Les accès au toit se limitaient à deux escaliers. Le premier se déployait à l'intérieur de l'immeuble jusqu'au local technique, et le second serpentait le long de la façade donnant sur une contre-allée. Hormis un réservoir d'eau, typique des sommets new-yorkais, le *kidon* ne bénéficiait d'aucune couverture, d'aucune échappatoire. Des informations que ne pouvait ignorer le sniper qui se chargeait sans nul doute de les transmettre à ses complices. Nul n'est plus prévisible qu'un militaire. Cette certitude, en dépit de son caractère rassurant, n'occultait pas l'interrogation qui tournait en boucle dans l'esprit d'Eytan. Comment Eli, un ancien agent à l'œil aiguisé et à l'expérience éprouvée, avait-il pu se laisser berner à ce point par le faux handicapé ? À distance, à travers une lunette de visée, l'erreur ne se justifiait pas, mais elle se comprenait. Mais à moins de trois mètres ?

La question méritait un approfondissement, mais celui-ci attendrait. La porte du local technique s'ouvrit, et trois individus en surgirent. Il ne s'agissait pas des hommes repérés sur la High Line. Chacun avait un style vestimentaire différent. Entre le jogger décontracté aux cheveux bruns frisés, le métrosexuel classe à la frange châtaine impeccable et la caricature de rappeur black à la coiffure tout droit sortie des années 1970, il y en avait pour tous les goûts. Ces types passaient aisément inaperçus dans le grand *melting pot* qu'était Manhattan. Une carrure imposante sans être outrancière, un regard décidé et un micro collé à la gorge (certainement relié à une oreillette par un fil) constituaient les seuls points communs du trio qui s'immobilisa à une dizaine de mètres de lui.

Accroupi, Eytan déposa le dernier chargeur avec le reste de son matériel et referma son barda. Il se redressa, pencha la tête de droite et de gauche et ouvrit les hostilités.

— Les enfants, si personne ne s'y met, nous en avons pour la semaine.

— Nous sommes autorisés à évoquer les termes de votre reddition, dit le rappeur.

— Tiens, une négociation, la surprise du chef ! commenta Eytan en exhibant ses paumes vides qu'il approcha doucement de sa poche de poitrine.

La réaction ne se fit pas attendre. Les hommes dégainèrent des pistolets au canon bien trop large pour des balles traditionnelles.

— Cool, les mecs, souffla-t-il en extirpant de sa veste un bout de cigare ainsi qu'une boîte d'allumettes. Je veux bien écouter vos conneries, mais laissez-moi au moins en profiter pleinement. La dernière cigarette du condamné, vous connaissez ?

Sans faire cas de ses adversaires, dont les mouvements de lèvres erratiques indiquaient qu'ils consultaient leur supérieur, il alluma le cigare, balança l'allumette consumée, puis avala une longue bouffée.

— Bon, les enfants, il dit quoi, papa ?

— Si vous vous livrez, vos amis ne seront pas inquiétés et vous subirez de simples examens médicaux avant d'être remis en liberté, répondit le frisé sans relever la pique.

— La première partie me plaît bien, mais il y a un petit souci avec la seconde.

— Lequel ?

— J'ai une peur bleue des seringues : elles me rendent nerveux. Sans rire ! insista Eytan devant les regards amusés des hommes.

— Vous avez encore une chance d'éviter le combat.

— Je vois… À mon tour de te poser une question.

— Laquelle ?

Eytan tira une dernière fois sur son cigare avant de le jeter au sol.

— Qui te dit que je souhaite éviter le combat, ducon ?

Eli s'installa d'autorité sur le siège conducteur et mit le contact sans oser regarder Jacqueline, assise à ses côtés. Il roula au pas vers la sortie de la ruelle étroite, talonné par la Ford d'Avi et Jeremy.

Un cortège de voitures de patrouille déboulait sur la 10e Avenue à grande vitesse, toutes sirènes hurlantes. Eli s'arrêta pour les laisser passer.

— Vos problèmes respiratoires, ils sont sérieux ? demanda Jacky, abandonnant son mutisme à la faveur de la pause impromptue.

— Content de voir que vous avez retrouvé l'usage de la parole. Oui, assez sérieux.

— Je suis désolée, répliqua la jeune femme. Ce doit être difficile à supporter pour un homme d'action.

— Les méfaits de l'âge… je vous souhaite d'y goûter le plus tard possible, commenta-t-il en guettant un créneau pour avancer.

— Comment auriez-vous fait si vous aviez dû courir vous aussi ?

— Je n'aurais pas pu.

— C'est tout ce que je voulais savoir, balança-t-elle en ouvrant sa portière avant de gicler hors de l'Audi sous les yeux ébahis d'Eli. Je fonce à la position d'Eytan au cas où il y serait encore. Laissez la caisse ici, je pourrais en avoir besoin, cria-t-elle en s'élançant à toutes jambes.

Eli sortit dans la foulée. Les bras levés au ciel, il pivota vers Avi, également pris de court. Le médecin tourna la tête vers Jeremy.

— Têtue, ta nana ! s'exclama-t-il, admiratif.

— Je ne vois absolument pas ce qui te permet de dire ça…

Eytan écarta sa veste pour se saisir du Glock coincé à sa ceinture, mais n'eut pas le temps de poser les doigts sur la crosse. Trois projectiles le percutèrent avec une précision infernale, l'un à la cuisse, l'autre au sternum, le dernier à l'épaule. Il porta son regard sur les fléchettes métalliques qui dépassaient de son corps, les retira l'une après l'autre d'un geste sec.

— Seringues soporifiques, dit-il à voix haute avant de vaciller et de tomber à genoux.

Les hommes rechargèrent leurs armes et s'approchèrent sans relâcher leur vigilance. Ils cernèrent le *kidon* qui déployait des efforts surhumains pour ne pas s'affaler de tout son long. Il promenait sur eux des yeux dont les paupières s'alourdissaient chaque seconde.

— C'est bon, nous l'avons, sergent. La deuxième équipe peut redescendre de l'escalier de secours, annonça le rappeur au sniper.

— Il y avait une deuxième équipe sur l'escalier de secours ? bredouilla Eytan d'une voix mal assurée.

— Les Marines sont des professionnels. Tu étais fait comme un rat.

— C'est vrai, admit le géant en tournant la tête en direction des fixations de l'escalier extérieur de l'immeuble, contre lesquelles il avait posé deux palets explosifs.

Il plongea la main dans la poche de son pantalon.

— Mais certains rats ont la rage, cracha-t-il au moment où il pressa le détonateur.

Une déflagration suivie d'un crissement de métal déchiré retentit depuis la façade du bâtiment donnant sur la contre-allée.

— Que…

La question ne trouva pas de conclusion. Eytan fouetta l'air de son bras droit, fauchant le rappeur au niveau des tibias et le balançant à la renverse. Dans le même mouvement, son poing gauche expédia un uppercut dans les parties génitales de « la frange » avec une force inouïe. Le malheureux se fendit d'un cri inhumain et s'écroula à genoux, face au *kidon* qui lui asséna un puissant coup de tête. L'arcade sourcilière et le nez explosèrent dans un nuage de sang. Avant que le dernier homme encore debout ne puisse esquisser le moindre geste, Eytan bondit sur ses pieds et l'empoigna par la gorge. Le frisé suffoqua sous la pression. De sa main libre, Eytan dégaina son arme et, sans même regarder, logea une balle dans le crâne du black qui essayait de se relever.

— Je vous avais prévenus, les mecs, murmura-t-il en décollant sa proie du sol, les seringues me rendent nerveux…

CHAPITRE 20

Lorsque Jacky passa en revue les événements de la High Line, elle commença à entrevoir les véritables intentions d'Eytan. Elle n'aurait su dire s'il s'agissait d'une simple intuition, ou du fruit de l'expérience acquise au sein des services secrets puis de la CIA, mais elle en était désormais persuadée : Jeremy n'avait pas été un appât, mais un leurre lâché pour permettre à Eytan de localiser d'éventuels adversaires. Elle mettrait sa main à couper qu'il avait sciemment attiré ses ennemis sur le toit pour décider du lieu du combat.

Si elle louait l'intelligence du plan, elle acceptait mal de ne pas en avoir connu les détails plus tôt. Quant à ce goût immodéré du sacrifice, dissimulé derrière une désinvolture feinte, il vaudrait au *kidon* une volée de remontrances.

Pour l'instant, la priorité était de le rallier au plus vite. Le travail foncier patiemment effectué depuis son adolescence permettait à Jacky d'afficher des performances physiques bien supérieures à la moyenne malgré une grossesse encore récente. Et, elle en était convaincue, les minutes qui s'annonçaient lui donneraient l'occasion de démontrer l'étendue de ses capacités.

Elle arriva devant la façade de l'immeuble au sommet duquel Eytan avait pris position et rejoignit l'allée qui menait à l'escalier de secours. Elle grimaça de dégoût en pénétrant dans la ruelle sombre. Le spectacle qui s'offrait à elle illustrait l'hypocrisie des grandes métropoles. Bien loin des avenues proprettes servant de vitrines touristiques, le passage évoquait un ghetto misérable. Le long des murs noircis par les vapeurs d'hydrocarbure, des bennes grises dégueulaient des détritus jusque sur le bitume sale. Des meubles décatis abandonnés par les riverains semblaient attendre une deuxième vie. Pour couronner le tout, une insupportable odeur de rance et d'urine stagnait dans l'air. Comparés à la petite bourgade dans laquelle elle s'était établie avec Jeremy, certains coins de New York prenaient des allures de fin du monde. Et ce n'était pas l'escalier de secours qui pendait lamentablement contre la façade de l'immeuble qui redorerait le blason de la ville. Pas plus que les deux types cradingues, lancés à la poursuite de Jeremy sur la High Line quelques instants plus tôt, qui se redressaient avec difficulté après une chute sans doute vertigineuse. Encore groggy, inconscients de la présence de la jeune femme, ils levèrent des yeux hébétés vers le ciel. Le moment idéal pour leur tomber dessus sans crier gare…

Eytan résista à la tentation de broyer sur-le-champ la trachée de l'homme dont il enserrait la gorge entre ses doigts. Peu importaient les tenants et aboutissants de cette histoire, il la réglerait en laissant derrière lui une traînée de cadavres. « La guerre est horrible, mais la servitude est pire », lui avait dit un jour Churchill lors d'une discussion animée dans son bureau du 10 Downing Street. Et la servitude, Eytan ne la subirait plus, fût-ce au prix de dizaines, de centaines de morts, voire, s'il le fallait, de la sienne. Malheur à ceux qui voudraient à nouveau l'asservir. Dans un monde absurde où certains ne comprenaient que la violence et la sauvagerie, la guerre s'avérait un passage obligé pour préserver la paix. Il se l'était promis des années plus tôt, il utiliserait la violence et incarnerait la guerre avec, chevillé au corps, un seul espoir : celui de n'être plus nécessaire.

Il rengaina son arme et, d'un geste brusque de la main, arracha le petit micro fixé à la base de la gorge de sa proie, attirant à sa suite un fil et une oreillette couleur chair.

— Ne m'en veux pas, dit Eytan en essuyant le matériel contre sa veste, mais je ne connais pas ton degré d'hygiène. Comment s'appelle ton sergent ?

— Je ne dirai rien, bafouilla l'homme, la voix étouffée.

— Épargne-moi l'héroïsme futile des forces spéciales, protesta Eytan en s'équipant de l'oreillette. C'est ridicule. Je viens d'abattre un de tes équipiers de sang-froid, d'exploser la tronche à un autre, et tu te retrouves toi-même dans une sale posture. Tu ne touches plus terre, et je te maintiens entre ton sniper et moi, ce qui l'oblige à te trouer s'il souhaite m'atteindre. D'après toi, jusqu'où suis-je prêt à aller pour obtenir ce que je veux ?

Une paire d'yeux apeurés répondirent à la question.

— Terry. Sergent Tim Terry, Corps des Marines.

— Tu vois, il suffit d'un rien pour désamorcer une situation tendue. Maintenant, tu vas être un gentil otage et te taire. Je dois parler avec papa. Sergent Terry, vous me recevez ?

— Cinq sur cinq, Eytan Morgenstern, confirma une voix métallique. Comment tenez-vous encore debout avec la dose de barbituriques que mes hommes vous ont administrée ?

— Je suis insensible aux somnifères et autres anesthésiants.

— Votre dossier ne précisait pas ce détail. Pratique…

— Pas quand on doit vous retirer une balle, croyez-moi.

— Comment saviez-vous que nous ne vous tuerions pas ?

— J'ai le malheur d'attiser les convoitises. Je suis habitué à ce que l'on veuille me prendre vivant. De plus, l'équipe qui a tenté d'enlever Jacqueline Walls hier soir à l'hôtel de police a elle aussi utilisé des barbituriques. Je ne voyais aucune raison que ça change.

— Logique.

— N'est-ce pas ? Bien, sur ces considérations médicales et tactiques passionnantes, je vous laisse une chance d'interrompre votre mission sans plus de pertes humaines.

— Négatif. Mes ordres sont clairs. Vous devez rejoindre le programme.

— Quel programme ?

— Venez le découvrir avec moi.

— J'ai une meilleure idée. Et si vous désobéissiez ?

— Ce n'est pas une option valide.

— Je vais achever vos hommes…

— Ne vous donnez pas cette peine. Ces trois-là sont dispensables, dit Terry en prenant une profonde inspiration.

Eytan lâcha son prisonnier et effectua une roulade latérale au moment où une balle transperçait le crâne du joggeur frisé. Un second tir s'abattit sur le « métrosexuel » qui se tordait encore de douleur à terre suite au coup de tête, mettant un terme définitif à ses souffrances.

— Le ton se durcit, commenta Eytan en roulant à nouveau vers son sac, qu'il saisit au passage.

— Je dois vous ramener vivant, mais, après tout, personne n'a précisé « indemne » ou « entier », annonça Terry en recommençant à tirer.

Le *kidon* se releva et courut vers le local technique qui constituait la seule issue depuis qu'il avait fait sauter l'escalier de secours sur lequel s'était engagée la seconde équipe d'assaillants.

Terry jugeait ses trois hommes dispensables. Se pourrait-il que ceux de la seconde équipe soient indispensables ? Et si oui, pourquoi ? s'interrogea-t-il tout à coup. Il inversa sa course en direction de l'extrémité du toit donnant sur la contre-allée où les types s'étaient fatalement vautrés.

Au milieu des balles qui fusaient autour de lui, il entendit une voix en contrebas, une voix aiguë, féminine, qui hurlait à tout rompre : « Eytan, si tu es dans le coin, viens m'aider. »

Jacqueline avait décidément de sacrés problèmes avec la discipline.

Sans hésiter, il accéléra encore, prit une puissante impulsion et s'élança dans le vide.

*
* *

Deux minutes plus tôt…

Jacky en avait marre. Marre de se faire coincer dans des ruelles sordides, comme à Zurich lors de sa première rencontre avec le géant, marre des butors prêts à se jeter à bras raccourcis sur une faible femme. Même si, en l'espèce, la faiblesse était toute relative.

Certes, un esprit chagrin lui aurait objecté qu'elle-même avait déclenché les hostilités en collant un coup de pied en pleine face au premier homme, avant de décocher un crochet dans le foie du second. Mais les règles de la galanterie voulaient qu'après un traitement aussi musclé les belligérants terminent K.-O., ou à tout le moins diminués. Or, loin de les mettre hors combat, les coups reçus semblaient avoir redoublé leur motivation à rosser l'impudente, laquelle virevoltait en tous sens pour éviter les assauts – pour l'instant assez lents – de ses adversaires. Toutefois, elle avait relevé deux éléments à son avantage. S'il se montrait rapide à la course, le faux handicapé qui avait poursuivi Jeremy paraissait mal assuré sur ses appuis. Quant à l'autre type, celui qui auparavant poussait le fauteuil, il se battait en effectuant de grands moulinets, bras tendus. Une technique peu efficace jusqu'ici. Au moins, ils n'étaient pas armés, contrairement à elle. Mais, désireuse de ne pas attirer l'attention en exhibant un flingue en pleine rue, elle n'avait pas dégainé plus tôt et se trouvait désormais, dans le feu de l'action, incapable de porter la main à son holster. Elle enchaînait donc les esquives et compensait le surnombre par une mobilité supérieure, sans parvenir à placer de contre-attaque. Ces deux-là faisaient preuve d'une coordination peu commune.

Petit à petit, imperceptiblement, ils acculèrent la jeune femme contre le mur.

Soudain, le prétendu cul-de-jatte lui expédia un coup de pied qu'elle évita *in extremis* d'un pas de côté. Le pied de son opposant percuta les briques, qui se désagrégèrent sous le choc. Jacky entrevit, effarée, le mur éventré et, prise de panique, appela à l'aide…

Quelques secondes plus tard, Eytan surgissait du sommet de l'immeuble. Trois mètres avant de heurter le sol, il agrippa la rambarde de l'escalier de secours qui gémit sous son poids et décrivit un mouvement de balancier contre la façade.

Les hommes se retournèrent, attirés par le crissement métallique. Sans leur laisser le temps de réagir, le *kidon* s'arc-bouta contre la structure branlante avec toute la force de ses jambes. Il se propulsa en arrière et atterrit, accroupi, la main contre le bitume froid, à côté de Jacky.

— Inutile de hurler, lui reprocha-t-il en se redressant, je suis là.

Sans crier gare, les deux agresseurs détalèrent.

— À quoi jouent-ils à la fin ? demanda Jacky, énervée.

— Ils ont reçu l'ordre de se replier, cria Eytan en s'élançant à leur suite. Il nous en faut un, et en état de parler !

Le pseudo-cul-de-jatte accélérait sa course graduellement, à l'image d'une voiture dont le conducteur passerait les vitesses une à une jusqu'à atteindre son allure de croisière. En ligne droite, sur un secteur dégagé, il distança rapidement son monde. Bien que lancé lui aussi dans un sprint effréné, Eytan se savait incapable de le rattraper. Son collègue, par contre…

Le *kidon* plongea, et grâce à sa grande taille et à son envergure, faucha la cheville du retardataire, qui s'affala de tout son long. Dans un nouvel élan, Eytan s'abattit sur lui, l'immobilisant de tout son poids, le saisit par les cheveux et lui écrasa le visage contre le bitume. D'un pivot du torse vif et souple, le type asséna un revers de l'avant-bras dont le résultat stupéfia Jacky, légèrement en retrait. Frappé au thorax, le géant décolla et rebondit contre une benne avant de s'écrouler à terre. Sous le choc, des sacs-poubelle dévalèrent l'amas d'ordures et roulèrent sur le crâne chauve d'Eytan. Passablement sonné, il se tint les côtes en grimaçant de douleur. Profitant de son avantage, l'assaillant se releva, mais, plutôt que de fuir, il communiqua avec le sergent Terry en fixant Jacky des yeux.

Soudain, il se précipita vers elle. Décontenancée par la vision d'Eytan balayé comme un vulgaire moustique, elle évita de justesse une droite, puis une gauche au prix d'un jeu de jambes désordonné qui la déséquilibra. Une nouvelle manchette s'abattait déjà. Incapable de l'esquiver, elle tenta une action désespérée. Elle posa ses deux mains sur le poignet de l'homme, et accompagna le mouvement plus qu'elle ne le contra. Sa prise assurée, elle se jeta en arrière, déploya ses jambes le long du bras tendu puis croisa les pieds autour de l'épaule de l'attaquant. La clef verrouillée, elle tira de toutes ses forces, convaincue qu'aucun tendon, aucune articulation ne résisteraient à un tel traitement. Un craquement sinistre, un tissu qui se déchire. Jacky tomba à la renverse et se retrouva au sol sans comprendre ce qui lui arrivait.

Eytan se relevait avec difficulté, la vision embrumée et l'équilibre précaire. Ses côtes lui faisaient souffrir le martyre, et il peinait à respirer. *A priori*, deux… non… trois côtes cassées. Jamais de sa vie il n'avait encaissé pareil choc. Une fois debout, il avisa l'homme qui s'enfuyait à toutes jambes. En trop mauvais état pour lui donner la chasse, Eytan chercha Jacky du regard. Étendue de tout son long, elle demeurait immobile, horrifiée. Dans sa main se trouvait une manche de veste avec, à l'intérieur, un bras entier…

CHAPITRE 21

Pologne, janvier 1943.

Un feu brûlait dans l'âtre de la vieille cheminée en pierre, réconfortant de sa chaleur bienveillante l'homme et la femme attablés devant une soupière fumante. Cecylia saisit une louche en bois et la plongea dans le potage. Elle remua longuement les quelques carottes et pommes de terre noyées au milieu du liquide.

Bohdan suivait les mouvements circulaires avec des yeux gourmands. Ce petit déjeuner peu orthodoxe constituait le moment phare de la journée du vieux paysan, et devenait un luxe en cette période tragique. Tel un parasite insatiable, les troupes d'occupation contraignaient les agriculteurs à leur remettre une part substantielle de leur récolte et de leur cheptel, ne laissant derrière elles que le strict minimum. Selon les critères de la *Wehrmacht*, ce reliquat représentait de quoi survivre pour produire et se faire rançonner à nouveau.

Un labeur rude mais honnête se transformait ainsi en une servitude d'un autre âge. À la honte de la défaite s'ajoutait l'infamie de l'esclavage.

Certes, chacun y allait de ses petites astuces pour améliorer l'ordinaire, qui en dissimulant des vivres dans des caches enterrées, qui en glanant de maigres extras dans la forêt voisine. Afin de se nourrir, à l'évidence, mais aussi pour compliquer le travail de sape des Allemands.

Bohdan tendit son bol à Cecylia, qui le remplit généreusement. Elle se servit une portion congrue. De ses jeunes années, elle avait conservé une taille fine, un teint diaphane et un appétit d'oiseau. Les rides qui barraient désormais son front et ses joues autrefois si lisses ne l'enlaidissaient pas. Elles lui conféraient au contraire un charme paisible dont Bohdan ne se lassait pas. Mais, peu démonstratif, il ne lui disait jamais son amour. De peur de ne pas connaître les mots, certainement ; par pudeur, sans doute.

Depuis leur première rencontre, un demi-siècle plus tôt, il ne cessait de s'interroger sur les raisons qui avaient poussé une si belle femme à s'intéresser à un rustre de son espèce. Avec sa grâce naturelle, son éducation impeccable et son caractère bien trempé, elle aurait pu épouser un instituteur ou pourquoi pas un médecin. Aspirer à une vie meilleure. Alors pourquoi l'avait-elle choisi lui, simple cultivateur peu instruit ? Avait-elle été séduite par sa grande taille, sa carrure large, ses mains puissantes ou ses cheveux poivre et sel depuis l'enfance ? À moins qu'elle n'ait été impressionnée par sa capacité de travail exceptionnelle dont on s'ébahissait dans les hameaux voisins, à grand renfort d'anecdotes parfois fantaisistes.

« Bohdan a remplacé un bœuf blessé et tiré lui-même une charrette pleine de bois à ras bord, et sur plusieurs kilomètres », disaient les uns. Pur mensonge. La carriole ne contenait guère plus de trois stères et pouvait en recevoir le triple.

« Bohdan a effectué seul une récolte faite pour dix hommes », s'esclaffaient les autres. Cela, il ne le contestait pas. Dur au mal, il abattait, du temps de ses vingt ans, la besogne de plusieurs hommes sans jamais se plaindre. Encore aujourd'hui, il en remontrerait à bon nombre de gamins.

Mais plus que ses exploits passés, Bohdan regrettait de ne savoir dire « je t'aime » aux deux personnes qui donnaient un sens à sa vie, Cecylia, sa femme, et Josef, son fils. Un fils dont la carrière militaire brillante emplissait le vieux Polonais d'une fierté incommensurable. Engagé comme simple soldat, Josef, un colosse fait à l'image de son père, avait à force de discipline et d'application gravi les échelons de la hiérarchie et obtenu le grade de lieutenant. La célébration de sa nomination avait coïncidé avec sa dernière visite à la ferme, au milieu de l'été 1939. Un mois avant l'invasion des troupes allemandes. Depuis, le couple restait sans nouvelles du fils prodigue, dont le portrait trônait sur le buffet. Plus de trois ans de silence. Plus de trois ans d'attente. Et l'espoir chevillé au corps de voir, un matin, la chair de sa chair franchir à nouveau la porte de la modeste maison familiale.

Chaque tentative de Cecylia d'évoquer une issue funeste se heurtait au mutisme de Bohdan. Il se plongeait alors dans le travail, s'y noyait plutôt, pour ne pas laisser l'abattement le submerger.

Il porta un regard attendri et reconnaissant sur la femme de sa vie, puis se précipita sur la nourriture comme l'ogre des contes se jette sur un juteux ragoût d'enfant.

Deux coups secs assénés au chambranle de la fenêtre interrompirent son festin. Cecylia s'apprêtait à se lever. Bohdan l'en dissuada d'un geste, repoussa sa chaise puis, sur ses gardes, se dirigea vers la petite lucarne nichée dans un renfoncement du mur.

— Qui va là ? cria-t-il.

— Les affamés, répondit une voix douce, mais volontaire.

Le paysan se détendit, franchit les deux pas le séparant de la porte d'entrée et l'entrebâilla sur un homme d'une trentaine d'années dont l'épaisse chevelure blond flamboyant se confondait avec une barbe de la même couleur. L'Ours blond, comme on le surnommait dans la région, était vêtu d'une parka marron couverte de flocons de neige. Il portait en bandoulière une mitraillette allemande modèle MP 40 et tenait respectueusement entre ses doigts sa chapka blanche.

Bohdan le dévisagea. Malgré son physique bourru et sa réputation terrifiante, il devinait encore en Janusz l'enfant qui les accompagnait, Josef et lui, lors de rares parties de pêche.

— Bonsoir, monsieur et madame Jablonski, lança-t-il.

— Entre, Janusz, répondit Bohdan en jetant un œil aux alentours.

— Je dispose de peu de temps.

— Ne t'en fais pas. Les Allemands sont venus se servir hier, ils ne repasseront pas avant un moment. Les cageots sont prêts, rejoins-moi à la grange, ordonna Bohdan en enfilant l'épais manteau que Josef lui avait offert pour adoucir sa dure vie.

Il alluma une petite lanterne et, alors qu'il refermait l'huis, le souffle glacial de l'hiver s'engouffra dans la salle à manger. Les flammes vacillèrent dans l'âtre, mais tinrent bon.

— Assieds-toi, proposa Cecylia en désignant une chaise.

L'homme déclina l'invitation et se fendit d'un sourire gêné.

— Des nouvelles ? demanda-t-il en pointant du doigt le cadre renfermant la photographie en noir et blanc.

— Bien sûr que non, répondit Cecylia en se levant. Bohdan se fait des illusions en pensant que Josef reviendra un jour. Quand il me croit endormie, il se plante devant le buffet et parle à la photo pendant des heures. Parfois, je vois des larmes couler le long de ses joues. Tu te rends compte, Janusz ? Mon Bohdan, pleurer ?

Le visage fermé, Janusz contourna Cecylia et lui posa une main compatissante sur l'épaule.

— Gardez espoir, madame Jablonski. Il le faut. C'est tout ce qui nous reste, murmura-t-il.

Elle saisit la paume douce et bienveillante de Janusz puis y déposa un baiser délicat.

— L'espoir n'est plus de mise, reprit-elle d'un ton désabusé. Le temps de la haine est venu. Tu veux nous faire plaisir, Janusz ?

— Je n'ai pas grand-chose à offrir, mais vous savez que je ferais tout pour vous deux.

— Alors, sois sans pitié, supplia-t-elle. Tues-en le plus possible. À n'importe quel prix.

L'Ours blond baissa les yeux vers la mitraillette qui pendait contre sa taille et se fendit d'un sourire carnassier.

— Comptez sur moi… Je pars rejoindre votre mari. Souhaitez-nous bonne chance, conclut-il en coiffant sa chapka.

Tandis qu'il quittait la demeure, Cecylia sentit sa gorge se nouer. Janusz ne disait jamais « Au revoir », conséquence d'une vie incertaine vouée à la résistance. Pour lui, l'avenir n'existait plus ; seule persistait, plus forte que les balles et la haine, que la barbarie et la soumission, l'illusion d'un avenir.

Les yeux emplis de larmes, elle serra les dents et répéta en elle-même l'unique encouragement que sa colère lui autorisait encore : *tues-en le plus possible.*

La lanterne accrochée à une poutre de la grange ne diffusait qu'un faible halo lumineux. Perdu au milieu des bottes de paille, Bohdan éprouvait une contrariété croissante. Il tirait de toutes ses forces sur l'anneau de fer fixé sur la trappe menant à la cache secrète où il entreposait des vivres et parfois des armes, mais celle-ci refusait obstinément de s'ouvrir. Une épaisse buée blanche s'échappait de sa bouche alors qu'il enchaînait, sans succès, les tentatives.

— Attendez, je vais vous aider, proposa Janusz, tout juste arrivé dans le grand bâtiment de bois.

Quatre mains puissantes agrippèrent l'anneau métallique. Les deux hommes s'unirent dans un même effort. Les planches grincèrent, puis cédèrent à la traction exercée, révélant une cave sombre et profonde.

Par une petite échelle, Bohdan descendit au sous-sol et s'engouffra dans la pénombre. Il réapparut une poignée de secondes plus tard, les bras chargés de deux cagettes remplies de carottes, de pommes de terre et d'une généreuse pièce de viande, sans doute un morceau de bœuf. Une rareté.

Janusz fit pivoter sa mitraillette sur sa hanche et se pencha pour attraper les vivres tendus par Bohdan.

— Étrange, remarqua le paysan, il me semblait qu'il y avait plus de légumes.

— C'est déjà formidable, se félicita Janusz, avec enthousiasme. Si tout le monde…

Il s'interrompit brusquement.

Quelqu'un pressait le canon d'une arme dans son dos et décrochait sa mitraillette de la bandoulière. Impuissant, les mains encombrées par les provisions, l'Ours blond pesta contre son manque de vigilance.

— Ne vous retournez pas, ordonna une voix juvénile et autoritaire. Et vous, sortez de là, lança-t-elle à l'intention de Bohdan. À genoux et mains sur la tête.

Ce dernier, abattu à l'idée qu'on ait découvert ses activités clandestines, s'exécuta.

Soudain, un bruit sourd retentit, évoquant deux animaux enragés se percutant dans un assaut furieux. S'ensuivit une série de râles et de grognements.

Janusz ne sentait plus la menace dans son dos. Il risqua un œil par-dessus son épaule.

Dans la semi-pénombre de la grange, deux hommes entrelacés roulaient sur le sol. L'un portait l'uniforme de l'armée allemande. Non, bien pire que cela. À la faveur d'un passage dans la lumière, Janusz aperçut sur le col du manteau *Feldgrau* les insignes si reconnaissables et terrifiants de la SS. L'autre belligérant n'était pas un inconnu, loin s'en fallait. À sa vue, ses craintes s'évanouirent. Le SS trépasserait, et pas de n'importe quelle manière : douloureusement !

Au cours des deux années pendant lesquelles il avait combattu aux côtés de Vassili, Janusz avait appris que nul n'échappait au Sibérien, jamais.

Heureusement qu'il montait la garde ! se félicita-t-il.

Le corps à corps acharné tournait à l'avantage du Soviétique. Son inséparable toque blanche roula sur le sol, dévoilant son large crâne rasé. Il pesait sur son adversaire, couteau cranté en main. La pointe aiguisée s'approchait de la gorge du SS qui repoussait tant bien que mal le poignet de Vassili.

Janusz avisa sa mitraillette à terre près d'un pistolet Luger. Il s'accroupit, se débarrassa des cagettes et récupéra les armes. Il accéléra le mouvement, de nouveau en alerte.

Dans un effort surhumain, la victime annoncée venait de renverser son bourreau, pourtant plus grand et plus lourd, et se tenait désormais assise sur lui. Pire, l'assaillant poussait la lame en direction de la jugulaire de Vassili, et ce dernier donnait des signes de faiblesse inquiétants et inattendus.

Janusz saisit à deux mains le canon de sa mitraillette, se précipita vers la mêlée et administra un violent coup de crosse sur la tempe du SS, qui s'effondra face contre terre.

À bout de souffle, le Sibérien resta allongé quelques instants avant de se relever. Son visage rectangulaire buriné par les assauts du vent et du froid exprimait la colère, la frustration et l'incompréhension. Sans mot dire, il ramassa son couteau et le rangea à sa ceinture.

Bohdan se tenait à côté du corps inerte de l'ennemi.

— C'est bizarre, s'étonna-t-il, ces types ne se déplacent jamais seuls.

— Je sais… Vassili ?

Pas de réponse.

— Vassili ! répéta Janusz avec fermeté.

Perdu dans ses doutes, le géant sibérien – il dépassait en taille tous les membres du groupe dirigé par Janusz – leva une main lasse en direction de l'Ours blond.

— Quadrille le périmètre, ordonna ce dernier, pas question de partir sans nous être assurés qu'il ne reste aucune menace.

Vassili acquiesça d'un signe de tête et quitta la grange.

— Je ne l'ai jamais vu aussi secoué, marmonna Janusz.

Il baissa les yeux sur Bohdan qui retournait l'homme évanoui. Les deux Polonais échangèrent un regard stupéfait en découvrant le visage de l'Allemand. Ses traits étaient fins et juvéniles. Il avait des cheveux blonds, presque blancs, trop longs pour répondre aux exigences réglementaires d'une section armée réputée pour sa rigueur et sa discipline de fer.

— Ils les recrutent au berceau, railla Bohdan en fourrageant dans les poches du manteau souillé de terre et de poussière.

Il en sortit un petit carnet et un livret militaire, qu'il tendit à Janusz. Ce dernier en parcourut le contenu.

— Horst Geller, réside à Hambourg, *Schutzstaffel*, affecté au camp de Stutthof. Nous avons un léger problème…

— Ce camp est à plus de cinquante kilomètres d'ici, non ?

— Oui, mais ce n'est pas tout : la photo ne ressemble pas du tout à notre belle au bois dormant. L'âge ne correspond pas non plus. Horst Geller est né en 1913.

— Celui-là ne doit pas avoir plus de quinze ans, peut-être seize.

Janusz réajusta le MP 40 et glissa le Luger à sa ceinture. Ces gestes, ordinaires dans le contexte actuel, masquaient sa profonde perplexité. Comment un gamin pouvait-il résister à Vassili ? Pourquoi se retrouvait-il en possession des papiers d'un autre SS ? De plus, cet adolescent parlait polonais sans une once d'accent. Un interrogatoire serré s'imposait, et vite. Le genre de complication dont Janusz se serait volontiers passé…

Bohdan entreprit de retirer le manteau du garçon afin de le fouiller plus avant. Il s'arrêta brusquement et exhiba l'avant-bras du jeune inconnu.

L'Ours blond en eut le souffle coupé. Il contempla, choqué, le tatouage à l'encre noire incrusté dans la peau du garçon.

Une lettre et six chiffres qui scelleraient son destin.

Une lettre et six chiffres qui scelleraient leur destin à tous.

CHAPITRE 22

Manhattan, de nos jours.

Adossé contre une benne, Eytan ne parvenait pas à calmer Jacky, allongée sur le sol en appui sur un coude. Il retint un rire malvenu devant la détresse de l'adorable petite blonde qui maintenait le membre en l'air comme s'il s'agissait d'un serpent venimeux déterminé à la mordre.

— Putain, mais comment c'est possible ? Je lui ai arraché le bras ! répétait-elle avec dans la voix un subtil mélange de dégoût et de panique.

— Dans un sens, oui… fit-il en s'allumant un havane.

Il tenta d'aspirer une bouffée de tabac, mais se ravisa alors que la douleur enserrait son torse. *Mauvaise idée*, se morigéna-t-il en jetant le cigare à peine entamé.

— Comment ça, dans un sens ? demanda Jacky en agitant son trophée.

Il s'approcha d'une démarche mal assurée, ramassa son sac militaire et s'agenouilla précautionneusement aux côtés de la jeune femme.

— Jacky, voyons, comment peux-tu croire que tu serais capable d'arracher le bras d'un homme à la seule force de tes petits muscles ? Et regarde autour de toi, il n'y a aucune trace de sang.

Elle observa les lieux et constata que le *kidon* disait vrai. Pas une goutte de sang ne maculait ses vêtements ni même l'allée.

— Mais là, tu ne risquais rien, poursuivit-il en retroussant la manche le long du membre.

Ce faisant, il dévoila une ventouse constellée d'électrodes, d'où s'échappaient deux fins tubes chromés parallèles parcourus d'une myriade de fils électriques. Il continua ainsi jusqu'à révéler l'intégralité de l'objet.

— Tu tiens entre tes mains une prothèse, Jacqueline.

Elle ferma les yeux et expira bruyamment, retrouvant ses esprits.

— Je n'ai jamais rien vu de semblable, dit Eytan en examinant l'étonnant assemblage sous tous les angles. Relève-toi, il ne faut pas traîner ici. Je vais ranger ce… truc dans mon barda, pas question de prendre le métro avec ça à la main.

— Ne t'inquiète pas, j'ai demandé à Eli de me laisser la voiture avant de lui fausser compagnie, précisa-t-elle en se redressant. Comment te sens-tu ?

— Comme un service en porcelaine sur lequel un éléphant aurait fait du trampoline, mais j'ai l'habitude. Un strapping serré réglera le problème, Avi s'en chargera. Dis-moi, il faudra que tu m'expliques un jour d'où te vient cette incapacité à obéir.

— « Relations conflictuelles avec la figure paternelle », dixit une batterie de psys, répondit Jacky avec un sourire angélique. Je n'ai peut-être pas suivi tes consignes, mais tu pourrais me remercier.

— Et pourquoi, je te prie ? demanda-t-il en haussant un sourcil.

— Quand même, je suis venue à ton aide…

— Oui, et grâce à toi, j'ai dû sauter du haut d'un immeuble, je me suis fait fracasser les côtes, et nous n'avons aucun prisonnier.

Le rouge de la honte monta aux joues de Jacky qui balbutia, gênée :

— Ça partait tout de même d'une bonne intention.

Le *kidon* claudiqua en direction de l'avenue en maugréant.

— On ne m'a jamais entraîné à faire face à une telle mauvaise foi…

Les bouchons interminables rendaient la remontée vers Central Park fastidieuse. Coincés dans la voiture, les trois hommes étaient minés par l'inquiétude. Le temps, facétieux et cruel, s'amusait à ralentir sa course. Tous guettaient, sans se le dire, le moment où une parole réconfortante résonnerait dans leurs oreillettes, désespérément muettes depuis leur départ de la High Line.

Chacun trompait son malaise à sa façon. Tandis qu'Avi se concentrait sur la circulation, Eli, furieux contre lui-même, se repassait inlassablement les images du fauteuil roulant et de son passager. Une telle erreur d'appréciation ne lui ressemblait pas et le faisait douter de ses capacités d'observation. Seul à l'arrière, Jeremy se rongeait méthodiquement les ongles. Privé de sa fille, laissée aux bons soins d'un type pour qui Metallica constituait le summum de la musicalité, séparé de sa femme partie se jeter dans la gueule du loup avec la ferme intention de lui péter les dents, il luttait contre le désir dévorant de s'allumer une cigarette. Tant qu'il y était, il fumerait volontiers tout le paquet.

Un grésillement soudain…

— Comment ça marche, cet engin ? Ah, c'est branché ? Les garçons, vous m'entendez ?

La voix flûtée de Jacky fut saluée par trois soupirs de soulagement.

— Cinq sur cinq, Jacqueline, s'enthousiasma Eli. Comment allez-vous ? Et Eytan ?

— Nous allons bien… Eytan est un peu secoué. Avi peut-il acheter de quoi bander des côtes cassées ?

— Avec plaisir, affirma celui-ci. C'est pour toi ou pour lui ?

— Pour lui.

— Il est sérieusement touché ?

— Il dit que non…

— Donc il l'est ! La faculté recommande de ne plus mettre de bandages, mais nous passerons outre. Je m'en charge.

— Parfait, il demande à ce que nous nous retrouvions dans un restaurant français à l'angle de Madison et de la 82e Rue. Ce n'est pas très loin du Met. Jeremy vous guidera au besoin. D'ici là, coupez les transmetteurs, Eytan veut économiser les batteries. À tout à l'heure. Ah, et chéri ?

— Oui ? répondit Jeremy

— Je t'aime.

— Moi aussi, mais tu ne me referas plus jamais un coup pareil, hein ?

— Bien sûr que si voyons ! Bisous…

La communication s'interrompit. Le silence qui prévalait jusqu'alors céda la place à un brouhaha indescriptible. Les commentaires filaient bon train sur la récente tournure des événements. Avi s'arrêta devant la première supérette venue et y acheta non seulement de quoi apaiser les douleurs d'Eytan, mais aussi tout le nécessaire pour constituer une pharmacie de campagne. Eli et Jeremy, sur les conseils du vétéran, firent des provisions conséquentes de sandwichs, de bouteilles d'eau et de divers sodas. Ils payèrent le tout en liquide avant de reprendre la route.

Dix minutes plus tard, après s'être garés avec une facilité déconcertante – morceau de bravoure qualifié par Avi de « talent à l'état brut » quand Jeremy lui fit remarquer que stationner dans le coin tenait de la gageure –, ils se présentèrent devant une petite rôtisserie située à l'adresse indiquée par Jacky.

La modeste devanture augurait d'un intérieur exigu, et l'auvent bleu blanc rouge annonçait clairement, sinon l'origine des propriétaires, du moins le type de restauration proposée. Les deux impressions se confirmèrent sitôt franchi le seuil de l'établissement. Ils entrèrent dans une salle minuscule où s'entassaient cinq tables recouvertes de nappes à carreaux. Aux murs étaient exposées des photographies de plats alléchants estampillés « made in France ». L'eau à la bouche, Avi regretta ouvertement la triste collation prise plus tôt. Lorsque Eli lui demanda par quel miracle un homme à ce point obsédé par la nourriture pouvait maintenir une ligne aussi parfaite, le médecin se lança dans une explication biochimique émaillée de termes abscons qui ne souleva qu'un intérêt limité chez ses compagnons.

Bande d'ignares, maugréa-t-il tandis que Jeremy saluait le patron, un grand bonhomme dégarni, sans âge, et au ventre rebondi qui les accueillit toque sur la tête. Dans un anglais lamentable mâtiné d'un caricatural accent français, le restaurateur l'invita à choisir un emplacement à sa convenance. Ils s'installèrent de mauvaise grâce devant l'air renfrogné de leur hôte, qui jeta sur la nappe trois menus avant de s'éclipser vers la cuisine.

Jacky et Eytan firent leur apparition quelques minutes plus tard. La démarche aérienne de la jeune femme contrastait avec le pas lourd et visiblement douloureux du géant glabre qui trimballait à l'épaule son inévitable sac militaire. Seul Jeremy se leva pour aller à leur rencontre. Il se précipita vers son épouse et prit délicatement ses mains entre les siennes. Celle-ci le rassura d'un clin d'œil complice qui désarma chez lui toute velléité récriminatoire. Puis il se tourna vers Eytan, dont l'air souffreteux et une légère inclinaison du torse évoquaient davantage un vieillard qu'un agent d'élite.

— Tu as besoin d'un déambulateur ? plaisanta Jeremy, s'attirant un regard noir.

— Ce n'est pas le moment, Jay, le rembarra Eytan en s'asseyant le plus doucement possible sur une banquette.

— Pourquoi nous faire venir ici ? s'étonna Avi lorsque le *kidon* fut enfin installé face à lui. Le proprio est aussi sympa qu'un ténia.

— Parce que je connais ce restaurant, et qu'il n'y a jamais personne en journée.

— Inutile de demander pourquoi, soupira Eli en faisant mine d'examiner la carte.

— Le soir, par contre, c'est bondé, objecta Eytan. Le patron n'est peut-être pas très sympa, mais c'est un vrai cordon-bleu. Il possède une qualité encore plus importante à mes yeux : il adore l'argent. Monsieur Lionel Datoist ! appela-t-il alors que Jeremy tirait une chaise supplémentaire et abandonnait la sienne à Jacky.

La porte de la cuisine se rouvrit sur le chef, dont le visage fermé s'éclaira d'un grand sourire à la vue d'Eytan. Ils échangèrent quelques mots en français puis, sans crier gare, le dénommé Datoist quitta les lieux.

— Et voilà, se félicita Eytan, enfin seuls.

— Je n'ai pas tout compris, glissa Jeremy.

— Quand je me rends dans une ville, je cherche un ou plusieurs points de chute autres que les habituelles planques du Mossad. Une façon de préserver mon autonomie. Je me montre généreux avec le ou les propriétaires. Ainsi, je dispose de ma propre salle de réunion discrète et indétectable. Bien, nous allons attaquer le débriefing, si vous n'y voyez pas d'inconvénient.

— Je ne demande que ça, s'impatienta Eli en envoyant son menu glisser sur la nappe en plastique. L'heure écoulée a soulevé plus de questions qu'elle n'en a résolu. Un récapitulatif complet s'impose, ainsi qu'un récit détaillé de ce qui s'est déroulé après… le départ… de Jacqueline, conclut-il en adressant un regard lourd de reproches à celle-ci.

— Eli, je suis désolée si je vous ai blessé, mais vous ne m'auriez jamais autorisée à intervenir et, de nous tous, j'étais la seule à même d'aider Eytan, s'excusa-t-elle avec un accent de sincérité qui toucha le vétéran sans qu'il n'en laisse rien paraître.

— L'incident est clos, affirma Eytan, passons à l'essentiel.

— Avant que tu ne nous mettes au parfum, l'interrompit Avi, je pourrais peut-être examiner tes côtes.

— Tu t'en chargeras après le débriefing, je tiendrai le coup. Donc…

— Ah, alors si la souffrance est un apostolat, je respecte, pontifia le médecin.

— Vanne, baffe, coffre. Dernier avertissement… Donc, reprit le *kidon* une fois le silence revenu, nous savons qu'une organisation gouvernementale s'intéresse à moi. Celle-ci était même prête à enlever Jacky et Jeremy pour obtenir des informations à mon sujet. Nous savons désormais que la taupe qui a alerté nos services n'était autre que Titus Bramble, de la CIA, et également, je précise avant que vous ne me posiez la question, un ancien Marine que j'ai croisé à plusieurs reprises en Amérique du Sud. À l'époque, j'y chassais des criminels de guerre nazis. Comme certains d'entre eux travaillaient pour des juntes locales, la CIA me prêtait main-forte afin que je les élimine. Je ne crois pas une seconde que Titus m'ait volontairement tendu un piège.

— Il a été suivi. On l'a utilisé pour remonter jusqu'à toi, estima Eli.

— Exactement. Avant de mourir, il a évoqué un programme, et le fait que ceux qui s'en chargent ne reculent devant aucune extrémité pour en protéger le secret.

— À ce sujet, intervint à nouveau Eli, il…

— Pardon de t'interrompre, le coupa Eytan, concentré, mais je souhaiterais aller au bout de ma réflexion. Je sais désormais avec certitude que le groupe que nous avons combattu est un commando de Marines dirigé par le sergent Terry, un tireur de haute précision très compétent. Je sais aussi qu'ils me veulent sinon entier, du moins vivant, pour leur mystérieux programme.

— Si je pouvais…

— Accorde-moi encore une seconde, j'ai presque terminé. J'ai éliminé un homme sur le toit et neutralisé deux autres que Terry a lui-même éliminés. Les deux types qui poursuivaient Jeremy s'apprêtaient à me prendre en tenaille. Jacky est arrivée, et nous

nous sommes battus avec les deux guignols. Et là, surprise…

Il se pencha vers son barda dont il défit la fermeture éclair et sortit le bras artificiel, qu'il déposa sur la table. Avi s'en saisit dans l'instant et l'examina sous toutes les coutures.

— On dirait une prothèse, mais sacrément évoluée, souffla-t-il, admiratif.

— C'est hallucinant, ce truc, commenta Jeremy, on se croirait dans *I-Robot.*

— Le faux cul-de-jatte… murmura Eli, s'étirant en arrière et passant ses mains sur son crâne.

— Certainement un vrai, le rassura Avi toujours captivé par l'objet, à en juger par la merveille de technologie que voilà.

— Celui qui le poussait portait un long sac, abonda Eytan. Je suis prêt à parier que les poignées de béquille qui en dépassaient servaient à donner le change pour mieux dissimuler une paire de jambes artificielles. Que voulais-tu dire avant que je t'interrompe ?

— Il était temps… se plaignit Eli. Avant que Bramble ne meure, il m'a révélé deux noms : général Bennington et H-Plus Dynamics. J'ignore à quoi il faisait référence, mais je l'imagine mal livrer des informations sans importance étant donné les circonstances.

— Qu'est-ce que tu as dit ? demanda Avi

— Que je l'imaginais mal…

— Pas ça, le nom que t'a livré Bramble.

— H-Plus Dynamics.

— H-Plus… (Il ne termina pas sa phrase et reprit après quelques secondes.) D'accord, maintenant, c'est clair pour moi !

— Tu es bien le seul, ironisa Jacky.

— Je ne vous tiens pas rigueur de ne pas saisir, la question est encore méconnue. Ce bras mécatronique ou ce handicapé qui court comme un cabri n'ont rien d'impossible aujourd'hui.

— De quoi parles-tu ? demanda Eytan, intrigué.

— Je parle de toi en version « technologique », Eytan. Je parle du transhumanisme…

CHAPITRE 23

Avi appliquait les bandages autour du buste d'Eytan afin de maintenir les côtes endommagées. Torse nu au milieu du restaurant laissé à la disposition du groupe, le *kidon* ne perdait pas une miette des explications du médecin. Jacky et Jeremy écoutaient d'une oreille distraite, subjugués tant par la musculature impressionnante de leur ami que par les innombrables cicatrices qui constellaient son corps. Assis à l'écart, Eli tournait le dos à la scène et fumait un cigarillo en observant la rue à travers la devanture.

— Le transhumanisme est un mouvement… disons philosophique qui prône l'amélioration de l'humain par l'usage des biotechnologies et nanotechnologies. Pour faire simple, l'idée serait que l'homme « standard », dont les capacités n'ont pas encore été amplifiées par la science, représenterait un stade archaïque de l'évolution. Aussi certains extrémistes sont-ils prêts à se faire amputer de membres en parfaite santé pour bénéficier de prothèses high-tech. D'autres, plus modérés, s'interrogent sur les problématiques éthiques que cette démarche engendre. Vous imaginerez aisément les débats suscités par une telle question au sein des communautés scientifiques et médicales.

— Tu nous parles d'une bande d'allumés ? demanda Jacky en se retenant de toucher une longue boursouflure au niveau du rein droit du géant.

— Oui et non. À l'origine, la plupart des postulats se basaient sur des hypothèses plus que sur des possibilités concrètes. Mais avec les progrès de la génétique et de la robotique, la donne a changé. Ne vous méprenez pas, il ne s'agit pas d'un simple fantasme, mais d'une réalité en marche.

— C'est-à-dire ?

— Plusieurs solutions existent pour générer un humain amélioré. Elles sont d'ordre chimique, génétique ou technologique. Pour que vous compreniez bien, je vais vous citer un exemple concret : le sport. Certains sportifs s'injectent des substances pour augmenter leur masse musculaire, ou l'approvisionnement en oxygène. Là, nous parlons de biochimie. Mais depuis peu, une nouvelle étape a été franchie puisqu'il est possible d'insérer directement dans un muscle un gène qui produit de l'EPO. Le problème, pour les tricheurs, tient dans le côté temporaire de ces « bonifications ». À force de jouer avec le génome, elles deviendront permanentes.

— Ça ne rassure pas sur les performances des athlètes ! s'amusa Jeremy.

— Tu l'as dit, mais j'ai encore mieux, figure-toi. Le basketteur Yao Ming, 2,29 m sous la toise et ancienne star des *Rockets* de Houston, aurait été programmé avant sa conception et « aidé » après par le système chinois.

— Tu déconnes ?

— Pas du tout. De nombreux articles en parlent, et un livre a même été consacré à cette édifiante histoire, *Opération Yao Ming*[1] si ma mémoire est bonne. Ses parents auraient été sélectionnés car ils pratiquaient tous les deux le basket. Sa mère mesurait 1,88 m et son père 2,08 m. À la naissance, Yao pesait 5 kg. À huit ans, il faisait déjà 1,70 m. Il aurait ensuite subi des injections d'hormones de croissance. Le résultat est impressionnant sur le plan physique, mais pas seulement. C'est devenu une vedette internationale, une formidable machine à dollars et une vitrine de l'ouverture de la Chine au monde. L'enjeu n'est pas exclusivement sportif ni même financier, mais bien politique.

— La vache, ça fait peur… Alors, si je suis ta démonstration, Eytan serait la parfaite incarnation de cet « humain amélioré ».

— Je dirais moins une incarnation qu'une étape, un prototype, imparfait selon les critères des chantres du mouvement. Pour nombre d'entre eux, l'aboutissement est l'immortalité. Eytan n'est pas immortel. Sa longévité n'a rien d'exceptionnel en soi puisque son espérance de vie tourne autour de cent dix ans. Sa vraie spécificité tient dans l'absence de vieillissement apparent et même structurel. Techniquement, je le décrirais plutôt comme un sportif de très haut niveau, doté de capacités de récupération et d'adaptation supérieures à la moyenne, une sorte de « superdécathlonien ». Hélas, il subit de nombreuses contraintes, dont l'obligation de s'injecter le sérum qui empêche son organisme de s'autodétruire.

— Je vous rappelle que je suis là… maugréa Eytan.

1. Brook Larmer, *Operation Yao Ming,* Gotham Books, 2005.

— Mais nous le savons, grand dadais ! badina Avi en collant la dernière bande.

— Et quel rapport entre H-Plus Dynamics et le transhumanisme ? demanda le *kidon* tout en saisissant son tee-shirt pour se rhabiller.

— Le symbole du transhumanisme est composé d'un « H » et du signe « plus ». Le « Dynamics » me laisse à penser qu'il s'agit d'une société spécialisée. Je peux me tromper, mais tout semble concorder.

— Comment en sais-tu autant sur ce sujet ? s'enquit Jacky.

— Je travaille pour les services secrets d'un pays pour lequel la perspective d'une guerre n'est jamais éloignée. Tous les gouvernements rêvent d'une armée supérieure, que ce soit sur le plan matériel ou humain. L'utilisation de produits pour augmenter les performances n'est pas le seul apanage des sportifs. Les soldats expérimentent, souvent à leur insu, des molécules pour rester éveillés, ou atténuer les effets du froid, de la chaleur ou même du stress. Croyez-moi, sur un champ de bataille, tous les moyens sont bons, y compris les plus douteux, pour prendre l'avantage. Compulser les dernières publications médicales fait partie intégrante de mon métier.

— Avi a raison, affirma Eli, sérieux comme un pape, en se retournant vers ses camarades. Les armées du monde entier financent des recherches pour développer des solutions chimiques ou technologiques. Celles-ci ne sont révélées au grand public qu'une fois obsolètes pour les militaires. Pendant que les médias font leur une sur les nouvelles prothèses, d'autres plus évoluées encore sont créées, testées puis utilisées dans un cadre opérationnel. Ce bras le prouve. Ce n'est pas de la science-fiction, mais de la science secrète. La nuance est de taille. Bramble a évoqué un mystérieux programme, Eytan estime que les hommes qui nous ont attaqués sont des militaires aguerris, et Avi vient d'établir le lien avec le transhumanisme de façon claire. Selon moi, il est évident que le gouvernement américain met sur pied une unité composée de soldats appartenant à la catégorie des « humains améliorés » avec l'aide d'une société spécialisée dans les prothèses nouvelle génération. Reste à savoir quel intérêt représente vraiment Eytan à leurs yeux, et à trouver un moyen pour nous tirer de ce pétrin.

Carré et concis, pensa Jeremy, admiratif devant l'expertise dont Avi et Eli venaient de faire montre. Ces deux hommes évoluaient dans leurs domaines respectifs avec une aisance similaire à celle d'Eytan armes à la main. Individuellement, ils étaient impressionnants. À eux trois, ils formaient le genre d'équipe qu'il valait mieux avoir dans son camp…

— Je vais contacter Attali pour le tenir informé des derniers développements et voir s'il peut nous en apprendre plus sur le général Bennington, annonça Eytan.

Il sortit son téléphone portable et se mit à l'écart en compagnie d'Eli.

Les autres quittèrent le restaurant pour ne pas gêner le duo et permettre au libraire de fumer une cigarette. Une fois dehors, il en proposa une au médecin, qui déclina l'offre en expliquant que « cela donnait une haleine de bouche d'égout qui s'accordait mal à sa classe naturelle ». L'éclat de rire de Jacky irrita Jeremy. Heureusement, il trouva dans la nicotine le réconfort nécessaire pour passer outre.

— Tu en penses quoi, toi ? fit-il à Avi.

— À quel sujet ?

— L'humain amélioré, les superprothèses et tout le toutim.

— Je suis plutôt favorable à l'humain réparé. Connais-tu Oscar Pistorius, le coureur de quatre cents mètres ?

— Je l'ai vu aux Jeux olympiques de Londres, comme tout le monde.

— Aurais-tu cru qu'un jour un double amputé participerait aux demi-finales d'un quatre cents mètres avec des valides ? Ou qu'il s'alignerait en finale du relais ?

— Franchement ? Non.

— CQFD ! La révolution est en marche, des centaines de millions de téléspectateurs peuvent en témoigner. Réparer l'humain est une chose, mais jouer avec le génome, mixer l'homme et la machine et modifier sciemment le cours de l'évolution… Ce n'est pas bon, mes amis. Pas bon du tout…

Jeremy jeta sa cigarette sur le sol et leva soudain les yeux au ciel.

— Cette fois, pas de doute, toute cette histoire porte leur marque. Tu ne crois pas, chérie ?

— J'en ai bien peur ! fit Jacky après une seconde de réflexion.

— Pourriez-vous m'expliquer ? risqua Avi, dérouté par l'aparté du couple.

— Bougez pas, dit Jeremy en rentrant à nouveau dans le restaurant, où la conversation téléphonique semblait se terminer.

— Le Consortium ! s'exclama-t-il alors qu'Eytan raccrochait.

— Nous ne t'avons pas attendu pour y penser, pas de quoi pavoiser, répondit Eytan sans détacher son regard du téléphone portable sur lequel il composait déjà un nouveau numéro.

— Nous en parlions justement, mais je me félicite que vous arriviez à la même conclusion que nous, commenta Eli, un sourire indulgent aux lèvres.

Il tapota amicalement l'épaule du jeune homme et rejoignit Jacky et Avi, en pleine discussion.

Jeremy resta interdit, dépité de voir son apport dans cette affaire réduit au simple constat d'évidence.

— Tu appelles qui ? demanda-t-il mécaniquement à Eytan.

— Un vieux copain. Allo, fit-il d'une voix puissante, Jenkins ? J'appelle pour prendre des nouvelles de ton genou et connaître le motif de ton caleçon aujourd'hui !

Devant le clin d'œil amusé que lui adressa Eytan, Jeremy décida qu'une autre cigarette s'imposait. Il retourna sur le trottoir avec une seule pensée en tête : « Tous timbrés ! »

CHAPITRE 24

Sur le trottoir bordant Madison Avenue, la discussion filait aussi bon train que les taxis jaunes charriant businessmen pressés ou touristes émerveillés par la démesure de la mégalopole. Devant l'entrée d'un restaurant français, trois hommes et une femme débattaient énergiquement de dopage, de mutations génétiques, prothèses et robotique et de leurs usages militaires ou policiers. Eli et Avi répondaient aux interrogations de Jeremy, effrayé de voir les visions de certains auteurs de science-fiction devenir bien réelles. L'ex-conservateur des archives du Mossad rappela qu'à ce titre l'univers de Jules Verne, peuplé de sous-marins et de fusées, illustrait à merveille la matérialisation des fantasmes romanesques.

— D'ailleurs, souligna Avi, la question se pose de savoir si Verne a pensé le futur ou s'il a inspiré les inventeurs. À moins qu'il n'ait capté des idées flottant dans l'inconscient collectif de son époque. Les noms des exosquelettes élaborés pour renforcer les soldats attestent du lien entre imaginaire et science, ajouta-t-il. L'armée française a récemment présenté « Hercule », une armature robotisée qui permet à un individu de transporter jusqu'à cent kilos sans aucun effort. Les Américains ont développé un dispositif similaire baptisé « Hulc ». À chacun sa mythologie, ironisa-t-il, mais il est certain qu'elle influence les esprits créatifs et excite leur imagination. Science et fiction se nourrissent mutuellement jusqu'au moment où elles se rejoignent, parfois pour le meilleur, souvent pour…

À cet instant précis, Eytan sortit dans la rue en sifflotant.

— Vous faites de ces têtes ! s'étonna-t-il en voyant les mines sérieuses de ses compagnons. Aurais-je raté quelque chose ?

— Avi partageait avec nous ses vues philosophiques ; et Jeremy, ses références de geek, plaisanta Jacky. Du neuf de ton côté ?

Il opina du chef et s'écarta.

— Rentrez, je vais vous en parler à l'intérieur.

Jacky s'exécuta la première, suivie de Jeremy, Eli, et Avi.

— Comme ça, le maniaque de la machine à café a des points de vue philosophiques ? l'interrogea Eytan alors qu'il passait à son niveau.

— Diogène vivait dans un tonneau, répondit le médecin du tac au tac. Les aspirations des grands esprits sont inaccessibles aux gens du commun.

Il avait accompagné sa déclaration d'une légère tape sur les côtes blessées du géant qui se contracta, moins sous le coup de la douleur, que de son anticipation.

— Avance, gronda Eytan, ou je te garantis que tu vas tâter de l'accessibilité des gens du commun !

Devant la menace du coup de pied armé en direction de son postérieur, Avi rejoignit au pas de course ses camarades amusés.

— Bien, je viens de parler à mon ami Jenkins, un membre du Consortium qui collabore spontanément avec nous…

— Un membre du Consortium qui collabore ? répéta Jacky, dubitative.

— Tu n'imagines pas tout ce que l'on obtient avec un peu de gentillesse et une balle bien placée.

— J'ai comme une vague idée… Continue, je t'en prie.

— Je lui ai demandé si le nom H-Plus Dynamics lui évoquait quoi que ce soit, et il se trouve que oui. Il m'a confirmé que cette société appartenait bien au Consortium, sans qu'il sache vraiment de quoi il retourne. Il doit me rappeler pour me donner une adresse.

— Il est coopératif, en effet, souligna Jeremy.

— J'ai été très gentil, et j'ai très bien placé la balle, insista Eytan avec un sourire carnassier.

— J'ai mal pour lui… Mais puisque nous parlons du Consortium, qu'est-il advenu d'Elena, la garce qui a tué ma mère ?

— Elle est…

Eytan s'interrompit, en proie à une gêne inhabituelle. Comment annoncer à Jeremy que la tueuse génétiquement modifiée et l'agent israélien s'étaient entichés l'un de l'autre au point que celui-ci décide de la faire passer pour morte auprès de ses anciens employeurs ? Pouvait-il entendre qu'Elena et Eytan partageaient plus qu'une profession faite de rage et de violence ? Parti bille en tête pour tirer Jacky et son mari du danger qui les guettait, Eytan ne s'était simplement pas préparé à la question. Il mesurait l'abîme séparant son existence et les critères qui la régissaient des attentes légitimes de Jeremy. Et, plus que tout, il craignait de décevoir ce garçon un peu gauche, mais terriblement attachant, au don prononcé pour s'embarquer malgré lui dans des aventures qui le dépassaient.

— ... morte, affirma Eli, évitant au *kidon* de mentir ou d'infliger au jeune homme une vérité impossible à accepter. Eytan l'a abattue sous mes yeux de deux balles dans la poitrine.

À cette annonce, Jeremy resta de marbre et se contenta de murmurer pour lui-même : « Ça ne me rendra pas maman... »

Avi vola au secours de ses confrères embarrassés par la tournure que prenait la discussion.

— Fais-tu confiance à ce Jenkins ?

— Non, mais la peur que je lui inspire devrait suffire à compenser ce détail...

— Et Attali, qu'en pense-t-il ? demanda Avi.

— Il effectue des recherches sur le sergent Terry, le général Bennington et H-Plus Dynamics. J'attends de ses nouvelles d'une minute à l'autre. Par ailleurs, il souhaite procéder à un examen poussé de notre... « trophée », pour reprendre le terme qu'il a employé.

— Il est gentil, commenta le médecin, mais nous ne pourrons jamais sortir ce truc du pays pour le remettre à un expert scientifique du Mossad. Et quand je parle d'expert, je veux dire un vrai génie en mécanique, électronique et j'en passe.

— Ça tombe bien, nous en connaissons un sur le sol américain, n'est-ce pas, Eli ?

Le sexagénaire tourna brusquement la tête vers Eytan, les yeux exorbités.

— Je te demande pardon ? Tu veux aller voir... Non, non, non, jamais de la vie !

— Nous n'avons pas le choix...

— Tu sais très bien que les choses s'enveniment chaque fois que nous nous rencontrons.

— Ça vous ennuierait de nous expliquer de qui vous parlez ? demanda Jacky, agacée.

Eytan et Eli répondirent en même temps sans que personne ne puisse capter la moindre parole intelligible.

— Un seul à la fois ! ordonna-t-elle.

— Un très vieil ami occupe une chaire dans une université de l'Illinois. Il excelle dans les domaines cités par Avi. Si quelqu'un peut analyser ce bras, c'est bien lui.

— Il est insupportable ! enchérit Eli qui sentait déjà le piège se refermer.

— Les problèmes d'ego sont peut-être superflus en ce moment… rappela la jeune femme en hochant la tête avec componction. Vous le connaissez bien, ce professeur ?

— C'est mon demi-frère, soupira Eli en baissant pavillon. C'est bon… J'irai. Quel est précisément ton plan pour la suite ?

— Avi, la prothèse et toi, vous partez immédiatement pour Chicago. De mon côté, j'attends de savoir où se trouvent les locaux de H-Plus Dynamics pour aller leur rendre une petite visite. S'ils travaillent pour le gouvernement américain, ils possèdent forcément une antenne sur le territoire. J'emmènerai Jeremy et Jacky. Elle me prêtera main-forte en cas de besoin. Depuis l'épisode de la High Line, nous avons repris l'initiative. Nos ennemis ignorent où nous nous trouvons. À partir de maintenant, nous sommes les chasseurs. J'entends conserver l'avantage jusqu'au bout.

— Et c'est quoi au juste, « le bout » ? interrogea Jeremy, heureux comme un gosse à l'idée de partager Eytan avec Jacky pour quelques heures.

— L'élimination systématique des têtes pensantes du projet, annonça Eytan. La seule issue possible pour vous tirer définitivement de ce merdier…

CHAPITRE 25

Au cœur d'une forêt polonaise, janvier 1943.

La nuit touchait à sa fin. Les premiers rayons du soleil peinaient à percer les nuages annonciateurs de nouvelles chutes de neige. Aujourd'hui, comme tous les jours de cette foutue guerre, le froid et la misère accompagneraient le petit groupe de combattants. Mais la faim ne serait pas de la partie, chassée par la générosité des Jablonski. Rares étaient les paysans qui acceptaient de nourrir les résistants disséminés dans la région. Certains, trop démunis, ne le pouvaient simplement pas. D'autres craignaient les représailles de l'occupant, le plus souvent des exécutions sommaires, pour l'exemple. Une frange de la population embrassait la cause hitlérienne et ne trouvait rien à redire aux maltraitances faites aux juifs, aux intellectuels et aux homosexuels, persuadée qu'une Pologne plus forte émergerait de cette reprise en main énergique. Heureusement, cette engeance était minoritaire, et les guerriers de l'ombre recevaient de la part de héros plus ordinaires le soutien indispensable à la poursuite d'une lutte qui méritait tous les sacrifices.

Sous les coups de boutoir de la folie, liberté rimait avec solidarité.

Chef naturel, doté d'une aptitude innée au commandement, Janusz avait toujours suscité le respect parmi ceux qui l'approchaient. Son rôle dans cette pantomime macabre lui était apparu dans les lueurs rougeoyantes des flammes qui avaient ravagé Varsovie au dernier soir des bombardements de la *Luftwaffe*. L'appartement qu'il occupait avec sa femme et ses fils n'y avait pas résisté. Eux non plus. Cette nuit-là, il avait abandonné son patronyme et sa foi en l'homme. Les troupes hitlériennes voulaient une guerre totale, dépourvue de règles, vouée à la barbarie et à la démence. Qu'elles se rassurent, elles l'auraient.

Et puisque la mort réclamait des offrandes, Janusz ferait en sorte qu'elle n'en manque jamais.

Au fil des mois, le contremaître en bâtiment s'était transformé en tueur sans merci, assassinant au gré des occasions : deux soldats en goguette dans une rue déserte, un chauffeur imprudent parti uriner dans une venelle trop sombre. Pas de plan, pas de stratégie, une course folle vers l'abîme. Janusz ne servait aucune cause, il tuait.

Les quelques résistants qu'il côtoyait alors désapprouvaient avec virulence ses actions anarchiques aux conséquences désastreuses. La *Wehrmacht* renforçait les patrouilles, augmentait le nombre de rafles et exerçait des représailles sur les populations civiles. Des voix s'étaient élevées pour demander l'élimination pure et simple de cet élément incontrôlable.

Un courant plus pragmatique de l'Armée de l'Intérieur proposa à Janusz un marché : mener des opérations de sabotage contre les voies ferrées dévolues aux transports du ravitaillement des garnisons allemandes. Danger maximum, chances de réussites proches de zéro. Un suicide programmé. Si cet homme devait tuer ou mourir, autant en tirer un bénéfice. Janusz accepta l'offre et devint, sans l'avoir vu venir, le meneur d'une bande de fous furieux venus de toute la Pologne. Cet assemblage hétéroclite forma dès ses premières sorties une section d'assaut à l'efficacité redoutable. Individuellement, ces types étaient des têtes brûlées. Collectivement, ils accomplissaient l'impensable. Tout le monde y trouva son compte. La résistance marquait des points symboliques, mais précieux pour le moral. Janusz renouait avec un sens des responsabilités qui lui rendait un peu de son équilibre.

Les récits élogieux des faits d'armes de l'Ours blond et de ses compagnons se répandirent bientôt dans tout le pays.

Désormais, il se battait pour ses hommes, pour la mémoire de sa famille et pour la souveraineté d'une nation qu'on enchaînait un peu plus chaque jour. La mort l'attendrait encore un peu…

La matinée s'annonçait chargée. Non seulement la nuit avait apporté la nourriture espérée par tous, mais le duo parti au ravitaillement ramenait une surprise de taille. Vassili n'avait pipé mot de tout le trajet entre la ferme des Jablonski et le campement de fortune de la forêt. Le Sibérien parlait peu en règle générale. Le corps à corps musclé et humiliant avec l'adolescent vêtu en garde SS qu'il portait sur ses larges épaules avait renforcé son côté taciturne. Janusz lui-même s'interrogeait sur la scène dont il avait été témoin. Sans son intervention, Vassili était promis à la défaite. Pourtant, d'ordinaire, dans un combat à mains nues, personne ne pouvait rivaliser en force et en vitesse avec le déserteur de l'Armée rouge. Et puis, que signifiaient les tatouages sur l'avant-bras de ce garçon ?

— Un prisonnier et de la nourriture, deux fois plus de boulot pour moi, geignit Karol en jaillissant de derrière un tronc d'arbre, fusil en main.

— Un interrogatoire et un repas, souffla Janusz en posant les cageots remplis de victuailles dans l'épaisse couche neigeuse. De quoi te sortir la tête de tes livres pour un moment.

— Un livre est un ami qui ne change jamais, rétorqua Karol. Dixit Pixerécourt !

Il remonta ses petites lunettes rondes sur son nez épaté, rougi par le froid. Cet ancien professeur de l'université de Cracovie était myope comme une taupe et ne faisait usage d'une arme qu'à courte portée. Ce handicap l'avait empêché de rejoindre les rangs des réservistes de l'armée polonaise et en faisait un piètre soldat. Pourtant, Janusz ne se serait passé de ses services sous aucun prétexte. Ce brillant intellectuel, la trentaine, malingre, citait de grands auteurs en toute occasion et prodiguait ses soins culinaires au reste du groupe. Deux qualités qui entretenaient des bribes de civilisation. De plus, il parlait un allemand parfait, au point qu'il menait en solo, vêtu d'un uniforme dérobé à l'ennemi, des opérations d'infiltration et de renseignement dont il se tirait toujours haut la main. Il n'entendait rien à la guerre, mais il combattait à sa manière.

— Si tu le dis… Prépare d'abord à manger, précisa Janusz tandis que Karol inspectait les denrées les unes après les autres. Nous nous occuperons de notre invité-surprise plus tard.

Le campement se trouvait dans une partie vallonnée et peu praticable d'une forêt à la végétation si dense qu'il était facile de s'y perdre. Le bivouac se résumait à quatre petites baraques de bois adossées au flanc d'une colline abrupte. Un feu – en réalité un amas de braises savamment entretenues – et une table confectionnée par le Sibérien avec quelques rondins représentaient les seuls semblants de confort.

Vassili jeta son fardeau toujours inconscient au pied d'un arbre, le redressa contre le tronc humide, puis s'empara d'un rouleau de corde. Il entrava le torse et les bras de l'adolescent et s'assura par de multiples tractions de la solidité des liens, sous le regard circonspect de Janusz et des trois derniers membres du groupe qui émergeaient de leurs habitations.

— C'est qui ? demanda en bâillant Marek, le jeune artificier originaire de Lwow.

Il s'étira et fourragea dans sa chevelure déjà grisonnante. Il avait conservé de l'enfance des yeux timides aux paupières ourlées de cils bruns presque féminins.

— Vous l'avez attrapé où ? lui fit écho Pawel, son inséparable fusil à verrou en main.

Le quinquagénaire dégarni au long nez et à la mâchoire prognathe se posta aux côtés de son cadet.

— On s'en tape ! jugea Piotr, le pendant polonais de Vassili. Il parle, et on l'égorge. Emballé, c'est pesé.

Cet espoir de la boxe professionnelle avait abandonné les rings pour le maquis au motif que « les Allemands n'avaient pas à venir chier en Pologne ». À peine vingt ans, une gueule cassée sur laquelle régnaient des prunelles d'un noir agressif, ce type était l'exact opposé de Karol. Pas un intellectuel, certes, mais au contact, quel boucher !

— Il nous est tombé dessus dans la grange des Jablonski, expliqua distraitement Janusz, absorbé dans la contemplation du visage juvénile posé sur un corps presque trop grand. Si j'en crois sa tenue, c'est un SS, mais je n'en suis pas sûr… Nous verrons cela le ventre plein. Et d'ici là, personne ne le touche ni ne lui adresse la parole. Compris, Piotr ?

— Pourquoi moi plutôt que les autres ? protesta le boxeur.

— Parce que je veux qu'il puisse nous répondre. Le dernier que nous avons attrapé pouvait à peine articuler trois mots parce que tu t'étais défoulé sur lui. Pas question de recommencer. Il sera à toi quand nous aurons terminé, conclut Janusz en s'éloignant en direction du feu sur lequel s'affairait Karol.

Piotr tordit ses lèvres, une façon très personnelle de marquer son accord et son impatience à disposer du prisonnier. Son poing droit heurta sa paume gauche à deux reprises. Pawel asséna une bourrade complice à Marek, qui se fendit d'un sourire gêné.

Un quart d'heure plus tard, les six hommes se retrouvaient autour d'une marmite enfin remplie d'autre chose qu'un brouet sans saveur. Ils échangèrent des plaisanteries grivoises sur les talents culinaires de Karol et son incapacité à prodiguer toutes les attentions d'une femme à un camp exclusivement peuplé de poilus.

Installé légèrement en retrait, Vassili enfournait les aliments en silence, sans quitter du regard le gamin ligoté. Ce dernier secoua la tête et ouvrit de grands yeux bleus qui naviguèrent dans toutes les directions avant de s'arrêter sur ses liens. Il testa leur solidité avec une série de roulements d'épaule, mais se rendit vite à l'évidence : il n'arriverait pas à s'évader. Vassili fit un signe du menton à Janusz qui constata le réveil de son prisonnier. Il se leva du billot de bois sur lequel il était assis, posa sa gamelle à terre puis, d'un geste de la main, invita Karol à le suivre. Les autres continuèrent leur festin, impatients de profiter du spectacle.

Janusz et Karol échangèrent quelques mots à voix basse et se campèrent devant le garçon qui darda sur eux un regard dur. L'universitaire rajusta ses binocles et s'accroupit pour entamer l'interrogatoire.

— Nom et matricule ? demanda-t-il en allemand.

Pas de réponse.

Janusz s'approcha d'un pas décidé et flanqua au prisonnier une gifle monumentale qui le fit à peine ciller. Le gamin se fendit même d'un sourire mauvais.

— Si tu ne parles pas, reprit Karol en tentant de masquer son malaise, tu vas souffrir, et longtemps.

La réponse vint enfin, en polonais :

— Je m'appelle Eytan Morgenstern. Frappez-moi autant que vous le voulez, je ne crains plus la douleur…

CHAPITRE 26

New York, de nos jours.

Eli et Avi quittèrent Manhattan pour l'Illinois en fin d'après-midi. Eytan attendait toujours les appels de Jenkins et de Simon Attali pour en apprendre plus sur les protagonistes de l'affaire et connaître sa future destination. La séparation s'était avérée difficile. L'intensité des événements des dernières heures avait favorisé le rapprochement de ceux qui étaient encore de parfaits inconnus la veille. Eli fit jurer à Jacky de rester sur ses gardes et d'éviter les mauvais coups. Il lui glissa à l'oreille que « la brute au grand cœur prendrait soin d'elle et de Jeremy ». La promesse verbalisait à mots couverts ce que Jacky ressentait depuis le début de cette histoire : rien n'obligeait Eytan à s'impliquer à ce point. Un agent aussi expérimenté que lui n'aurait eu aucun mal à disparaître et à se faire oublier, le temps que les choses se tassent. Mais au lieu de fuir, il mettait sa vie en danger dans le seul but de protéger deux innocents embringués dans un combat qui n'était pas le leur. Et pour ce faire, il pouvait compter sur la fidélité d'un médecin charmant et un peu excentrique, et d'un vétéran fatigué prêt à jeter ses ultimes forces dans la bataille… Deux exemples qui en disaient long sur l'attachement que suscitait ce personnage unique…

Les trois hommes avaient échangé une poignée de main ferme avant de se séparer en silence. Eli avait mimé un appel téléphonique en plaçant son auriculaire devant la bouche et son pouce près de l'oreille, ce à quoi Eytan avait acquiescé d'un hochement de tête.

— À part une ou deux vexations, Avi et Eli ne craignent rien, assura le géant à Jeremy, dont l'air sombre trahissait l'inquiétude. Bon, mon cher Jenkins traîne un peu, commenta-t-il en regardant l'écran de son mobile désespérément muet.

— Il a peut-être décidé de te doubler, suggéra Jacky.

— J'en doute fort. L'histoire serait trop longue à vous raconter, mais il redoute ses anciens amis autant qu'il me redoute moi, et ceux-ci n'ont qu'un goût modéré pour la mansuétude. Non, je pense qu'il prend toutes les précautions possibles pour ne pas s'attirer plus d'ennuis qu'il n'en a déjà.

Jeremy, un sourire aux lèvres, se frottait nerveusement les mains.

— Dis donc, vu que nous avons un peu de temps, osa-t-il, je peux te poser une question qui me taraude depuis près de deux ans ?

— Je t'ai promis des réponses…

— Pourquoi nous avoir laissé croire que tu étais mort dans l'explosion du complexe de la BCI, à Bruxelles ?

Le torse penché en avant, le libraire fixait intensément le *kidon*, avec dans les yeux une lueur où le reproche le disputait à la curiosité. Eytan promena son regard sur la rue, puis se plongea dans la contemplation du ciel envahi d'épais nuages noirs. Le vent se levait, charriant une odeur de pluie annonciatrice d'une averse imminente.

— Croiser ma route n'est jamais bon signe, Jay. Par une ironie qui me dépasse et me désole, mes ennemis et mes amis partagent souvent la même fin.

— Alors, toute cette comédie n'était qu'un moyen pour nous éloigner de toi ?

— Jeremy, soupira Eytan, est-ce que l'univers d'un exécuteur du Mossad est compatible avec celui d'un couple paisible du New Jersey ? Me vois-tu poser mon Glock entre la dinde et la purée de patates douces sur la table de Thanksgiving ? Avec ta nature romanesque, tu te leurres à mon sujet. J'ai consacré ma vie entière à l'élimination systématique des criminels de guerre, à n'importe quel prix. Je combats mes adversaires avec leurs propres armes. Ne t'y trompe pas, si Jacky et toi vous étiez retrouvés contre moi, je n'aurais pas hésité à vous abattre. Par ma faute, des hommes et des femmes ont perdu un mari, une épouse… un enfant. Je suis un tueur, Jay. Pas un héros. Pas un justicier. Seulement un tueur.

Fataliste, Eytan écarta les bras en signe d'impuissance. Les deux amis restèrent muets un moment. Jacky brisa le mur de silence qui s'était dressé entre eux.

— À t'entendre, tu ne serais qu'un assassin de plus. Je ne crois pas que tu sois la machine de mort que tu décris. Si c'était le cas, pourquoi nous envoyer un mail à Noël ?

— Parce que l'homme que je suis se prend parfois à rêver de celui qu'il aurait pu être…

La sonnerie du téléphone retentit. Eytan s'éclaircit la gorge et retourna à l'intérieur du restaurant. Jacky et Jeremy le suivirent sans entrain.

— Attali, Eli Karman et Avi Lafner sont partis faire examiner le bras. Je suis avec Jacqueline et Jeremy Corbin. Si vous le permettez, je mets le haut-parleur pour ne pas avoir à répéter.

Eytan pressa un bouton. La voix autoritaire et ferme de Simon Attali s'éleva dans la salle.

— J'ai mené mon enquête sur le sergent Terry et le général Bennington. Les résultats sont passionnants. Nous avons trouvé une trace d'un Timothy Terry au sein d'une unité de reconnaissance des Marines, tireur d'élite comme vous l'aviez spécifié. L'homme a connu une carrière remarquable, avec des évaluations plus que flatteuses. D'après son dossier, il pourrait bien avoir été le meilleur tireur dont ils aient jamais disposé.

— Après ce que je l'ai vu faire, je ne puis que confirmer. Mais pourquoi en parlez-vous au passé ?

— Tim Terry est décédé au cours d'une mission en Irak en 2003, avec les trois autres membres de son unité. Les corps de ses camarades ont été identifiés, mais il ne restait du sien que quelques morceaux…

— … et il a fallu une expertise ADN pour confirmer son identité, conclut Eytan avec un sourire dépité. Pas de corps, pas de certitudes hormis celles données par l'armée. Bien pratique quand on veut former un commando-zombie…

— C'est quoi, un commando-zombie ? ricana Jeremy à voix basse.

— Monsieur Corbin, répondit Attali, un commando-zombie est un groupe de soldats déclarés morts au combat. Ils œuvrent dans l'ombre, coupés de tout lien familial et dépourvus de toute existence légale. Depuis les années 1970, les Américains les utilisent pour des opérations spéciales, en dehors de tout mandat officiel. Assassinats, coups d'État, trafic de drogue, élimination d'opposants politiques dans des pays alliés, leurs attributions, tout comme leurs actions, sont innombrables.

— S'ils sont si secrets, comment avez-vous accédé au dossier de ce Terry ? insista Jeremy, passionné.

— Nous travaillons pour le Mossad, monsieur Corbin. Nous gardons un œil sur nos ennemis et l'autre sur nos amis. Nous ne sommes ni des enfants de chœur, ni des benêts !

— En 2010, plusieurs de vos agents ont quand même trouvé le moyen de se faire filmer par les caméras de surveillance de l'hôtel dans lequel ils venaient d'exécuter un homme, si je puis me permettre, laissa échapper le libraire, regrettant ses propos à peine prononcés.

Jeremy se tourna vers Eytan à la recherche d'un soutien. Ce dernier lâcha un soupir qui en disait long sur sa vision de l'erreur commise par ses confrères. À moins qu'il ne désapprouvât la remarque faite par un civil à un supérieur des fameux fautifs. Ou peut-être un peu des deux…

Attali toussota avant de reprendre :

— Personne n'est parfait…

— Excusez-le, il faut systématiquement qu'il dise ce qui lui passe par la tête, affirma le *kidon* en adressant à Jeremy un geste sans équivoque pour qu'il la ferme une bonne fois pour toutes. Pourriez-vous étendre vos recherches pour voir si d'autres soldats de haute volée ont connu le même sort autour de 2003 ?

— C'est mon travail d'avoir en permanence un coup d'avance, Morg. Entre 2003 et 2005, parmi les Marines décédés, dix ont été identifiés uniquement par leur ADN. Le plus frappant dans cette liste réside en ce que chacun d'eux excellait dans un domaine spécifique. Tir, combat rapproché, course de fond ou sprint, c'étaient tous des sportifs de très haut niveau. Et tous en fin de contrat avec l'armée.

— Les militaires se sont toujours intéressés aux athlètes… Avi Lafner considère la prothèse que nous avons récupérée comme le signe de l'émergence des humains améliorés. Pensez-vous que l'armée aurait entrepris de créer une section composée de soldats d'élite mutilés et équipés de matériel avancé ?

— Tout ceci est encore trop flou pour tirer des conclusions. C'est vous qui les avez affrontés sur le terrain, vous êtes donc le plus à même d'émettre une opinion.

Eytan demeura silencieux de longues secondes, se remémorant le déroulement des opérations sur la High Line. Il sortit soudain de sa réflexion.

— Tim Terry, si c'est bien celui dont vous avez retrouvé la trace, a abattu deux de ses hommes qui étaient tombés entre mes mains. Il a dit « ceux-là sont dispensables »…

— Si je comprends bien ce que vous racontez, résuma Jacky, la voix blanche, les soldats déclarés morts sur le champ de bataille auraient été en réalité seulement blessés ou mutilés ? En les faisant passer pour morts, puis en les équipant de prothèses top moumoute, l'Oncle Sam pouvait les recycler et leur donner une sorte de seconde vie militaire. À tous les coups, c'est ça le « programme » dont parlait Bramble ! exulta-t-elle, sûre de son fait.

— Ce n'est qu'une hypothèse, tempéra Attali, plausible, mais une hypothèse néanmoins. Eytan, ceux que Terry a éliminés étaient-ils « améliorés » ?

— Je n'ai pas eu le temps de vérifier, et pour être honnête, je n'avais aucune raison de le faire à ce moment-là. Rien ne m'a semblé anormal en tout cas. Par contre, concernant les deux individus que nous avons affrontés sur la High Line, oui. Le premier portait un bras artificiel, et le second était un cul-de-jatte qui a miraculeusement récupéré ses jambes et fracassé un mur d'un seul coup de pied.

— Donc, notre théorie pourrait bien être la bonne, mais il nous reste à comprendre pourquoi notre ami Morg les intéresse tant. Il est en parfait état de marche, et ne nécessite pas de réparation, si je puis me permettre.

— Permettez-vous, lâcha nonchalamment Eytan, je n'en suis plus à une remarque déplaisante près…

— Vous me pardonnerez en écoutant ce que j'ai appris sur le général Paul Bennington. Beau parcours que le sien ! D'abord sur le terrain : Vietnam, Panamá, puis dans le haut commandement à partir de Tempête du Désert en 1991. Mais il est plus réputé pour ses talents de politicien que pour son efficacité au combat. Début 2002, quelques mois après les attentats du World Trade Center, il intègre une commission créée par l'administration Bush à la thématique passionnante : Nouvelles Technologies et Applications Militaires. En 2003, il quitte la commission pour prendre le commandement opérationnel de… personne ne sait quoi ! Petite cerise sur le gâteau, il effectue de très nombreux voyages en Irak entre 2003 et 2005.

— Il y recrutait les hommes qui composeraient son unité spéciale, estima Eytan. À tous les coups, Bennington est un Marine ?

— Quelle perspicacité !

— Je m'épate moi-même… Bien, nous tenons le directeur du programme. Où est-il basé ?

— Donnez-moi encore deux heures, et vous saurez où frapper.

— Je ne me gênerai pas.

— Faites ce que bon vous semble. La seule chose que je vous demande, c'est de collecter le maximum de preuves. Je pourrais en avoir besoin pour faire pression sur nos amis américains.

— Nous trouverons bien quelque chose à vous mettre sous la dent.

— Je n'en doute pas… Dernier point, je n'ai rien déterré sur H-Plus Dynamics. Le néant complet de ce côté, ce qui est pour le moins surprenant.

Un signal couvrit la conversation. L'écran du téléphone mobile indiquait un appel entrant au nom de Jenkins.

— Attali, je dois raccrocher, je ne vais pas tarder à avoir du neuf. Tenez-moi au courant dès que vous aurez localisé Bennington.

Sans plus de politesses, et toujours avec le haut-parleur branché, Eytan changea de ligne.

— J'ai cru que tu ne m'aimais plus, mon petit père, se moqua-t-il.

Jacky et Jeremy pouffèrent. La voix apeurée qui s'éleva suintait l'accent guindé des grandes écoles anglaises.

— Il est 22 h 30, ici. Trouver cette société n'était pas si simple ! se défendit Jenkins.

— M'en fous. Balance l'info.

— La boîte se situe à Baltimore, dans le Maryland.

Eytan prit sur le comptoir un bloc de papier frappé du logo du restaurant ainsi qu'un stylo et nota l'adresse complète.

— Je sens que nous allons faire une bonne équipe tous les deux, lança le *kidon* en guise de remerciement.

— Moi aussi… geignit Jenkins.

— Encore une dernière petite chose. Toujours pas de nouvelles de Cypher de ton côté ?

— Toujours pas, répondit l'informateur avant qu'Eytan ne raccroche.

— Cypher ? répéta Jacky.

— C'est le pseudonyme du dirigeant du Consortium. Je ne sais presque rien sur lui et, de toute façon, vous n'avez pas à vous en soucier pour le moment. Nous avons des problèmes plus urgents. Il est temps de partir.

En moins de deux minutes, le trio débarrassait les lieux et prenait place dans la berline pour un périple d'environ quatre heures en direction du sud. Simon Attali voulait des preuves, le *kidon* ne doutait pas qu'il en glanerait plus que nécessaire…

CHAPITRE 27

Pologne, janvier 1943.

Le prisonnier arborait la même chevelure blonde que Janusz et se montrait aussi peu disert. Ce qui s'annonçait de prime abord comme un interrogatoire s'était mué imperceptiblement en conversation hachée. Les questions et les réponses courtes se succédaient depuis dix minutes. Il ne faisait désormais plus de doute que ce garçon était polonais, juif de surcroît, déporté avec sa famille vers le ghetto de Varsovie puis vers le camp de Stutthof. Il refusait d'évoquer les conditions de sa détention. Le gamin s'épanchait par contre sur ses semaines de cavale, ponctuées de rapines pour se nourrir et se vêtir, de nuits passées caché dans des granges et de longues marches solitaires dans la campagne enneigée. Il expliqua son accoutrement militaire par le vol d'un manteau sur un garde mort lors de son évasion, dont il ne dévoila aucun détail.

Le récit en lui-même, incomplet à l'évidence, impressionnait moins Janusz que le calme incongru avec lequel son prisonnier le déroulait. Dans sa position, ligoté à un arbre, à la merci d'un groupe de tueurs endurcis et déterminés, bien des hommes aguerris auraient déjà mouillé leur pantalon. Lui ne montrait aucune peur et encore moins d'abattement. Il ne marqua une hésitation qu'au moment où Karol lui demanda son âge.

— Seize ans, répondit-il après quelques secondes de réflexion.

L'universitaire adressa un signe de tête à son chef pour l'attirer à l'écart.

— Son histoire me paraît crédible, jugea Karol.

— Il ne dit pas tout, mais son tatouage parle à sa place…

— Nous devons trouver des gens pour le cacher. S'il s'est évadé d'un camp de travail…

— Ce ne sont pas des camps de travail ! l'interrompit sèchement Janusz.

Karol ne réagit pas. Cet homme croyait dur comme fer en l'humanité. Chacun puisait où il pouvait la force de braver l'adversité, quitte à nier l'évidence.

— Le cacher, poursuivit l'Ours blond, pourquoi pas. Mais je me demandais…

— Quoi ?

— Ce que je vais te confier, tu ne le répètes pas aux autres, prévint-il.

— Je suis une tombe.

— J'ai vu ce gosse mettre Vassili en grande difficulté au corps à corps. Sans mon intervention, il le battait à plate couture.

— Tu plaisantes ? s'exclama Karol, éberlué. Même Piotr ne fait pas le poids face à Vassili…

— Précisément. Il y a quelque chose de spécial chez ce gamin. Je ne pourrais pas te dire pourquoi, mais je ressens le besoin de le garder près de moi…

— Attends, tu penses sérieusement à l'enrôler ? chuchota âprement l'universitaire.

— Testons-le. Après tout, qu'avons-nous à y perdre ?

— Janusz, c'est un enfant. Il n'a pas de compétences particulières.

— Un enfant qui a échappé aux SS et survécu seul pendant plusieurs semaines ne possède pas de compétences particulières à tes yeux ? Il en présente aux miens.

— À supposer qu'il dise vrai…

— Pourquoi mentirait-il ? Et puis, si nous ne le jugeons pas à la hauteur, nous le refilerons à un réseau qui s'occupera de lui. Nous n'avons rien à perdre, je te dis.

— Admettons… concéda de mauvaise grâce son compagnon. Encore faut-il qu'il souhaite se joindre à nous.

— Le plus simple est de lui demander, tu ne crois pas ? Et vraiment, j'insiste : ne dis pas au Sibérien que je t'en ai parlé, il est d'une humeur exécrable depuis l'incident.

— Je tiens à mes lunettes, plaisanta Karol.

Ils revinrent vers le prisonnier, qui ne les avait pas quittés des yeux pendant toute la durée de leur aparté. Janusz se posta devant lui, sa précieuse mitraillette entre les mains.

— Eytan, que comptais-tu faire avant de croiser notre route ? demanda l'Ours blond.

— Survivre, répondit l'adolescent.

— Survivre dans quel but ?

— Tuer le plus d'Allemands possible.

— Je t'offre une chance d'y parvenir, si tu sais gagner ta place parmi nous.

— Que dois-je faire ?

— Tes preuves.

Il sortit un coutelas de l'étui de cuir brun cousu à la ceinture de son pantalon et entreprit de couper la corde qui entravait Eytan. Celui-ci se releva en souplesse, à la seule force de ses jambes, ce qui ne manqua pas de surprendre Janusz. Le coup de crosse qu'il lui avait infligé quelques heures auparavant ne semblait qu'un lointain souvenir. Il réalisa alors qu'aucune ecchymose n'apparaissait à l'endroit où il avait frappé.

— Te voilà libre, déclara-t-il en masquant son étonnement. Si tu souhaites partir, pars. Personne ne t'en empêchera.

Une fois debout, le premier réflexe de l'adolescent fut de plonger les mains dans les poches de son manteau. Ce qui ressemblait à une simple vérification se transforma vite en fouille frénétique. Pour la première fois, il montrait des signes d'inquiétude, voire de panique.

— Où est mon carnet ?

— En sécurité, le rassura Janusz. Maintenant, viens.

Il retourna à pas lents vers ses hommes qui l'attendaient, intrigués, autour des tisons mourants et s'assit sur une pierre. Puis il désigna le billot de bois près de lui.

— Tu t'assois là, fit-il, péremptoire, sans accorder un regard à Eytan.

Celui-ci s'exécuta en silence. Il replia ses longues jambes et dévisagea discrètement les inconnus qui lui faisaient face.

Janusz prit la parole d'une voix ferme.

— Voici Eytan Morgenstern. Contrairement à ce que son accoutrement laisserait croire, il est polonais. Je veux l'intégrer à notre groupe. Des objections ?

Un murmure d'étonnement parcourut l'assistance. Piotr ouvrit la bouche, mais la referma aussitôt, n'osant exprimer le fond de sa pensée.

La tête penchée, Pawel détaillait le nouvel arrivant, dubitatif.

— Il est bien jeune, non ? À peine une graine d'homme, commenta-t-il simplement.

Il réfléchit quelques secondes et continua :

— On ne peut pas se permettre de mégoter. C'est pas comme si on pouvait trouver un combattant derrière chaque arbre de cette forêt… Si ça te va, ça nous va.

Le reste de la troupe, se ralliant à l'avis du quinquagénaire, fit entendre un grognement approbateur.

— Bien, je savais pouvoir compter sur vous, dit Janusz, satisfait. Eytan, celui qui vient de t'accepter parmi nous s'appelle Pawel. Ne te fie pas à sa grande carcasse dégingandée et à son air nonchalant, c'est un tireur de haute précision qui possède une vision d'aigle ! Il nous a sauvé la mise à maintes reprises. À sa droite, poursuivit-il, je te présente Marek, un ancien horloger de Lwow. Il aurait dû reprendre la boutique familiale si les Allemands n'en avaient pas décidé autrement. Maintenant…

— Maintenant, je suis artificier, expliqua le jeune homme à la face ronde.

Ses yeux souriaient malicieusement.

— Oui, et pas n'importe lequel, dit l'Ours blond. Il conçoit des explosifs artisanaux à faire pâlir de jalousie un artificier de métier.

Les joues de Marek s'empourprèrent sous l'effet du compliment.

— Et voici Piotr. Il vient aussi de Varsovie, où il était boxeur, dans la catégorie des poids moyens. Comme tu peux t'en douter, Piotr est notre spécialiste du combat rapproché. Je ne te présente pas Vassili, tu as vu ce dont il est capable. Il tue en silence…

Eytan tourna la tête vers le Sibérien, qui ignora son regard interrogateur.

— Messieurs, je vous confie Eytan. J'entends que chacun d'entre vous, dans votre domaine de compétences, jauge notre recrue potentielle. À commencer par Karol, qui se présentera lui-même.

— Et vous, l'interrompit Eytan. Vous êtes qui ?

— Moi ? Je suis le chef, répondit Janusz en claquant ses mains sur les cuisses. Et le chef va se coucher.

Il déploya sa longue silhouette.

— Un bon combattant sait quand il est nécessaire de ménager ses forces, ajouta-t-il avant de tourner les talons.

Les tests commencèrent le matin même. Avec Karol tout d'abord, qui évalua les capacités de lecture et les connaissances générales d'Eytan. Après un maigre déjeuner, l'érudit le confia aux bons soins de Piotr. Le boxeur consacra deux heures à lui enseigner le noble art, ainsi qu'une série de jurons bien sentis, dont le sempiternel « ducon » qu'il adressait à ses adversaires, sur le ring comme sur le champ de bataille. En fin d'après-midi, Pawel reçut l'autorisation de s'éloigner dans les bois en compagnie de l'apprenti résistant pour une leçon particulière de tir de précision. Vassili garda un œil sur eux, au cas où.

Ils revinrent sans encombre à la nuit tombée. Exténué, Eytan exprima le souhait de s'allonger dans l'une des cabanes. Après s'être assuré de son sommeil, Janusz réunit ses troupes autour de la soupe de légumes vespérale afin d'entendre les différentes opinions. Karol ouvrit le bal avec pour seuls bruits de fond le chuintement de l'impressionnante lame de Vassili contre une pierre à aiguiser et les aspirations de Marek, incapable de manger en silence.

— Personnage très étrange et paradoxal, commença-t-il en jetant un regard noir à l'artificier, qui lui renvoya un sourire contrit puis s'appliqua à porter proprement la cuiller à sa bouche. Il possède les connaissances de base d'un enfant de dix ans, guère plus. À côté de ça, il parle un allemand de très bon niveau. Il prétend l'avoir appris en détention, en écoutant ses gardes, ce qui m'étonne un peu. Pour tout dire, je suis assez réservé.

Janusz donna la parole à Piotr.

— C'est peut-être pas un intellectuel, mais je vous garantis qu'il a un putain de potentiel pour la castagne. Il a des réflexes de feu, et il pige vite. Ce petit con cogne fort des deux mains et surtout, il est rapide. Je peux en faire quelque chose.

Il invita ensuite Pawel à s'exprimer.

— Je lui ai vaguement expliqué les principes du tir de précision. Je l'ai fait tirer à cinq reprises sur une cible improvisée, à 10 puis à 30 et enfin 50 mètres. Il a systématiquement mis dans le mille. Pas une balle à côté. Jamais vu ça.

— Intéressant, se félicita Janusz.

— Ce n'est pas tout, poursuivit Pawel. Je voulais lui montrer comment contrôler son rythme cardiaque pour atténuer l'effet de balancier. Une perte de temps ! Son cœur bat à trente-cinq pulsations minute. Avant, pendant, et après le tir. C'est tout simplement stupéfiant. Comme il possède en plus une vue excellente, une semaine d'entraînement intensif suffira pour qu'il tire mieux que moi. Jamais vu ça, je vous dis…

Les hommes échangèrent des regards étonnés. Pawel n'était pas du genre à dresser des portraits élogieux. Son pragmatisme l'incitait à la tempérance et son perfectionnisme en faisait l'exemple parfait du type jamais satisfait. L'impression laissée par Eytan n'en pesait que plus lourd. Restait un dernier avis que Janusz souhaitait absolument entendre avant d'arrêter sa décision.

— Vassili ?

Le Sibérien, tout à l'entretien de son monumental couteau de chasse, interrompit son rituel. Il renifla et expédia un crachat à l'écart du petit feu de camp, vers les ténèbres de la nuit fraîchement tombée. Il se tourna vers Janusz, lui adressa un hochement de tête approbateur puis reprit son ouvrage.

— C'est donc entendu, nous le gardons avec nous, conclut l'Ours blond, provoquant les sourires complices et satisfaits de Piotr et Pawel. Ce soir, le premier tour de garde sera effectué par Marek et moi, indiqua-t-il en se relevant. Vassili et Piotr, vous assurerez le second. Les autres, reposez-vous, le travail ne manquera pas demain…

Aucun incident ne vint perturber la tranquillité nocturne. Les Allemands n'entreprenaient que de rares incursions dans la forêt. Janusz exigeait cependant une vigilance de tous les instants. La routine et les certitudes étaient à bannir pour qui souhaitait rester en vie. Il consacra une partie de sa veille à feuilleter le petit carnet noir récupéré sur Eytan lors de sa capture. Le calepin regroupait des pages et des pages de formules incompréhensibles griffonnées à l'encre bleue. Certains passages étaient entièrement raturés, d'autres soulignés en rouge, mais aucun n'avait de signification pour l'ancien contremaître. Ses souvenirs d'école lui laissaient à penser qu'il avait entre les mains le journal d'un chimiste, rassemblant des relevés et des évaluations complexes. Sur la couverture figurait un numéro : 302.

L'Ours blond n'avait pas l'intention de brusquer les confidences du gamin. Épuisé, il s'endormit en espérant qu'avec le temps l'étrange adolescent lui accorderait sa confiance et lèverait spontanément le voile sur ses mystères.

Dès potron-minet, Janusz et Karol établirent le programme d'entraînement auquel Eytan se soumettrait quotidiennement. À l'instar de tous les membres du commando, il embrasserait un domaine de prédilection, mais devrait auparavant acquérir les bases des compétences de ses collègues afin de pallier toute éventuelle incapacité, fût-elle temporaire ou… définitive. Le découpage des journées demeurerait inchangé jusqu'à leur prochaine mission. En attendant, Eytan commencerait par deux heures de cours avec l'universitaire, puis terminerait la matinée en compagnie de Piotr. Après le déjeuner, il poursuivrait avec Pawel pour une session de formation au maniement du fusil. Janusz clôturerait les festivités en lui enseignant les tactiques du combat en équipe. Il décida d'éviter toute confrontation directe entre l'adolescent et Vassili, du moins tant que ce dernier n'en exprimerait pas le souhait. La crainte d'une réaction viscérale de la part du déserteur de l'Armée rouge justifiait ce choix. Marek et ses jouets explosifs ne faisaient pas non plus partie de l'emploi du temps, et ce, pour prévenir tout accident.

Janusz se rendit à la cabane dans laquelle Eytan dormait, persuadé qu'il faudrait le secouer pour le tirer de son sommeil. Un fin rai de lumière troua la pénombre quand la porte s'ouvrit, provoquant un concert de hurlements. Recroquevillé, la tête entre les genoux, le gamin poussait des cris à glacer le sang. D'abord tétanisé, Janusz se reprit et se précipita vers lui. Il lutta pour saisir les bras qui battaient l'air.

— Eytan ! Eytan ! l'apostropha l'Ours blond, réussissant enfin à immobiliser le forcené.

Ce dernier finit par se calmer puis, lentement, releva la tête. Ses yeux bleus n'étaient plus ceux d'un adolescent déterminé et froid, mais ceux d'un enfant terrifié. Une boule dans la gorge, Janusz fut alors submergé par une sensation qu'il croyait disparue, enfouie sous les ruines de son passé. L'instinct du père. Il enlaça le gamin et le serra contre lui, sans rencontrer de résistance. Une scène, Janusz l'ignorait encore, qui se répéterait chaque matin.

— *Ich bin der Patient 302*, haleta Eytan en brandissant son avant-bras gauche, le poing fermé.

Le regard de Janusz se posa sur les trois chiffres tatoués sur la peau blanche.

Trois, zéro, deux.

Il blêmit.

— Tu veux en tuer le plus possible ? murmura-t-il en passant une main douce dans les cheveux d'Eytan. Nous allons t'apprendre…

CHAPITRE 28

États-Unis, de nos jours.

Les treize heures de voyage entre Manhattan et Chicago furent un véritable chemin de croix. Monotones au possible, les *Interstate Highways* – interminables autoroutes qui traversent les États et les relient les uns aux autres – engourdissaient les sens des conducteurs. Rouler de nuit n'eut rien d'une sinécure pour Eli et Avi, déjà éreintés par le long trajet en avion entre Israël et les États-Unis, puis par l'agitation frénétique des deux derniers jours. Sur les conseils du médecin, ils se relayèrent au volant par séquences de trois heures.

Cette organisation leur permit d'engranger six heures de sommeil chacun, un total suffisant pour assumer la journée à venir. Grâce aux provisions achetées à New York, ils purent se restaurer sans s'arrêter en chemin. Les deux hommes étaient pressés d'en finir avec leur part de la mission, chacun pour des raisons différentes. Eli redoutait la rencontre avec son demi-frère dont les soixante-dix printemps n'avaient pas tempéré l'hyperactivité, ni sa propension à rabaisser son entourage en toutes circonstances. Propension dont il avait déjà fait montre lors du coup de fil passé par Eli avant de quitter Manhattan pour lui annoncer sa venue.

De son côté, Avi s'inquiétait de la distance qui l'éloignait d'Eytan, Jacky et Jeremy. Une vingtaine d'heures de trajet aller-retour, plus le temps du séjour dans l'Illinois, voilà qui laissait au trio explosif une pleine journée pour se fourrer dans la panade. Et cette fois, Eli et lui ne pourraient leur être d'aucun secours. Non qu'ils eussent été décisifs sur le terrain jusqu'ici – dans cet exercice, Eytan se suffisait à lui-même. Mais le médecin ressentait désormais une forte appartenance à son équipe et rechignait à s'en séparer. Son dernier contact avec Eytan datait de la veille au soir et s'était résumé à un récapitulatif des récentes informations fournies par Attali et Jenkins. Le *kidon* les avait avisés qu'il prenait la direction de Baltimore en compagnie du jeune couple pour rendre une « visite de courtoisie » au siège de la société H-Plus Dynamics. En somme, rien de très rassurant…

Vers 6 heures du matin, le médecin et le vétéran distinguèrent enfin les lumières chatoyantes de la *skyline* de Chicago, dominée par l'imposante Willis Tower, monument d'orgueil qui dressait deux antennes immenses vers le ciel.

Ils traversèrent ensuite la ville en direction du quartier de Hyde Park où se situait l'université. À mesure qu'ils approchaient du site, Avi sentait monter la nervosité de son acolyte.

— Si tu continues à grincer des dents, tu vas te déchausser une molaire, fit-il remarquer. Ton demi-frère est si terrible que ça ?

— Pire ! répondit le sexagénaire.

— Eh ben, ça promet…

L'aube ne pointait pas encore à l'horizon lorsqu'ils se garèrent sur le parking universitaire presque désert. Bravant le froid sec, ils prirent la direction du bâtiment principal avec dans un sac le bras mécanique, objet de leur venue. Subjugué par le silence recueilli des lieux, Avi contemplait ce campus qui ressemblait à s'y méprendre aux prestigieuses écoles anglaises. Des voies dallées sinuaient entre des étendues de gazon entretenu avec soin, bordées de massifs arborés. Au sein du parc, des édifices en pierre d'inspiration gothique, accolés à d'imposantes tours crénelées, émergeaient dans la nuit fantomatique. Des gargouilles représentant des monstres hybrides observaient, gueules béantes, la progression des visiteurs. Un sens aiguisé du contraste avait poussé les architectes américains à ériger de hauts immeubles d'acier à proximité. Avec de tels atours, l'institution étalait splendeur et majesté, entre nostalgie et modernité.

Arrivé au pied d'un perron aux larges marches, Eli se tendit encore un peu plus. Avi remarqua alors l'homme âgé qui patientait devant l'entrée. Grand et longiligne, celui-ci portait des jeans délavés, un pull à col roulé noir près du corps et un blouson d'aviateur en cuir. Un visage carré au menton volontaire presque épargné par les rides et une mèche rebelle de cheveux blancs qui voltigeait sur son front lui conféraient une allure intrépide. Impression confirmée par un sourire badin et un regard espiègle. Le physique de cet homme, son style et sa fougue contenue rappelèrent à Avi l'image des pionniers de la conquête spatiale.

L'individu aperçut le duo et s'élança avec une souplesse inattendue. Il se précipita sur Eli et le serra dans ses bras en hurlant : « Le p'tit ! » Au bord de l'étouffement, compressé par l'accolade virile, « le p'tit » dut s'y reprendre à plusieurs fois pour retrouver un peu d'air.

— Franck, je te présente Avi Lafner. Avi, je te présente Franck Meyer.

— Docteur Franck Meyer, corrigea ce dernier. Je ne me suis pas fait suer pour rien à obtenir une batterie de diplômes ! Tu n'imagines pas à quel point je suis content de te voir. Ça fait quoi… deux ans ?

— Deux ans et trois mois pour être exact, gémit Eli en s'arrachant d'une embrassade affectueuse qui avait tout d'une prise de catch.

— Toujours précis, le gamin, releva Franck en gravissant les marches à grandes enjambées. Venez, nous allons regarder la merveille dont tu m'as parlé au téléphone. Comment se porte Eytan ?

— Arrête de m'appeler « gamin », s'agaça Eli, à nos âges, c'est grotesque. Eytan va bien et te passe le bonjour. Il n'a pas pu se joindre à nous. Il mène une mission de son côté.

— *Il mène une mission de son côté*, répéta Meyer avec une voix caverneuse et théâtrale digne des bandes-annonces des films d'action des années 1980. J'adore la façon dont s'expriment les agents secrets ! Vous aussi vous faites mumuse avec des mitraillettes et des grenades ?

— Surtout pas ! Je suis médecin, se défendit Avi.

— Un intellectuel, voilà qui va relever le niveau. En avant, marche !

Meyer poussa la porte d'entrée et s'engouffra dans le hall feutré de l'université d'un pas rapide et décidé.

— Il est toujours excité comme ça ? murmura Avi à Eli en suivant le mouvement tant bien que mal.

— Oh, je te rassure. Là, il s'échauffe. Dans une heure, il exposera son vrai potentiel…

Ils montèrent au deuxième étage de l'immeuble. De là, ils empruntèrent un long couloir lambrissé qui distribuait les bureaux d'éminents professeurs dont les noms et spécialités s'affichaient sur des plaques dorées fixées à des portes en bois massif. Franck Meyer sortit une clef de sa poche, ouvrit l'une des portes et invita ses visiteurs à pénétrer dans la pièce.

Une fois à l'intérieur, ils découvrirent une grande salle encombrée de piles de livres jusqu'à hauteur d'homme. Sur les trois murs dépourvus de fenêtres, des tableaux noirs débordaient d'équations et autres formules chimiques inscrites à la craie blanche. Le meuble ouvragé sur lequel travaillait le professeur disparaissait sous des feuilles amoncelées dans un équilibre précaire. Un écran d'ordinateur cathodique – autant dire une antiquité – indiquait que le maître des lieux évoluait encore au XXe siècle. Dans ce capharnaüm, une dizaine de maquettes d'avions trônaient, étrangement ordonnées, sur une étagère.

— Excusez le bazar, je ne retrouve mes petits que dans le fouillis, expliqua Meyer en dégageant le bureau d'un revers de manche.

Sa tâche accomplie, il s'installa dans son fauteuil et chaussa une paire de lunettes aux verres demi-lune. Eli sortit du sac la prothèse récupérée la veille par Jacky et Eytan et la posa devant son demi-frère. Celui-ci émit un sifflement admiratif quand il avisa l'objet. Il le prit délicatement entre ses doigts et en entreprit l'examen, ponctuant son étude d'appréciations allant de « pas bête » à « mouais, pas terrible ». Cinq minutes durant, il demeura silencieux et songeur, puis il décrocha le combiné d'un téléphone jusqu'alors dissimulé sous un amoncellement de papiers.

— J'ai pris la liberté de convoquer mes meilleurs élèves aux aurores pour qu'ils nous filent un coup de main. Ne restez pas debout comme des ahuris, asseyez-vous, lança-t-il en désignant deux chaises à Avi et Eli, qui attendaient patiemment qu'il remarque à nouveau leur présence. Ouais, ici Meyer, montez me voir au trot. J'ai un truc marrant pour vous, conclut-il avant de raccrocher.

Dans la minute qui suivit, trois jeunes hommes essoufflés déboulèrent ventre à terre.

Si l'expression rat de bibliothèque nécessitait une illustration, ces trois-là conviendraient à merveille, pensa Avi en observant les types apparemment intimidés, vêtus de blouses blanches et équipés de lunettes de vue à fort grossissement.

— Je veux une analyse détaillée de ce bidule dans les plus brefs délais. Vous commencerez par les couches logicielles des capteurs musculo-nerveux, l'aspect purement mécanique n'est pas prioritaire. Allez, les blaireaux, fissa !

Sans attendre, fascinés par la merveille technologique, les trois étudiants disparurent.

— Tu n'es peut-être pas obligé de leur parler de cette manière, fit remarquer Eli.

— Cette école a produit quatre-vingt-cinq lauréats du prix Nobel et le président des États-Unis en exercice. Si nous ne sommes pas vigilants, tous les étudiants qui fréquentent nos bancs vont se prendre pour des cadors avant même d'avoir fait leurs preuves. Alors, je les aide à garder un peu les pieds sur terre. Étonnant, votre engin. Où l'avez-vous trouvé ?

Eli relata par le menu les événements des derniers jours, depuis la réunion avec Simon Attali jusqu'à l'affrontement de la veille. Il décrivit l'homme en fauteuil roulant et les conditions dans lesquelles Jacky s'était emparée du bras artificiel.

— Si je comprends bien, et je comprends forcément bien, l'armée américaine équiperait des soldats amputés avec des prothèses très évoluées, ce qui n'aurait en soi rien de gênant si elle ne s'intéressait pas à Eytan. Mon résumé est-il correct ?

— Parfait, admit Avi. La démarche de l'armée américaine évoque le transhumanisme, mais ça ne nous dit pas ce que les militaires veulent à Eytan. J'ai pensé à son absence de vieillissement, mais ça me paraît un peu court.

— C'est un peu court, en effet. Cependant, vous avez partiellement raison.

— Nous sommes suspendus à ta sagesse, se moqua Eli.

— Vous avez vu à quel point il est vexé que je sois plus malin que lui, dit Meyer en se dirigeant vers un tableau noir. Je vous fais un schéma, vous pigerez plus facilement.

Il effaça avec un chiffon les traces de ses recherches et dessina à main levée un corps humain représenté de face.

— L'aspect purement mécanique de l'objet que vous m'avez montré n'a en soi rien de révolutionnaire. Ce qui est intéressant, c'est son couplage à l'informatique, mais nous y reviendrons quand mes forçats auront achevé leurs analyses. Les prothèses de ce type existent déjà et fonctionnent de la manière suivante. Le cerveau envoie des ordres aux muscles sous la forme de signaux de nature électrique conduits par les nerfs. Ces signaux sont captés par des électrodes collées sur la poitrine en ce qui concerne les bras, et sur la cuisse pour les jambes. Un microprocesseur amplifie ces informations puis les répercute aux membres artificiels permettant ainsi d'en commander les mouvements. Actuellement, les données sont unilatérales, efférentes, du cerveau vers les muscles. Mais sous peu, la remontée d'informations afférentes sera possible.

— C'est-à-dire ? demanda Eli avec l'assurance de s'attirer les foudres de Franck.

Meyer soupira ostensiblement.

— C'est-à-dire, bête à foin, que grâce à une autre série de capteurs placés dans la prothèse, des sensations seront transmises *via* les nerfs au cerveau. Ainsi, le patient appareillé pourra éprouver la chaleur ou le froid. C'est pourtant simple, je te jure. Médicalement et mécaniquement, la question ne pose plus de vrais problèmes, et des expérimentations *in vivo* sont déjà en cours. Pensons comme un militaire, si je puis employer le verbe « penser » pour cette catégorie d'individus, ricana le savant. Les soldats engrangent de l'expérience au fil de leur entraînement et de leurs missions. Mais dans le même temps, ils vieillissent et sont moins performants. Si vous les équipez de membres artificiels qui ne subissent pas les effets de l'âge comme le fait un être humain, vous accroissez leur longévité. De plus, vous pouvez remplacer le matériel à l'envi, pour des versions plus efficaces. Vous vous retrouvez donc au fil des ans avec une armée de vétérans aux bras et jambes surpuissants. Mais voilà, le cerveau et le système nerveux de nos « papys » ont perdu en qualité. Ils sont lents, affectés par une dégénérescence naturelle. Conclusion : il faut des sujets dotés de capacités physiques supérieures pour profiter pleinement des prothèses.

— Donc, si vos soldats ne montrent aucun signe de dégénérescence, ils restent efficaces plus longtemps ! s'exclama Avi.

— Et sont par conséquent plus rentables. Entraîner un homme s'avère coûteux, en temps et en argent. Vous savez désormais pourquoi ils veulent Eytan. C'est son système nerveux qui les intéresse ! La science actuelle évolue plus vite dans l'interfaçage entre l'homme et la machine que dans la modification du génome dans sa globalité. En plus, les blocages éthiques liés à la manipulation génétique sont nombreux. Dans le cas des prothèses, il suffit d'expliquer à l'opinion publique que des millions de handicapés pourront en bénéficier, et tout le monde applaudit. Peu importe qu'elles coûtent des fortunes et que seuls des privilégiés puissent se les payer.

Franck se retourna vers le tableau et traça les lettres « CQFD » en majuscules.

— Eh bien, dites-moi, vous êtes sacrément calé sur le sujet. Je me sens tout petit, avoua Avi, impressionné par la fulgurante démonstration.

— C'est le cas de la plupart des gens, mais je suis resté très simple, plaisanta Meyer en s'asseyant à son bureau. Si vous n'avez pas d'autres questions, je vais préparer les doses qu'Eli remettra à notre grand chauve préféré.

— Les doses ? répéta Avi.

— Son sérum, précisa Meyer comme s'il s'agissait d'une évidence.

— C'est vous qui le fabriquez ?

— Sous couvert d'exercices pratiques, mes étudiants élaborent de façon cloisonnée les différents ingrédients entrant dans la composition de ce sérum. Ce procédé les empêche de connaître la finalité de leurs travaux. Ensuite, il ne me reste plus qu'à concocter la mixture. Bon, je file. Attendez-moi ici, je n'en ai pas pour longtemps.

Franck Meyer quitta le bureau au grand soulagement d'Eli. Encore sous le choc de sa rencontre avec cet ouragan humain, Avi se tourna vers son compagnon.

— Sacré personnage, ton demi-frère. La ressemblance entre vous n'est pas flagrante.

— Sacré personnage, tu l'as dit. Pour la ressemblance, c'est normal, nous ne partageons pas le même sang. Franck se trouvait sur le bateau qui m'emmenait de l'Angleterre vers Israël, en 1953. D'une certaine façon, c'est grâce à lui qu'Eytan m'a adopté… J'avais sept ans, il en avait onze, nous avons pratiquement grandi ensemble. J'ai voué ma vie à Eytan en m'orientant vers une carrière militaire, Franck a fait de même dans le domaine scientifique. Il voulait devenir pilote de chasse, mais des problèmes de vue l'en ont empêché.

— Et c'est ainsi qu'il se retrouve à fabriquer le sérum. Si tu veux mon opinion, vous méritez la palme de la famille dysfonctionnelle, s'amusa Avi.

Une vibration s'éleva de la veste d'Eli. Il sortit son mobile et prit l'appel.

— Eytan ?

— C'est Jacky, Eli. Eytan est au volant, nous en avons terminé à Baltimore, nous partons pour les environs de Fort Wayne. Nous avons du nouveau.

— Nous aussi. Tout s'est bien déroulé ?

— Oui… enfin, d'une certaine manière.

— Comment ça, « d'une certaine manière » ? Eytan est encore blessé ?

— Non, cette fois, c'est plutôt Jeremy qui pose problème, répondit-elle, gênée.

— Soyez plus précise, vous m'inquiétez ! Comment se porte-t-il ?

— Bien, j'espère.

— Vous espérez ? Il n'est plus avec vous ?

— Disons que, pour le moment, il est dans le coffre…

CHAPITRE 29

Pologne, mars 1943.

La boîte d'allumettes passa de main en main avant de réintégrer la poche de la vareuse du capitaine. Les cinq soldats qui formaient un cercle autour de leur supérieur s'accrochaient à leur cigarette pour mieux tromper le froid mordant d'un hiver polonais dont ils maudissaient les rigueurs. Le gradé n'était pas le dernier à dégoiser sur un pays dont il détestait à peu près tout, à l'exception des femmes, sujet qui distrayait ses subordonnés. Poussé par l'esprit grivois qui s'emparait de l'assemblée, l'un d'eux raconta comment il avait assisté, au cours d'un séjour à Cracovie, au viol d'une jeune institutrice par des aviateurs de la *Luftwaffe*. Clou du spectacle, l'agression s'était déroulée en plein cœur d'un café du centre-ville sous les yeux de troufions hilares.

Narrée avec force détails graveleux, l'anecdote ne remporta pas le succès escompté auprès de ses camarades. Les sourires affichés jusqu'alors s'évanouirent et laissèrent place à un silence gêné.

Dissimulé à même la neige sous une couverture d'épaisses fougères, Karol observait la scène à portée de voix. Il oscillait entre l'envie de vomir et le désir de coller une balle en plein crâne de l'imbécile qui continuait à rire tout seul. Paradoxalement, l'universitaire trouvait une raison d'espérer dans l'attitude réprobatrice des autres hommes.

Le capitaine Reinke dirigeait la petite garnison de la *Wehrmacht* d'une main de fer, et ne tolérait aucune exaction de la part de ses troupes envers les civils. Décrit comme « sévère, mais juste », cet officier de la vieille école pensait que la guerre et ses combats ne devaient concerner que les militaires. La population des villages placés sous son autorité s'estimait presque chanceuse d'avoir affaire à lui, au vu des nouvelles abominables qui émanaient d'autres provinces. Janusz lui-même s'opposait, pour l'instant, à l'élimination maintes fois évoquée de Reinke, persuadé que son remplaçant n'aurait sûrement pas les mêmes scrupules.

Visiblement, Reinke ne goûtait ni la teneur du récit de son soldat ni le ton adopté par ce dernier. Il le tança vertement avant de le renvoyer à la guérite installée à l'entrée de l'ancienne école primaire reconvertie en caserne. Le deuxième classe, penaud, obéit sans discuter.

Pas tous des monstres, pensa Karol.

Mais ses considérations d'indécrottable optimiste devaient attendre. Il se concentra de nouveau sur l'objectif de cette nuit.

Les trois bâtiments, formant un U, étaient éclairés par autant de projecteurs situés sur des pylônes métalliques érigés par les occupants dès leur prise de possession des lieux. Fermée par une grille haute de deux mètres, ce qui avait été la cour de récréation servait aujourd'hui d'aire de stationnement aux camions de transport de troupes. Deux s'y trouvaient d'ailleurs en ce moment même, impeccablement garés l'un à côté de l'autre, entre la clôture et le préau sous lequel devisaient Reinke et les quatre soldats.

Karol leva la main. Aussitôt, deux ombres surgirent de l'orée du bois, une trentaine de mètres derrière lui. L'universitaire les regarda le dépasser. Genoux fléchis, dos courbé, Vassili et Eytan avançaient à une vitesse stupéfiante, tels des fantômes flottant sur la neige. Ils rejoignirent la grille en un clin d'œil et l'escaladèrent avec l'agilité de fauves en pleine chasse.

L'obstacle franchi, ils se précipitèrent vers les poids lourds et se tapirent contre l'un d'eux. De là, ils se tournèrent vers Karol, qui abaissa la main. Vassili se redressa le premier et souleva délicatement le capot du camion. Eytan fouilla dans la sacoche qui pendait à son épaule et en sortit une masse sombre, qu'il introduisit dans le filtre à huile du moteur.

Ils répétèrent l'opération sur le second camion, avec la même rapidité d'exécution. Les Allemands continuaient à papoter, inconscients de la présence des saboteurs. Son forfait perpétré, le duo rebroussa chemin. Karol leur emboîta le pas et regagna la forêt à leur suite.

Une fois les trois hommes à l'abri de la futaie, Pawel descendit de l'arbre en haut duquel il assurait la couverture du périmètre, son fusil en bandoulière. Janusz souleva la lourde mitrailleuse sur pied calée contre une branche et renversa le canon sur son épaule.

— Bien joué, les gars. Première mission de la nuit terminée.

— Karol, qu'avons-nous mis dans ces moteurs ? demanda Eytan.

— Du carborundum. Un minerai qui encrasse les pistons et provoque une surchauffe du moteur, ce qui entraîne la rupture du joint de culasse. Le camion perd de l'huile jusqu'au moment où il s'arrête, purement et simplement. Voilà qui occupera notre cher Reinke lors de sa prochaine balade, jugea l'universitaire, badin.

— Est-ce vraiment ainsi qu'une guerre se gagne ?

— Tu n'y vois peut-être qu'un désagrément mineur, mais la multiplication de ces sabotages crée d'énormes problèmes à une armée dont la logistique constitue le point fort. Crois-moi, cela finit aussi par miner le moral des troupes.

— Bien dit, ajouta Pawel, et puis c'est amusant, non ?

— Quand vous me parliez de ma première opération, j'imaginais autre chose, regretta Eytan.

— Si le diable se cache dans les détails, alors nous sommes les démons qui hantent la *Wehrmacht*. Un jour, les Polonais se soulèveront en masse. L'heure n'est pas encore venue, mais elle approche. Et ne t'en fais pas, avant la fin de la nuit, tu auras ta dose d'action.

— Karol a raison, abonda Janusz en posant la main sur l'épaule de sa dernière recrue. Les choses sérieuses commencent maintenant : nous partons intercepter un convoi d'armes.

Il observa les nuages qui voilaient la pleine lune. Poussés par une brise bienvenue, ceux-ci s'écartèrent bientôt. D'un sifflement, Janusz ordonna à la troupe d'avancer. Vassili s'élança le premier, retenant les branchages pour faciliter la progression de ses compagnons, suivi de près par Eytan, Karol, Pawel et enfin l'Ours blond. Ils marchèrent à un rythme soutenu une demi-heure durant, en dépit de la neige qui alourdissait leurs semelles et les ralentissait.

Soudain, le Sibérien s'immobilisa le poing levé. La colonne, tous sens en alerte, fit de même.

— Vous êtes aussi discrets qu'un troupeau de bœufs, railla une voix depuis un fourré.

— Et toi, tu es tellement bien planqué que les bœufs ont failli te piétiner, moqua Pawel.

Piotr sortit de sa cache en époussetant les résidus de bois mort accrochés à sa parka.

— Dis-moi que le convoi n'est pas encore passé, et que tu as amené le paquetage, demanda Janusz.

— Tu me prends pour qui ? s'offusqua Piotr en projetant un barda volumineux vers Karol qui, l'attrapant au vol, manqua d'être renversé par son poids. Les Allemands sont plus précis qu'un détonateur fabriqué par Marek, commenta-t-il en crachant au loin. Ces connards ne vont plus tarder.

— Leur ponctualité les perdra, plaisanta Pawel en vérifiant pour la dixième fois de la soirée qu'une balle était bien engagée dans son fusil.

— Gardez vos blagues pour le camp, fit distraitement l'Ours blond en avançant de quelques mètres.

Il écarta les ramures d'un arbuste et dévoila la large route qui trouait la forêt.

— Vous connaissez tous le plan, reprit-il, alors en place !

Pawel et Vassili traversèrent le bitume et s'embusquèrent de l'autre côté. Le tireur entreprit immédiatement l'escalade d'un arbre situé en bordure de la voie pour rejoindre une position de tir.

Piotr s'équipa d'une mitraillette dérobée à un officier allemand lors d'une précédente attaque et se colla derrière un tronc en compagnie d'Eytan, dont le visage ne trahissait aucune appréhension.

Couillu, pour sa première mission, pensa le boxeur, pour qui l'adolescent demeurait une interrogation permanente. Depuis deux mois qu'il avait intégré l'Armée de l'Intérieur, ce dernier avait grandi de façon spectaculaire, et chacun des membres du groupe avait dû piocher dans ses maigres affaires personnelles pour trouver de quoi l'habiller.

Janusz s'installa une dizaine de mètres en amont et déploya sa mitrailleuse avant de s'allonger au sol.

Karol sortit du paquetage apporté par Piotr un uniforme de soldat de la *Wehrmacht*. Pantalon, veste, chemise, bottes et vareuse, rien ne manquait à l'équipement réglementaire. Grelottant de froid, il enfila la tenue et enfourna ses propres vêtements dans le sac. Il se campa ensuite au milieu de la route.

— Avant, chuchota Piotr à Eytan, nous tendions une corde pour cisailler le motard qui ouvrait la voie aux transports. Mais à force de vols planés, les frisés sont devenus plus attentifs et roulent moins vite la nuit. Ce soir, on teste une nouvelle méthode.

— Ne vaudrait-il pas mieux envoyer Vassili ou moi sur la route au lieu de Karol ? demanda l'adolescent à voix basse. Nous sommes plus forts que lui en combat rapproché.

— C'est vrai, mais Karol joue l'Allemand comme personne. Comment crois-tu que nous en savons autant sur les transports de troupes ou de munitions ?

— Je ne me suis jamais posé la question. Tu dis que lorsque Karol disparaît…

— … il part se mêler aux Boches et revient les poches pleines de renseignements. Tu pensais vraiment qu'il n'était dans notre section que pour t'enseigner les maths, la lecture et la phi-je-sais-pas-quoi ?

— Philosophie, corrigea Eytan avec un sourire en coin.

— Ouais, si tu veux, s'agaça Piotr en crachant à nouveau. Nous avons tous un rôle bien défini au sein de cette unité.

— Quel est le mien ?

— Difficile à dire, tu es bon partout, même en boxe, petit con, plaisanta-t-il en faisant mine d'adresser une série de directs au sternum du gamin qui fit semblant de les parer. Faudra que tu m'expliques comment tu fais pour rester aussi calme. La première fois qu'on a attaqué des Fritz, j'ai pissé dans mon froc. Si tu as peur, c'est normal.

— Peur ? répéta Eytan. Je n'ai pas peur.

— Sans déconner ?

— La peur n'est plus qu'un vague souvenir... Non, je suis juste impatient.

Le bruit lointain d'un moteur brisa le silence de la nuit et interrompit la discussion. Les phares d'une motocyclette illuminèrent la route, suivis par ceux, plus intenses, d'un camion, puis de deux et enfin trois. La colonne roulait à faible allure et parvint à une vingtaine de mètres de Karol étendu au sol, les bras en croix.

Le motard ouvrant la voie ralentit, puis s'arrêta à l'instar du reste du convoi. Il déplia la béquille de son engin et, mitraillette au poing, s'avança. Dans le même temps, la bâche du camion de queue transportant les troupes se souleva, libérant deux hommes, eux aussi armés, qui se précipitèrent vers leur camarade. Ce dernier s'approchait de Karol avec prudence.

Il cria une phrase à son intention, à deux reprises. L'universitaire fit mine de reprendre connaissance sous les invectives répétées, et, toujours étendu, tourna la tête vers le groupe de militaires.

Malgré les regards interrogateurs de Piotr qui ne comprenait pas un traître mot, Eytan, seul à maîtriser la langue allemande, résista à l'envie de lui traduire la conversation. Tout juste se contenta-t-il de lever le pouce pour indiquer que tout se déroulait pour le mieux.

Du reste, un des soldats venait de lâcher la crosse de sa mitraillette et tendait les mains en direction de Karol afin de l'aider à se relever.

C'est alors que retentit le funeste staccato de la mitrailleuse de Janusz. La bâche recouvrant le transport de troupes se constella de trous sous les cris des hommes fauchés par la rafale ininterrompue.

Alertés par la fusillade, les trois Allemands à proximité de Karol tournèrent la tête en direction du convoi. Profitant de leur distraction, ce dernier dégaina son pistolet et les abattit chacun d'une balle dans la tempe.

Paniqué, le chauffeur du premier camion redémarra, mais le pare-brise vola en éclats sous un tir précis de Pawel, dont le projectile se logea entre les deux yeux du malheureux. Un second coup de feu cloua sur son siège le soldat qui l'escortait. Le camion fou roula en zigzag vers Karol qui plongea *in extremis* en direction de la forêt, sortit de la route et s'encastra contre un arbre. Avant qu'il ne puisse réagir, l'équipage du deuxième poids lourd fut neutralisé à son tour.

À l'arrière, la mitrailleuse cessa de cracher du métal. Janusz se hâta de recharger son arme. Cinq survivants profitèrent de la trêve pour sauter du camion de queue et s'enfuir en direction des taillis.

Deux partirent vers les positions de Vassili et Pawel, tandis que les autres s'orientèrent vers Eytan et Piotr qui se lancèrent aussitôt à leur poursuite.

Le boxeur trapu suivit péniblement la foulée du gamin, mais se fit rapidement distancer par ses gigantesques enjambées. Il ne distingua bientôt plus que sa silhouette au loin, slalomant entre les branchages, avant de le perdre complètement de vue. Il ne l'entendait même plus. Formé par le forestier sibérien depuis des semaines, Eytan se mouvait dans les bois avec l'aisance d'un loup.

Les seuls bruits qui parvenaient à Piotr provenaient des trois fuyards. Ces imbéciles couraient groupés alors que leur unique chance de survie consistait à se séparer pour compliquer la traque.

Habitué à la topographie de cette forêt, Piotr les rattrapa vite, se demandant où était passé Eytan. Il accéléra l'allure puis, estimant la distance suffisamment réduite, s'arrêta net et prit en main sa mitraillette, prêt à faire feu. Au moment où il calait son doigt contre la détente, un mouvement attira son attention sur la droite de ses cibles. Une ombre surgie de nulle part fondit sur les Allemands, en saisissant un à la hanche. L'apparition souleva l'homme puis le fit retomber lourdement au sol.

Avant que les deux autres n'aient le temps de réagir, la lumière de l'astre lunaire se refléta sur l'acier d'un couteau qui plongea profondément dans le thorax du soldat étendu, lui arrachant un hurlement guttural. Piotr s'approcha furtivement, et distingua Eytan assis sur sa victime. Il fut frappé par la lueur de démence qui habitait les yeux bleus, et plus encore par son sourire mauvais quand il imprima une rotation à sa lame pour mieux déchirer les entrailles de l'Allemand.

D'abord pétrifié par la vision qui s'offrait à lui, Piotr se ressaisit et voulut tirer vers les hommes toujours debout, mais la position d'Eytan coupait sa ligne de visée, et une rafale aurait fauché l'adolescent à coup sûr. L'attaque de celui-ci eut pour conséquence d'insuffler un regain d'énergie aux survivants, qui détalèrent comme des lapins sans chercher à comprendre ce qui arrivait à leur compagnon. Comble de contrariété, ils se séparèrent, l'un sur la droite s'enfonçant plus profondément dans les bois, l'autre bifurquant à l'opposé, en direction de la route.

— Eytan, arrête-toi ! ordonna Piotr à plusieurs reprises alors que celui-ci se lançait sur les talons du second.

L'injonction ne fut suivie d'aucun effet.

— Fais chier ! gueula-t-il en décidant de donner la chasse à Eytan et au gibier que ce dernier convoitait au point de ne plus respecter la moindre consigne.

Piotr apercevait au loin le dos du soldat apeuré qui regardait à droite et à gauche à la recherche du prédateur lâché sur sa piste. Celui-ci le talonnait, calquant sa foulée sur la sienne, prenant parfois cinq mètres de retard pour mieux revenir en un clin d'œil à deux mètres de lui avant de ralentir à nouveau.

Arrête de jouer, pensa Piotr. *Tue-le une bonne fois pour toutes !*

Lorsqu'il déboucha en lisière de la forêt, Eytan se tenait au milieu de la route, le bras enroulé autour du cou de l'Allemand, lui murmurant des paroles inaudibles à l'oreille. Le temps que le boxeur approche à pas de velours tant le gamin lui inspirait de méfiance, le couteau surgit et transperça de part en part la gorge du soldat au visage déformé par la terreur. Une gerbe de sang jaillit de sa bouche, et des spasmes le saisirent des pieds à la tête. Eytan le maintint contre son torse durant toute son agonie, comme pour mieux goûter la mort de son adversaire. Quand il relâcha son étreinte, le corps tomba à terre.

Piotr n'esquissa pas un geste et sentit un frisson lui parcourir l'échine lorsque Eytan tourna la tête dans sa direction, dardant sur lui un regard plus dur que l'acier de sa lame. Ils restèrent ainsi à se jauger, le boxeur convaincu qu'une parole de trop, un mot de travers, lui vaudrait le même sort que le misérable cadavre qui se vidait sur le bitume.

— Viens, dit-il après avoir décelé un apaisement dans les yeux de son élève. Retrouvons les autres.

Ils rejoignirent la section en silence. Les bras chargés d'une caisse extirpée d'un des camions, Pawel se figea en les voyant arriver.

— Vous avez mis le temps ! Vassili a éliminé les nôtres. Les vôtres sont morts ? demanda-t-il.

Piotr, plus sombre que jamais, ignora son équipier et avança vers Janusz, occupé lui aussi au déchargement.

— Je n'ai pas entendu de coups de feu, s'étonna l'Ours blond, tout s'est bien passé ?

— Deux sont morts, un a réussi à s'enfuir.

— Merde… Bah, au regard de notre prise, c'est un moindre mal.

— La moisson est bonne ? s'enquit Piotr d'une voix blanche.

— Fusils, pistolets, munitions, Noël avant l'heure, se félicita Karol, qui modéra son enthousiasme devant la morosité du boxeur. Un problème ?

— Il faudra que je vous parle, à l'Ours et à toi, dit-il en désignant Eytan d'un signe du menton.

Janusz et Karol jetèrent tous deux un œil à l'adolescent qui se mirait dans le rétroviseur du dernier camion de la colonne. Il tenait entre ses doigts une mèche de ses longs cheveux blonds, qu'il ramena contre sa joue.

— Quand nous serons rentrés, proposa Janusz en fronçant les sourcils, soucieux. Pour l'instant, aide-nous à entreposer la pêche miraculeuse dans les caches creusées par Vassili.

Une demi-heure plus tard, le temps de dissimuler le butin à l'abri des bois, Janusz incendia les camions dans lesquels s'entassaient les corps de leurs ennemis.

Ils reprirent le chemin du camp et parvinrent à leur refuge aux premières lueurs de l'aube, épuisés par les efforts fournis.

— Alors ? demanda Marek assis sur une souche coupée, les mains plongées dans un mécanisme d'horlogerie. Tout s'est déroulé comme prévu ? Le gamin a réussi son examen de passage ?

— On peut dire ça, cracha Piotr en jetant son sac à terre.

Sans un regard pour ses compagnons, Eytan se saisit d'une gamelle vide puis s'en alla ramasser plusieurs poignées de neige, avant de foncer vers la cabane dans laquelle il dormait. Il claqua la porte derrière lui.

Vassili déposa le tas de fusils qu'il charriait sur ses épaules puis s'accroupit devant le feu sur lequel mijotait une soupe préparée par Marek. L'horloger artificier servit le Sibérien, qui aspira le breuvage goulûment.

Piotr attira Janusz et Karol à l'écart et leur raconta par le menu l'inquiétant épisode vécu avec Eytan. Le récit décousu obligea les deux hommes à poser de nombreuses questions afin de reconstituer l'incident. Le boxeur exprima néanmoins ses conclusions avec clarté.

— Il avait l'air dingue, comme possédé. Il n'a pas écouté un mot de ce que je lui disais. La seule chose qui l'intéressait, c'était le sang – je l'ai vu dans ses yeux. Il a même joué avec un des mecs avant de lui transpercer la gorge de part en part !

— J'étais comme lui après la mort de ma femme et des enfants, soupira Janusz.

— À cause de lui, martela Piotr, un soldat s'est échappé, et s'il ne nous obéit pas, s'il ignore les consignes, il nous met tous en danger.

Janusz sollicita Karol du regard. Ce dernier, attristé par les révélations de Pïotr, obtempéra à la demande muette que lui adressait son chef. Il abandonna le groupe et se dirigea vers la cabane. Il poussa la porte avec prudence et découvrit, stupéfait, Eytan coupant ses mèches blondes.

— Que fais-tu ?

— Je me rase le crâne, répondit Eytan, les dents serrées, je ne suis pas blond.

— Tu m'en voudras peut-être de te contredire, mais tu es blond comme les blés, plaisanta l'universitaire.

— Je n'étais pas blond, avant… corrigea-t-il.

— Avant quoi ? Comme tu n'en diras rien, je t'épargnerai mes questions. Par contre, il y a une chose que je veux te demander. D'après toi, pourquoi nous battons-nous ?

— Pour nous venger, cracha Eytan sans interrompre sa coupe sauvage.

— Intéressant, releva Karol. Et une fois que notre vengeance sera assouvie, une fois que les alliés auront débarqué, quand la *Wehrmacht* aura rebroussé chemin, que ferons-nous ? Irons-nous massacrer les Allemands chez eux ?

Eytan parut surpris, décontenancé par la logique de son professeur.

— Je ne sais pas.

— Allons, après ce que tu as fait ce soir, tu as bien une idée. Tu veux égorger les femmes, étriper les enfants ?

— Bien sûr que non.

— À la bonne heure ! Mais alors, que feras-tu quand l'objet de ta haine n'existera plus ? Que feront Janusz et Pawel, Marek et Piotr ? Et Vassili ? Ou moi ?

L'adolescent réfléchit un instant, mais ne répondit rien.

— Je vais te dire ce qui nous motive, jeune imbécile. Nous nous battons par amour. L'amour de notre pays, de notre histoire, de nos proches vivants ou morts. Nous nous battons pour le droit de vivre. Nous nous battons pour la dignité humaine. Si tu ne le comprends pas, Eytan, tu n'as rien à faire avec nous. Personne ne te retiendra si tu décides de vivre comme une bête sauvage, toujours en chasse, frappant à l'aveugle. Évidemment, poursuivit-il, fataliste, tu finiras par te faire tuer, et ta présence sur cette terre, les talents dont tu disposes et que tu démontres depuis des semaines n'auront fait aucune différence.

Le garçon baissa la tête en soupirant. La tirade semblait porter ses fruits, ce qui eut l'heur de rassurer Karol, tant il nourrissait d'espoirs pour son élève, tant il percevait chez lui une force de caractère que la dérive observée par Piotr risquait de corrompre.

— Et plus que tout, Eytan, nous nous battons pour un rêve, reprit Karol. Un rêve que j'aimerais te voir chérir.

— Lequel ?

— La liberté.

CHAPITRE 30

Baltimore, de nos jours.

Depuis une heure, Eytan surveillait le parvis de l'imposant immeuble sis en plein cœur de Baltimore, avec vue imprenable sur la baie de Chesapeake. Les deux portes à tambour crachaient sans interruption les cols blancs enfin libres de retrouver le grand air après une longue journée passée dans l'estomac d'une bête de verre et d'acier haute de 80 mètres. Fastidieuse pour beaucoup, la séance d'observation à laquelle il s'astreignait lui permettait de retrouver un peu de calme et de silence après quatre heures de route effectuées sous le feu nourri des questions posées par Jacky et Jeremy.

D'abord timorés, ces derniers avaient enrobé l'interrogatoire de moult circonvolutions. Eytan avait profité de leur gêne pour diriger la conversation et éviter des sujets encore douloureux, comme sa vie avant la déportation de sa famille vers le ghetto de Varsovie ou l'assassinat de son petit frère, Roman, par un soldat allemand.

Il avait préféré évoquer sa maison sur une île irlandaise, retraite salvatrice à l'abri du monde et de sa fureur, où il s'isolait parfois pour s'adonner à la peinture. Imaginer un tel personnage assis devant un chevalet, palette de couleurs sur les genoux et pinceau à la main, avait semblé hors de portée de Jeremy, entretenu par la magie du cinéma dans l'illusion qu'un homme de l'ombre ne partageait rien avec le commun des mortels.

Eytan, épaulé par Jacky, elle-même ancien agent spécial, avait bataillé un long moment pour faire comprendre au libraire que l'essentiel de son travail consistait en des planques interminables pour ne déboucher que sur de courts et brutaux passages à l'action.

— La patience, affirma-t-il, est la qualité première de ma discipline. Il m'a fallu l'apprendre et la développer. Comme pour tout, cela exige de la rigueur et de l'entraînement. Je n'ai manqué ni de l'une ni de l'autre.

— Justement, insista Jacky, je me demandais… Enfin… c'est difficile à formuler…

— Ne prends pas de gants, je vous ai promis des réponses, donc j'accepte les questions, la rassura Eytan.

— Tes compétences, elles sont innées ou acquises ? Je veux dire… le traitement de Bleiberg a-t-il fait de toi l'homme que tu es, ou bien…

— La réponse est « ou bien ». Les modifications apportées à mon organisme me permettent d'assumer une charge de travail conséquente, mais mes compétences ne sont pas tombées du ciel. Je m'exerce quotidiennement depuis des décennies. Dans sa quête de l'Aryen, Bleiberg m'a doté d'atouts, notamment sur le plan cardio-vasculaire ou oculaire. Mais je diffère peu des autres hommes.

Ma spécificité réside dans ma polyvalence. Je cumule les capacités là où certains n'en possèdent que quelques-unes. Pour te donner des exemples concrets, je cours moins vite qu'Usain Bolt, mais je le ferai plus longtemps que lui. *Idem*, je frappe moins fort que Tyson, mais j'encaisserai mieux les coups, et ainsi de suite.

— Tu n'as donc pas de superpouvoirs, se lamenta Jeremy tel un enfant déçu d'apprendre que le père Noël n'existe pas.

— Il faut vraiment que tu arrêtes de lire des bandes dessinées ! Tu confonds fiction et réalité, plaisanta Eytan, provoquant l'hilarité de Jacky, à laquelle Jeremy opposa un puéril « Allez-y, foutez-vous de ma gueule ». Je ne vieillis pas, je guéris plus rapidement que vous et je peux me passer de dormir plusieurs jours consécutifs. Voilà pour tes « superpouvoirs ». Accessoirement, sans mon sérum, je meurs, ce qui, vous en conviendrez, constitue un sérieux handicap… En fait, ce que Bleiberg et les nazis m'ont légué, c'est une volonté sans faille, conclut-il avec gravité.

Eytan avait narré sa rencontre avec Janusz, Karol, Vassili et les membres de la section de l'Armée de l'Intérieur. Avec la pudeur de ceux dont les blessures ne se refermeront jamais, il avait dépeint le portrait de ces hommes pris dans la tourmente d'une guerre totale, sans équivalent dans l'histoire de l'humanité. Des hommes à part, qui, comme tant d'autres à l'époque, s'étaient dressés face à la barbarie avec, à la bouche et au cœur, un seul mot : liberté.

La durée du voyage jusqu'à Baltimore n'avait pas suffi au *kidon* pour aller au bout du récit, mais il s'en était accommodé. Rares étaient pour lui les occasions de parler de l'Ours blond, du sage professeur ou du taciturne Sibérien, mais aussi de Piotr, Pawel ou Marek. Oubliés des manuels d'histoire, ils méritaient bien qu'Eytan fasse fi de la cruelle morsure de leur absence pour perpétuer leur souvenir.

Mais pour le moment, dans la fraîcheur nocturne de Baltimore, il lui fallait évacuer toute nostalgie pour ne pas se laisser distraire de sa tâche. Désireux de préparer sereinement une attaque qu'il souhaitait déclencher en milieu de nuit, Eytan avait donné quartier libre aux Corbin jusqu'à 2 heures du matin. Ils pourraient mettre ce temps à profit pour se restaurer et contacter Greg afin d'avoir des nouvelles de leur fille. Adepte des repas copieux, catharsis des privations de sa jeunesse, Eytan se serait volontiers joint à eux, mais il avait jugé bon d'accorder à ses amis un peu d'intimité.

Avisant l'immeuble d'une vingtaine d'étages, il lista les variables à prendre en compte pour l'opération à venir.

Entrer dans le bâtiment ne posait aucun problème. Celui-ci restait ouvert toute la nuit, et l'accès au hall n'était pas interdit. Pénétrer dans les locaux de H-Plus Dynamics s'avérerait plus compliqué. Compte tenu de l'extrême sensibilité du matériel qu'elle fournissait à l'armée et de son appartenance au Consortium, cette société avait obligatoirement mis en place un dispositif de sécurité pointu. Surveillance vidéo, multiples alarmes, présence humaine permanente figureraient sans nul doute au programme des réjouissances.

Par ailleurs, le manque de temps ne permettait pas à Eytan de préparer une infiltration discrète. Il ne possédait pas les plans de l'immeuble, et ne pouvait identifier avec certitude un employé de H-Plus Dynamics sur lequel exercer des pressions afin d'obtenir sa collaboration. Pas moyen non plus de se procurer une carte d'accès, authentique ou falsifiée.

À cela s'ajoutait une préoccupation dont il se serait volontiers passé : rien ne laissait à penser que H-Plus Dynamics soit directement complice des opérations commando du New Jersey ou de la High Line, ni que ses activités sortent du cadre légal. À bien y réfléchir, les salariés pouvaient travailler dans cette société en toute bonne foi. À coup sûr, la plupart – voire la totalité – ignoraient appartenir au groupement occulte qu'était le Consortium. Après tout, quel mal y avait-il à créer des prothèses ?

De prime abord, la question pouvait sembler superflue. Elle prenait tout son sens dès lors que, devant l'impossibilité d'opter pour une approche subtile, l'attaque frontale constituait la seule solution. Mais les principes régissant ses actes lui interdisaient de recourir à une violence aveugle sur des innocents.

Enlever Adolf Eichmann était une partie de plaisir comparé à ça, pensa-t-il lorsque son plan lui apparut enfin avec clarté.

Le *kidon* jeta un œil à sa montre. Absorbé par ses réflexions, il n'avait pas vu le temps passer, et l'heure du rendez-vous avait sonné. Il vit, à quelques mètres de distance, la silhouette menue de Jacky se dessiner dans la lumière équivoque de l'éclairage urbain. Jeremy, la dépassant d'une tête, progressait à ses côtés telle une ombre protectrice. On pouvait reprocher bien des choses à ces deux-là, dont l'indiscipline ou un humour douteux, mais certes pas un manque de ponctualité.

— Comme nous ne savons pas ce que tu aimes, nous t'avons pris un peu de tout. Des sandwichs au pastrami, des frites et des doughnuts ! déclara la jeune femme en arrivant à son niveau.

Elle lui tendit deux sacs en papier remplis d'en-cas variés, de bouteilles d'eau et de canettes de soda.

— C'est gentil, mais je ne suis pas difficile, répondit-il en adressant un sourire au joli minois rougi par le froid.

Il attrapa un casse-croûte et le mangea sans y prêter plus d'attention.

Jeremy frottait ses mains gantées l'une contre l'autre pour se réchauffer. À chaque parole, sa bouche exhalait une buée blanche qui allait mourir dans l'air.

— Du neuf ? demanda-t-il. Les pingouins de l'armée ne protègent pas les lieux, après ce que tu leur as fait subir depuis deux jours ?

— Ils n'ont aucune raison de le faire. Ils ignorent que nous connaissons l'existence de H-Plus Dynamics. Personne ne nous attend ici, et c'est précisément notre force. Et, à ta place, je ne traiterais pas nos adversaires par-dessus la jambe.

— C'était purement rhétorique, protesta le libraire. As-tu décidé d'une stratégie ?

— Oh oui, assura Eytan. La seule qui justifie que les alarmes se déclenchent sans nécessiter une intrusion.

— Pourquoi ai-je l'impression que tu ne vas pas faire dans la finesse… soupira Jacky.

— Tu ne crois pas si bien dire, confirma le *kidon* en sortant d'une poche de sa veste deux palets explosifs.

— Tu ne comptes tout de même pas faire sauter l'immeuble ? s'inquiéta la jeune femme.

— Pas en entier, le but est d'entrer, pas de tout détruire. Les enfants, conclut-il avec un sourire carnassier, avez-vous vu *La Tour Infernale* ?

CHAPITRE 31

Le quartier grouillait de voitures de police et de camions de pompiers. Des grappes de curieux attirés par le son des sirènes et le scintillement d'innombrables gyrophares s'agglutinaient le long des barrières de sécurité dressées à la hâte par les forces de l'ordre. Tous les yeux se portaient sur les colonnes de fumée qui s'échappaient du deuxième étage du bâtiment. Le bruit lancinant du rotor d'un hélicoptère se fit bientôt entendre. L'appareil décrivait des cercles autour de l'édifice, à l'affût d'un nouveau départ de feu dans les niveaux supérieurs.

Conformément aux indications d'Eytan, Jeremy se mêla aux badauds et s'insinua dans chaque conversation. Il distilla au compte-gouttes la rumeur qu'il ne s'agissait en rien d'un vulgaire incendie, mais bien d'un attentat revendiqué auprès de la presse locale. Déjà, les premiers journalistes venaient se joindre à la fête à grand renfort de camionnettes équipées d'antennes satellite, ajoutant à la confusion générale. En moins de temps qu'il n'en avait fallu à Eytan pour tirer sur des fenêtres du deuxième étage et balancer ses explosifs, les longs monologues des envoyés spéciaux débutaient.

L'excitation de « passer dans le poste » et la petite suggestion insufflée par le libraire incitèrent les plus bavards à s'exposer devant les caméras pour narrer les coups de feu, les déflagrations et relayer la crainte, endémique depuis le 11 septembre 2001, d'une nouvelle attaque terroriste.

Sa mission accomplie, Jeremy, satisfait, quitta l'attroupement pour regagner la rue voisine où l'attendaient Jacky et Eytan. Ce dernier savourait un cigare tandis que son équipière de poche sirotait un soda en toute décontraction.

— Ils ont tout gobé. Cela a été tellement facile que ça en devient presque flippant, s'étonna le jeune homme.

— Un mensonge énorme conjugué aux pires angoisses d'une population fonctionne toujours. Rappelle-toi Colin Powell et sa fiole d'anthrax à l'ONU. Tu exhibes un peu de farine diluée dans un flacon d'eau et tu justifies une guerre.

— Si le but est de nous prouver que nous sommes tous des cons, tu as réussi, admit Jacky. Bon, à mon tour d'entrer en scène.

Elle posa un rapide baiser sur les lèvres de Jeremy, puis adressa un clin d'œil à Eytan. Détendu jusqu'alors, son visage se para d'un masque froid. Au pas de course, elle parcourut le chemin inverse de son mari et se joignit au chaos qui s'était emparé du parvis. Elle repéra les pompiers qui enfilaient leurs équipements à côté de leurs véhicules. Elle en dénombra une cinquantaine au bas mot dont certains, déjà harnachés, se précipitaient dans le hall de l'immeuble. Sur l'instant, la culpabilité lui noua la gorge. Jacky n'était pas particulièrement fière de ce qu'elle s'apprêtait à faire, mais la fin justifiait les moyens. À l'instar de Jeremy qui y avait adhéré avec son entrain habituel dès qu'il s'agissait de faire l'andouille, elle trouvait le plan élaboré par Eytan plus brillant que honteux.

Jacky chercha le bon client sur lequel exercer leur stratagème. Elle écarta la foule en jouant des coudes tout en criant « Police » et s'approcha d'un policier en uniforme, la trentaine, grand et obèse. Elle lui colla sous le nez sa plaque d'assistante du shérif de son comté. Valeur légale à Baltimore : zéro. Risque de se faire prendre s'il lisait la plaque en détail : maximum.

— Bureau du shérif du comté, hurla-t-elle avec toute l'autorité dont elle était capable.

Ce disant, elle replaça son insigne dans la poche arrière de son pantalon.

— Nous avons été appelés en renfort pour interroger les témoins. L'un d'entre eux m'a donné une information pour les pompiers. Bougez-vous, c'est urgent !

Le planton souleva le cordon qui limitait l'accès aux seules personnes autorisées afin qu'elle se faufile par-dessous. Elle gratifia l'homme d'un sourire enjôleur, puis se précipita vers les pompiers. Elle jeta son dévolu sur un groupe de trois soldats du feu adossés à un camion, bouteilles d'oxygène posées à leurs pieds, sans doute dans l'attente de consignes. Elle leur servit le même numéro qu'au flic.

— Messieurs, un individu prétend qu'un autre incendie se serait déclaré dans un immeuble voisin. Il faut que vous veniez vérifier.

— Désolé, madame…

— Mademoiselle, corrigea-t-elle.

— Mademoiselle, reprit l'un des hommes en retirant son casque, nous ne pouvons pas quitter notre position sans l'autorisation du capitaine.

— Et où est-il, ce capitaine ? demanda Jacky. Parce qu'il y a urgence, là !

— Il n'est pas ici, il doit être à l'intérieur pour organiser le poste de commandement.

— Nous n'avons pas le temps d'attendre son retour ! s'emporta-t-elle. Nous devons faire preuve d'initiative.

Ils échangèrent des regards interrogateurs, hésitant quant à la marche à suivre.

— À la rigueur, nous pourrions jeter un œil, proposa le porte-parole du groupe, mais nous n'interviendrons pas sans en référer à la hiérarchie.

— Parfait. Venez, j'en endosse la responsabilité. Allez !

Stimulés par la détermination de la jeune femme, ils ramassèrent leur équipement respiratoire, l'installèrent sur leur dos puis prévinrent un collègue qu'ils accompagnaient une policière pour contrôler un second point chaud. Ils s'élancèrent au pas de course à la poursuite d'une Jacky bondissante.

Elle guida sa troupe en direction d'une avenue adjacente, puis bifurqua vers une rue étroite et sombre, à un bloc du feu principal, à l'entrée de laquelle patientait Jeremy, sautant d'une jambe sur l'autre, les mains tremblantes.

— C'est lui, tonna Jacky, en le pointant du doigt.

Les pompiers saluèrent le témoin qui, visiblement anxieux, déversa un flot d'informations sans queue ni tête à propos d'une explosion et d'une gerbe de flammes. Ils déployèrent leur savoir-faire pour calmer l'agité et s'engouffrèrent dans la petite rue en les priant, la policière et lui, de rester à l'écart par mesure de précaution. Ils se dirigèrent vers l'endroit indiqué par Jeremy, qui commenta la scène d'une voix théâtrale.

— Dignes représentants du courage légendaire de leur profession, les soldats du feu foncent tête baissée vers le danger !

— Je comprends la nécessité du traquenard, mais je me sens coupable envers ces types, avoua Jacky à son mari.

— Ouais, eh bien nous sommes deux… reconnut ce dernier, la mine déconfite.

Une trentaine de secondes et une série de cris étouffés plus tard, Eytan émergea de la ruelle et s'approcha du couple.

— Nous avons nos tenues, annonça-t-il sur un ton neutre.

— J'espère que tu n'y es pas allé trop fort, s'enquit Jeremy.

— J'ai eu la main légère. Vous aurez tout loisir de vous flageller quand nous en aurons terminé, et je me joindrai à vous, crut-il bon d'ajouter. Pour le moment, changez-vous, nous avons peu de temps.

Cinq minutes après, trois pompiers fendaient la foule, masque à oxygène sur le visage et visière rabattue sur les yeux. Les policiers leur ouvrirent le passage, et, sous les regards admiratifs d'un public tout acquis à leur cause, Eytan, Jacky et Jeremy pénétrèrent dans l'immeuble.

CHAPITRE 32

Transformé en quartier général, le hall du bâtiment résonnait de consignes et d'informations souvent contradictoires. Policiers et pompiers divergeaient sur la marche à suivre. Les premiers, contaminés par la rumeur d'attentat dont personne ne savait si elle émanait de la foule, des journalistes ou d'une source interne aux forces de l'ordre, préconisaient d'attendre l'arrivée d'une unité antiterroriste et d'une section de démineurs. Les seconds objectaient que si le sinistre, pour l'instant confiné au deuxième étage, s'étendait à tout l'immeuble, il n'y aurait plus rien à désamorcer. Le débat tournait au pugilat verbal, chacun prêchant pour sa paroisse dans la crainte de se voir reprocher une possible catastrophe, tant matérielle que médiatique. Enfin, les soldats du feu arrachèrent de haute lutte l'autorisation d'envoyer des hommes dans les étages pour évacuer d'éventuels retardataires. Ils purent aussi dresser des échelles contre la façade afin de déployer les lances à eau pour tenter de noyer l'incendie et limiter les risques de propagation.

Une autre proposition emporta l'adhésion générale : faire taire les innombrables alarmes qui sonnaient dans le centre de sécurité et cassaient les oreilles à tout le monde. Le consensus fut de courte durée. La foire d'empoigne reprit de plus belle et ne se calmerait pas avant l'arrivée des politiques, seuls habilités à endosser la responsabilité des décisions à venir.

— Tu es fier de toi ? demanda Jacky à Eytan, avec une once de provocation dans la voix, tandis qu'ils passaient à proximité du poste de commandement.

— J'ai connu plus glorieux, mais je survivrai, se contenta-t-il de répondre distraitement en observant du coin de l'œil un groupe de quatre hommes en pleine discussion avec des gradés.

Le micro-Uzi qui apparut furtivement sous le pan de la veste bleu marine d'un des types n'avait rien d'un armement conventionnel pour quelque flic que ce soit…

Songeur mais déterminé, le géant s'engagea dans la cage d'escalier la plus proche et alluma la lampe torche fixée à l'épaule de son uniforme.

— Sais-tu à quel étage se trouve notre objectif ? l'interrogea Jeremy, peu enthousiaste à la perspective de grimper plusieurs étages avec quinze kilos de matériel sur le dos. Une possibilité qui ne semblait pas gêner Jacky outre mesure.

— Je n'en ai pas la moindre idée, les enfants, annonça Eytan à la surprise générale. Il va falloir vérifier à chaque palier.

— Et qui te dit que tu n'as pas mis le feu aux locaux d'H-Plus ?

— Rien, mais vu le nombre d'entreprises installées ici, ce serait vraiment un manque de chance terrible.

— Tu parles d'un plan…

— Tu me prends pour qui, Jay ? Je plaisante ! s'indigna le *kidon*. Pendant que vous dîniez, je suis passé dans le hall et j'ai repéré la plaque d'une société nommée HPD au douzième étage.

— Douzième ? s'exclama Jeremy, épuisé par anticipation. On peut au moins balancer les bouteilles, elles pèsent une tonne !

— Pas question. Si nous croisons des « collègues », nous ne devons pas attirer leur attention. Cesse de te plaindre et économise ton souffle. Accessoirement, ça nous fera des vacances, ajouta-t-il à voix basse.

Ils montèrent en file indienne, à la seule lueur de la torche d'Eytan, lequel ouvrait la voie. Commença alors pour Jeremy une ascension éprouvante. Au quatrième étage, le jeune homme sentit ses mollets se contracter plus que de raison. Au sixième, la crampe guettait. Au huitième, un point de côté s'installa. La respiration haletante, il s'arrêta sans que ses compagnons baissent de rythme.

— Si… vous… pouviez… ralentir…

Le *kidon* ne fit aucun cas de la requête et continua sa progression. Jacky, elle, stoppa net et se tourna vers son mari. Il lui sourit, heureux de pouvoir compter sur son soutien.

— Depuis le temps que je te dis de ne plus fumer, lui lança-t-elle sèchement avant de repartir.

— Je… t'en… foutrai… des liens… sacrés… du mariage ! marmonna-t-il en reprenant sa marche forcée.

Lorsqu'il accéda à l'ultime palier, les poumons en feu et le corps endolori, son espoir de trouver un peu de repos fut rapidement douché par Eytan et Jacky qui lui demandèrent de les rejoindre dans le couloir principal par de grands gestes de la main. Ils débouchèrent à côté de deux ascenseurs qui faisaient face à une double porte grise que le *kidon* s'empressa d'examiner. Il sonda sa surface, son chambranle et le mur environnant avec des petits coups de poing.

— Classique, regretta-t-il.

— Blindée, soupira Jacky.

— Oui, mais c'est stupide, puisque le pourtour ne l'est pas…

Sans crier gare, il expédia un coup de pied puissant dans la paroi adjacente, qui s'enfonça sous le choc.

— Et c'est classique, ça ? demanda-t-elle.

— Dans les constructions américaines, oui. Enlevez vos bouteilles.

— Pas besoin de me le dire deux fois ! se félicita Jeremy en se défaisant de son harnais, imité par ses deux compagnons.

Eytan saisit une bonbonne d'oxygène et s'en servit comme bélier en assénant de puissants coups de boutoir auxquels la cloison ne résista pas. Il dégagea les débris afin de ménager un passage, puis tendit au couple deux oreillettes.

— À vous de jouer. Cherchez les classeurs, les porte-documents, un coffre-fort, peu importe. Je reste ici pour assurer vos arrières au cas où nous aurions de la visite. En cas d'urgence, appelez-moi.

— Une minute. Qui nous dit que les bureaux sont vides ? interrogea Jeremy.

— Les lumières de l'étage sont toutes éteintes, et je ne vois pas un vigile attendre paisiblement que les flammes viennent lui griller les moustaches. Mais si quelqu'un vous guette, tapi dans les ténèbres, Jacky s'en chargera…

— C'est une impression ou tu te fous de ma gueule encore une fois ?

— Je ne me permettrais pas…

La jeune femme les interrompit.

— Sur quoi devons-nous nous concentrer ?

— Des documents juridiques, des papiers administratifs, des statuts, des comptes bancaires, bilans, tout ce que vous jugerez pertinent. Jeremy, pourquoi crois-tu que je t'ai amené ici ? Ces données sortent de ma sphère de compétences, mais font partie de ton ancien job. À partir de maintenant, tu diriges les opérations avec Jacky en soutien. Il nous faut des éléments détaillant les termes de la collaboration entre H-Plus Dynamics et l'armée, ou trouver une piste menant aux dirigeants du Consortium.

— Reste à espérer qu'ils n'aient pas tout numérisé pour le stocker sur informatique, parce qu'avec la coupure de courant, nous pouvons dire adieu aux ordinateurs, indiqua Jeremy alors que Jacky enjambait les gravats.

— De toute façon, nous ne disposons pas des mots de passe et n'avons ni le temps ni les connaissances pour les pirater, rétorqua Eytan.

— C'est vrai, admit Jeremy. Bonjour la pression…

— La pression, nous l'avons tous. Fais de ton mieux et tout ira bien. Quoi que tu ramènes, ce sera bénéfique.

Sur un hochement de tête approbateur, Jeremy alluma sa lampe torche. Il entra à son tour dans les bureaux, déterminé à ne pas décevoir les espoirs placés en lui.

Tandis que Jacky et Jeremy menaient les investigations, Eytan attacha entre elles les trois bouteilles d'oxygène à l'aide des harnais tout en gardant un œil sur la cage d'escalier empruntée quelques instants auparavant. De nombreux bruits sourds montaient des niveaux inférieurs. Des pompiers combattaient l'incendie au deuxième étage, d'autres inspectaient les niveaux supérieurs. Une telle activité indiquait que les blocages suscités par la rumeur d'un attentat étaient désormais dissipés : l'immeuble grouillerait sous peu de flics, voire d'agents fédéraux.

— Nous risquons de devoir décrocher plus tôt que prévu, annonça Eytan.

La voix de Jeremy résonna dans son oreillette.

— Encore deux minutes, j'ai trouvé la comptabilité et je crois que je tiens de quoi faire ton bonheur. Jacky est dans le bureau du P-DG, un certain Jonathan Cavendish. Chérie, tu as mis la main sur quelque chose ?

— Rien de particulier, mais je… Oh et puis merde ! s'emporta la jeune femme avant que deux faibles détonations, uniquement audibles à travers le système de transmission, ne retentissent. Voilà, j'ai fait sauter la serrure d'une armoire à code. Je ramasse ce que je peux et je sors.

— Négatif. Restez à l'intérieur, et continuez vos recherches. Nous allons avoir de la visite, poursuivit Eytan en avisant les halos diffus de quatre lampes torches qui dansaient sur les murs. Des hommes se pointent. Je les intercepte, attendez mon signal pour vous enfuir. D'ici là, maintenez le silence radio.

Il posa les bouteilles contre la porte de l'ascenseur, colla un palet explosif sur l'une d'elles puis pratiqua une série d'étirements pour évaluer la mobilité que lui accordaient ses côtes blessées. La douleur était tolérable et lui laissait une marge de manœuvre suffisante pour assurer un combat dans les règles de l'art. Les règles de son art. S'il voyait juste, il affronterait bien plus que des pompiers pris au dépourvu. Il dégaina son poignard cranté et se plaqua contre le mur adjacent à la cage d'escalier pour guetter l'arrivée de ce qu'il estimait être le service de sécurité de H-Plus Dynamics…

Un premier homme pénétra dans le couloir, micro-Uzi dans la main droite, une torche dans la main gauche calée sous le canon de l'arme. Il passa sans remarquer le géant aussi immobile qu'une statue de cire, suivi par un collègue doté du même équipement. Ils éclairèrent la porte d'entrée intacte, mais découvrirent très vite l'ouverture sauvagement pratiquée dans la paroi.

À ce moment, Eytan saisit les cheveux du deuxième type, les tira en arrière et fit glisser son couteau sur la gorge ainsi dégagée. La lame déchira la chair, libérant un flot de sang au milieu des borborygmes de sa victime. Avant que l'homme de tête n'ait compris ce qui se passait, le métal lui perfora le dos avec une précision diabolique, entre la sixième et la septième côte, en plein cœur. Dans le même mouvement, Eytan retira son arme du corps sans vie, pivota en direction de la cage d'escalier où attendaient les renforts, puis lança le couteau qui fendit l'air et se ficha dans le torse du nouvel arrivant. Celui-ci, prêt à tirer, n'eut pas le loisir de presser la détente. Sa chemise rougit en l'espace d'un battement de cil. Un coup de pied latéral le projeta à la renverse, bousculant le quatrième comparse placé derrière lui. Ce dernier percuta le mur et lâcha son pistolet au moment de l'impact. Sans lui laisser le temps de se reprendre, Eytan traversa à grandes enjambées les quelques mètres qui le séparaient de sa troisième victime, extirpa au passage le poignard de son cadavre et le planta d'une main ferme dans le cœur de l'ultime belligérant.

— Menace neutralisée. Vous pouvez sortir, annonça le *kidon* en essuyant sa lame ensanglantée sur la veste bleu marine d'un des morts.

— Déjà ? s'étonna Jacky, ils ne devaient pas être…

Elle surgissait des bureaux en compagnie de Jeremy, les bras chargés de porte-documents alors qu'Eytan commençait à entasser quatre corps dans le couloir, à proximité des bonbonnes.

— … nombreux…

Le sang reflua de son visage. La jeune femme resta muette, pétrifiée.

— Eytan… murmura doucement Jeremy d'une voix lasse.

Il posa la main sur le bras de son épouse.

— Je les ai repérés quand nous sommes entrés dans le hall. C'était eux ou nous, se justifia le *kidon* en terminant son ouvrage macabre. Cachez ce que vous avez pris sous vos uniformes, nous décrochons. Je passe devant pour éviter les mauvaises rencontres.

Jacky lui emboîta le pas. Jeremy les suivit en jetant un dernier coup d'œil aux cadavres.

Reste à savoir qui risque vraiment de faire une mauvaise rencontre, pensa-t-il.

La descente s'avéra moins difficile que la montée. Le trio ne croisa pas âme qui vive avant le cinquième étage, où des pompiers qui achevaient leurs vérifications surgirent sur le palier, bien décidés à faire un point avec ceux qu'ils prenaient pour des collègues revenant des niveaux supérieurs. Eytan fit mine de lancer la discussion, mais dans le même temps, glissa la main dans la poche de son pantalon et pressa le bouton de son détonateur à distance. Une énorme explosion secoua le bâtiment et une gerbe de flammes jaillit du douzième étage jusque dans l'escalier.

— Bombe ! hurla Jacky.

— Évacuez ! renchérit Jeremy avec autant d'autorité que possible. Go, go, go !

Au vu de la violence de la déflagration, personne ne se fit prier pour dévaler les marches à grande vitesse. Après une brève cavalcade, le groupe déboula dans le hall déserté par le commandement et sortit sur le parvis sous une pluie de verre et de papier. La foule s'était éparpillée sous l'effet de la panique, les représentants des forces de l'ordre, débordés, s'époumonaient, accentuant le chaos indescriptible qui régnait aux abords du building.

Le trio faussa compagnie à ses supposés collègues et contourna le bâtiment pour rejoindre une impasse. Ils retirèrent leurs uniformes avant de les jeter dans une benne et remontèrent ensuite l'avenue où les attendait leur véhicule.

— Nous avons réussi, s'étonna Jacky en regardant passer de nouvelles voitures de police lancées à toute allure.

Ses joues avaient retrouvé un peu de couleur.

— Les dirigeants du Consortium ne mettront pas longtemps à comprendre ce qui s'est vraiment produit, commenta Eytan en ouvrant la portière côté conducteur.

Il ralluma son téléphone portable, éteint toute la durée de l'opération. Il laissa échapper un soupir de satisfaction à la lecture de ses messages.

— Attali a enfin localisé Bennington. Tout le monde dans la bagnole, direction Fort Wayne ! Nous avons une longue route devant nous, énonça-t-il, autoritaire.

Le couple obtempéra en silence et grimpa dans le véhicule dans un même élan. Le *kidon* remonta l'avenue, s'éloignant de l'immeuble qui concentrait cette nuit-là toute l'attention de la ville et bifurqua vers l'ouest en direction de l'Indiana. Alors que Baltimore disparaissait des rétroviseurs, Jeremy s'assoupit le front contre la vitre, bercé par le ronronnement du moteur.

Lorsqu'il s'éveilla, l'aube pointait à l'horizon.

— Quelle heure est-il, et où en sommes-nous ? demanda-t-il entre deux bâillements.

— Cela fait quatre heures que nous sommes partis de Baltimore, répondit Eytan sans quitter l'asphalte des yeux. Encore cinq heures et nous aurons rejoint notre destination.

Le libraire se tourna vers Jacky, confortablement allongée sur la banquette arrière.

— Tu vas bien, ma chérie ?

La jeune femme étira les bras.

— J'ai mal partout, se plaignit-elle, et tu ne peux pas savoir comme j'ai hâte de visiter Fort Wayne…

Les coins de sa bouche s'affaissèrent en une moue dédaigneuse.

— Ah, Fort Wayne, reprit Jeremy. Je connais une jolie chanson sur cette ville !

Il fredonna doucement en regardant le paysage défiler.

Once I was playing down in Fort Wayne
Lost in the grain, you know what I'm saying ?

Sa voix montait en puissance, lorsque le *kidon* l'interrompit, un sourire crispé accroché aux lèvres :

— S'il te plaît, Jeremy, j'ai besoin de calme.

Once we were kissing in the crowd
They cheered so loud, they'd come to listen...

Son compagnon plissa les yeux et tapota nerveusement ses doigts contre le volant. Sa voix claqua comme un coup de fouet.

— Tu arrêtes. Tout de suite…

— Attends, il y a un passage marrant en français, tu pourras peut-être me dire ce qu'il raconte, je n'ai jamais rien compris.

Il reprit le chant à gorge déployée et avec une voix suraiguë :

Vous vous rappelez
Dans la ville de Narbonne
Que nous avons embrassé tout la nuit…[1]

— Jay, ça suffit ! tempêta Eytan.

Un silence lourd s'installa dans l'habitacle de l'Audi. Mal à l'aise, le jeune homme regarda timidement le profil sévère de son ami.

— Excuse-moi… je voulais juste égayer un peu l'ambiance.

Il tapa des deux mains sur ses cuisses puis se tourna vers sa femme.

— Bon… bon… En tout cas, ma chérie, nous savons désormais que notre Géant Vert n'apprécie pas Grand Duchy !

Jacky leva les yeux au ciel en se mordant la lèvre inférieure.

— Comment m'as-tu appelé ? demanda Eytan en rentrant la tête dans ses larges épaules.

— Géant Vert…, fit Jeremy avec un sourire gêné. C'est affectueux ! Enfin, je veux dire… c'est vachement plus affectueux que Monsieur Propre, non ?

La voiture pila brusquement, projetant les occupants en avant.

1. La faute est d'origine.

— Bien sûr… Bien sûr… Bon, cette fois ça suffit, ce n'est pas faute de vous avoir mis en garde, Avi et toi, grommela Eytan. Dehors !

Il descendit de la berline et la contourna d'un pas décidé. Il empoigna le blondinet par le col de sa veste puis le tira jusqu'au coffre, qu'il ouvrit de sa main libre.

— Non, mais… tu réagis de façon excessive, là ! protesta-t-il sans pouvoir arrêter la locomotive qui le tractait.

— Monte !

— Tu déconnes ? J'ai compris l'idée, ce n'est pas la peine d'en arriver…

— Monte !

Jeremy chercha son épouse du regard. Les lèvres pincées, elle haussa les épaules l'air de dire : « Ça te pendait au nez… » Mortifié, mais persuadé qu'une mandale l'attendait s'il n'obtempérait pas, il monta dans le coffre et s'y allongea juste à temps pour éviter de prendre le couvercle sur le crâne.

Eytan, le visage fermé, se remit au volant tandis que Jacky, la mine innocente, s'installait à ses côtés. Il lui tendit son téléphone et démarra en trombe.

— Appelle Eli.

Elle s'exécuta sans sourciller. La conversation fut de courte durée, principalement axée autour de la bonne santé des uns et des autres. Elle évoqua succinctement le sort de Jeremy, non seulement pour en informer Eli, mais aussi dans l'espoir de voir sa peine allégée. Lorsqu'elle raccrocha, Eytan se gara sur le bas-côté.

— Il ne le fait pas exprès, tu sais, plaida-t-elle. Tu l'intimides, alors il parle à tort et à travers pour tromper sa nervosité. Quand tu n'es pas là, il se comporte d'une façon nettement moins puérile.

— Eh bien, c'est réciproque ! Moi, quand ton mari n'est pas là, je ne suis pas aussi colérique et impatient.

— Justement, tu nous as bien dit que la patience devait se travailler, souligna Jacky, une intonation triomphale dans la voix.

Amusé par la logique toute féminine de la jeune femme, Eytan s'avoua vaincu et lui adressa un sourire franc.

— Va le chercher, soupira-t-il.

Et alors qu'elle s'élançait hors de la voiture, il murmura : « Je me demande si je ne le préférais pas dépressif… »

CHAPITRE 33

Pologne, mars 1943.

Appuyé contre le capot de la Mercedes garée sur le chemin de terre menant à une modeste ferme, Karl-Heinz Dietz mordait à pleines dents dans le sandwich préparé selon sa recette préférée par son aide de camp : un généreux morceau de rôti de porc parfumé d'une larme de porto coincé entre deux épaisses et moelleuses tranches de pain de campagne. De tous les plaisirs culinaires auxquels son statut de colonel SS lui permettait d'accéder en ces temps de restrictions, aucun n'égalait celui-ci. Un plaisir brut qu'un peu de beurre n'aurait pas gâté, mais après tout, à la guerre comme à la guerre.

Le ravissement des papilles était décuplé par la progression inespérée de sa traque au cours des deux derniers jours. À vrai dire, le *Jäger* retrouvait l'appétit après une diète forcée liée tant aux déplacements dans un pays qu'il exécrait qu'à la contrariété de ne pas avancer dans ses recherches. Il l'avait su dès le départ, cette mission constituait une gageure et exigerait patience, méthode et ténacité. Autant de qualités qu'il possédait et qui se trouvaient renforcées par la compétition avec une autre unité SS dépêchée par Heinrich Himmler pour capturer le fugitif.

Après l'attentat perpétré contre Reinhard Heydrich par trois terroristes tchèques le 27 mai 1942, Eytan Morgenstern était sorti de l'esprit du *Jäger*. La mort du protecteur de la Bohème et de la Moravie, survenue le 4 juin suite à l'infection de ses blessures, avait appelé à des représailles directement supervisées par Karl-Heinz. Fusiller près de 200 hommes et organiser la déportation des femmes et des enfants du village de Lidice ne lui avait demandé que quelques jours. L'opération s'était soldée par la destruction totale de la bourgade.

Il n'avait rien trouvé de bien excitant à cette mission. Un été morose et un automne ennuyeux s'en étaient suivis et, quand le *Reichsführer* Himmler l'avait convoqué en décembre pour le lancer sur les traces de l'enfant, prototype de l'Aryen, Karl-Heinz avait recouvré toute son énergie. Le maître de la SS ne savait visiblement rien de l'entretien entre Heydrich et le *Jäger*. Ce dernier s'était bien gardé d'en révéler la nature…

Depuis quatre mois, Dietz et la dizaine d'experts en chasse à l'homme qui composaient son unité sillonnaient de long en large la Pologne à la recherche de « l'évadé du Stutthof ». Des milliers de kilomètres parcourus, des centaines de villages inspectés, des dizaines de paysans interrogés sans succès, et ce, malgré le recours à des méthodes susceptibles de délier les langues les plus récalcitrantes. Et pourtant, rien ! Eytan Morgenstern s'était volatilisé sans laisser de trace. Le *Jäger* semé par un enfant, voilà qui ferait jaser les pontes de la Gestapo et du parti nazi dans son ensemble !

L'application habituelle de Karl-Heinz s'était muée en obsession, au point de refuser l'abandon des recherches maintes fois suggéré par une hiérarchie plus préoccupée par la défaite annoncée sur le front russe et par l'engagement croissant d'une Amérique passablement énervée par les encombrants alliés nippons. Oui, les hauts responsables s'inquiétaient à juste titre. Oui, le Reich tomberait. C'était écrit depuis le jour où Churchill, et derrière lui tout l'Empire britannique, avait refusé de plier. Mais cela n'importait pas au colonel SS. Le nazisme en tant qu'idéologie représentait à ses yeux une absurdité portée par une bande d'illuminés et d'incapables. Goering ? Un obèse mégalomane, drogué et corrompu. Himmler ? Un bureaucrate fanatique et arriviste. Hitler ? Un formidable orateur, mais un maître de guerre mal avisé dès qu'il sortait du cadre de la *Blitzkrieg*.

Amer constat dont le peuple allemand paierait bientôt le prix…

Alors, suspendre cette traque pour obéir aux injonctions d'un pouvoir condamné par avance et rejoindre une armée sur le déclin ? Jamais. Rentrer bredouille d'une chasse ? Jamais.

Et comme la persévérance était toujours récompensée, la providence avait fini par sourire à Karl-Heinz.

Deux jours plus tôt, au bord du découragement, l'unité du *Jäger* stationnait dans une modeste garnison tenue par un gradé de bas étage nommé Reinke. Ce dernier montrait moins de déférence à l'égard de la petite troupe SS que les autres casernes visitées jusqu'alors.

Militaire intègre, le capitaine Reinke voyait d'un mauvais œil les casquettes noires ornées d'une tête de mort et ne cachait pas plus son hostilité que sa méfiance. Une honnêteté périlleuse, mais qui lui attira immédiatement la sympathie de Karl-Heinz, peu adepte de la flagornerie. Quelques remarques bien senties sur la politique aberrante d'évacuation des juifs et l'absurdité de l'opération *Barbarossa* eurent le mérite de détendre l'officier de la *Wehrmacht* et contribuèrent à établir des relations, sinon amicales, du moins apaisées. Un fugitif sur les bras était bien assez, il était inutile de se mettre à dos la cinquantaine d'hommes sous les ordres d'un boy-scout au sens de l'honneur désuet.

L'heure se prêtait d'autant moins aux dissensions internes que les Polonais, plus que tout autre peuple occupé, disposaient d'une résistance aux effectifs pléthoriques et à la virulence inégalée. Les actes de sabotage se multipliaient aux quatre coins du territoire et n'épargnaient ni le rail ni la route. Pas une semaine ne passait sans qu'un train ne saute et, plus inquiétant encore, l'Armée de l'Intérieur s'en prenait désormais directement aux infrastructures de la *Wehrmacht*. Ainsi l'état-major allemand recensait-il de nombreuses escarmouches aux postes frontière et enregistrait des pertes certes modérées, mais dévastatrices pour le moral des troupes.

Reinke lui-même venait d'en faire les frais. Quelques jours plus tôt, un convoi transportant des armes avait subi une violente attaque. Outre la disparition du matériel, l'assaut avait laissé une quinzaine d'hommes sur le carreau. Pour le capitaine, la nature même du guet-apens démontrait la radicalisation des révoltés et augurait de nouvelles actions de plus en plus meurtrières. L'exécution de cinquante civils, représailles auxquelles il s'était livré à contrecœur, ne changerait rien à l'affaire.

Karl-Heinz s'était enquis auprès du capitaine des forces terroristes présentes dans la région. Mais la population acquise à la résistance ne lâchait que des bribes d'informations. Cependant, un sobriquet revenait constamment : l'Ours blond. Aucun détail ne filtrait quant à l'identité du personnage décrit comme une sorte d'Hercule investi de la mission sacrée de libérer la Pologne.

— Au vu d'une telle réputation, je me ferais un plaisir de vous débarrasser de cet ursidé. Hélas pour vous, mon affectation actuelle ne me laisse pas le temps de l'éliminer, déplora Karl-Heinz.

— L'éliminer ? releva Reinke. Cet homme et son groupe sont perçus comme des héros par les Polonais. Tuez un héros, il devient légende. Tuez une légende, elle devient inspiration. Personne ne peut tuer une inspiration…

— Tout meurt un jour, rétorqua Karl-Heinz d'un ton glaçant, et même la plus étincelante des réputations ne demande qu'à tomber en ruines. Si vous mettez la main sur cet Ours, faites-le passer pour un couard plutôt que d'exhiber sa fourrure en place publique. Prétendez qu'il collabore avec vous, qu'il vend ses anciens amis. Vous constaterez vite ce qu'il adviendra de cette « inspiration » que vous craignez tant.

— Un conseil avisé, nota Reinke, encore faut-il le capturer… Le bougre n'agit pas seul, et à voir l'état dans lequel est revenu l'unique survivant de la dernière escarmouche, les autres membres du groupe ne plaisantent guère.

— Eh bien, si votre homme a approché ces terroristes, peut-être dispose-t-il d'informations utiles pour les débusquer, suggéra Karl-Heinz, de moins en moins intéressé par la conversation.

— Difficile de s'appuyer sur ses dires. Le garçon manque de sang-froid. Il aurait eu la sensation d'être poursuivi par un loup.

— Un ours, puis un loup ? Ce n'est plus un groupe de résistants, c'est une ménagerie ! railla distraitement le *Jäger* au bord de l'ennui. Votre rescapé a trop d'imagination.

Reinke laissa fuser un rire de dépit et rebondit sur le trait d'esprit.

— Les Polonais sont des animaux habitués aux rudesses de l'hiver. En ce sens, tout ce foutu pays est une ménagerie. Mais, plus sérieusement, le soldat Hanisch dit avoir croisé le regard de l'assaillant au moment où celui-ci se précipitait sur un de nos hommes. Je cite : « Grand, des cheveux blonds longs et fins qui volaient au vent, un regard bleu intense empli d'une haine et d'une détermination inhumaines. »

— Passionnant…

— Eh oui, soupira Reinke, un peu court pour mener une enquête. Sans compter qu'à force de raconter son histoire à ses camarades, Hanisch a gagné un surnom au sein de la garnison.

— Laissez-moi deviner… Wilhelm Grimm ?

— Non colonel, Eytan.

— Pardon ? demanda Karl-Heinz en sortant soudainement de la torpeur dans laquelle il sombrait. Pourquoi « Eytan » ?

— Hanisch prétend qu'un autre terroriste criait ce nom au loin, comme pour rappeler à l'ordre un chien désobéissant.

La nature calculatrice et méthodique du *Jäger* rejaillit à la vitesse de l'éclair. Eytan était un prénom courant chez les juifs polonais. La plupart d'entre eux vivaient aujourd'hui enfermés dans des ghettos ou peuplaient les camps dans l'attente de leur « évacuation ». Certes, Eytan Morgenstern, l'objet de sa mission, ressemblait à un enfant au moment de son évasion. Mais en l'espace de cinq mois, son corps modifié par les expérimentations avait pu connaître une croissance importante, et les cheveux courts qu'il portait sur la photo figurant dans son dossier avaient eu le temps de pousser. Quoi de mieux pour un fugitif juif que de rejoindre un groupe de clandestins ?

Pour improbable que fût la coïncidence, Karl-Heinz ne l'ignorerait pas sans vérification préalable. Il ordonna donc à Reinke de convoquer le fameux Hanisch et réclama de le voir seul, dans le bureau du capitaine, ce que ce dernier accepta sans sourciller. Une fois en tête à tête avec le jeune militaire, il lui montra sans mot dire l'unique photographie d'Eytan Morgenstern dont il disposait. La réaction de Hanisch à la vue de l'enfant dans sa tenue rayée de prisonnier ne laissa pas de place au doute. Visiblement terrifié, le soldat répéta à plusieurs reprises « Ce regard ! » en pointant le cliché d'un doigt tremblant.

Sans faire plus de cas du traumatisé, Karl-Heinz quitta le bureau et rassembla ses hommes avant d'exiger de Reinke une carte de la région. Les investigations pouvaient reprendre…

Et voilà pourquoi, depuis deux jours, le *Jäger* et son unité écumaient les fermes des environs.

Karl-Heinz sourit en se remémorant cet épisode et avala l'ultime bouchée de son sandwich. Par un caprice inespéré du destin, la traque se trouvait relancée. Et pour lui, le coup serait double. Il capturerait Eytan Morgenstern et mettrait un terme aux actions de cet Ours blond qui alimentait tant de rumeurs et suscitait l'admiration des autochtones.

Rassuré de se savoir toujours protégé par la providence, Karl-Heinz attrapa la pomme qui attendait son bon vouloir sur le capot de sa Mercedes. Il sortit une longue dague de sa botte et entreprit de peler le fruit. Il retira la peau d'une seule traite et croqua dans la chair. Trois bouchées suffirent à engloutir le dessert.

Il jeta le trognon sur le chemin puis s'essuya les doigts avec un mouchoir brodé à ses initiales avant de nettoyer la lame rendue collante par le jus sucré. Ce faisant, Karl-Heinz détailla les mots gravés sur le métal.

Meine Ehre heisst Treue, Mon honneur est Fidélité.

La devise SS imposée par Himmler.

Mon honneur est Victoire, corrigea le *Jäger*.

Il rengainait son arme quand il avisa un de ses hommes revenant de la petite ferme objet de l'attention du jour.

— Rien à signaler dans la maison, colonel, mais nous avons trouvé une cache dans la grange voisine. Une trappe dissimulée sous une botte de foin, annonça-t-il fièrement.

— Intéressant. Marché noir, stock personnel ou réserve pour escamoter des provisions, pour des combattants par exemple, nous allons vite le savoir, pensa-t-il à voix haute en enfilant une paire de gants noirs et en prenant la direction de la grange.

— Nous détenons le couple de paysans à l'intérieur. Si vous souhaitez, je peux les interroger, colonel.

— Et me priver ainsi de mon digestif ? badina Karl-Heinz d'une voix enjouée. Certainement pas ! Un peu d'exercice et une bonne suée me feront le plus grand bien. Comment se nomment ces gens ? demanda-t-il en s'immobilisant devant la porte.

— Jablonski, monsieur. Bohdan et Cecylia Jablonski.

— Et quel âge ont ces Jablonski ?

— Je dirais une soixantaine d'années.

— Dommage, déplora le *Jäger* en faisant craquer ses phalanges, les jeunes durent plus longtemps…

CHAPITRE 34

Chicago, de nos jours.

Enfermé depuis une heure dans le bureau de Franck Meyer, Eli trépignait d'impatience. Près de lui, Avi paraissait plus à son aise, plongé avec intérêt dans la lecture d'un traité d'anatomie et de génétique qui traînait dans l'indescriptible bazar du professeur.

Le retour du maître des lieux sonna comme une libération. À peine arrivé, il tendit à Eli une boîte en métal que ce dernier s'empressa de saisir.

— Voilà les doses de sérum pour Eytan. Tu lui diras que je travaille sur une version moins douloureuse à l'injection, et tant qu'à faire, tu lui rappelleras qu'il a aussi le droit de passer me voir, même si je sais qu'il ne le fera pas.

— D'aucuns pourraient considérer l'asociabilité de ce garçon comme pathologique. Un vrai sujet d'école pour un psychiatre, ricana Avi sans décoller les yeux de son livre.

— Le connaissez-vous bien, docteur Lafner ? demanda Franck d'un ton sec qui trancha avec l'attitude enjouée dont il avait fait montre jusqu'ici.

Il appuya les mains contre son bureau et darda ses prunelles claires sur Avi.

— Connaissons-nous vraiment les gens, professeur Meyer ? répondit celui-ci, déconcerté par le brusque changement d'humeur de son interlocuteur.

— Remarque pertinente, mais un peu trop philosophique pour mon propos.

— Quel est votre propos ?

— Quand vous regardez Eytan, vous voyez un homme impavide, courageux et déterminé, n'est-ce pas ?

— Le portrait lui ressemble assez.

— Et c'est bien là votre erreur. Quand Eli et moi le regardons, nous voyons un enfant. Un enfant qui déteste ce que l'on a fait de lui. Un enfant terrifié à l'idée de perdre à nouveau ceux qu'il aime. Voilà pourquoi il se tient à l'écart ou ne s'est jamais engagé avec une femme. Voilà pourquoi il prend tous les risques et encaisse les pires raclées sans sourciller. Je vais vous dire la vérité, Avi. Eytan n'est jamais sorti du camp de Stutthof. Il tente de s'en évader tous les jours. Alors, de grâce, voyez au-delà des apparences et épargnez-nous les remarques oiseuses de type « un vrai sujet d'école pour un psychiatre », conclut-il en singeant la diction du médecin.

— Je ne l'avais jamais envisagé sous cet angle, s'excusa Avi, penaud.

— Ce n'est pas grave, tu ne pouvais pas savoir, intervint Eli avec plus de douceur que Franck, à qui il adressa un regard lourd de reproches. Essaye juste d'y aller moins fort sur les plaisanteries à son égard.

— Après ce que je viens d'entendre, tu as ma parole.

— Si vous ne pouvez pas le comprendre, respectez sa souffrance, pour l'amour du ciel ! renchérit le professeur.

Eli se pencha au-dessus du bureau et posa une main apaisante sur l'avant-bras de son demi-frère.

— Calme-toi, il a compris.

Franck retira ses lunettes et se massa les paupières.

— Désolé, je manque d'humour sur ce sujet.

— Je crois que nous l'avons tous constaté, lança Eli pour réchauffer l'atmosphère. Nous avons grignoté sur la route, mais je ne cracherais pas sur un petit déjeuner digne de ce nom. Pour ta peine, tu nous invites.

Meyer acquiesça à la proposition et, dans un silence de mort, entre malaise de l'un pour son inconséquence et culpabilité de l'autre pour son emportement, ils se rendirent à la cafétéria des professeurs, où défilaient hommes et femmes de science. Eli tenta de briser la glace en feignant de s'intéresser aux travaux actuels de Franck. Celui-ci saisit la perche ainsi tendue et retrouva peu à peu son entrain. Deux beignets et une tasse de thé au jasmin plus tard, l'incident n'était plus qu'un lointain souvenir. La conversation s'orienta sur des considérations médicales pointues, totalement étrangères à Eli, qui soudèrent les liens intellectuels entre les deux scientifiques. Ces deux-là semblaient faits pour s'entendre, rivalisant de connaissances. Franck émit même l'hypothèse de collaborations ponctuelles sur des recherches précises, au cas où Avi souhaiterait un jour quitter les « sévices secrets ». Une idée qui ne parut pas déplaire au trentenaire.

Eli se félicita intérieurement des prémices d'une complicité dont il n'avait jamais douté. Franck et lui n'étaient pas immortels, et il faudrait bien que quelqu'un veille sur Eytan après leur départ. Au cours du vol qui les avait menés Avi et lui aux États-Unis, une idée s'était fait jour dans l'esprit du sexagénaire. Une idée qui pouvait sembler utopique de prime abord, mais devenait envisageable à la suite des événements des dernières heures. Jacky et Jeremy exhalaient une joie de vivre communicative et, qui plus est, adulaient Eytan. Avi lui-même n'était pas en reste. Une osmose réelle se constituait entre les trois « juniors » de cet étonnant groupe. Une osmose particulière qui en faisait les candidats idéaux pour incarner ce dont Eli rêvait depuis une éternité : la relève…

Le signal sonore indiquant la réception d'un texto sur son mobile interrompit ses réflexions. Eli se pencha vers ses convives et s'insinua dans la conversation à voix basse pour ne pas attirer l'attention des autres occupants du réfectoire.

— Quand nous aurons les résultats de tes étudiants, nous rejoindrons nos amis à Fort Wayne. L'opération « Baltimore » semble avoir été fructueuse, d'après ce que Jacky m'a dit.

— Eytan était à Baltimore ? demanda Franck avec un sourire moqueur.

— Oui, le siège de la société qui fabrique les prothèses s'y trouve.

— Normal, souligna Franck comme s'il s'agissait d'une évidence.

— Pourquoi donc ?

— Baltimore, université Johns Hopkins, gamin. C'est la fac la mieux notée du pays dans le domaine de la santé publique et la deuxième en médecine. Et ils sont plutôt bons en physiologie et biomécanique. Tout ce qu'il faut pour mener des recherches sur les prothèses.

— Ils sont meilleurs que vous ? interrogea Avi.

— Je n'irais pas jusque-là. Certes, ils se classent mieux dans certains domaines, mais ces gros nazes ne comptent que trente-sept prix Nobel et nous, quatre-vingt-cinq ! Donc, c'est qui les plus forts ? conclut-il en bombant le torse.

Pendant deux heures, les discussions s'enchaînèrent jusqu'à ce que les trois étudiants se présentent à la cafétéria, tablette tactile en main, visiblement à la recherche de leur professeur. Les avisant, ce dernier abandonna ses convives pour aller à « la pêche aux infos ». Il devisa un quart d'heure avec le trio, le nez vissé sur leurs écrans. L'échange s'acheva sur une bourrade virile assénée par Franck à chacun des jeunes gens, qui remirent au vieil homme un de leurs iPad.

Meyer retrouva sa place auprès d'Eli et Avi.

— Vous pouvez remercier mes petits gars pour leur efficacité. Ils ne payent pas de mine, mais ce sont déjà de sacrées pointures dans leur domaine. Le moins que l'on puisse dire, c'est que ceux qui ont conçu cette prothèse ne manquent pas d'imagination… et de vice.

— Pour l'imagination, je saisis, mais qu'entendez-vous par « vice » ? demanda le médecin.

— Les impulsions envoyées par le cerveau et relayées à travers le système nerveux en direction des muscles sont analysées par un microprocesseur. Un logiciel retranscrit les ordres à la prothèse.

— C'est ce que vous nous avez expliqué, rien d'anormal.

— Oh oui, docteur Lafner, jusque-là, tout est parfaitement normal. Le programme dissimulé au milieu du code standard l'est beaucoup moins. Je subodore que l'armée appréciera très modérément les fonctionnalités de ce logiciel espion. Et elle appréciera encore moins le petit cadeau que je m'apprête à vous faire.

CHAPITRE 35

Pologne, printemps 1943.

Janusz et Karol avaient quitté le campement deux jours plus tôt pour se rendre à une réunion secrète avec d'autres membres de l'Armée de l'Intérieur. Planifiée de longue date, la rencontre déboucherait sur de nouvelles affectations. Le nombre des missions augmentait à mesure que les positions allemandes se fragilisaient. D'après les dernières informations, un peu lentes à parvenir au cœur de la forêt, lcs Alliés, sous le commandement d'un certain Montgomery, repoussaient dans le désert libyen les chars de l'*Africakorps* du maréchal Rommel. L'engagement américain dans le Pacifique et les revers successifs essuyés par la *Wehrmacht* en U.R.S.S. faisaient naître de grands espoirs. À ce tournant de la guerre, les groupuscules de résistance jouaient un rôle de plus en plus important pour préparer ce dont tous rêvaient : un débarquement d'envergure sur les côtes atlantiques.

Comme à chaque départ de l'Ours et du professeur, une ambiance morose s'était emparée du campement et chacun tuait le temps à sa manière.

Binocles sur le nez, Marek travaillait à perfectionner les stylos détonateurs utilisés pour activer les charges explosives. Pawel démontait une à une les armes de la section et en nettoyait chaque pièce avec un soin amoureux. Piotr enchaînait les pompes et autres exercices physiques pour garder la forme et boxait contre des adversaires invisibles. Quant à Vassili, il parcourait la forêt pour relever ses collets avec l'espoir de ramener du petit gibier et améliorer ainsi l'ordinaire.

Plongé dans un nouveau livre prêté par Karol, Eytan déchiffrait plus qu'il ne lisait. Sa maîtrise de l'allemand était encore insuffisante pour embrasser pleinement la prose de Stefan Zweig, mais il en ressentait la profondeur, l'humanité et, d'une certaine manière, la souffrance. L'insistance du professeur avait eu raison des réticences initiales de l'élève à entreprendre la lecture d'un auteur autrichien.

— La langue germanique n'appartient pas aux nazis, avait affirmé Karol. Cet écrivain te le démontrera. Une civilisation qui a livré au monde Goethe, Mozart et tant d'autres, ne doit pas être réduite à une bande de fanatiques dégénérés. À ce sujet, peux-tu me dire quel a été le premier pays envahi par Hitler et sa clique ?

— L'Autriche, je crois.

— Non, Eytan, c'est l'Allemagne elle-même.

Cet enseignement s'inscrivait dans une longue série dont l'adolescent entrevoyait la finalité. À travers les portes qu'il ouvrait sur la culture allemande, Karol enjoignait à Eytan de faire preuve de discernement. La faute de quelques-uns ne devait pas rejaillir sur l'ensemble d'un peuple.

— Si une haine aveugle s'empare de toi, avait-il dit à son élève, elle ne s'arrêtera pas aux seuls Allemands, mais englobera l'humanité. Dès lors, aucune différence n'existera plus entre tes bourreaux et toi. Tu deviendras l'un d'eux.

Face à ces réflexions, à la lumière de l'épisode désastreux de l'attaque du convoi d'armes, et de la sauvagerie dont il avait fait montre au mépris des ordres, Eytan se sentit sale. À la déception évidente de ceux qu'il considérait désormais comme sa famille s'ajoutait une sensation d'égarement. Bateau ivre perdu dans un océan de doutes et de ténèbres, il se savait prisonnier. Prisonnier de ce que Bleiberg et ses expériences avaient fait de l'enfant vif et enjoué qu'il était. Prisonnier d'un corps aux capacités ahurissantes dans lequel il ne se reconnaissait pas. Sans parler de la rage qui le consumait et déchirait son âme.

Piotr ne faisait pas mystère de sa méfiance envers le garçon et ne cachait pas non plus sa tristesse de le voir ainsi sur la corde raide. Janusz ne mentionnait jamais l'incident, tout comme Pawel, qui poursuivait l'entraînement comme si de rien n'était. Vassili demeurait mutique lors des leçons de maniement du couteau qu'il dispensait, impassible et appliqué.

Ces hommes ne devaient rien à Eytan et pourtant, ils l'accueillaient parmi eux sans rien exiger en contrepartie. Et surtout, tous lui témoignaient une bienveillance, mieux, une affection à laquelle il avait renoncé après les longs mois passés dans les cabanons froids et humides de l'hôpital du Stutthof. Au milieu des flammes de la guerre qui embrasaient le monde, Janusz et sa bande attisaient en lui les braises d'une espérance… inespérée.

Dès lors, pouvait-il leur tourner le dos et laisser la bête insufflée dans son être par des barbares sans scrupules le submerger ? À quoi bon s'échapper pour devenir ce que ces monstres projetaient de faire de lui ?

Eytan caressa son crâne aujourd'hui chauve. Karol lui avait reproché de s'être rasé, y voyant le signe d'une perte de contrôle. Pour l'adolescent, c'était tout le contraire. En rasant cette chevelure qui ne lui appartenait pas, il marquait son refus, sa résistance.

Car Eytan le sentait au plus profond de son âme, le premier adversaire qu'il devrait vaincre n'était autre que lui-même.

En fin de journée, Janusz réapparut. La joie de le voir rentrer, ce qui n'était jamais gagné d'avance, s'évanouit quand deux hommes débouchèrent à sa suite. Le premier était grand, mince, assez laid avec son visage anguleux et son long nez. La cinquantaine, il tenait à la main une lourde valise. Le second type, lui, en portait deux. Plus petit et plus jeune, il était aussi musclé que Piotr.

Sans prendre le temps de réfléchir, celui-ci se rua sur sa mitraillette et mit en joue les arrivants, imité aussitôt par Pawel et Marek.

— Inutile de vous énerver, ils sont avec nous, annonça calmement l'Ours à ses troupes aux abois.

— Qui sont-ils ? Et où est Karol ? demanda Pawel en abaissant son fusil et faisant signe à Marek de faire de même.

— Karol a décidé de passer deux jours déguisé en Allemand. Chacun ses vices. Et voici…

— Colonel Neville Wladowski, se présenta le quinquagénaire filiforme dans un polonais parfait.

— Deuxième classe Stefan Starlin, embraya son acolyte.

— Qu'est-ce qu'ils viennent foutre ici ? cracha Piotr à l'intention de Janusz en ignorant ostensiblement les nouveaux venus.

— Le cabinet de guerre britannique nous envoie pour coordonner les actions de la résistance dans la région, répondit Wladowski.

— Et Churchill croit vraiment que deux péquenauds vont nous aider à pourrir la vie des Fritz ?

— Calme-toi, Piotr ! ordonna Janusz. L'objectif est de mener des attaques de plus grande envergure, à l'échelle de la Pologne tout entière. Les Alliés souhaitent créer des points chauds dans toute la sphère d'influence allemande afin de favoriser les conditions d'un débarquement massif sur les côtes atlantiques.

Le dénommé Wladowski posa son fardeau sur le sol et retira un paquet de cigarettes de la poche intérieure de sa veste.

— Nous appartenons à une division nommée *Special Operations Executive*. Direction des Opérations Spéciales, si vous préférez. Nous sommes formés au combat rapproché, aux techniques de sabotage et d'infiltration.

— En gros, vous réinventez l'eau chaude, quoi…

— Comment ça ? demanda le colonel en allumant une cigarette.

— D'après vous, on fait quoi nous, ici ? On lance des cailloux sur les Allemands et on s'enfuit en courant comme des gosses ?

Le visage rougi de Piotr trahissait un mélange de colère et d'indignation.

Marek et Pawel échangèrent un regard complice et s'esclaffèrent.

— Personne n'a dit cela, répondit Wladowski pour apaiser les esprits. Ce que l'Armée de l'Intérieur accomplit dans ce pays fait figure d'exception.

D'autres se battent avec moins d'entraînement, de moyens et sans équipement valable. C'est votre organisation que notre section s'emploie à ériger en exemple au reste des insurgés à travers l'Europe.

L'explication flatteuse et la cigarette qui lui était offerte ramenèrent le boxeur à de meilleurs sentiments. Profitant de l'accalmie, Janusz présenta chaque membre de son unité à ses invités.

— Nous ne sommes pas venus les mains vides, reprit Wladowski en pointant du doigt les trois valises posées à ses pieds.

Starlin s'agenouilla et les ouvrit les unes après les autres. Dans la première se trouvait un émetteur-récepteur radio dont la miniaturisation suscita l'admiration générale. La deuxième regorgeait de cartes d'état-major de la Pologne. Mais la dernière fut certainement la mieux accueillie. Starlin exhiba fièrement des conserves de *corned-beef* expédiées par l'Oncle Sam, des tablettes de chocolat, des paquets de cigarettes blondes et une grande boîte de cigares.

— Et la fête ne serait pas complète sans….

Il leva bien haut une bouteille de whisky, qu'il déboucha sous les acclamations de Pawel et Piotr. Pour un peu, même Vassili aurait fait montre d'enthousiasme. Marek dédaigna les provisions pour se consacrer à l'examen exhaustif de la radio. Pendant ce temps, l'alcool remplissait de rudimentaires gobelets en bois.

Assis en retrait, Eytan regardait avec bonheur les hommes fraterniser. Janusz s'approcha et lui tendit un verre en s'installant à ses côtés.

— Je ne suis pas certain…

— Picole, c'est un ordre ! l'interrompit l'Ours. Qui sait combien d'occasions tu auras encore de te prendre une cuite !

Eytan s'exécuta et, sans y prendre garde, engloutit le breuvage cul sec. Il rendit le verre à Janusz qui dardait sur lui de grands yeux scrutateurs.

— Ce n'est pas mauvais, fit simplement Eytan dans un sourire.

— Et c'est tout ? Ta gorge ne te brûle pas, tu ne trouves pas ça un peu fort ?

Eytan secoua négativement la tête.

— Tu n'as pas fini de m'étonner… commenta Janusz, surpris. Tiens, deuxième expérience, fume-moi ça.

Dubitatif, l'adolescent porta à ses lèvres la cigarette que l'Ours blond lui tendait. Ce dernier craqua une allumette contre la semelle de ses godillots.

— Tu inspires, tu avales, et tu recraches la fumée.

Sitôt dit, sitôt fait.

— Alors ?

— Ça pue, mais ce n'est pas désagréable, lâcha Eytan en inhalant une deuxième bouffée.

Janusz laissa fuser un rire tonitruant et se releva.

— Ne reste pas à l'écart, viens avec nous.

— Je préfère vous observer d'ici. J'ai envie de dessiner.

— Un autre de tes talents. Pas forcément le moins surprenant, soupira Janusz en s'éloignant pour rejoindre la joyeuse bande.

— Dis-moi, Janusz, risqua Eytan. Tu es heureux, ce soir ?

L'Ours blond s'immobilisa, songeur.

— Regarde-les. Ces hommes sont ma seule famille. Ils sont heureux, alors je le suis, murmura-t-il.

Eytan sourit en le voyant s'installer avec les autres. Il ouvrit la cantine de Karol et se saisit d'un carnet à dessin ainsi que d'un fusain ramenés par l'Ours à la suite d'une visite en ville. En silence, il s'attela à croquer la scène. Ses doigts couraient sur le papier avec douceur et précision. Très vite, les silhouettes et les visages prirent forme pour ressembler aux modèles originaux.

Ils restèrent ainsi à festoyer une bonne partie de la nuit. À l'effervescence des premiers moments avait succédé un exposé très personnel de Stefan Starlin de la tournure prise par la guerre à travers le monde.

— Cent mille Polonais en exil se battent en ce moment même aux côtés des Alliés. Aux dernières nouvelles, ils font des étincelles. Les Allemands envoyés pour empêcher la progression de nos troupes en Italie en savent quelque chose. Tout a commencé avec la Pologne, tout finira avec les Polonais !

— Souhaitons surtout que tout finisse bien pour les Polonais, nuança Marek désinhibé par l'abus d'alcool.

— Amen, répondirent en chœur les convives.

— Levons nos verres aux martyres de Pearl Harbor et de Stalingrad, proposa Wladowski. Leur mort n'aura pas été vaine maintenant que l'Amérique est sortie de sa léthargie et que Staline s'est retourné contre Hitler. À Roosevelt et à l'Oncle Joe, lança-t-il en portant son gobelet à sa bouche.

La motion emporta l'adhésion générale, et les discussions continuèrent ainsi jusqu'à l'abandon, souvent par K.-O., des participants. Vassili alla se coucher le premier afin de rester alerte pour son tour de garde matinal.

Le lendemain, comme tous les jours, Eytan se réveilla aux aurores. Quand il émergea de la cabane qu'il occupait seul à cause des cauchemars qui hantaient ses nuits, il découvrit les reliquats de la fête. Des cadavres de bouteilles renversés sur un tapis de mégots cernaient le feu dont ne subsistaient que des braises. Vassili jaillit de derrière un arbre, les bras chargés de petit bois et de bûches. Il les disposa de manière à raviver les flammes tandis que l'adolescent entreprenait, indulgent, le nettoyage des déchets jonchant le sol.

Janusz surgit à son tour et gratifia l'assistance d'un bâillement gargantuesque avant de fourrager vigoureusement dans ses cheveux hirsutes.

— Je tiens une bonne gueule de bois !

— Rien d'étonnant avec ce que vous avez ingurgité, plaisanta Eytan en agitant une bouteille vide.

— Je ne sais pas ce qui me chagrine le plus. La migraine, ou de voir qu'il n'y a plus rien dans ces bouteilles, ironisa l'Ours en souriant.

Il s'empara d'une gourde, but une grande gorgée et versa ce qui restait d'eau sur son visage.

— Vassili, rassemble le matériel, nous partons chez les Jablonski ce matin même, reprit-il. Et réveille Pawel, il montera la garde en attendant notre retour. Eytan, prépare-toi aussi, tu nous accompagnes.

— Qui sont les Jablonski ? Et qu'allons-nous faire ? s'enquit l'adolescent.

— Du chocolat et quelques conserves de bœuf ne suffiront pas à nourrir deux bouches de plus. Il nous faut des provisions supplémentaires. Les Jablonski possèdent une petite ferme à deux heures de marche d'ici. Ils nous aident régulièrement. D'ailleurs, c'est dans leur grange que nous nous sommes rencontrés la première fois. Il est grand temps qu'ils te voient sous un meilleur jour et que tu leur présentes des excuses, tu ne penses pas ?

— Je ne voulais faire de mal à personne, répondit Eytan, gêné.

— Mais je sais bien, le rassura Janusz. Je te charrie. Il est important qu'ils apprennent à te connaître, si un jour tu devais aller les voir sans moi.

Un cri de protestation interrompit la conversation.

— Que tu me réveilles, je veux bien, mais pas à coups de pied dans le cul, merde ! hurlait Pawel.

Un sourire satisfait aux lèvres, Vassili sortit de l'abri que partageaient Pawel et Marek, le pouce levé en direction de Janusz pour confirmer le bon accomplissement de sa mission.

Dix minutes plus tard, l'Ours blond, le Sibérien et l'adolescent au crâne rasé quittèrent le campement en direction du sud et de la ferme de Bohdan et Cecylia Jablonski.

En milieu de matinée, Pawel, qui trompait sa solitude avec un ersatz de café, fut alerté par un craquement de brindilles. Il n'eut pas le temps d'épauler son fusil qu'un homme en uniforme allemand surgissait déjà, comme s'il était pourchassé par les chiens de l'enfer.

— Karol ? Oh putain, la trouille ! Préviens avant de débouler comme un malade. J'aurais pu te plomber. Ou avoir une attaque…

En sueur, à bout de souffle et les yeux exorbités, le professeur se précipita sur son camarade et le saisit par le col. Pawel ne lui connaissait pas cet air, entre folie et panique.

— Où sont Janusz et Eytan ? demanda-t-il à plusieurs reprises.

— Ils sont partis chez les Jablonski avec cet enfoiré de Vassili, pourquoi ?

— Oh non… Merde ! s'exclama Karol enragé. Il y a combien de temps ?

— Je ne sais pas, une grosse heure, à la louche. Calme-toi ! risqua Pawel. Qu'est-ce qui te met dans cet état ?

— Il faut qu'on aille les aider.

— Les aider à quoi ?

— Tout de suite ! coupa Karol, comme possédé. Préviens Marek et Piotr, nous n'avons pas une minute à perdre.

— Tu veux emmener Marek ? Tu es dingue, il n'est même pas foutu de…

— Il nous faut tout le monde, Pawel.

— Mais pour quoi faire à la fin ?

— Je rentre de la garnison de Reinke. Une unité spéciale de la SS écume la région à la recherche d'un enfant évadé d'un camp. Ça te dit quelque chose ?

— Ils cherchent Eytan ?

— Oui, soupira Karol. Ils surveillent toutes les fermes des environs depuis une semaine en attendant qu'on se pointe. Janusz et les autres vont tomber dans un piège…

CHAPITRE 36

Fort Wayne, de nos jours.

L'Audi était garée sur le parking désert d'un motel miteux de la banlieue de Fort Wayne. Vautré sur la banquette arrière, Jeremy retrouvait ses réflexes de trader en analysant le *business plan* dérobé au service comptabilité de H-Plus Dynamics. Assise à l'avant, Jacky étudiait les dossiers récupérés dans le bureau du président de la société. Pendant ce temps, Eytan profitait d'un cigare à l'extérieur de la voiture en relisant le message de Simon Attali, indiquant la localisation du général Bennington et de son commando-zombie. Le regard perdu dans les nuages, il affichait une sérénité qui surprenait le libraire.

À son calme et sa décontraction, nul n'aurait deviné que, quelques heures plus tôt, le colosse avait dévasté un immeuble, massacré quatre types sans leur laisser l'ombre d'une chance et balancé Jeremy dans le coffre de la bagnole pour mettre fin à son tour de chant.

La réclusion, bien que de courte durée, avait eu le mérite de lui remettre les idées en place. Son humour à la limite de l'impertinence avait toujours constitué son unique rempart face à la dépression, à la peur et au désamour de soi. Souvent sans faire cas de l'impact de ses plaisanteries sur ses victimes. En l'espèce, Eytan avait-il traversé tant d'horreurs, pris tant de risques et de coups dans le seul but de se voir réduit à l'appellation « Géant Vert » ? La réponse était apparue clairement à Jeremy : oui !

Oui ! Face au cynisme et à la négation de l'humanité, le rire incarnait profondément, viscéralement, un acte de résistance.

Oui ! Puisqu'il s'agissait de la démonstration d'une affection débordante, outrancière mais sincère.

Oui ! Car quoi qu'il en pense, Eytan était bien un géant vêtu de vert !

Il faudrait bien plus qu'un séjour dans un coffre de voiture pour empêcher Jeremy d'exprimer à sa manière très personnelle ce qu'il éprouvait pour le *kidon*. Mais pour le moment, celui-ci exigeait du sérieux et de l'application. Et il en aurait.

— Viens, dit soudain Jeremy à Jacky en ouvrant la portière.

— Tu as trouvé quelque chose ? Parce que moi, oui !

— Alors nous aurons tous les deux des choses à dire, souffla-t-il, énigmatique avant de sortir. Tu voulais des éléments, en voici, lança-t-il à Eytan tandis que Jacky les rejoignait.

— Tu as toute mon attention.

— Le contraire m'étonnerait… Bien, durant mon passage éclair à la comptabilité, j'ai mis la main sur un *business plan* de l'entreprise daté de l'année dernière, une étude prospective sur vingt ans, ce qui est inhabituellement long.

— Une étude prospective ? demanda Eytan. Tu n'as rien déniché en rapport avec le présent ?

— Pour quoi faire ? Nous savons déjà ce que cette société fabrique. Il me semblait plus intéressant d'appréhender leurs axes de développement pour comprendre leur stratégie. Anticiper les mouvements de l'adversaire ne fait-il pas partie des fondamentaux de l'art de la guerre ?

— En effet, admit Eytan en hochant la tête. Et donc ?

— Donc, il apparaît que nos petits camarades se financent par des apports importants en capitaux dont je ne connais pas l'origine et par un énorme contrat passé avec l'armée américaine en septembre 2002.

— Énorme à quel point ? demanda Jacky.

— Trois cent cinquante millions de dollars.

— Ah oui, énorme…

— En fait, oui et non, relativisa Jeremy. Pour comprendre, il faut se replacer dans le contexte des dix dernières années. L'administration Bush a claqué des sommes colossales dans le domaine de l'armement. De nombreuses sociétés ont bénéficié de cette manne avec pour objectif affiché l'élaboration de systèmes de combat automatisés.

— Les drones, précisa Eytan.

— Absolument. Avions de reconnaissance sans pilote, bombardiers sans pilote, enfin un peu de tout sans pilote, quoi. L'émergence de la guerre connectée et télécommandée.

— Comment en sais-tu autant sur le sujet militaire, toi ? s'étonna Jacky.

— Les traders ne passent pas leur temps à flamber, mon amour, ils lisent aussi. Principalement les journaux économiques. Figurez-vous que les dépenses militaires mondiales ont augmenté dans des proportions folles au début du siècle, alors qu'elles n'avaient cessé de baisser à la suite de la guerre froide. Forcément, il y avait du beurre à faire, donc, forcément, nous étions tous sur le coup.

— Charmant, bougonna Jacky avec un dégoût ostensible.

— Pragmatique, ma chérie. Notre George W. Bush national a investi plus de mille milliards de dollars dans sa lutte contre le terrorisme. Alors, les trois cent cinquante millions attribués à H-Plus Dynamics ne représentent finalement pas grand-chose au milieu d'une telle masse de pognon. Mais le plus surprenant, ce sont les perspectives de croissance de la société. D'ici à vingt ans, ils estiment le marché des prothèses à deux millions de pièces annuelles avec un prix moyen envisagé de quatre-vingt mille dollars l'unité. Soit un total de…

— Cent soixante milliards de chiffres d'affaires, annonça Eytan.

— Bravo, non seulement tu cognes dur, mais tu calcules vite. Voilà ce qu'on appelle une entreprise à fort potentiel de développement. Et attention, ces chiffres concernent le seul territoire américain ! Histoire de faire face aux investissements, notamment pour assurer la production, H-Plus Dynamics prévoit une entrée en Bourse aux alentours de 2025.

— À qui vont-ils les vendre, leurs prothèses ? Pas à l'armée : aucun conflit ne laisse deux millions d'amputés, commenta Jacky.

— Pas de conflit actuel… tempéra Eytan.

— Tu penses qu'ils comptent sur une nouvelle guerre à l'échelle mondiale ?

— Pourquoi pas ? Ils l'ont déjà fait, Jacky. Le Consortium a contribué à la prise du pouvoir par Hitler. Pour eux, la Seconde Guerre mondiale n'a été qu'un moyen pour provoquer une avancée technologique sans précédent, qu'importe le prix payé par les populations...

— Donc, selon toi, ils sont prêts à recommencer ?

— Tout porte à le croire...

— Pas si sûr, intervint Jeremy. Vos hypothèses tiennent la route, sauf que, dans ce document, ils spécifient que la part militaire se limitera à 5 % de leur chiffre d'affaires. Les 95 % restants proviennent du marché civil.

— Ils espèrent vendre près de deux millions de prothèses par an à des civils ? Il y a tant d'amputations que cela dans ce pays ? s'exclama Jacky, éberluée.

— Je ne sais pas, mais ce qui est certain, c'est qu'ils tablent là-dessus très sérieusement. Avi pourrait sans doute nous renseigner. En tant que médecin, il doit avoir accès à ce type d'informations.

— Dès que tu as le nez dans les chiffres, tu deviens impressionnant, Jay, le félicita Eytan. Le Consortium nous prépare encore un coup tordu. Reste à découvrir lequel. Je vais appeler Avi pour voir s'il peut effectivement nous éclairer ou réfléchir sur le sujet le temps de nous rejoindre.

Jacky se campa devant lui, les poings sur les hanches.

— Je sais que je ne suis qu'une faible femme dans un monde de machos, mais tu pourrais quand même écouter ce que j'ai à dire avant de l'appeler.

— Désolé, je ne voulais pas t'ignorer, s'excusa le géant.

— Je te taquinais. Regarde ça, dit-elle en posant une trentaine de feuilles volantes sur le toit de la voiture, je suis curieuse de savoir ce que tu en penseras.

Intrigué, Eytan s'exécuta et tourna les pages une à une. Toutes étaient construites sur le même modèle. Une photo d'un homme en uniforme suivie d'une liste d'états de service, d'un inventaire de compétences et, plus inhabituel, d'une série d'informations biologiques telles que le groupe sanguin, le rythme cardiaque à l'arrêt puis à l'effort. Certaines de ces fiches anthropométriques portaient un tampon « Rejeté » alors que d'autres étaient marquées « Apte ». Eytan isola trois profils. Les deux premiers correspondaient aux types affrontés à Manhattan. Le dernier appartenait au sergent Tim Terry, le sniper qui avait abattu Titus Bramble.

— Notre unité spéciale… Si Attali voulait une preuve, il l'a. Et irréfutable, qui plus est.

— Oui, difficile de faire mieux. À moins qu'un détail anodin ne vienne en remettre une couche.

Elle désigna du doigt le coin supérieur d'une des feuilles.

— Là, vous voyez ? demanda-t-elle à Eytan et Jeremy, tous deux penchés sur le papier.

— On dirait les renseignements d'expédition d'un fax, mais c'est imprimé en caractères minuscules, remarqua ce dernier. Il faut une sacrée bonne vue pour les lire, conclut-il en plissant les yeux.

— C'est mon cas, murmura Eytan.

Il vérifia tous les documents puis reposa la liasse, laissant échapper un rire plein d'amertume.

— Nous n'en sortirons jamais, dit-il en faisant glisser une paume sur son crâne.

— Que se passe-t-il ? insista Jeremy.

— Il vient de voir la date de transmission des fiches, constata Jacky. Tout comme je l'ai fait.

— Je n'arrive pas à lire, expliquez-moi.

— H-Plus Dynamics a reçu les fiches de ces soldats en 2002, annonça le *kidon*. D'après Attali, ceux-ci ont tous disparu dans des escarmouches entre 2003 et 2005, soit entre un et trois ans plus tard. Ces hommes ont été sélectionnés et soumis à l'approbation d'une société chargée de développer des prothèses pour l'armée, et le hasard aurait voulu qu'ils se volatilisent dans des accrochages sur le terrain. Un peu facétieux, le destin, tu ne crois pas ?

— Tu ne penses tout de même pas…

— Oh si, Jeremy, et très sérieusement. Je ne vois pas des Marines d'élite se porter volontaires pour une amputation. Quelqu'un s'est assuré qu'ils perdent leurs membres.

Jacky frissonna et resserra contre sa poitrine les pans de son blouson.

— Ça fait peur, murmura-t-elle. Un jour, il faudra que tu m'expliques comment tu gardes espoir en l'âme humaine.

— C'est un combat quotidien…

CHAPITRE 37

Pologne, printemps 1943.

Les trois compagnons progressaient côte à côte en bordure de forêt.

Fusil à l'épaule, ils marchaient depuis plus d'une heure et demie et se rapprochaient de la ferme des Jablonski. L'Ours paraissait plus décontracté qu'à l'accoutumée, et la gueule de bois du matin semblait n'être plus qu'un mauvais souvenir. Le Sibérien lui-même n'affichait pas l'air bourru qui ne le quittait pas d'ordinaire. Réchauffé par le soleil printanier, Eytan entrevoyait un nouvel avenir. L'arrivée des Anglais, inenvisageable quelques mois plus tôt, donnait du cœur au ventre aux résistants.

— Tu connais bien les paysans chez qui nous nous rendons ? demanda Eytan à Janusz.

— Cecylia et Bohdan ? Oui, je les connais bien. J'ai grandi dans ce coin. Gamins, leur fils Josef et moi étions comme deux frères. Nous nous sommes perdus de vue lorsqu'il s'est enrôlé dans l'armée. De mon côté, je suis parti vivre et travailler à Varsovie. Quand je suis revenu ici après avoir rejoint l'Armée de l'Intérieur, les Jablonski m'ont spontanément offert leur aide.

— Qu'est-il advenu de leur fils ?

— Ils sont sans nouvelles, répondit Janusz en fronçant les sourcils. Ils espèrent toujours son retour…

Fataliste, Eytan hocha la tête. Il sursauta quand une voix d'outre-tombe s'éleva tout à coup.

— Il ne rentrera pas. Aucun ne rentrera, affirma Vassili avec un fort accent russe.

— Je sais, souffla Janusz par-dessus son épaule, mais Bohdan a besoin d'y croire.

L'Ours continua d'avancer, laissant Eytan songeur aux côtés du Sibérien. Aussi loin que l'adolescent fouillât dans sa mémoire, il ne se rappelait pas avoir entendu la voix du colosse et avait jusqu'ici choisi de respecter son silence. Même les séances d'entraînement au maniement du couteau et à l'assassinat furtif se déroulaient sans un mot. L'occasion se présentait enfin d'en savoir plus.

— Pourquoi tu ne parles jamais ? demanda Eytan au Sibérien.

— Je ne cause pas quand je n'ai rien à dire. Et comme personne au camp ne me pose de questions…

— Mais où as-tu appris le polonais ? Et ça signifie quoi « aucun ne rentrera » ?

— Aucun officier polonais ne rentrera, insista Vassili en enjambant le tronc d'un arbre déraciné. Pour la langue, je vis dans votre pays depuis quatre ans. J'ai appris au contact de la population, des traducteurs de l'Armée rouge. Par la suite, Karol a continué à m'apprendre.

Eytan n'aurait jamais imaginé que son instructeur puisse se montrer aussi prolixe. Le forestier semblait prendre goût à la conversation. L'adolescent décida de poursuivre plus avant son interrogatoire :

— Et comment se fait-il que tu sois ici depuis quatre ans ?

— Je suis arrivé en Pologne avec mon régiment en septembre 1939, deux semaines après l'invasion allemande. Staline et Hitler s'étaient partagé votre pays en deux. La partie occidentale à l'ouest de la Vistule pour les fascistes, la partie orientale pour nous, les communistes.

— Je ne savais pas. Mes parents ne m'en ont jamais parlé.

— Ce n'est pas le genre de choses qu'on raconte à un enfant, estima Janusz.

— Cette alliance me paraît un peu contre nature. Pourquoi as-tu quitté l'Armée rouge ?

— Explique-lui Kharkiv, soupira Janusz en s'adressant à Vassili.

— En 1940, j'ai été affecté à Kharkiv, en Ukraine, où ont été déportés de nombreux militaires polonais. Une fois là-bas, les officiers du NKVD, notre police politique, nous ont donné des gants et des tabliers de boucher en cuir sombre. Un cuir épais et rigide qui puait la charogne. Par groupes de trois, nous descendions au sous-sol où croupissaient vos compatriotes. Je me souviens encore du gargouillis de l'eau qui s'infiltrait dans les parois, du cliquetis de la serrure et des gémissements des gonds rouillés. Deux camarades entraient dans la cellule, saisissaient un Polonais et lui liaient les mains dans le dos. Ensuite, nous l'emmenions jusqu'à une cave éloignée. Pendant le trajet, tous les prisonniers se comportaient de la même manière. Ils marchaient la tête haute et le regard fier, prêts à affronter un interrogatoire « à la russe ». Ces hommes ne craignaient pas nos coups. C'étaient de vrais guerriers. Pas nous. Quand le type pénétrait dans la pièce, il comprenait dès l'instant où il voyait les traces de sang sur le sol et les sacs de sable qui protégeaient les murs. Certains se débattaient, d'autres fermaient les yeux et priaient. Moi, je les maintenais pendant qu'un agent du NKVD leur tirait une balle dans la nuque. À nous tous, nous en avons exécuté trois cents la première nuit. D'après ce que je sais, plusieurs milliers des vôtres ont subi le même traitement.

Eytan s'immobilisa.

— Tu es sérieux ? demanda-t-il en fixant intensément son interlocuteur.

Vassili se retourna vers le jeune homme et soutint son regard sans ciller.

— Toujours, répondit le Sibérien, impassible.

Il reprit sa marche, son élève sur les talons.

— Mais pourquoi faire cela ?

— Parmi les officiers tués se trouvaient des intellectuels, des artistes, des professeurs, des politiciens. Si tu veux asservir un pays, commence par décapiter ses élites, affirma Janusz.

— Mais… comment se fait-il qu'aujourd'hui Vassili soit là, avec nous ?

— Parce que, comme le dirait Karol, « les cahots sur la route comptent moins que la direction vers laquelle elle nous mène ».

— Je ne comprends pas.

— Écoute Vassili jusqu'au bout, et tu saisiras.

— Après quatre jours d'exécutions à la chaîne, reprit le Sibérien, j'ai été affecté à l'interrogatoire d'une jeune institutrice soupçonnée de travailler avec un réseau de résistants. Le commissaire politique lui posait sans arrêt les mêmes questions et elle répondait toujours la même chose : « Je n'ai rien fait. » Au bout d'un moment, il s'est levé et lui a tiré les cheveux si fort qu'il en a arraché une poignée. Il s'est mis à la frapper avec un bâton. Sur le corps d'abord, puis au visage, jusqu'à ce qu'elle tombe de sa chaise et roule à terre. Elle pleurait et gémissait tandis qu'il lui filait des coups de pied. Il m'a ordonné de faire comme lui.

— Dis-moi que tu n'as pas accepté…

— Si, j'ai accepté ! J'ai tout fait exactement comme lui. Seulement, pas comme il l'entendait. J'ai pris cet enfoiré par les cheveux et je l'ai traîné à l'écart de l'institutrice. Après, je l'ai tourné vers moi pour le regarder dans les yeux pendant que je lui brisais la nuque. J'ai embarqué la gamine, et nous avons fui la prison tous les deux. Voilà comment je suis devenu déserteur.

— Et comment as-tu rejoint Janusz ?

— L'institutrice travaillait vraiment pour un réseau de résistants ! Après une période d'isolement pour vérifier que je n'étais pas un espion, ils m'ont présenté à Janusz et aux autres. La suite de l'histoire, tu la connais. J'ai une dette envers ce pays, et les Sibériens payent toujours leurs dettes.

— Nous vivons une époque compliquée, Eytan. Les alliances fluctuent au fil du temps. Alliés aujourd'hui, ennemis demain. De multiples teintes de gris séparent le blanc du noir, il faudra t'y faire si tu veux survivre…

Eytan continuait d'avancer, écœuré par le récit du parcours de Vassili et perplexe devant ses révélations. Jusqu'ici, son échelle de valeurs se résumait au bien et au mal. Mais plus le temps passait, plus il en apprenait sur le monde et la nature des hommes, et plus les frontières devenaient floues. Pour simple qu'il parût, le manichéisme ne correspondait pas à la réalité. Tout juste justifiait-il les rêves de quelques fanatiques…

Après une demi-heure de marche supplémentaire, ils distinguèrent la petite maison des Jablonski à travers les branchages verdoyants et fleuris qui délimitaient la lisière du bois. Vassili se décala pour examiner le chemin de terre menant à la ferme. Obéissant à l'injonction de Janusz, Eytan grimpa à un arbre pour surveiller les environs, rôle habituellement dévolu à Pawel. De son poste en hauteur, il bénéficiait d'une vue dégagée sur les lieux. Coincée entre deux forêts, la propriété s'étendait sur une bande de terrain d'une centaine de mètres de long. Des poules s'ébattaient en caquetant dans un enclos qui jouxtait la maison. Une vingtaine de mètres plus loin se trouvait la grange dans laquelle Eytan s'était réfugié, des mois plus tôt. Une charrette à bras stationnait à côté de la double porte donnant sur l'intérieur. Hormis les piaillements des volailles, rien ne troublait la tranquillité de l'endroit.

Vassili revint moins de deux minutes plus tard, visiblement soucieux.

— Pas de marques au sol, annonça-t-il.

— Qu'est-ce qui t'inquiète, alors ? interrogea l'Ours qui connaissait par cœur les expressions de son ami.

— La terre est trop propre, trop bien ordonnée, et sur toute la largeur du chemin. Je pense que quelqu'un a balayé pour effacer des traces de pneus.

— Ah…

— Je ne détecte rien d'en haut, aucun mouvement nulle part, chuchota Eytan.

Les deux hommes, surpris par la proximité de sa voix, levèrent les yeux et virent l'adolescent chauve, tête en bas, les pieds coincés entre deux branches. Ce dernier s'amusa des regards étonnés de ses acolytes et, à la seule force des abdominaux, se redressa pour reprendre une position normale.

— Tu crois que des soldats sont venus et qu'ils ont tenté de masquer leur passage ?

— Oui.

— Ils sont toujours là ?

— Pourquoi dissimuler leurs traces sinon ?

— Je suis d'accord. Putain ! cracha Janusz.

— Ça sent mauvais. La prudence voudrait qu'on se tire, mais comme tu crèves d'envie de savoir si Cecylia et Bohdan sont sains et saufs…

— Tu me connais trop bien… Bon, j'y vais, vous me couvrez si ça tourne mal.

— En plein jour, c'est de la folie furieuse, décréta Eytan, à nouveau tête en bas. Le spécialiste des opérations furtives, c'est moi. En plus, je cours plus vite que toi. Soit nous attendons la nuit, soit tu me laisses intervenir à ta place.

— Hors de question ! Je refuse de t'envoyer au casse-pipe.

— Le gamin a raison, appuya Vassili. La nuit faciliterait une retraite éventuelle. Si tu tiens à en savoir plus dès maintenant, mieux vaut que les « frisés » tombent sur Eytan que sur toi. Tu es trop important, tu connais trop de choses sur la résistance.

— Tu crois vraiment que je parlerais s'ils me torturaient ? s'offusqua Janusz.

— Oui ! Tu ferais de ton mieux pour tenir le choc, mais j'en ai vu craquer de plus rudes que toi, affirma Vassili d'un ton péremptoire qui en disait long sur sa propre expérience. Eytan n'aura rien à leur révéler. Et moi, je suis russe, ils m'abattront sur place sans même me poser de questions.

De l'autre côté de la ferme, dissimulés à l'abri de la futaie, Karl-Heinz Dietz et sa dizaine d'hommes observaient, jumelles en main, le modeste domaine des Jablonski et ses environs. Tous portaient des tenues de camouflage vertes et avaient enfilé un poncho en toile imperméable recouvert d'un épais feuillage. Ils arboraient également un maquillage méticuleux composé de bandes noires, grises et vertes masquant leurs visages. Depuis deux jours, la meute bivouaquait à la dure sans relâcher un seul instant une surveillance que le *Jäger* pressentait fructueuse. Ses équipiers – Dietz les considérait plus ainsi que comme des subordonnés car ces hommes partageaient sa passion de la chasse – ne se plaignaient jamais et enduraient en silence les contraintes inhérentes à la traque. On ne pouvait, hélas, pas en dire autant du capitaine Reinke !

Karl-Heinz avait demandé que cinq membres de l'armée régulière prennent position dans la grange. Reinke avait donné son accord à la condition expresse de pouvoir se joindre aux SS. Depuis quarante-huit heures, il découvrait le quotidien d'un groupe pour le moins atypique. Malgré une bonne volonté évidente, il ne cachait pas son impatience, ce qui irritait Karl-Heinz au plus haut point. Quand les premiers signes de mouvement se présentèrent, le *Jäger* les accueillit avec soulagement tant le capitaine commençait à lui taper sur les nerfs !

— Regardez, indiqua-t-il d'une voix feutrée à Reinke en lui tendant ses jumelles. De l'autre côté de la ferme, à l'orée du bois.

— Je ne vois rien, objecta le capitaine, trop précipitamment au goût des hommes de Dietz qui adressèrent à leur chef des coups d'œil exaspérés. Ah si, des branches bougent en hauteur.

— Quelqu'un est caché dans l'arbre, précisa Karl-Heinz. Cet imbécile ne reste pas immobile et secoue les branchages. Vos résistants sont ici, et ils se demandent quoi faire.

— Vous voulez dire qu'ils savent que nous les attendons ?

— Je n'ai rien fait pour le dissimuler.

— Mais alors… Mes hommes sont en danger ! Il faut intervenir !

— À votre place, je n'y songerais pas.

La lame d'une dague vint se glisser sous la gorge du gradé. Ce dernier se tétanisa en sentant la froideur de l'acier sur sa peau.

— Pour attraper du gros gibier, il faut de beaux appâts, expliqua calmement Karl-Heinz. Vous me comprenez ?

Reinke acquiesça d'un hochement de tête. La lame réintégra son étui, dans la botte du colonel SS.

— Comment comptez-vous procéder ? demanda le capitaine après avoir dégluti bruyamment.

— Pour l'instant, nous jouons selon leurs règles. Nous attendons. Et au moment que je jugerai opportun, nous frapperons…

CHAPITRE 38

Fort Wayne, de nos jours.

La modernité de la chambre démentait la décrépitude de la façade du motel. Les résidents bénéficiaient d'un coin salon, d'un lit double confortable et de sanitaires à la propreté irréprochable.

Profitant d'une revigorante douche chaude qui relaxait ses muscles et clarifiait ses idées, Eytan souriait en repensant à la dernière facétie de son couple d'amis.

Jacky et Jeremy s'étaient enregistrés sous les noms de Victoria et David Beckham, sans provoquer la moindre réaction de la part du réceptionniste. Le *kidon* avait eu toutes les peines du monde à ne pas éclater de rire.

Encore amusé, Eytan quitta la salle de bains, une serviette nouée autour de la taille. Il s'étira pour éprouver ses côtes libérées des bandages posés par Avi puis enfila un boxer noir et son pantalon de treillis. Il s'assit sur le lit face au téléviseur déjà allumé sur une chaîne d'information continue.

Des présentateurs apprêtés commentaient, indifférents, un flot d'images anxiogènes. Comme toujours, le spectaculaire le disputait au fond et l'immédiateté à l'analyse.

En voix off, le journaliste dépeignait les effets de la cure d'austérité infligée au peuple grec pendant que défilaient à l'écran des devantures fermées et des files d'attente à la soupe populaire.

L'appauvrissement et l'humiliation d'une nation rendue responsable des maux de l'Union européenne, la perte de souveraineté d'un État sous perfusion financière après des années d'incurie dans sa gestion. Autant de symptômes au goût dérangeant de déjà-vu, terreau de tous les nationalismes et des pires dérives.

Comme pour mieux faire écho aux doutes qui taraudaient le rescapé des camps de la mort, le sujet s'orienta sur les conséquences politiques de la crise avec la présentation d'un parti d'extrême droite dénommé l'Aube Dorée. Un groupuscule passé, le temps d'une tempête économique et sociale, de 0,25 % à 6,5 % des voix. Il était dorénavant doté de six représentants au Parlement et était crédité de 10 à 14 % des intentions de vote en cas de scrutin anticipé.

À l'écran, trois malabars effectuaient un salut fasciste devant un drapeau rouge frappé d'un symbole rappelant furieusement le svastika. Et le fond de leur programme n'avait rien à envier au décorum : pose de mines le long de la frontière avec la Turquie pour stopper le flux des immigrés clandestins, expulsion de ceux déjà installés dans le pays…

Eytan sentit une profonde tristesse balayer sa gaieté.

Un monde sans mémoire… se lamenta-t-il en éteignant le téléviseur.

La réception d'un texto l'arracha à ses réflexions défaitistes.

« Sommes arrivés. Vous attendons à l'extérieur. »

Sans perdre une seconde, Eytan enfila son tee-shirt, sa veste et sortit de la chambre qui donnait directement sur le parking. Avi et Eli attendaient sagement à l'extérieur de leur Ford.

Avisant le géant, le médecin lui adressa un signe de la main auquel il ne répondit pas. À la place, il frappa à la porte voisine et s'écria « Ils sont là » avant de se diriger vers ses deux amis.

Quelques secondes plus tard, Jacky et Jeremy les rejoignirent pour de sobres retrouvailles.

Eli attira Eytan vers la voiture pour lui montrer le cadeau de Franck et lui remettre les doses de sérum. Il sortit également une tablette tactile contenant les informations relatives au logiciel découvert dans le microprocesseur de la prothèse analysée par les élèves de son demi-frère.

Du coin de l'œil, Jacky observait les deux hommes. Ils ressemblaient à des comploteurs préparant un mauvais coup. Et à en juger par leurs sourires, le coup devait être très mauvais. Aux côtés de la jeune femme, Avi faisait subir un véritable interrogatoire à Jeremy, voulant tout savoir de l'incident du coffre.

— À ta place, je ne ferais pas trop le malin, le mit en garde le libraire. Tu es le prochain sur la liste si tu sors des clous.

— Merci pour le tuyau. Rassure-toi, j'ai eu droit à ma petite raclée aussi, indiqua Avi. Le demi-frère d'Eli m'a remis les idées en place. J'en ai encore les joues rouges.

Souhaitant en apprendre plus, Jacky le harcela pour qu'il leur raconte la rencontre avec le redouté Franck Meyer, ce qu'il fit à grand renfort d'emphase et d'humour, pour le plus grand plaisir de son auditoire. Il ne s'interrompit que lorsque Eli et Eytan revinrent auprès d'eux.

— Docteur Lafner, nous avons besoin de tes lumières, annonça le *kidon*.

Il passa en revue les informations glanées au siège d'H-Plus Dynamics puis évoqua les réflexions et les interrogations qui en avaient découlé. Le médecin absorba les données avec intérêt. À la fin de l'exposé, il ferma les yeux pendant presque une minute entière avant de les rouvrir, exalté.

— J'ai une idée. Il me faut une connexion Internet pour valider ma théorie, réclama-t-il.

— Le motel propose un ordinateur en libre accès aux résidents, tu le trouveras dans le hall. L'utilisation du web est réservée aux clients. Tiens, prends la carte de notre chambre, dit Jeremy.

— Je ne suis pas celui que tu crois, protesta Avi en se dirigeant vers l'entrée du petit hôtel.

— De quoi tu parles ? demanda Jeremy.

— Les plans à trois ne me branchent pas ! brailla-t-il à gorge déployée en disparaissant dans le bâtiment.

Jacky éclata de rire devant l'air dépité de son mari qui répétait en son for intérieur : *Il est vraiment con, ce mec...*

Avi s'installa à l'ordinateur pour effectuer des recherches sur Internet. Les résultats apparurent à l'écran en quelques millièmes de seconde. Le premier lien affiché confirma l'intuition du médecin, et les suivants ne firent que renforcer sa certitude. Il vida l'historique du navigateur, puis retrouva ses quatre compagnons devant leurs véhicules.

— Rassurez-vous les amis, le Consortium ne mise pas sur une guerre, il n'en a pas besoin.

— Au moins un point positif, commenta Jeremy, mais ne nous laisse pas mijoter, crache le morceau. Sur quoi comptent-ils ?

— Le diabète.

— Le diabète ?

— Eh oui… Vous allez comprendre, les chiffres parlent d'eux-mêmes. Aujourd'hui, 346 millions de personnes en souffrent à travers le monde. À un tel niveau, le terme « pandémie » semble approprié, et celle-ci évolue à une vitesse galopante, suivant l'augmentation du taux d'obésité et grâce à un mode de vie de plus en plus sédentaire. Rien qu'aux États-Unis, entre 1995 et 2007, le nombre de malades a presque doublé pour atteindre les 25 millions. Ils seront 44 millions d'ici 2035. Imaginez ce que cela donnera à l'échelle mondiale.

— Cette saloperie entraîne des amputations, souligna Jacky. Un de mes oncles a perdu des orteils à cause de ça.

— Les membres inférieurs, principalement le pied, sont sujets à des pathologies nécessitant…

Avi conclut en mimant les mouvements d'une scie.

— Quand on y réfléchit, leur logique est assez géniale, reprit Jeremy. Nous savions que le Consortium s'impliquait dans le domaine pharmaceutique. Ils maîtrisent donc l'état des recherches sur les médicaments traitant le diabète et pourraient tout à fait en bloquer les avancées. En parallèle, ils investissent sur les prothèses pour répondre à une forte demande à venir. En gros, ils préparent leur marché.

— Et au passage, ils font financer l'opération par l'armée, toujours à l'affût de nouvelles technologies de combat, et le tour est joué. C'est brillant, en effet, abonda Avi.

— Dans la foulée, ils sautent sur la première occasion pour révéler aux militaires l'existence d'Eytan et de ses… spécificités, afin de lui mettre la main dessus, ou à défaut de se venger des coups qu'il leur a portés. Je ne connais pas ce Cypher, mais le monsieur mène sacrément bien sa barque, ajouta Jacky.

— D'autant plus que je ne vois rien d'illégal dans leur démarche économique. Elle est moralement discutable, nuança Eli devant la levée de boucliers qui s'annonçait, mais certainement pas illégale.

Impassible, Eytan écoutait ses équipiers débattre des conclusions d'Avi. Les pièces du puzzle s'assemblaient avec une logique implacable. Depuis l'affaire Bleiberg et la découverte du Consortium, les destins du *kidon* et de la société secrète s'enchevêtraient dans un subtil mélange de convoitise et de fascination, avec en point d'orgue le désir commun de détruire l'autre. Jacky ne croyait pas si bien dire : Cypher était un adversaire intelligent, manipulateur, redoutable. Mieux, il était l'Adversaire. Celui que tous les guerriers rencontrent inévitablement, tôt ou tard.

Du professeur Bleiberg à Karl-Heinz Dietz, de Cypher au général Bennington, Eytan se sentait prisonnier d'une machine infernale, qui le ramenait inexorablement à sa condition de cobaye. Hier, Eytan Morgenstern était le jouet des ambitions d'une bande de fanatiques. Aujourd'hui, Eytan Morg se débattait contre des criminels en col blanc, dotés par les dérives du monde des moyens d'assouvir leur soif de pouvoir et de domination.

Tandis que ses quatre compagnons s'ébahissaient encore du cynisme dont faisait preuve le Consortium, une question naquit dans son esprit. Son ennemi pensait toujours avec un coup d'avance et un sang-froid étonnant. Et s'il y avait autre chose, derrière sa vendetta contre le *kidon* et ses proches ? Un plan au cœur du plan…

— Vos analyses sonnent juste, dit-il, interrompant la conversation. En plaçant Bennington et son commando sur ma route, Cypher savait qu'un affrontement serait inévitable. Il savait aussi que, pour protéger Jacky et Jeremy, je devrais éliminer Bennington. Si j'échoue, si je tombe entre leurs mains, nous connaissons les bénéfices qu'ils peuvent en tirer. Les recherches menées sur moi permettraient d'améliorer les performances des futurs soldats. Mais si je réussis, le Consortium est-il vraiment perdant ou y trouve-t-il un avantage ? Pourquoi mettre en danger une opération légale en créant les conditions d'un conflit ?

— Je comprends tes doutes. Mais dans tous les cas, nous n'avons plus guère le choix si nous voulons sortir nos amis de ce guêpier, fit Eli.

— Je déteste ne pas avoir le choix…

— N'y vois aucun égoïsme mal placé, mais Jacky et moi aimerions retrouver notre vie paisible, risqua Jeremy. Le Consortium, les Marines, la Maison-Blanche, tout ça est un peu énorme pour nous. Si ce Cypher a des visées cachées, est-ce si grave ?

— Jeremy a raison, appuya Jacky. Quoi qu'il ait en tête, cela nous dépasse. Finissons-en avec Bennington. Nous aviserons plus tard si d'autres problèmes apparaissent. Eytan, ma fille me manque.

— Tout serait déjà réglé si j'avais négocié votre sécurité en échange de ma reddition, murmura-t-il.

— Tu serais vraiment prêt à le faire ? s'enquit Jeremy sur un ton de givre.

Le silence et le regard déterminé d'Eytan valurent toutes les réponses.

Avi s'apprêtait à intervenir, mais Eli l'en dissuada d'un signe de la main.

— Tu le ferais pour nous, reprit Jeremy d'une voix désabusée. Tu sais quoi, le *kidon* ? Tu m'emmerdes !

— Pardon ? s'exclama le géant, peu habitué à se faire rabrouer de la sorte.

— T'es trop con ! s'énerva le jeune homme. Personne ici ne te demande de faire un truc pareil. Et tu peux me menacer de me refoutre dans ce coffre à la con, ça ne m'empêchera pas de la ramener.

— Attends…

— Dis-moi, continua Jeremy en pointant un index accusateur vers Eytan qui l'observait, incrédule, elles sont confortables tes œillères ?

— Pardon ?

— Ah ça, il y a du muscle, mais le crâne est vide !

Dans l'assistance ahurie, seul Eli souriait. Les bras croisés, il buvait les paroles du jeune homme.

— Tu vas trop loin, je…

— Oh, mais tu n'as encore rien vu ! Accepte tes sentiments, Ducon, et accepte ceux des autres ! Nous en prenons plein la gueule parce que tu nous tiens à l'écart. Et pourquoi ? Parce que Monsieur a les jetons de s'attacher.

— Oh non, Jay, épargne-moi ce sermon… Écoute, j'ai juste émis…

— Qu'est-ce que tu as émis à part une énorme connerie ? cria Jeremy.

— Une hypothèse, rectifia Eytan, toujours d'un calme absolu.

— Tu parles d'une hypothèse à la con !

— Nous n'allons pas attaquer à nous cinq une base remplie de Marines entraînés et équipés. La seule façon d'accéder à Bennington, c'est de me livrer. Enfin… de prétendre me livrer. Tu y as cru, ils le croiront.

— Ah ? lâcha Jeremy, surpris et penaud à la fois. C'est… ton plan ?

— Je vous aime bien, mais pas au point de servir à nouveau de cobaye. J'espère que tu ne m'en tiendras pas rigueur.

— Heu… non… bien sûr…

— Venez, les autres, je vais vous exposer mon idée. Par contre, mon pote, ajouta-t-il en se penchant vers le libraire, un de ces quatre, nous aurons une explication à propos du « crâne vide » et du « ducon ». Rien que toi et moi…

Un quart d'heure durant, Eytan détailla sa stratégie pour la prochaine confrontation à une audience appliquée, sérieuse et déterminée.

— Notre réussite repose intégralement sur la coordination. Nous synchroniserons nos montres juste avant de passer à l'action. Chacun a bien compris ce qu'il devra faire ?

Tous hochèrent la tête.

— Alors, en voiture. Bennington et ses hommes ne verront pas l'aube à venir…

CHAPITRE 39

Pologne, printemps 1943.

Pour la première fois depuis les mois qui avaient suivi le bombardement ayant causé la mort de sa femme et de ses enfants, Janusz se retrouvait en plein désarroi. Le dilemme qui s'offrait à lui le tétanisait. La tentation d'aller voir ce qu'il était advenu de Cecylia et Bohdan le disputait aux règles élémentaires de la prudence et à la nécessité de protéger le groupe.

Vassili avait raison. Janusz ne pouvait courir le risque d'être capturé par ses ennemis. S'il cédait aux tortures de ses geôliers, il mettrait en danger tout un pan de l'Armée de l'Intérieur. En outre, son arrestation démoraliserait ses troupes et la population. Au fur et à mesure que son influence et sa réputation s'étaient accrues, l'Ours avait compris que, pour lui, il n'y aurait que la victoire ou la mort. Voilà pourquoi il ne quittait jamais le campement sans une grenade dans la poche…

L'honneur guidait ses pas, mais il réalisait, amer, que seule la trahison naîtrait de sa décision. Trahison envers les Jablonski s'il les abandonnait sans rien tenter, envers Eytan s'il l'envoyait dans un piège. Et pourtant, si quelqu'un était qualifié pour faire face à un guet-apens, c'était bien l'adolescent au crâne rasé. Depuis son arrivée, Janusz n'avait cessé de l'observer durant ses entraînements. Le gamin excellait dans tous les domaines et encaissait des charges de travail déjà à la limite du supportable pour une force de la nature. À des capacités physiques hors du commun s'ajoutait un don pour le combat sous toutes ses formes. En tout point, il surpassait ses instructeurs. Néanmoins, l'Ours en était convaincu, Eytan dissimulait l'étendue de sa supériorité. Qu'il le fasse sciemment ou non importait peu, les faits parlaient d'eux-mêmes.

Ces constats, autant que les tatouages lourds de sens sur les avant-bras du gamin, ou le mystérieux carnet rempli de formules chimiques découvert sur lui lors de sa « capture » laissaient penser à Janusz qu'Eytan était le seul membre de son groupe qui ne devait jamais tomber aux mains des Allemands.

— Nous partons, décida-t-il, la mort dans l'âme.

— Mouvement dans la grange ! prévint Eytan.

— Tu en es certain ?

— Oui. Je distingue des hommes en uniforme à travers les lattes en bois. Au moins trois.

— Peux-tu les abattre ?

— Négatif. Je risque plus de les alerter que de les toucher.

Vassili fit signe à Eytan de descendre de son arbre et s'approcha de Janusz qui lissait sa barbe en réfléchissant.

— Nous pourrions refermer le piège sur eux, suggéra le Sibérien.

— Je sais ce que tu vas proposer, déclara l'Ours sur un ton de reproche.

— Alors, tu sais que c'est jouable, poursuivit Vassili. Eytan et moi grimpons sur le toit. Nous entrons par l'ouverture utilisée pour monter les bottes de foin. Une fois sur les poutres, nous leur tombons dessus. Le temps qu'ils comprennent, ils seront morts. Toi, tu surveilles l'extérieur et tu nous couvres. On rentre, on sort, en une minute tout est réglé.

— C'est courir beaucoup de risques pour combien de soldats éliminés au final : trois ? Cinq ? Dix ? Si Bohdan et Cecylia sont retenus dans la grange, ils se feront tuer.

— Et d'après toi, que leur arrivera-t-il si nous ne faisons rien ? intervint Eytan. Laisse-nous tenter le coup. Je suis sûr que tu en crèves d'envie.

— Merci de partager ton opinion, petit, mais tu apprendras qu'un vrai chef ne prend pas les décisions qui lui font plaisir, mais celles qui doivent être prises.

Sèchement rabroué, Eytan ne se vexa pas, mais refusa de baisser pavillon. Il chercha des yeux le soutien de Vassili.

— L'Ours a raison, admit ce dernier devant l'adolescent dépité. Un chef qui agit dans son seul intérêt n'est pas un chef. Seulement, ces gens sont nos amis et de précieux alliés. Nous n'avons pas le choix : nous allons désobéir à tes consignes ! conclut-il.

— Je t'interdis… tenta Janusz tandis que les deux mutins échangeaient un regard complice et franchissaient déjà la lisière de la forêt.

— Tu ne m'interdis rien du tout. Si tu désapprouves, tu peux toujours me flinguer dans le dos !

Désarçonné par la rébellion de Vassili, Janusz abandonna toute velléité de protestation et arma son fusil. Il lui incombait désormais de couvrir ces têtes de lard. Tout en gardant un œil sur les deux silhouettes qui filaient vers la grange, il balaya des yeux le périmètre, un léger sourire au coin des lèvres. Même s'il lui en coûtait de l'admettre, l'initiative de Vassili et d'Eytan lui enlevait un sacré poids des épaules…

Le duo traversa à toute vitesse la distance le séparant de la grange. Plus rapide, Eytan ouvrit le chemin. Tout en souplesse, il prit appui sur le tas de bois entreposé contre la paroi du bâtiment et s'élança en direction du toit, dont il saisit l'extrémité des deux mains. Il se hissa à la force des bras et reposa silencieusement ses pieds sur la toiture. Ramassé sur lui-même, il avança à pas de velours vers l'ouverture évoquée par Vassili et observa l'intérieur de la grange en attendant son équipier. Celui-ci le rejoignit une vingtaine de secondes plus tard et l'interrogea du regard. Eytan ferma son poing gauche et le déplia pour révéler cinq doigts, autant que les soldats détectés. De l'index droit, il désigna un à un trois hommes assis en triangle et conclut en pointant Vassili qui approuva sans dire un mot. Ce dernier montra à son tour deux autres cibles accoudées à des poteaux et les attribua à Eytan en utilisant le même code gestuel. Le Sibérien cala sa mitraillette dans son dos et dégaina son couteau de chasse, imité par son apprenti.

Leur lame entre les dents, les deux ombres se glissèrent dans la grange et s'allongèrent sur la poutre maîtresse. Ils rampèrent lentement, tels deux serpents à l'affût.

Eytan traversa presque toute la longueur de la charpente. Une fois à l'aplomb de ses futures victimes, il s'arrêta, se remit sur ses pieds et demeura accroupi. Un coup d'œil au Sibérien, également en position, donna le signal de l'assaut.

Avec une synchronisation parfaite, les deux résistants se laissèrent tomber à la verticale, jambes tendues. L'homme qui reçut le quintal de Vassili sur les épaules émit un bruit de baudruche qui se vide soudainement de son air. Celui sur lequel atterrit Eytan n'eut pas le loisir d'émettre le moindre son. Soucieux de ne pas reproduire ses erreurs passées, l'adolescent avait calculé sa trajectoire pour briser net la nuque de son adversaire. L'effet de surprise joua à plein. Pris de court par la soudaineté de l'attaque, mieux préparés pour les batailles rangées que pour de sauvages corps à corps, les soldats allemands n'eurent pas le temps de réagir. Eytan poignarda sa deuxième cible en plein cœur d'un geste puissant et sec. Sa tâche accomplie, il pivota vers Vassili au moment où celui-ci égorgeait le dernier soldat, qui s'écroula sur le sol et s'étouffa dans son propre sang.

En quinze secondes, cinq hommes venaient de rendre l'âme sans l'ombre d'un cri.

— C'est bien, petit, le félicita Vassili. N'oublie jamais ceci : frapper vite, sans un regard, voilà les fondamentaux de notre profession.

— Je crois l'avoir compris.

— Dis-moi, quand tu as massacré les types qui s'enfuyaient pendant l'attaque du convoi d'armes, y as-tu pris plaisir ? demanda le Sibérien en essuyant sa lame sur la veste d'un cadavre.

— Non. J'espérais en éprouver, mais ce ne fut pas le cas, répondit Eytan.

— C'est une bonne chose. Tuer un ennemi armé et hostile, c'est la guerre. En tirer du plaisir, c'est pervers. J'ai en mémoire le visage de tous ceux qui sont morts de ma main. Un poids lourd à porter. Alors, assure-toi de ne pas prendre des vies avec légèreté. Cela non plus, tu ne dois pas l'oublier.

— Aucun risque, promit Eytan avant de désigner du doigt la trappe ouverte de la cache des Jablonski. Voilà pourquoi les Allemands nous ont tendu un piège ici. Regarde, ils ont trouvé la réserve secrète.

Eytan s'approcha de l'échelle menant à la cave, se pencha en avant et pointa sa mitraillette.

— Quoi ? demanda le Sibérien en le voyant blêmir.

— Pas d'ennemis embusqués, annonça l'adolescent d'une voix blanche.

Vassili se posta à ses côtés. Deux mètres plus bas, les corps sans vie de Bohdan et Cecylia gisaient sur le flanc au milieu d'une bouillie infâme, mélange de terre battue et de sang séché. Si le vieux paysan était reconnaissable, le visage de son épouse n'était plus qu'une masse informe de chairs tuméfiées.

— Putain ! souffla le Sibérien avant de cracher en direction du cadavre de soldat le plus proche. Bienheureux les morts…

— … car pour eux, cette guerre est finie, conclut Eytan

— Barrons-nous, ordonna Vassili.

Karl-Heinz avait affiné sa stratégie. L'arrivée des résistants l'avait poussé à déployer ses hommes sur toute la longueur de la lisière afin d'élargir leur champ de vision et de surveiller le plus de terrain possible. Quatre tireurs situés au centre et à droite couvraient la maison. Quatre autres, placés sur la gauche, bénéficiaient d'une vue privilégiée sur la cour de la ferme et la partie de la grange par laquelle les deux terroristes étaient entrés.

Au comble de l'inquiétude et de la colère, Reinke trépignait et malaxait sa casquette avec fébrilité.

— Arrêtez de vous agiter. Il est inutile de vous ronger les sangs pour vos soldats, ils sont déjà morts, affirma-t-il sans décoller les yeux des jumelles à travers lesquelles il observait la grange.

— Et vous en êtes responsable ! s'insurgea le gradé.

— Avec de telles facultés de déduction, vous finirez ministre du Reich, s'amusa Dietz, déclenchant une vague de sourires moqueurs chez ses coreligionnaires.

— Je vous jure…

— … que je ne préviens jamais deux fois, soupira Dietz en se retournant soudainement vers Reinke.

La dague du SS pénétra dans le sternum du capitaine de la garnison, qui posa un regard incrédule sur son meurtrier avant de tomber à genoux, un filet de sang au bord des lèvres. Il lâcha son couvre-chef, qui roula sur le tapis de feuilles.

Karl-Heinz reprit son observation sans prêter plus d'attention au militaire agonisant.

— Et dire qu'avec un peu de patience, regretta-t-il, vous auriez assisté à la capture de votre groupe de terroristes…

Il s'interrompit lorsqu'une estafette déboula ventre à terre.

— Ils s'apprêtent à ressortir par le toit, l'informa le soldat, trois hommes ont un bon angle de tir.

— Autorisation de faire feu. Blessez-les, mais ne les tuez pas jusqu'à ce que j'en décide autrement.

— À vos ordres, colonel.

Le messager repartit comme il était venu. Dietz coinça deux doigts entre ses lèvres et émit un sifflement sourd à l'intention des soldats à sa droite. Dès qu'ils se tournèrent vers lui, il leur fit signe de se diriger vers la gauche pour rejoindre le reste de la troupe. Les quatre SS le dépassèrent en silence et se rendirent à la position indiquée. Pendant ce temps, Karl-Heinz se pencha sur le cadavre de Reinke, en retira sa dague, qu'il rangea dans sa botte sans même l'essuyer, puis emboîta le pas de ses hommes.

Quand il arriva au niveau des tireurs, les premières balles fusaient déjà…

Protégé par un tronc, Janusz guettait tour à tour la grange, la maison et le bois opposé. Le calme qui régnait sur la petite exploitation ne présageait rien de bon. Aussi accueillit-il avec soulagement l'apparition d'Eytan sur le toit du bâtiment, suivi de peu par Vassili. Les deux hommes sautèrent ensemble au sol et commencèrent à courir en direction de l'Ours.

Ce dernier tressaillit quand le premier coup de feu claqua. Se reprenant immédiatement, il enchaîna les tirs et arrosa les arbres situés de l'autre côté de la ferme. Incapable de situer avec précision ses adversaires, il maintenait un feu nourri dans le seul but de couvrir ses amis dangereusement exposés. Lancé à pleine allure, Eytan s'écroula vers l'avant. Du sang jaillit de sa hanche et de sa cuisse. Dans sa chute, sa tête heurta violemment le sol. Vassili le saisit par le col de sa veste et le traîna aussi vite que possible. Une balle frappa à l'épaule le Sibérien qui pivota sous l'impact. Avec un grognement bestial, il raffermit sa prise sur Eytan et recommença à le traîner.

Abandonnant son fusil à verrou au profit de sa mitraillette allemande, l'Ours surgit de la végétation et lâcha une rafale en hurlant une bordée d'injures.

En apparence désespérée, l'initiative offrit un répit à Vassili et à son fardeau inerte. Ils croisèrent leur chef, le laissèrent en retrait et regagnèrent l'abri de la forêt.

Les détonations reprirent.

Le Sibérien déposa l'adolescent évanoui.

— Je vais le porter ! hurla-t-il à Janusz sans obtenir de réponse.

Il se retourna vers la ferme. L'Ours ne s'était pas replié avec eux, et se tenait à genoux en appui sur un bras. Vassili se précipita vers lui au mépris du danger. Alors qu'il l'aidait à se relever, des dizaines, des centaines de coups de feu retentirent. Les balles fendaient l'air dans un sifflement strident puis, avec un bruit mat, s'enfonçaient dans le sol projetant des mottes de terre alentour. Au milieu du tumulte de la fusillade, le transfuge de l'Armée rouge capta un cri guttural.

— Nous vous couvrons ! Ramène-le !

Vassili passa un bras autour du torse de Janusz et l'entraîna vers la forêt. Face à eux, Karol, Piotr et Pawel, côte à côte, vidaient les chargeurs avec frénésie. Marek et le colonel Wladowski participaient eux aussi à l'opération de sauvetage. Un peu plus loin, le puissant Stefan Starlin calait Eytan toujours inconscient sur ses épaules.

— Retraite ! tonna Karol en reculant.

Vassili et Janusz s'enfoncèrent dans les bois, encadrés par Wladowski, Marek et Starlin. La pétarade perdait en intensité faute de combattants. Seuls Pawel et Piotr, désormais en retrait du groupe, maintenaient un tir de barrage.

— Ne restez pas là, repliez-vous ! hurla le professeur à leur intention.

La consigne arriva trop tard.

Le boxeur tomba à la renverse comme un domino balayé d'une pichenette, le crâne transpercé. Pawel accompagna du regard la chute de son ami et cessa machinalement de tirer. Il se pencha en avant pour attraper la jambe de Piotr, mais n'alla pas au bout de son geste. Une balle venait de le frapper en pleine poitrine.

Karol, le cœur au bord des lèvres, contempla les corps sans vie de ses compagnons. Écrasé par le désarroi, le souffle court, il leur tourna le dos et se mit à courir pour rejoindre les survivants. Tout à coup, le combat lui sembla absurde. Le prix à payer, intolérable. Il mesurait la frontière ténue séparant la révolte de l'abandon.

Et si pour nous la seule liberté possible se trouvait dans la mort...

CHAPITRE 40

Fort Wayne, de nos jours.

Suivie comme son ombre par la Ford, l'Audi avalait les quelques kilomètres séparant le motel du centre-ville de Fort Wayne. La perspective du règlement de compte final avait rasséréné les troupes et évacué un peu de la lassitude accumulée au fil d'une course contre la montre éreintante.

Calé dans son fauteuil, les deux mains sur le volant, Eli ne montrait aucun signe de fatigue malgré les heures passées en voiture entre New York, Chicago et Fort Wayne. L'endurance de cet homme au visage buriné dépassait l'entendement. La ténacité semblait définitivement une marque de fabrique des proches d'Eytan. Avi pilotait la seconde berline afin que le *kidon* puisse se reposer après la débauche d'efforts des derniers jours.

— Je crois que je commence à détester cette bagnole, dit Jacky. C'est la deuxième fois que je me retrouve embarquée avec Eytan, et à chaque fois le cocktail est le même : sillonner les continents, balancer des palets explosifs et se briser le dos assis sur une banquette arrière !

— Je partage ton sentiment, ma chérie, mais dis-toi qu'Avi et Eli se sont cognés bien plus de kilomètres que nous. Je me demande d'ailleurs comment vous supportez ça, fit-il en se tournant vers le vétéran.

— Nous le supportons car nous n'avons pas le choix. C'est l'une des innombrables contraintes de notre métier. En comparaison de certaines galères dans lesquelles nous nous sommes retrouvés, Eytan et moi, conduire n'est pas si désagréable.

— Il y a longtemps que vous travaillez ensemble ? interrogea Jacky.

— Vaste question…

Eli se lança dans le récit de son existence, de la mort de sa mère à son accession au poste de conservateur des archives du Mossad, de sa rencontre avec Eytan à la traque des criminels de guerre. Le couple, qui croyait ne plus pouvoir s'étonner de rien tant l'irruption d'Eytan dans sa vie avait amené son lot de situations rocambolesques et de révélations invraisemblables, écouta bouche bée le résumé d'une vie à nulle autre pareille. Une vie de renoncement et de solitude qui possédait tous les attributs d'une tragédie, mais se muait dans la bouche du vieil homme en aventure exaltante. Il s'attarda sur son mariage raté, fragilisé par ses déplacements et ses prises de risques incessantes, puis sur sa fille, une jeune femme prénommée Rose, vivant à Boston et mère d'un petit garçon. Son récent statut de grand-père le poussait à envisager sérieusement de s'installer près de ses proches pour couler une retraite paisible.

Lorsque le centre-ville de Fort Wayne se profila à l'horizon, le couple avait acquis deux certitudes : Eli Karman, Franck Meyer, Avi Lafner et Eytan Morgenstern formaient, à leur manière, une famille attachante. Quatre êtres un peu allumés, mais terriblement émouvants dès que l'on regardait par-delà les apparences. Et que l'on évitait de se dresser face à eux !

Quant à l'attitude amicale et protectrice dont le sexagénaire et le médecin faisaient preuve à leur égard, elle indiquait clairement que Jacky et Jeremy appartenaient désormais à cette famille.

Comme il avait été convenu avant le départ, les deux véhicules se garèrent sur le parking du premier centre commercial croisé, en l'occurrence un Walmart. Une multitude de clients sortaient de la grande surface, les bras chargés de sacs regorgeant des achats du jour. Jeremy se demanda combien de cabas contenaient des saloperies saturées en sucres prêtes à gaver les estomacs insatiables des candidats au diabète et nourrir ainsi les appétits du Consortium.

Les cinq acolytes se regroupèrent devant les portes automatiques menant au temple de la consommation. Le géant s'enquit de la forme de chacun, insistant sur l'aspect décisif des prochaines heures. Il balaya ensuite le parking du regard.

— Qu'est-ce que tu cherches ? demanda Jacky.

— Il me faut une moto, répondit distraitement Eytan.

— Pourquoi veux-tu une moto ?

— La routine, ma grande : je dois partir en repérage.

— Et nous, pendant ce temps-là, que faisons-nous ? intervint Eli.

— Vous m'attendez ici. Je suis convaincu qu'Avi n'aurait rien contre un café, plaisanta-t-il.

— Tu es la sagesse incarnée, se félicita le médecin, mais je doute qu'il y ait de quoi satisfaire mes papilles dans un endroit pareil.

— Il faut vivre dangereusement… Ah, je crois que j'ai trouvé mon bonheur. J'en ai pour une heure grand max. D'ici mon retour, évitez les sucreries, fit-il en adressant un clin d'œil à Jeremy.

— Marrant, c'est exactement ce que j'avais en tête ! s'exclama ce dernier tandis que le *kidon* s'éloignait à grands pas.

Il se dirigea vers une grosse cylindrée rouge et noir. Il s'affaira dessus un moment, l'enfourcha, et fit vrombir le moteur. Il partit sous les regards gênés de ses compères.

— J'imagine qu'après l'élimination de deux unités d'intervention dans notre petite ville, le déclenchement d'une fusillade en plein Manhattan et la destruction partielle d'un immeuble à Baltimore, voler une bécane est un péché véniel, releva Jacky.

— Je ne saurais te dire, lui répondit Avi, je ne crois qu'en deux choses : la médecine et Charlie Parker…

— Bird ? Toi aussi tu aimes le jazz ? s'étonna Jeremy.

— Je vénère le jazz, corrigea le médecin.

Eli comprit à la moue dubitative de Jacky qu'elle ne partageait pas plus que lui le culte des deux hommes pour ce genre musical. Répartis par affinités, ils entrèrent dans la galerie marchande.

Dans une cacophonie d'annonces promotionnelles et de rengaines pop, ils s'attablèrent à la terrasse d'une cafétéria. Absorbés par leur passion commune, Avi et Jeremy entretenaient une conversation à bâtons rompus, assez pointue pour exclure *de facto* les profanes. Ils promirent de s'échanger des enregistrements originaux des meilleurs musiciens de La Nouvelle-Orléans. À leurs côtés, Eli questionnait Jacky sur sa rencontre avec Jeremy, et par extension avec Eytan. Très vite, la jeune femme se montra plus prolixe qu'il ne l'avait escompté et se laissa aller à raconter ses conflits avec un père violent, son engagement en forme de fuite dans les services secrets et son intégration au sein de la CIA. Le ton qu'elle employait et la confiance avec laquelle elle abordait tous les sujets trahissaient autant son affection croissante pour le vétéran, que ses regrets de n'avoir eu pour père un homme aussi patient et à l'écoute que lui. Le temps s'écoula au rythme des conversations, passionnées pour les uns, plus intimes pour les autres, et avant d'avoir réalisé que l'après-midi était bien avancé, ils virent la silhouette d'Eytan se détacher du long serpentin humain qui se mouvait dans les allées.

— Si je devais représenter la sérénité, je vous peindrais tous les quatre tels que vous vous tenez, s'amusa le géant.

— Installe-toi avec nous, alors. Tu as le droit de te poser, fit remarquer Jacky.

— Je ne demanderais pas mieux, mais pour l'instant, nous avons du pain sur la planche…

La mort dans l'âme, ils laissèrent derrière eux leur havre de paix et suivirent Eytan jusqu'à l'arrière du bâtiment. La moto volée attendait sagement sur le trottoir. Le colosse s'en approcha et ouvrit le top case, dont il sortit une carte de la région qu'il déplia sur l'assise de la machine.

— Bien, j'ai trouvé une plaine parfaitement dégagée à bonne distance de la base de Bennington, annonça-t-il sans préambule. Il n'y a pas la moindre habitation dans un périmètre de deux kilomètres, et pas le moindre relief permettant à Tim Terry d'occuper une position surélevée. Ce type représente le danger principal. Les autres viendront au contact, mais lui restera à l'affût. Il est la faille dans notre système, notre principal atout restant le petit cadeau de Franck.

— D'après Meyer, expliqua Avi, les effets de son appareil seront radicaux, mais limités dans l'espace. Nous ne pourrons l'utiliser qu'une fois.

— Je m'arrangerai pour que nos ennemis soient regroupés autour de moi, assura le *kidon*.

— C'est malheureusement indispensable, jugea Avi. Quand tu m'auras donné le feu vert, je lancerai un compte à rebours de trente secondes. Ainsi, nous disposerons du temps nécessaire pour regagner la Ford. Elle fera office de cage de Faraday et devrait normalement nous protéger des rayonnements, ou au moins les atténuer. Après, elle sera hors service.

— Normalement ? J'espérais que tu serais plus catégorique, regretta la jeune femme.

— Je mentirais en disant que nous ne risquons rien. Ce que nous allons utiliser n'est pas commun, et Franck n'emploie pas son appareil avec les mêmes objectifs que nous. Quant à toi, Eytan, après l'explosion, ton oreillette sera bonne à jeter et nous ne pourrons plus communiquer. Par ailleurs, j'ignore quel sera l'impact exact sur ton métabolisme.

— À quoi dois-je m'attendre ?

— J'espère que tes spécificités physiques te permettront de mieux tenir le choc que les soldats qui seront à proximité. Cela dit, il se pourrait que les ondes provoquent une surchauffe de ton organisme, auquel cas tu devras t'injecter en urgence une dose de sérum.

Jeremy souffla bruyamment et sortit un paquet de Marlboro d'une poche de sa veste. Il alluma une cigarette, avala une bouffée, puis la donna à Eytan qui tendait deux doigts dans sa direction.

— Je vois, soupira le *kidon* en exhalant un nuage de fumée.

— Jeremy, filez-moi une clope. Celle-là, j'y ai droit ! affirma Eli en soutenant le regard réprobateur du médecin.

— De toute façon, si quelque chose se passe mal, dit Jacky à l'intention d'Eytan, je viendrai t'épauler. Vu la distance qui nous séparera, je te rejoindrai en une minute tout au plus. Si tu t'en sors sans problème, je reste protéger les garçons au cas où Bennington enverrait des troupes quadriller notre périmètre.

— De mon côté, j'assurerai la couverture avec le fusil de précision sitôt le dispositif déclenché, ajouta Eli.

— Ta priorité sera de repérer Terry et de le mettre hors combat, ordonna Eytan. Il se focalisera sans doute sur moi, ce qui te conférera un avantage certain.

— Ça marche.

— Pendant ce temps-là, Avi et moi courons chercher l'Audi garée en dehors du champ d'action de l'appareil. Ensuite, une fois que tous les méchants sont morts, nous revenons et vous embarquons tous indemnes ! conclut Jeremy.

— Eh bien voilà, se félicita Eytan, j'aime quand tu penses positif ! Puisque tout le monde a compris ce qu'il avait à faire, en piste. Vous prenez position, moi je me charge de lancer l'invitation.

— Comment comptes-tu t'y prendre ? demanda Jacky

— Comme toujours, sourit le géant en repliant la carte : avec une extrême politesse.

CHAPITRE 41

Pologne, printemps 1943.

Allongés sous les fourrés, les membres de l'unité SS attendaient, figés, les consignes du colonel Dietz. Cinq minutes s'étaient écoulées depuis la fin de la fusillade et la déroute des terroristes polonais. Les impacts de balles sur les écorces des arbres, les vitres brisées aux fenêtres de la maison et deux cadavres de l'autre côté de la cour témoignaient de la brutalité de l'affrontement. Seul demeurait le silence irréel, unique, qui succédait à la bataille.

Karl-Heinz se releva le premier. Il retira le filet de camouflage recouvrant son uniforme et le tendit à son aide de camp, puis il replaça la bretelle de son fusil à son épaule tout en marchant en direction des corps inertes. Les neuf hommes l'accompagnant avancèrent quelques pas en retrait du chef de la meute.

Chemin faisant, Dietz jeta négligemment un coup d'œil vers la grange, le temps d'apercevoir les yeux ouverts d'un jeune soldat dont la joue reposait sur un lit de paille maculé de son propre sang.

— Jetez le corps de Reinke avec celui de ses biffins, ordonna le *Jäger* en poursuivant sa route, et brûlez-moi tout ça.

Aussitôt, deux SS s'empressèrent d'obéir et retournèrent chercher la dépouille du capitaine Bruno Reinke. Karl-Heinz sourit devant la diligence de ses coreligionnaires. Il mesurait pleinement la valeur de ce groupe uni, habitué à œuvrer en équipe et ne partageant qu'un seul et même esprit. Quelles chances possédait une tribu de cul-terreux n'ayant qu'un courage dérisoire à opposer à l'équipement, l'entraînement et l'organisation de vrais professionnels ?

Aucune, à l'évidence, pensa-t-il en contemplant les cadavres des hommes qu'il avait lui-même abattus.

— Un crâne et un cœur. Jolie série, colonel, le félicita son aide de camp.

— Acceptable si l'on considère la distance et la confusion ambiante.

— Je m'interrogeais sur votre stratégie. Pourquoi n'en supprimer que deux ?

— Voilà une question intéressante, souligna Karl-Heinz avec passion. J'ignore encore le nombre exact de nos ennemis et leur puissance de frappe, et, sans ces données essentielles, je ne tenterai aucune approche directe. Il me fallait plus d'informations sur ma cible principale et, sur ce point, la réussite est totale.

— Que voulez-vous dire ?

— Je sais maintenant avec certitude à quoi ressemble Eytan Morgenstern aujourd'hui. Non seulement il a beaucoup grandi, mais il se rase désormais le crâne et même les sourcils.

— Je comprends, mais pour les autres ?

— Je désire éradiquer ces animaux dans leur tanière. Pour l'instant, ils sont sur leurs gardes, et on ne fonce pas bille en tête sur un animal blessé. Analysons les faits : l'individu que je suppose être l'Ours blond, donc leur chef, est touché. Morgenstern aussi, tout comme la brute qui les accompagnait. Autant dire que leur résistance sera considérablement amoindrie quand nous porterons le coup de grâce. De plus, leurs mouvements sont désormais limités, ce qui nous permettra de les fixer à leur camp. Je compte également sur la démoralisation causée par leur débâcle. Pour qu'elle soit totale, j'ai tué ces deux-là, ajouta-t-il en désignant d'un coup de botte les corps des résistants. En résumé, cher ami, je crée les conditions de la victoire. Je ne joue pas pour jouer, mais pour gagner. La méthode, plus que la bravoure, différencie les vainqueurs des vaincus...

Marek ouvrait la marche et tentait de rester vigilant malgré les larmes qui roulaient sur ses joues. Il récitait en silence une prière pour ses camarades disparus et demandait au Seigneur de les accueillir à ses côtés. Le très pieux horloger avançait avec en tête l'image du Christ gravissant les pentes du mont Golgotha. Couvrir les kilomètres menant au campement tenait effectivement du chemin de croix. Supporté par Neville Wladowski et Vassili qui pâlissait à mesure que le sang s'écoulait de son épaule perforée, Janusz pressait une main sur son ventre pour atténuer sa propre hémorragie. Ses jambes le soutenaient à peine, et chaque mètre franchi l'était au prix d'un effort surhumain. Légèrement en retrait, Stefan Starlin charriait Eytan sur son dos. Le solide Anglo-Polonais progressait sans difficulté malgré un fardeau plus grand et plus lourd que lui-même.

Karol assurait l'arrière-garde, les yeux dans le vague, à moitié groggy, « K.-O. debout », aurait dit Piotr.

Ils traversèrent les bois au rythme des gémissements des blessés. Ils sursautaient au moindre bruit, s'attendant à tout moment à subir une nouvelle attaque, déterminés à opposer une résistance, même symbolique. Mais d'embuscade il n'y eut point, et ils regagnèrent le campement sans encombre.

Marek grimpa immédiatement dans un arbre pour guetter l'arrivée d'éventuels poursuivants. L'emplacement de leur base limitait les accès et facilitait la détection du danger. Le cœur de l'horloger se serra à la pensée que le rôle de sentinelle était auparavant dévolu à Pawel.

Stefan déposa Eytan, qui recouvrait ses esprits, sur la table en bois jouxtant le feu.

— Soigne-les du mieux que tu pourras, et surtout fais vite, lui demanda Wladowski.

Celui-ci s'exécuta aussitôt en louant la formation médicale reçue lors des stages d'entraînement au sein du SOE. Il examina cinq bonnes minutes durant les infortunés combattants.

— Comment vont-ils ? s'enquit Karol.

— Vassili et Janusz ont eu de la chance, jugea Stefan. Les balles ont traversé les chairs sans causer de réels dégâts. J'ai désinfecté leurs blessures. Elles sont sérieuses mais ne les tueront pas.

— Et pour Eytan ?

— Lui a été moins verni. Les projectiles l'ont touché à la hanche et à la jambe, ce qui ne devrait pas être dramatique sur le long terme. Par contre, ils sont toujours à l'intérieur de son corps. Je dois les enlever pour ne pas prendre de risques.

— Mieux vaut ne pas traîner, l'encouragea Karol. Nous devons partir le plus vite possible. Fais tout ce que tu pourras pour le remettre d'aplomb !

Stefan acquiesça et fila vers une des valises amenées la veille. Il revint équipé d'une trousse à pharmacie dont il sortit une paire de ciseaux, un couteau à lame longue et fine, du coton et une bouteille de liquide incolore.

— L'éther va te coller dans les vapes, expliqua-t-il à Eytan maintenant tout à fait conscient. Tu ne sentiras pratiquement rien.

— Ça ne sert à rien, assura ce dernier.

— Il a des tripes, le mouflet ! À la seule idée de se faire charcuter, j'en ai vu paniquer plus d'un.

— Pas son genre, commenta sobrement Vassili, venu s'asseoir à côté du jeune garçon.

— Nous en reparlerons à ton réveil, mon grand, promit Stefan à Eytan, un sourire aux lèvres.

Starlin appliqua le coton imbibé d'anesthésiant sur le nez et la bouche d'Eytan et détourna la tête en comptant jusqu'à dix. Quand il se retourna vers son patient, celui-ci le regardait, toujours parfaitement éveillé.

— Ben… Tu peux renifler ça ? demanda Starlin à Vassili.

Ce dernier approcha le coton de ses narines et recula brutalement.

— Comment tu te sens ? Étourdi ? La tête un peu lourde ?

— Les deux ! Et j'ai envie de t'en coller une pour te faire passer le goût des blagues.

— Je ne plaisantais pas, mais si j'avais testé le produit sur moi je ne pouvais plus opérer. Pourquoi ça ne l'endort pas ?

— Je te l'ai dit : ces produits ne fonctionnent pas sur moi. Tu dois retirer les balles à vif.

— Ne raconte pas n'importe quoi !

— Je redoute qu'il ne dise vrai, intervint Karol en posant une paume protectrice sur le front d'Eytan.

— Quoi ?

— Opère-le, je vous expliquerai ensuite de quoi il retourne.

— Mais la douleur…

— Fais-le ! ordonna Eytan. Je sais exactement ce qui m'attend. Maintenez-moi.

Karol chercha autour de lui et avisa un morceau de bois. Il le ramassa, le présenta devant la bouche d'Eytan qui ouvrit ses mâchoires et le serra entre ses dents. L'adolescent joignit alors ses poignets et les tendit à Vassili qui les saisit entre ses grandes mains calleuses. Karol pressa les chevilles du jeune homme chauve contre la table.

Stefan Starlin vida ses poumons et s'enferma en lui-même. Il répéta mentalement l'enchaînement de ses gestes. Seules une précision et une vitesse d'exécution optimales limiteraient les souffrances du gamin. Les ciseaux et le couteau plongèrent vers la plaie à la cuisse. Après un court moment de silence et de calme, les râles débutèrent…

Installé à l'écart, tournant le dos à l'opération, le colonel Wladowski s'affairait sur la radio. Il tâchait d'occulter les sons qui lui parvenaient, mais les connaissait assez pour se figurer ce qui se déroulait dans cette forêt. Les craquements de la table en bois sous les tremblements d'Eytan, le souffle de l'air expulsé par ses narines, les gémissements de la chair écartelée et triturée par les instruments métalliques. Et les encouragements angoissés des hommes en plein effort contenant les gestes désordonnés du malheureux. Des scènes que le colonel connaissait par cœur pour en avoir été témoin sur de nombreux champs de bataille. Des scènes impossibles à se sortir du crâne, ancrées à vie. Loin des récits épiques servis par la propagande, loin des rêves de gloire, il y avait la réalité, dure, implacable : la guerre mène inexorablement à la boucherie.

— C'est bon, la première est enlevée, déclara Starlin. Courage, petit, nous y sommes presque.

Neville se concentra sur une autre priorité, non moins essentielle que les soins prodigués aux estropiés. Tout en préparant la transmission, il réfléchissait à des solutions pour sauver sa mission. Avec deux morts et trois hommes diminués, dont le chef de l'unité, plus une cohorte de SS aux trousses, envisager de coordonner quoi que ce soit relevait de l'utopie. Pourtant, le colonel Wladowski refusait que son parachutage en Pologne se résume à une cinglante déroute.

— Terminé, soupira Stefan en laissant tomber le second projectile à terre.

L'annonce incita Neville à couper la radio pour économiser les précieuses batteries, au moins le temps de se concerter avec le reste du groupe.

Toujours assis, il pivota et découvrit Stefan couvert de sueur, les deux mains appuyées contre la table en bois sur laquelle Eytan était allongé. La poitrine du jeune homme s'abaissait et se soulevait à un rythme désormais régulier. Karol lui caressait le front et essuyait la bave sur son menton. Le professeur regardait son élève avec toute la tendresse d'un père.

— Maintenant, peux-tu nous expliquer ce qui se passe ? grogna Janusz. Comment as-tu su que nous foncions dans un piège ? Et qu'as-tu appris sur Eytan ?

— Quand je suis arrivé à la caserne, les soldats parlaient d'une embuscade tendue dans une ferme abritant une cache remplie de vivres. Les paysans auraient avoué sous la torture qu'ils nous aidaient.

— Nous avons vu leurs cadavres dans la grange, confirma Vassili.

— C'était à craindre… soupira Janusz en courbant les épaules. Continue…

— Difficile de faire le tri entre les informations avérées et les rumeurs, mais d'après les bruits qui circulaient, il semble bien que Berlin ait lancé le colonel Dietz, un spécialiste de la chasse à l'homme, aux trousses d'un enfant évadé d'un centre de recherches dépendant de la SS. J'ai profité de ce que Reinke n'était pas à la garnison pour entrer dans son bureau. Là, j'ai trouvé un dossier que j'ai pu feuilleter. Un document hallucinant…

— Mon dossier, l'interrompit Eytan qui s'était assis sur la table en grimaçant. Ici, vous m'appelez Eytan. Au Stutthof, on me nommait « Patient 302 ». Pendant presque une année, un savant allemand, Bleiberg, a mené sur des enfants une série de tests visant à créer un surhomme. Chaque semaine, nous subissions des injections censées faire de nous la prochaine étape de l'évolution humaine. Et chaque semaine, un nouveau cobaye mourait, car son organisme ne tolérait pas les produits qui lui étaient inoculés. Au final, tous les sujets sont morts dans des souffrances abominables. Les plus chanceux n'agonisaient que quelques heures. Les autres développaient des cancers foudroyants. Un seul a survécu au traitement : moi…

— Ne te plains pas, mon jeune ami. Toi au moins, tu es en vie, objecta le colonel Wladowski.

Eytan darda sur lui un regard méprisant. Il retira sa veste, la laissa tomber à terre puis ôta son tee-shirt révélant un torse et un dos couverts d'une multitude de cicatrices profondes et de boursouflures.

— Quand Bleiberg a constaté que je supportais le processus, expliqua-t-il, il a étendu ses recherches pour évaluer ma résistance à la douleur et étudier mes capacités de cicatrisation. Les bons jours, je ne subissais que quelques brimades, et les essais portaient sur mes facultés de mémorisation. Les mauvais, je recevais des coups de fouet, de bâton, de couteau. J'étais même brûlé au chalumeau. Aucun soin ne m'était prodigué, et ce, pour mieux comprendre comment se comportait mon corps amélioré. On m'a exposé à la faim, la soif, on m'a injecté les pires virus qui soient. Vous n'étiez pas ce cobaye, colonel, alors ne venez pas me dire que j'ai eu de la chance de survivre à ce traitement.

Une consternation muette s'empara de l'assistance.

— Je suis sincèrement désolé, s'excusa Wladowski. Je ne pouvais imaginer…

Il tourna la tête vers Janusz.

— Vous réalisez l'importance et la gravité de ces informations ?

— Bien évidemment…

— Eytan aurait dû vous révéler sa situation quand vous l'avez rencontré. Sa présence parmi vous… parmi nous, compromet toute une série d'opérations que nous devions mener en concertation avec d'autres groupes. Aujourd'hui, il est évident que notre principal problème est Eytan lui-même.

— Ce garçon est des nôtres. S'en prendre à lui revient à s'en prendre à nous tous, prévint Vassili avant de cracher à terre.

— Le colonel a raison, Vassili, je n'aurais jamais dû rester parmi vous. Je vous ai tous mis en danger. Si Piotr et Pawel devaient mourir, ç'aurait dû être en libérant ce pays, pas par ma faute… Je ne dois à aucun prix tomber entre les mains des nazis. Imaginez ce qu'ils accompliraient avec une armée composée d'êtres comme moi.

Un silence de plomb s'abattit. Eytan s'empressa de le briser.

— Si vous décidiez de m'éliminer, je l'accepterais…

— Tu peux te brosser ! s'insurgea Stefan Starlin. Je ne me suis pas emmerdé à te charcuter pour t'exécuter dans la foulée.

— Le premier qui soutient cette idée à la con aura affaire à moi, promit Vassili en resserrant les doigts sur le manche de son couteau.

Quatre hochements de tête confirmèrent le rejet unanime de la proposition du jeune homme.

— Et ça, demanda Janusz en exhibant le carnet découvert sur Eytan, de quoi s'agit-il ?

— D'après ce que j'ai compris, quand ma croissance sera terminée, mon corps connaîtra des phases de… surchauffe. Le professeur Bleiberg a mis au point un sérum qui contrera cet effet. La formule se trouve dans ce carnet. Voilà pourquoi je l'ai dérobé avant de m'enfuir.

Janusz s'approcha d'Eytan et lui tendit le carnet, un sourire triste accroché aux lèvres. L'adolescent hésita un instant, mais devant l'insistance de Janusz, prit le calepin.

— Vous m'avez mal compris tout à l'heure, intervint Wladowski. Je ne parlais pas d'éliminer Eytan, ni de le livrer ou je ne sais quelle idée grotesque. Il est impératif de rapatrier ce garçon à Londres, le plus loin possible des nazis. D'autres

Anglais ont intégré un groupe de résistants à une cinquantaine de kilomètres d'ici. Je peux les contacter pour déterminer un point de rendez-vous. Une fois avec eux, nous organiserons le départ d'Eytan.

— Je veux rester ici, murmura celui-ci. Mais je ferai tout ce que vous jugerez nécessaire pour ne plus mettre mes amis en danger.

Les hommes échangèrent des regards résignés.

— Colonel, préparez la rencontre, ordonna Janusz. Nous levons le camp dans cinq minutes !

Neville Wladowski ralluma l'émetteur et envoya un appel à l'aide, tandis qu'Eytan, claudicant, et Stefan rassemblaient à la hâte quelques affaires.

Pendant ce temps, une discussion animée se déroulait entre l'Ours blond, l'universitaire et le Sibérien.

— Tu as vu le piège qu'ils nous ont tendu ? demanda Karol. Ce Dietz et sa bande sont plus malins que tous ceux que nous avons affrontés jusqu'à aujourd'hui, alors pourquoi ne nous ont-ils pas achevés ?

Janusz réfléchit quelques instants, mais c'est de Vassili que vint la réponse.

— Pour abattre toute une meute, il faut trouver sa tanière. Il est possible qu'ils nous observent en ce moment même, conclut-il en sondant les alentours.

— Si c'était le cas, Marek les aurait déjà repérés, objecta l'Ours. Marek, tu vois quelque chose ?

Seul le silence leur répondit. Janusz répéta la question, sans résultat. Il avança péniblement vers la position de la sentinelle et leva les yeux au ciel.

— Arme au poing ! hurla-t-il à gorge déployée en avisant l'horloger toujours assis sur sa branche, son fusil dans les mains, un couteau de lancer planté dans la pomme d'Adam.

Un autre ordre retentit, en allemand celui-ci : « *Feuer !* »

Des coups de feu claquèrent.

Eytan plongea au sol. Les impacts des balles soulevèrent des nuages de poussière qui le contraignirent à fermer les paupières. Quand les tirs cessèrent enfin, un silence sépulcral s'abattit sur la forêt. Eytan voulut bondir, saisir sa mitraillette pour combattre. La pression d'une semelle sur sa nuque lui interdit tout mouvement.

— Debout, 302. Doucement, ordonna en allemand une voix gaie et mélodieuse.

L'adolescent poussa sur ses jambes en grimaçant. Le temps semblait figé. Les volutes de poussière et le soleil de midi qui perçait les frondaisons troublaient sa vision. Il leva la main pour atténuer la luminosité. En baissant la tête, il découvrit le colonel Wladowski, affalé sur la radio, le corps criblé de balles. Plus loin sur sa droite, allongé sur un lit de mousse, le manche de son couteau sur sa paume ouverte, Vassili regardait Eytan. Mais dans ses prunelles ne brillait plus aucun éclat. À ses côtés, Karol reposait, paisible, les bras étrangement repliés sur sa poitrine ensanglantée.

Encadré par deux SS en tenue de camouflage, Janusz était agenouillé, mains sur la nuque, tête basse. Sept autres hommes sortirent des bois et s'alignèrent derrière le résistant vaincu, les maintenant en joue, l'adolescent et lui.

— L'Ours blond et le Patient 302. Voilà deux prises de choix, se félicita celui qui menaçait Eytan. Colonel Karl-Heinz Dietz, pour vous servir, messieurs.

Le gradé salua d'un claquement de talons. Il replaça son pistolet dans le holster accroché à sa ceinture puis considéra Eytan, étonné.

— Difficile de croire que tu es encore un enfant. À quoi aurais-tu ressemblé si tu avais atteint l'âge adulte ? Je comprends pourquoi Heydrich souhaitait que je t'élimine.

— Vous n'êtes pas venu pour me ramener au Stutthof ? s'étonna Eytan.

— Non, mon cher. Je suis ici pour me mesurer à toi. Pour savoir si tu mérites une place parmi mes trophées de chasse.

— Je ne me battrai pas. Tuez-moi, qu'on en finisse… supplia le jeune homme d'une voix lasse.

— Je crains que tu n'aies pas le choix si tu veux sauver ton chef, fit Dietz en désignant Janusz. Offre-moi ce que je souhaite : un beau combat, une opposition valeureuse. Tu mourras vite, et ton ami sera remis à l'armée. Refuse, et je l'exécute sur-le-champ. Dans les deux cas, tu as ma parole d'honneur.

Dietz enleva sa veste et la laissa tomber négligemment au sol. Il se pencha, tira sa dague de sa botte noire et en fit briller la lame sous les rayons du soleil. Il se dirigea ensuite vers le corps de Vassili et ramassa son couteau.

— Peut-être que te battre avec ceci te donnera du cœur au ventre, fit le colonel en jetant l'arme aux pieds d'Eytan.

Ce dernier s'accroupit et empoigna si fort le manche maculé par le sang du Sibérien que ses phalanges émirent un craquement sinistre. Il se redressa, laissant échapper un râle de douleur, et adressa un regard à Janusz qui observait la scène, impuissant, sans comprendre un traître mot de ce qui se disait.

— Et si je gagne, que feront vos soldats ? demanda Eytan.

— Quelle hypothèse présomptueuse ! J'ai chassé les bêtes sauvages les plus féroces qui soient, combattu des hommes courageux, mais jamais encore je n'ai eu le privilège d'affronter un monstre. Ni de le tuer, lança Dietz en feintant une attaque d'estoc qui força Eytan à reculer en grimaçant.

Tel un escrimeur, le jeune homme se mit de profil, transférant le poids de son corps sur sa jambe droite pour soulager sa hanche blessée. Cette position réduisait la surface exposée à l'adversaire, mais annihilait toute possibilité de passer à l'offensive.

— Je ne suis pas un monstre, cracha Eytan en balayant l'air de sa lame pour tenir le SS à distance. Quelle gloire trouverez-vous à me vaincre alors que je suis affaibli ?

— Je me fiche de la gloire. Seule compte la victoire.

Dietz tournait autour de l'adolescent en faisant rouler ses épaules et son cou. Il feignit à plusieurs reprises de plonger vers lui pour analyser ses réactions, mais bien vite le *Jäger* dut se rendre à l'évidence : l'affrontement ne présenterait aucun intérêt tant le gamin était diminué. Ses mouvements étaient trop rigides, son souffle court trahissait son épuisement, et ses prunelles ne brillaient pas du désir de survivre. Inutile de chercher plus longtemps un plaisir qui ne viendrait pas.

Dietz effectua une série de moulinets rapides qui forcèrent Eytan à battre à nouveau en retraite. Il esquivait maladroitement les assauts de son adversaire. Soudain, le *Jäger* s'accroupit et, d'une rotation parfaite, balaya de la jambe le gamin, qui tomba à la renverse. Le colonel se rua sur sa proie, prêt à lui enfoncer sa dague dans le cœur. D'un geste désespéré, Eytan saisit le poignet de son assaillant, qui pesait de tout son poids.

Alors, une déflagration éclata. Surpris, Dietz relâcha sa pression. Eytan profita de sa distraction pour le repousser avec sa jambe valide. Il pointa ensuite son regard en direction de Janusz. Un des SS s'effondrait, touché au thorax, tandis qu'un autre recevait une balle en plein crâne.

Stefan Starlin ! pensa Eytan. *Je n'ai pas vu son corps.*

Saisissant sa chance, l'Ours blond se releva, un rictus haineux aux lèvres, et asséna un violent coup de tête à un de ses cerbères, dont l'arcade sourcilière explosa sous le choc. Des tirs crépitèrent sans que personne puisse en détecter l'origine. Très vite, un troisième homme tomba, abattu par l'ennemi invisible. La fusillade cessa, mais les autres soldats, gênés par la longueur du canon de leur fusil, se retrouvaient désormais embarqués dans une mêlée bestiale avec un Janusz déchaîné.

Eytan raffermit sa prise sur le couteau de Vassili et, au mépris de toute douleur, se projeta vers Dietz. Il frappa de toutes les forces qui lui restaient. La lame du Sibérien mordit la jointure entre l'épaule et le bras, arrachant un hurlement glaçant au colonel, qui lâcha sa dague. Revigoré par l'intervention de l'Anglais et le regain d'énergie de l'Ours, Eytan tourna l'acier enfoncé profondément dans la chair. Il ignora les cris qui redoublaient et continua son travail de destruction. Os, muscles, tendons et ligaments cédaient à l'assaut furieux.

Le sifflement d'une balle à ses oreilles perturba Eytan, qui fut repoussé à son tour d'un coup de pied. Dietz retira le poignard planté dans son bras au prix d'une souffrance abominable et le jeta à terre. Roulant au sol, Eytan saisit la dague du colonel et rampa vers lui, reprenant au passage le couteau de Vassili.

Une nouvelle déflagration retentit.

Il tourna la tête. Janusz avait été touché au ventre par le tir d'un pistolet dégainé à la hâte par un des SS. Les soldats encerclaient l'Ours qui se tenait l'abdomen. Celui-ci pivota pour faire face à Eytan, lui adressa un grand sourire et plongea la main dans la poche de sa veste.

— Vis et ne nous oublie pas…

— Janusz ! Non ! hurla l'adolescent en comprenant l'intention de son chef, mentor et ami.

L'explosion provoquée par la grenade que l'Ours gardait toujours avec lui souffla les survivants. Eytan fut soulevé de terre comme une feuille emportée par le vent. Quand il reprit ses esprits, il réalisa que Stefan Starlin courait à travers bois en le portant sur ses épaules. Au loin, à travers les branchages, il distingua trois hommes aux vêtements brûlés, affairés auprès du colonel Dietz qui convulsait au sol. Son bras droit mutilé pendait lamentablement et semblait vouloir se séparer de son corps.

Eytan poussa un cri, amplifié par la haine et le chagrin. Un cri qui monta vers les cieux comme une promesse inexorable.

— Je vous retrouverai, Dietz ! Peu importe le temps que cela prendra, mais je vous retrouverai !

CHAPITRE 42

Fort Wayne, de nos jours.

Eytan arriva enfin en vue d'un *checkpoint* par lequel les véhicules pénétraient dans le complexe. Depuis cinq minutes, il roulait le long du grillage barbelé qui délimitait le périmètre de la base des Marines. Un garde en uniforme noir discutait avec le chauffeur d'une imposante Mercedes, à qui il rendit ses papiers d'identité avant de le saluer d'un geste amical. La voiture redémarra à petite vitesse et disparut au sommet d'une butte. Le vigile retourna en sifflotant vers son poste de surveillance, une guérite surmontée de l'inscription « Porte 1 ».

Le *kidon* ralentit et releva la visière de son casque. Il sourit en parcourant des yeux la dizaine de panneaux de signalisation posés à même la bande de terrain qui séparait l'espace militaire du réseau routier civil. Avec la fermeté péremptoire dont raffolait l'armée américaine, les messages d'avertissement se succédaient au point d'en devenir grotesques : « Stop, risque de mort », « Division Alpha, Terrain miné », « Conduisez doucement, votre assurance n'est pas valide dans l'enceinte de la base ».

Des esprits taquins se seraient amusés de ne voir qu'un seul garde assurer le contrôle de l'entrée menant au complexe dédié à la maintenance logistique du matériel militaire du Corps. Et ces esprits auraient commis une grave erreur. Le rôle du vigile débonnaire ne consistait qu'à humaniser l'accès pour les visiteurs et à éconduire poliment les curieux de tout poil. La surveillance était en fait exercée par les caméras situées à intervalles réguliers le long de la clôture, et sur le toit de la guérite. Elles informaient en temps réel un poste de sécurité prêt à déclencher une riposte armée en cas d'intrusion. Eytan savait d'expérience que la véritable base, le véritable périmètre sensible se trouvait loin derrière ce *checkpoint*, plusieurs kilomètres dans certains cas. Et c'était précisément sur cet éloignement qu'il comptait pour lancer son invitation.

La moto s'approcha du garde, qui se fendit d'un salut militaire. Eytan le lui renvoya, puis dégaina son Glock et en vida le chargeur sur la guérite. La glace de l'Hygiaphone vola en éclats et le vigile se jeta à terre. Le *kidon* déplia la béquille de sa cylindrée, laissa tomber son chargeur et en remit un autre. Il s'avança vers le vigile, lequel avait déjà placé les mains sur sa nuque, et posa un pied sur son postérieur tout en souriant aux caméras de surveillance.

— Bonjour, monsieur, je porte un message pour le général Bennington et j'avais besoin de toute votre attention. Quel est votre prénom ?

— Steve.

— Avez-vous une bonne mémoire, Steve ?

— Oui, bredouilla l'homme à plusieurs reprises.

— Parfait. J'aimerais que vous informiez ce cher « Benny » qu'Eytan Morgenstern – c'est moi – l'attend aux coordonnées suivantes.

Il lui communiqua alors la longitude et la latitude du lieu de rendez-vous. Il le fit répéter à trois reprises.

— Votre mémoire est effectivement excellente. Si vous pouviez lui dire que ma proposition de pourparlers n'est valable qu'une heure, vous seriez bien aimable.

— Tout ce que vous voudrez, monsieur.

— Merci, et excellente fin de journée, Steve. Ce fut un réel plaisir d'avoir affaire à vous.

Jacqueline ne pourra pas me reprocher de ne pas avoir été poli, s'amusa Eytan en enfourchant sa moto.

Il démarra alors que vrombissaient au loin les moteurs des forces de sécurité…

Dix minutes plus tard, Eytan rejoignait la clairière où se tiendrait la rencontre avec Bennington et ses troupes. Il se gara sur l'herbe et sortit de sa veste l'oreillette lui permettant de communiquer avec Eli afin de préparer les derniers détails de l'opération. Ce faisant, la sonnerie de son téléphone portable retentit. Il s'apprêtait à renvoyer l'appel directement vers sa messagerie, mais se ravisa en voyant le nom qui s'affichait sur l'écran.

— Eh bien, mon Jenkins, tu as du nouveau pour moi ?

— J'ai bien peur que notre cher Jenkins ne puisse vous répondre. La réception est très mauvaise depuis le fond de la Tamise.

Eytan reconnut la voix mielleuse et la diction anglaise d'un homme dont il ne connaissait que le pseudonyme. L'homme qui dirigeait le Consortium.

— Cypher… Ou devrais-je vous appeler Jonathan Cavendish, président d'H-Plus Dynamics ?

— Mauvaise pioche, monsieur Morg. Le pauvre Cavendish, hélas, n'est plus de ce monde. J'apparais bien dans l'organigramme de la société, mais sous le nom d'emprunt de Fergus Hennessy. Le genre de petite plaisanterie qui m'amuse follement.

Eytan réfléchit quelques secondes.

Fergus Hennessy. Hennessy Fergus. Sy-Fer…

— C'est nul… soupira le géant.

— Chacun son sens de l'humour, reprit Cypher, vexé. Je ne vais pas vous retenir longtemps, j'ai cru comprendre que vous aviez un rendez-vous capital avec le général Bennington.

— J'imagine que c'est à vous que je dois d'être embarqué dans ce foutoir ?

— Vous m'accordez trop de crédit. Disons que j'ai orienté l'armée et la Maison-Blanche vers vous. Vous savez comment se comportent les chiens dès qu'on leur lance un os…

— Après la mort d'Elena, vous aviez promis de vous venger en m'exposant en pleine lumière. Je vois que vous tenez vos promesses.

— Votre analyse me fait de la peine. Pensez-vous vraiment, monsieur Morg, que je suis homme à prendre des décisions basées sur une simple contrariété ?

Le plan au cœur du plan.

— En mettant les militaires sur votre piste, reprit Cypher, en impliquant vos amis, je vous contraignais à…

— … faire le travail pour vous.

— Très exactement.

— Je le pressentais, soupira Eytan.

— Vous le pressentiez ? Expliquez-moi donc mes objectifs. Je suis curieux de savoir si votre esprit est toujours aussi affûté.

— Vous n'avez plus besoin de Bennington ni d'H-Plus Dynamics ou des fonds du Pentagone. La recherche et le développement des prothèses ont été payés. Vous disposez des prototypes et de leurs plans. Vous comptez sur moi pour nettoyer derrière vous.

— Parfait, monsieur Morg. Bennington a sélectionné les hommes devant intégrer notre programme. Il a ensuite mis en œuvre leur « préparation physique », si je puis dire. Par conséquent, il en sait trop et doit disparaître. Notre commerce avec l'armée continuera, mais sur des bases parfaitement légales. Vous voyez, monsieur Morg, à votre corps défendant, vous allez devenir mon meilleur agent.

Eytan laissa fuser un rire de dépit. La voix de Cypher se fit plus aigre, plus menaçante :

— Vous aviez perdu la partie avant qu'elle ne commence. À dire vrai, vous l'avez perdue le jour où Bleiberg a fait de vous ce que vous êtes.

— Vous n'êtes pas le premier à penser me vaincre. Et je suis encore là, plus déterminé que jamais. Que se passera-t-il si j'expose au général Bennington vos petites manigances ? Si je lui parle de la surprise logicielle insérée dans les processeurs ? Et que se passera-t-il, Cypher, quand j'aurai démantelé votre organisation ?

— Il ne se passera rien du côté de Bennington. C'est un homme obtus qui ne vous prêtera même pas une oreille distraite. Quant au Consortium, il existe depuis des siècles, et il vous survivra. C'est une œuvre bien plus importante que vous ne semblez le croire. Sa fondation découle d'une volonté simple : présider au destin de l'humanité, en guider l'évolution. Dans ce gigantesque chaos qu'est le monde, cela n'a rien d'une sinécure. Les hommes ont besoin de direction, faute de quoi seule prévaudra la loi du « plus » : le plus fort, le plus riche, le plus roublard, le plus cynique, mais jamais le plus humain. Vous et moi en savons long sur cette question.

— Vous avez financé Bleiberg pour qu'il mène des manipulations génétiques sur des enfants, lancé des épidémies, encouragé la mutilation d'hommes ! Vous jouez avec les vies. Comment osez-vous vous présenter comme des parangons de sagesse ?

— Nous sommes pragmatiques ! s'emporta Cypher. La cruauté, la cupidité ou la soif de domination ne sont pas de notre fait. Nous exploitons les travers de l'humanité pour atteindre nos objectifs, nous ne les créons pas. Vous nous pensez comploteurs. Nous sommes des planificateurs.

— Ce n'est pas de plans dont les hommes ont besoin.

— Et de quoi d'autre auraient-ils besoin, selon vous ?

Eytan regarda le téléphone avec dégoût, puis coupa la communication avant de jeter l'appareil dans l'herbe. Il contempla le paysage qui s'offrait à lui et murmura :

— De rêves…

CHAPITRE 43

Le champ s'étendait à perte de vue en direction du nord et de l'ouest. Les herbes hautes verdoyaient encore sous le soleil déclinant de la fin d'automne. L'air immobile, dépourvu du moindre souffle de vent, conférait à ce paysage de western une tranquillité figée à la hauteur de la tempête à venir. Une forêt de sapins s'élevait au sud et à l'est, percée par un plan d'eau dont la surface lisse renvoyait des reflets orangés. Des nuées brunes d'oiseaux virevoltaient dans le ciel, bifurquaient soudain et fondaient vers le sol telles des flèches folles.

À côté de sa moto, au beau milieu de la prairie, Eytan goûtait la beauté des lieux. Le panorama aurait mérité un cigare, mais, ayant épuisé le stock de ses gourmandises préférées, le *kidon* s'était rabattu sur une cigarette.

— Nous sommes installés à l'abri de la futaie, annonça la voix d'Eli dans son oreillette.

— Je suis en position également, mais pas à l'abri.

— Je sais, je t'ai dans le viseur.

— Ne tire pas par mégarde…

— Je devrais te plomber sur place pour avoir conçu un plan aussi risqué ! Et je pense que Jacqueline est de mon avis.

— Tu voyais une autre solution ?

— Non.

— Alors râler ne sert à rien. Notre « joujou » est-il opérationnel ? s'enquit le colosse.

— Avi l'active en ce moment même, avec l'aide de Jeremy qui estime que l'engin ressemble à un four à micro-ondes géant.

— Il a raison, techniquement, c'est un four à micro-ondes géant !

— C'est ce qu'Avi lui explique depuis cinq minutes.

Eytan observait la route distante d'environ deux cents mètres en quête des signes de l'arrivée de ses invités. Le son lointain d'un moteur attira son attention, un son qu'il connaissait par cœur.

— Hélico en approche, prévint-il. Le convoi terrestre ne va pas tarder à suivre. Planquez-vous. Ils ne doivent pas vous prendre en visuel.

— C'est parti. Bonne chance…

— Il nous en faudra…

Le vrombissement de l'appareil se fit plus net. Eytan ferma les yeux et compta en silence les rotations des pales pour déterminer à quelle distance il se trouvait. Stefan Starlin lui avait enseigné cette astuce lors de sa formation au sein du MI6, presque soixante-dix ans plus tôt. Quand il rouvrit les paupières, l'hélicoptère était à portée de vue et volait à basse altitude.

— Eli, ils ont envoyé un Huey en couverture. Tes connaissances sont-elles toujours affûtées ?

— UH-Y1, version standard. Deux hommes au poste de pilotage, un tireur à la porte latérale avec une mitrailleuse 7.62.

— Exactement. Je te mets dix sur dix.

— Merci ! Ils te prennent au sérieux, mais pas au point de déployer en soutien aérien un appareil dernier cri. Ce modèle ne dispose pas des derniers systèmes de détection au sol.

— On ne va pas s'en plaindre. Le matériel le plus performant des Marines se trouve actuellement mobilisé au Moyen-Orient. Comme Bennington mène une opération secrète, il ne peut recourir aux équipements les plus sophistiqués sans se justifier et attirer l'attention.

— Ils arrivent, je propose que nous cessions les communications jusqu'à ton feu vert. Je conduis tout le monde à l'abri. Et toi, tu as intérêt à revenir entier.

Cela ne dépend plus de moi...

Eytan garda sa réponse pour lui. Elle n'aurait servi qu'à aggraver l'inquiétude d'Eli.

Le Huey survola le *kidon*, qui le regarda passer sans sourciller. L'hélicoptère décrivit ensuite une série de cercles concentriques au-dessus de la forêt et du lac, perturbant la tranquillité des oiseaux qui se lancèrent dans une fuite éperdue au milieu de piaillements destinés à effrayer l'intrus.

La reconnaissance durait trop longtemps au goût d'Eytan. Si l'un des hommes à bord apercevait le moindre mouvement au sol, ses amis subiraient un feu nourri qui ne leur laisserait aucune chance. Le colibri de métal stationna un moment au-dessus de la cime des arbres. Instinctivement, Eytan porta la main dans son dos, prêt à dégainer l'arme coincée à sa ceinture. À une telle distance, environ trois cents mètres, une balle ne causerait aucun dégât à la carlingue, mais pourrait atteindre le pilote. Et ainsi compromettre la stabilité de l'appareil, et donc du mitrailleur.

Le géant calcula l'angle nécessaire pour combiner précision et puissance d'impact de la balle. Il débloqua la sécurité de son arme et resserra les doigts sur la crosse de son pistolet. Le Huey reprenait de la hauteur. Il effectua un demi-tour et revint se positionner à une trentaine de mètres de lui, le canon de la mitraillette pointé dans sa direction.

Soulagé, Eytan glissa en douceur sa main de l'arrière de sa veste jusqu'à la poche de son pantalon et reporta son attention sur la route à l'ouest. Trois fourgonnettes noires précédées d'un Humvee marron clair apparurent bientôt.

Les véhicules s'engagèrent dans le champ, puis s'orientèrent vers Eytan. Arrivés à une dizaine de mètres de leur cible, ils se séparèrent et l'encerclèrent.

Quatre hommes en tenue noire jaillirent de chaque fourgonnette, fusil d'assaut au poing.

Du blindé léger sortirent deux individus qu'Eytan identifia sans peine pour les avoir affrontés dans la ruelle, lors de la passe d'armes de la High Line à Manhattan. Le vrai faux cul-de-jatte et le manchot apparemment équipé d'un nouveau bras artificiel encadrèrent la portière passager du véhicule. En descendit un quinquagénaire à la carrure impressionnante et aux pectoraux saillants. L'homme aux cheveux gris coupés court était vêtu d'un treillis vert identique à la veste du *kidon*.

La démarche conquérante, il se rapprocha de lui et l'examina de pied en cap.

— Général, fit Eytan en effectuant un salut trop rigide pour ne pas être ironique.

— Morgenstern, répondit Bennington, d'une voix calme. Je m'attendais à te voir débarquer, fiston, mais j'imaginais une rencontre plus combative, surtout après tes exploits à Baltimore. Comme tout le monde, j'ai regardé les actualités. L'incendie de l'immeuble où se trouvent les locaux de notre fournisseur ne pouvait être le fruit du hasard. Tu ne fais pas dans la dentelle, et j'aime ça, mais un homme assez déterminé pour tenter un tel coup d'éclat ne se rend pas sans raison. Alors que mijotes-tu ?

— Vous avez vu juste, la reddition n'est pas vraiment dans ma nature. Je viens négocier.

— Négocier ? À part ton corps, qu'aurais-tu donc à m'offrir ? demanda Bennington, laissant échapper un rire satisfait.

— Vous n'êtes pas mon type… En fait, je sais une chose capitale que vous ignorez concernant les prothèses qui équipent vos hommes. Une petite surprise concoctée par H-Plus Dynamics et qui devrait vous déplaire. Je dispose des preuves et je suis prêt à vous les remettre.

Intrigué, Bennington frotta deux doigts contre ses lèvres.

— Et qu'exiges-tu en retour ?

— Vous m'oubliez, et par la même occasion vous oubliez Jacqueline et Jeremy Corbin.

— Et où se trouvent-ils au juste ?

— Loin.

— Je vois… Évidemment, les preuves dont tu parles sont gardées en sûreté ?

— Évidemment.

— Bien sûr… Donc, si j'ai bien suivi, tu m'annonces que nos amis d'H-Plus Dynamics nous auraient livré du matériel sujet à caution et tu fais de cette information ta monnaie d'échange.

— Parfait résumé de la situation.

— D'accord… Mais dis-moi, maintenant que tu m'as alerté sur l'existence d'un problème, j'ai tout loisir de mener ma propre enquête et de laisser nos spécialistes découvrir le pot aux roses. Voilà qui réduit fortement l'intérêt de ton offre.

— J'ai oublié de mentionner que je possède également la preuve que les hommes de votre unité ont été sciemment mutilés afin de les intégrer à votre programme de « Robocops ». Je me demande comment ils vont réagir quand ils sauront ce que vous leur avez fait subir…

— D'après toi, qui croiront-ils ? L'homme qui les a sauvés et qui leur a donné un avenir, ou celui qui leur est décrit comme une menace nationale ?

Bennington s'interrompit un instant pour jauger l'effet de ses paroles.

— Le progrès exige son lot de sacrifices. Il n'y a pas de croissance sans douleur. Mon unité représente une étape décisive vers l'émergence d'un nouveau type de combattants, vers un nouvel humain.

— Donc vous admettez votre responsabilité… souffla le géant en relâchant un nuage de fumée.

Le général plissa les yeux pour scruter plus attentivement le visage de son interlocuteur

— Tu n'as pas de preuve formelle, n'est-ce pas ? Rien de plus que des soupçons ? Oui, j'étais au courant. Je les ai même choisis… sourit froidement Bennington. Les politiques n'auraient jamais financé ce programme si je ne leur avais pas fourni les sujets possédant les qualités requises. J'ai sélectionné mes hommes en fonction des critères édictés par H-Plus, puis j'ai fait ce que la situation demandait. C'est mon devoir de militaire.

— Le devoir d'un gradé, c'est d'être fidèle à ceux qui se battent à ses côtés. Vous n'êtes qu'un fou de plus au milieu d'une liste sans fin, cracha Eytan en jetant son mégot au sol avant de l'écraser.

— Je t'interdis de me juger, fiston. Ma loyauté va à mon pays. Je trace une voie qui sauvera les vies de nos troupes.

— Bla bla bla… je connais par cœur les justifications ânonnées par les malades de votre espèce. Sacrifier quelques-uns pour sauver le reste. Ce sont des conneries ! Je vais vous faire un aveu : je me fous de vos petites manigances, de vos arrangements avec la morale. Vous pourriez bien dépecer vos hommes sans que cela me perturbe outre mesure. Toutes les armées ont sur les mains le sang de leurs propres soldats. Je vous pose la question une dernière fois. Pesez bien votre réponse. Acceptez-vous oui ou non ma proposition ?

— Tu es cerné par une vingtaine de Marines, visé par des armes lourdes, et tu te permets encore d'adopter un ton menaçant, voire insolent ? Tes amis seront éliminés, comme tous les témoins gênants de ce projet. Quant à toi, Morgenstern, mes scientifiques vont te disséquer, analyser chaque parcelle de ton organisme et je prendrai plaisir à les regarder faire.

— Vous vous y connaissez en électronique ? demanda Eytan à brûle-pourpoint.

— Pardon ? fit Bennington, décontenancé.

— Bien sûr que vous n'y connaissez rien. Comme n'importe quel apprenti sorcier, vous manipulez des forces dont vous ignorez tout. Maintenant !

— Maintenant quoi ? s'énerva le général.

Le *kidon* ne répondit pas, et les traits tendus, fit un pas en direction du gradé qui recula.

— Neutralisez-le ! ordonna ce dernier.

Les soldats avancèrent avec prudence, l'œil collé contre le viseur de leur arme. Le cercle se referma autour d'Eytan. Il s'immobilisa puis exposa ses paumes vides en signe d'apaisement.

Au même instant, l'herbe de la plaine se coucha. Balayés par la puissance d'un souffle invisible, les hommes tombèrent au sol comme des masses, et se contorsionnèrent tels des vers de terre. Le cul-de-jatte, incrédule, fixa son supérieur du regard, incapable de mouvoir ses membres artificiels. Il bascula à la renverse comme un jouet aux piles déchargées, puis se prit la tête à deux mains, en proie à une migraine insupportable. Bennington lui-même mit un genou à terre et pressa son front en grimaçant. Les pales de l'hélicoptère cessèrent soudainement leur rotation, le moteur se tut, et l'appareil privé de poussée s'écrasa dans un abominable bruit de tôle froissée.

Eytan vacilla. Sa vue se brouillait. Il luttait pour ne pas s'effondrer et continuer à marcher. Il essuya le filet de sang qui s'écoulait de ses narines, s'accroupit devant le général, lui saisit le menton et l'obligea à le regarder dans les yeux.

— On imagine mal les conséquences d'une impulsion électromagnétique terrestre tant qu'on n'y a pas été confronté, haleta-t-il en ôtant son oreillette désormais hors service, à l'instar de tout le matériel électronique présent dans la zone d'action du générateur de micro-ondes fourni par Franck. Pour répondre à votre question, maintenant, je vais éliminer votre précieux commando. Ensuite, fit-il en dégainant son pistolet, je m'occuperai de vous.

Sur ces mots, Eytan sentit ses muscles se contracter et son cœur s'accélérer au point de vouloir jaillir hors de sa poitrine. Sa respiration se bloqua. Il fouilla maladroitement de ses doigts tremblants les poches intérieures de sa veste et en retira l'étui rigide contenant les seringues remplies du sérum qui le maintenait en vie. Ses muscles se raidissaient à chaque seconde. Soudain, il roula au sol, saisi de convulsions. Les mâchoires serrées, les tempes mouillées de sueur, il rassembla ses forces et lutta pour reprendre le contrôle de son propre corps. Dans un ultime effort, il tenta d'ouvrir le petit étui. Sans succès.

Replongé au cœur des souffrances tant de fois endurées lors des expérimentations menées sur lui par Bleiberg, Eytan ferma les yeux et, comme en ces temps maudits, supplia la mort de l'emporter le plus vite possible.

CHAPITRE 44

Dans la forêt, quelques minutes plus tôt...

Dans la berline, la tension montait à mesure qu'Avi égrenait le compte à rebours. À l'approche du seuil fatidique annonciateur du déclenchement du générateur d'impulsions électromagnétiques, les quatre occupants du véhicule, les yeux clos, étaient aussi fébriles que l'équipage d'une navette spatiale devant l'imminence du décollage. Le manque d'assurance dont avait fait preuve le médecin en énonçant les possibles effets de cette arme méconnue entretenait l'angoisse.

Jeremy avait bien essayé d'en savoir plus sur la nature exacte d'une IEM pour trouver de quoi apaiser une peur largement partagée par ses camarades.

— À la base, avait expliqué Avi alors qu'il sortait le grand cylindre noir de la caisse de transport et commençait à l'installer, les IEM furent découvertes au cours d'essais atomiques en 1945. Il s'agissait d'effets secondaires causés par l'explosion. Ces impulsions perturbent le fonctionnement de tout appareil électrique ou électronique, voire les détruisent définitivement.

— Les conséquences de l'utilisation de telles armes sur les pays industrialisés seraient incommensurables, avait ajouté Eli. Plus de communications, plus de courant, et pour longtemps. L'effondrement économique qui s'ensuivrait ne serait que la première étape vers un retour à l'âge de pierre. Voilà pourquoi tous les gouvernements les développent en secret. L'été dernier, Israël a menacé d'en faire usage contre l'Iran.

— Nous allons lancer une mini-explosion atomique ? Vous êtes dingues, nous allons tous crever ! s'était exclamée Jacky, effarée.

— Bien sûr que non, avait protesté Avi. L'appareil que nous a remis Franck est un générateur d'IEM terrestre. Il serait trop compliqué de vous en détailler le fonctionnement, mais il générera une impulsion assez forte pour couvrir la zone où se trouve Eytan sans recourir à l'énergie nucléaire. Les soldats équipés de prothèses peuvent leur dire adieu, et, de toute façon, les organismes vont en prendre plein la gueule.

— Et qu'est-ce qu'un universitaire fout avec un engin pareil ? avait insisté Jeremy.

— Certaines facultés s'en servent pour des recherches, mais à moindre puissance. Cette fois, le générateur exprimera tout son potentiel, avait-il conclu avant d'enjoindre à tout le monde de se réfugier dans le véhicule.

Depuis, recroquevillés sur les sièges de leur protection de fortune, ils vivaient les trente secondes les plus longues de leur existence.

Un son aigu s'éleva dans les airs. D'abord ténu, il gagna en volume puis s'évanouit, faisant place à un bruit sourd, semblable à un bouchon de champagne jaillissant du goulot d'une bouteille.

La voiture se souleva de l'arrière vers l'avant, comme emportée par une marée puissante et invisible.

— Oh, c'était quoi, ça ? s'écria Jeremy, cramponné à l'appui-tête du siège conducteur.

— L'onde de choc, répondit Avi. Le simple fait que tu poses la question prouve que le principe de la cage de Faraday a fonct…

Avant qu'il ait pu finir sa phrase, ils assistèrent médusés à la chute brutale de l'hélicoptère, qui s'écrasa au sol dans un fracas métallique épouvantable.

— Le générateur a marché, commenta Jeremy alors que la main de son épouse se glissait dans la sienne.

— C'est monstrueux, souffla-t-elle en contemplant l'épave.

— Parfait, fit Eli, si tout le monde va bien, nous passons à la phase 2 de l'opération. Go !

Sitôt la consigne donnée, il se précipita à l'extérieur et prit appui sur le capot de la Ford pour affermir la visée de son fusil de précision et observer la situation d'Eytan.

— Viens, lança Jeremy à Avi, nous filons chercher l'Audi, en espérant qu'elle n'a pas été atteinte.

— Si Franck a dit vrai sur le périmètre de propagation des ondes, elle est intacte, répondit le médecin en sortant à son tour.

Conformément au plan, Jeremy et lui partirent en courant au milieu des arbres, tandis que Jacky, pistolet en main, se plaçait aux côtés d'Eli pour assurer sa sécurité au cas où d'éventuels intrus se présenteraient.

— Je ne vous en voudrai pas de me faire un topo, demanda-t-elle au vétéran qui balayait de son viseur la zone autour du *kidon*.

— Eytan est vivant, souffla-t-il, apaisé. Il marche vers un homme agenouillé, certainement Bennington. Je vois une douzaine de soldats à terre.

— Que font-ils ?

— Certains ne bougent plus, d'autres se tordent de douleur.

— Une belle saloperie, ce truc…

— Seuls les naïfs pensent que la guerre est propre… Attendez… Eytan s'est accroupi face à Bennington. Notre cher général n'en a plus pour longtemps. Tout se déroule parfaitement ; maintenant je dois localiser ce sniper, s'il est dans le coin, annonça-t-il en élargissant sa zone de surveillance, et il l'est forcément.

— En plus du support aérien, ils disposent d'une couverture terrestre. C'est la procédure classique des unités de reconnaissance, non ?

— Tout juste, lâcha-t-il distraitement, entièrement focalisé sur la traque du dernier ennemi encore susceptible de représenter une menace. Ça y est, je vois Terry !

— Il a Eytan en joue ?

— Non, il change de position. La ligne de mire de ce fumier a été bloquée par le crash du Huey. Bon sang, il court trop vite pour que je puisse l'ajuster.

— Sa fiche mentionnait de graves blessures aux jambes, il est certainement équipé de prothèses.

— Je vous confirme leur efficacité, enragea Eli. Sa vitesse de pointe est presque surhumaine. Je ne peux pas l'abattre tant qu'il est en mouvement.

— Profitez-en pour faire un point du côté d'Eytan.

Eli pivota légèrement puis se redressa, abandonnant sa visée une poignée de secondes avant de coller à nouveau son œil à la lunette de son arme.

— Vous le voyez ? Que se passe-t-il ? demanda Jacky, angoissée par la mine sinistre du sexagénaire.

— Eytan est à terre, expliqua-t-il d'une voix blanche. L'onde de choc a provoqué une crise. Il n'a pas réussi à s'injecter le sérum.

— Combien de temps peut-il tenir ? s'enquit la jeune femme.

— Une minute trente grand maximum…

— Trois cents mètres, quatre-vingt-dix secondes, c'est parti, lâcha-t-elle en s'élançant.

Eli tenta de localiser Tim Terry, sans succès.

— Fait chier, bougonna-t-il.

La situation jusqu'ici favorable se dégradait à vue d'œil. Avi et Jeremy absents, Jacky lancée dans une course désespérée, Eytan à l'article de la mort… Eli décida de faire coup double : dégager le terrain pour Jacky et attirer l'attention du sniper. Le cercle formé par les fourgonnettes et le Humvee bloquait partiellement le champ de vision de Terry, mais pas au point d'offrir une couverture convenable au *kidon*.

Le vétéran respira aussi profondément que ses poumons diminués le lui permettaient et établit l'ordre de ses cibles, excluant à regret le général Bennington, masqué par le corps d'Eytan. La curée débuta.

Il enchaîna balle sur balle, exécutant les hommes les uns après les autres. Ceux qui tentaient de se relever moururent les premiers. En l'espace de dix secondes, quatre d'entre eux mordirent la poussière, le front ou l'arrière du crâne perforé d'un tir net et sans bavure. Pour éliminer tout risque, Eli mit en joue les commandos qui gisaient au sol. Peut-être étaient-ils déjà morts des suites de leur exposition à l'impulsion ou peut-être n'étaient-ils qu'évanouis ? Pas question de laisser la place au doute. Avec la précision et l'assurance conférées par ses années d'entraînement et de pratique, Eli Karman continua le carnage jusqu'à ne plus repérer âme qui vive.

Il avisa Jacky en plein sprint, qui s'approchait de la zone désormais dégagée.

Nouveau balayage des environs. Aucun signe de Terry à l'horizon. Celui-ci devait se tapir dans les herbes. Prenant en compte sa vitesse de déplacement, Eli détermina une zone où le sniper pouvait se trouver, et entreprit de la quadriller pour le débusquer avant qu'il ne fasse un carton sur la petite.

Le vrombissement d'une voiture lancée dans un gymkhana à travers champ ne suffit pas à le distraire. Avi et Jeremy revenaient, pied au plancher. Au moins une bonne nouvelle…

La berline effectua un dérapage digne d'un rallye professionnel et arrêta sa course à quelques mètres d'Eli.

— J'ai toujours rêvé de faire ça, exulta Avi en ouvrant sa portière.

— Moi, j'aimerais simplement pouvoir conduire, se plaignit Jeremy en l'imitant. Où est passée Jacky ? demanda-t-il, alerté par la posture et la concentration d'Eli.

Celui-ci, sans cesser sa recherche, dressa un tableau succinct de la mauvaise tournure des événements.

— Prenons la bagnole et sortons-les de là ! s'emporta le libraire, paniqué.

— Négatif ! Tant que je n'ai pas éliminé le sergent Terry, nous nous en tenons au plan, ordonna-t-il fermement.

Deux cent cinquante mètres plus loin, Jacky tirait aussi fort que possible sur ses bras et ses jambes. Portée par le seul désir d'arriver à temps, confiante en la capacité d'Eli de la protéger du sniper, elle courait à perdre haleine, repoussant ses limites sans prêter attention aux multiples détonations qui résonnaient dans son dos.

Lorsqu'elle atteignit le cercle des véhicules, elle ne rencontra que des cadavres sanguinolents. Elle se précipita vers le corps immobile d'Eytan. À côté de lui, le général Bennington tentait maladroitement de se relever.

Jacky croisa son regard voilé un bref instant. Elle pointa son pistolet vers lui et lui logea froidement une balle entre les yeux. Il tomba à la renverse comme une quille. La jeune femme lâcha son arme et se jeta aux côtés d'Eytan. Il émanait de ses traits apaisés une plénitude qu'elle ne lui connaissait pas. Ainsi étendu, il semblait en paix.

Elle saisit l'étui qui contenait les seringues et l'ouvrit à la volée. Elle sortit une dose puis retroussa la manche de la veste et du polo du *kidon*. Un frisson la parcourut quand ses doigts caressèrent la peau glaciale. Elle repéra une veine plus saillante que les autres courant sous le tatouage « 302 » inscrit à l'encre noire sur l'avant-bras d'Eytan, et enfonça l'aiguille.

Jacky injecta la totalité du liquide verdâtre avant qu'une détonation ne claque. Une brûlure soudaine lui piqua la jambe. Projetée à terre à son tour, la jeune femme porta les yeux sur sa cuisse ensanglantée. La balle avait déchiré son jean, mais n'avait qu'effleuré la chair.

Douloureux, mais sans gravité, pensa-t-elle.

Sous la menace d'un nouveau tir, elle agrippa Eytan par les épaules et, de toutes ses forces, le fit rouler au sol. Il lui fallut deux tentatives pour déplacer le poids mort. Au moins se trouvaient-ils maintenant tous deux partiellement protégés par la carrosserie du Humvee…

Avi et Jeremy transportaient la caisse du générateur, incroyablement lourde, vers le coffre de la voiture encore en état de marche. Rongé par l'inquiétude, le blondinet obéissait tel un robot aux consignes du médecin. Ils lâchèrent leur fardeau quand l'écho d'un puissant coup de feu leur parvint au loin.

— Cible repérée. Terry à trois heures ! cria Eli en pivotant brusquement sur sa droite.

Il voyait dans son viseur le trépied sur lequel reposait le canon du fusil de Tim Terry, pointé désormais vers Eytan et Jacky.

— Sur qui a-t-il tiré ? demanda Jeremy, hystérique.

— Sur Jacky, mais il l'a ratée, mentit Eli. Moi par contre, je ne vais pas le louper…

Il pressa la détente à deux reprises.

— Tu l'as eu ? interrogea à son tour Avi.

— Je ne sais pas, je ne vois que le bout de son arme…

Eli s'interrompit. Le trépied de son adversaire décollait et, tout en douceur, se posait cette fois en direction du vétéran.

Derrière l'abri improvisé, Jacky serrait les doigts sur la crosse de son pistolet, s'attendant à se faire descendre par Terry à tout moment. Eytan, le visage exsangue, ne donnait toujours aucun signe de vie. Elle posa la main sur son crâne glabre et constata qu'il était brûlant. La jeune femme sursauta. Le géant venait d'ouvrir les yeux et inspirait bruyamment, bouche grande ouverte.

— La trouille… soupira-t-elle.

Il sembla ne pas l'entendre et se redressa en prenant appui sur ses coudes.

— Que s'est-il passé ? bafouilla-t-il en secouant la tête.

— Eli a abattu les soldats, et quand nous avons vu que tu étais mal en point, je suis venue à la rescousse, comme prévu. J'ai achevé Bennington au passage.

— Tu es blessée ? demanda-t-il en désignant le filet de sang qui s'écoulait de la cuisse de Jacky.

— Superficiel. Terry m'a tiré dessus une fois, mais il n'a pas insisté.

— Il a choisi de débusquer Eli… Et merde, à un contre un, Eli ne fera pas le poids ! Reste à couvert, je m'en charge.

— Attends, tu crois que tu es en état de…

Sans tenir compte de la protestation, Eytan se releva avec une souplesse féline et s'empara d'un fusil d'assaut. Il bondit ensuite sur le capot du Humvee et prit place sur le toit. Profitant d'un champ de vision dégagé, il tourna la tête vers la position occupée par Eli pour se caler sur la ligne de visée de ce dernier. Il épaula son arme et pivota soudain à l'opposé. Il repéra sans peine Tim Terry, l'œil contre sa lunette, le doigt sur la détente. Une seconde d'ajustement, une pression. Deux détonations simultanées…

Avi achevait d'installer la caisse dans la voiture. À côté de lui, Jeremy observait, inquiet, Eli qui changeait de chargeur aussi vite que possible.

Le médecin refermait le coffre quand deux coups de feu éclatèrent dans la même seconde. Leurs échos furent recouverts par le cri déchirant du libraire…

CHAPITRE 45

Banlieue de Rio de Janeiro, février 1953.

Dans la tribune improvisée à l'aide de parpaings et de planches de bois, les gamins s'époumonaient tandis que, sur le terrain de sable, les joueurs suaient sang et eau. Haut dans le ciel bleu, le soleil frappait sans pitié les deux équipes et la centaine de spectateurs qui assistaient au match de football opposant deux quartiers rivaux. Les verts affrontaient les rouges et menaient d'un but à quelques secondes de la fin. La chaleur et l'enthousiasme des hommes provoquaient une tension extrême. L'ambiance rappelait la ferveur mystique qui régnait dans le pharaonique stade municipal inauguré trois ans plus tôt au cœur du quartier Maracanã.

Le coup de sifflet final retentit, annonçant la délivrance pour les uns, qui s'étreignaient, euphoriques, et la déception pour les autres, qui erraient incrédules sur le champ d'infamie. Un essaim d'enfants en transe s'agglutina autour des héros du jour.

À l'instar de nombreux badauds, Eytan observait la scène depuis la rue voisine. Il découvrait pour la première fois le Brésil et son univers où les couleurs chatoyantes de la végétation comme des façades ne suffisaient pas à cacher la misère.

Depuis son arrivée à Rio, la veille, l'agent spécial du MI6 souffrait des températures élevées de l'été austral. Une casquette protégeait son crâne rasé de cuisants coups de soleil. Il ne devait qu'à son étrange organisme de ne pas suer par tous les pores de sa peau.

Deux jeunes femmes, bras dessus, bras dessous, passèrent devant le géant, la démarche nonchalante, et lui adressèrent des sourires enjôleurs. Amusé, il observa leur manège d'un œil bienveillant. Au fil des dernières années et des nombreux voyages qu'imposaient ses missions, il avait réalisé l'effet qu'il produisait sur le sexe opposé. Son instructeur et guide, Stefan Starlin, ne manquait pas une occasion de reprocher au jeune homme son attitude distante à l'égard de la gent féminine.

— Si j'étais taillé comme toi, raillait-il souvent, je mettrais le feu aux chambres à coucher du monde entier.

— En reste-t-il seulement que tu n'as pas déjà embrasées ? lui répondait Eytan, moins pour le flatter que pour décrire la réalité.

Le géant sourit en pensant à celui qui veillait sur lui depuis bientôt une décennie.

Il se concentra à nouveau sur l'entraîneur des vainqueurs, auquel personne ne prêtait la moindre attention et qui motivait sa venue sur le continent sud-américain. De taille moyenne, la cinquantaine athlétique, l'homme aux cheveux grisonnants portait un pantalon de lin clair et une chemise blanche. Il gratifiait ses joueurs de tapes amicales de la main gauche. Son bras droit, lui, pendait le long de son corps…

Les graviers de la cour intérieure crissèrent sous les pneus du cabriolet Volkswagen noir conduit par Karl-Heinz Dietz. Il descendit de son véhicule flambant neuf et ferma le portail vert qui gardait l'entrée de sa propriété. Il s'immobilisa ensuite devant le perron de sa maison cossue située sur les hauteurs de Rio de Janeiro. Il avait beau vivre ici depuis plus de cinq ans, il ne se lassait pas du spectacle.

Il avait acheté ce terrain pour une bouchée de pain dès qu'il avait acquis la certitude de l'effondrement du Reich, début 1944. Pour une somme tout aussi dérisoire, il s'était fait construire un véritable mas provençal de deux étages, paradis terrestre noyé au milieu d'une végétation luxuriante. Une jungle de plantes exotiques léchait les murs de crépi ocre. Des orchidées sauvages poussaient sur les troncs des arbres tropicaux qui étendaient leurs larges ramures au-dessus de la toiture en tuile. Mais la richesse de l'endroit n'était ni végétale ni architecturale. Il abritait ses seuls trésors : Juliana, son épouse, et Milene, sa fille. Les seuls êtres qui comptaient aux yeux de celui qui se nommait désormais Carlos Dies.

Karl-Heinz pénétra dans la maison et déposa sur le carrelage le ballon qu'il tenait encore sous son bras valide. Il se dirigea vers le salon plongé dans une semi-pénombre qui préservait la fraîcheur de la pièce. Quelques rais de lumière filtraient à travers les lattes des volets fermés. Il appela sa femme et sa fille, sans obtenir de réponse. Il mit en route le ventilateur de plafond et ouvrit la porte d'un buffet, à la recherche d'un verre.

— Vous avez déjà un whisky servi sur la table basse, colonel Dietz.

Karl-Heinz sursauta. Il n'avait pas entendu un mot d'allemand depuis une décennie. Et personne au Brésil ne connaissait son passé, et encore moins son grade dans la SS. Lentement, il se retourna vers le coin réception d'où émanait la voix. Il distingua une silhouette massive qui occupait la quasi-totalité du canapé en cuir vert prévu pour deux personnes.

— Prenez place, vous êtes chez vous après tout, fit l'inconnu. J'ai pris la liberté de me servir aussi, je m'en voudrais de vous laisser boire seul.

— Qui êtes-vous ? demanda Karl-Heinz, retrouvant un peu de contenance.

Il referma les portes du buffet et avança vers un fauteuil à haut dossier qui faisait face à son visiteur.

— Je suis la somme de vos victimes…

L'inconnu se pencha en avant. Les traits de son visage se dessinèrent dans la lumière.

— Morgenstern ?

— Trinquons, colonel ! répondit Eytan en prenant un verre posé sur la table devant lui. Trinquons comme deux anciens combattants qui ont survécu aux horreurs de la guerre.

Dietz s'assit et se saisit du whisky préparé à son intention. Il accepta l'invitation, et les deux verres se heurtèrent dans un tintement cristallin.

— Tu es devenu un homme, fit remarquer Karl-Heinz avec une pointe d'admiration dans la voix. Plus qu'un homme. Pourtant, je devine encore tes traits juvéniles. Alors, dis-moi, qu'as-tu fait toutes ces années ?

— Après notre rencontre, j'ai rejoint l'Angleterre en compagnie de Stefan Starlin.

— Qui est-ce ?

— L'Anglais qui m'a arraché à vos griffes lors de votre assaut sur notre campement. C'est d'ailleurs lui qui m'a offert ceci.

Eytan exhiba un pan de la veste de treillis qu'il portait.

— Starlin l'avait sur lui quand on l'a recruté dans le SOE. Il est avare de détails, mais elle est importante à ses yeux, et donc aux miens. Bref, il m'a ramené à Londres avec l'aide d'un réseau de résistants polonais. Ensuite, il m'a fait intégrer le MI6 avec un statut d'agent autonome. Les services de renseignement me fournissent les dossiers des criminels de guerre, je les décortique, je choisis mes cibles, et je me lance à leurs trousses. Certains doivent être jugés. D'autres…

— Je vois… Mesures-tu l'ironie de cette situation ?

— Elle sera encore plus ironique en fin d'année. Les Anglais souhaitent se désengager du processus de « nettoyage ». Je suis donc transféré auprès du Mossad dont je profiterai des moyens logistiques tout en conservant mon autonomie.

— Un juif transformé en aryen chasse les criminels de guerre qui l'ont créé pour le compte d'un État juif, récapitula Karl-Heinz, concluant sur un éclat de rire sonore. Toute l'absurdité du régime nazi faite homme. Tu es finalement devenu un chasseur comme je l'étais ! Tu en as éliminé beaucoup ?

— Oui.

— Raconte-moi tout, s'impatienta Dietz. Qu'en as-tu retiré ?

— Rien d'autre que la satisfaction du devoir accompli.

— Vraiment ? Tu n'as pas trouvé de saveur dans l'assouvissement de ta vengeance ?

— La vengeance n'a aucune saveur.

— Tu mens. Je parie qu'en ce moment même, tu éprouves un plaisir intense à l'idée de me tuer, une excitation qui te secoue les tripes. Un orgasme unique qu'aucune femme ne pourra jamais te prodiguer.

— Était-ce là votre motivation ? s'étonna Morgenstern. Le plaisir ?

— Oh oui, grogna Dietz avec voracité. L'ivresse du combat face à une bête féroce ou un guerrier valeureux me manque à un point que tu ne peux concevoir. La politique, l'idéologie, toutes ces illusions agitées par les faux prophètes pour asseoir leur pouvoir ne me concernent pas. Seules comptent la confrontation, la perfection du geste et, au final, la victoire. Ne pas t'avoir égorgé de mes propres mains restera mon plus grand regret. Par bonheur, abattre tes amis m'a procuré les émotions que je recherchais, conclut-il en se renfonçant dans son fauteuil.

— Il ne vous servira à rien de me provoquer. Je ne cède jamais à la provocation. Je suis ici dans un but bien précis, et rien de ce que vous ferez ou direz ne m'en détournera.

— Bien, alors tue-moi si tu le souhaites, je ne suis plus en mesure de me défendre. Mais cela ne changera rien à ton problème. Toute ta vie, tu attiseras les convoitises. Et toute ta vie, ceux que tu aimes en pâtiront.

— C'est pourquoi je maintiens ceux que j'aime à distance, soupira Eytan. C'est pourquoi je les maintiendrai toujours à distance. Dans leur intérêt, et dans le mien.

Il se leva, déployant sa silhouette imposante. Karl-Heinz sentit son estomac se nouer et sa gorge se serrer. Il connaissait trop bien le jeu pour ne pas en accepter les règles. La vie pour le vainqueur, la mort pour le perdant.

Vae Victis, songea-t-il.

Ce n'était pas la peur qui le taraudait ainsi, en tout cas, pas celle de mourir. Ses pensées allaient vers Juliana et Milene, vers tous ces moments qu'ils ne partageraient jamais ensemble.

Morgenstern porta la main à la ceinture de son pantalon et dégaina un impressionnant couteau qui raviva la douleur dans le bras mort de Karl-Heinz.

— Tu souhaites en finir en utilisant la même arme qu'en Pologne ?

— Je ne l'utilise pas en souvenir de vous, mais en mémoire de l'homme à qui elle appartenait…

À la surprise de Karl-Heinz, le poignard regagna son étui.

— Détendez-vous. Je ne suis pas venu pour vous tuer, Dietz, ni pour vous emmener en Israël afin d'y être jugé. Je n'ai pas reçu mandat pour cela, et, de toute façon, votre mort ne me suffirait pas.

Sur ces mots, Morgenstern consulta sa montre. Il fouilla ensuite dans la poche intérieure de sa veste. Il en ressortit un petit bracelet multicolore en fils tressés, qu'il jeta sur la table basse. Karl-Heinz écarquilla les yeux. Il tendit une main tremblante vers le colifichet.

— Ce bracelet appartient à…

— … votre fille, oui. Elle s'appelait Milene, je crois.

— Tu n'as pas fait ça…

L'ancien colonel parlait d'une voix blanche. Eytan lui répondit par un sourire narquois.

— Je n'aurais jamais séparé une fille de sa mère, annonça-t-il en lançant un anneau en or que Karl-Heinz rattrapa au vol machinalement.

Il écarta les doigts. Son regard resta fixé sur l'alliance de Juliana. Son esprit divaguait aux frontières de l'abattement, de la rage et de la folie.

— Vous aviez raison, colonel, nos proches payent le prix de nos existences. Et maintenant, si vous le permettez, dit Morgenstern en lui reprenant le bracelet, j'en ai encore besoin. Vous pouvez garder la bague.

— Comment as-tu pu… sanglota Dietz.

Le colosse se dirigea vers une porte-fenêtre, l'ouvrit et en poussa le volet en égrenant une liste de noms.

— Janusz, Karol, Vassili, Piotr, Pawel, Marek. Pour eux, j'aurais pu… conclut-il.

Il sortit et referma derrière lui.

— J'aurais pu ? répéta Karl-Heinz.

Il se leva en trombe et se rua vers la fenêtre donnant sur l'allée de la maison. Une nouvelle vague d'émotions contradictoires le submergea. Juliana et Milene se tenaient debout à côté de la voiture.

Morgenstern s'approcha d'elles et tendit le bracelet à la petite, qui l'attacha aussitôt à son poignet fin. Le géant lui sourit tendrement et caressa ses boucles blondes. Il plongea la main dans sa veste et, dans le même mouvement, se tourna vers Juliana. Karl-Heinz s'apprêtait à marteler la vitre pour la prévenir du danger, mais en lieu et place du pistolet que le *Jäger* s'attendait à voir surgir, c'est un cigare qui fit son apparition. Il réalisa alors que Juliana ne prêtait aucune attention à Morgenstern. Elle dardait des yeux durs et méprisants vers Karl-Heinz. Ce dernier aperçut le livret qu'elle tenait à la main. Elle le lança dans sa direction. Il vit la couverture du document et comprit en reconnaissant la photo le représentant en uniforme SS devant le village de Lidice en ruines.

Il aurait voulu lui expliquer que tout cela était loin, que les temps étaient différents, qu'il n'était plus cet homme. Il releva la tête vers elle et remarqua la valise à ses pieds. Le géant invita la mère et l'enfant à le suivre. Tous trois descendirent l'allée, franchirent le portail et disparurent dans la rue sans un regard en arrière.

Karl-Heinz sentit ses jambes se dérober sous lui et glissa au sol en douceur. Le déchirement de perdre sa femme et sa fille le disputait à la rage de n'avoir pas éliminé le jeune Eytan des années plus tôt. Jamais Dietz n'aurait pensé endurer de tels tourments. Il pleurait, riait, et hurlait injures et imprécations contre ce maudit patient 302.

— C'est le destin de tous ceux qui croisent ta route, Morgenstern, de connaître la souffrance et la désolation ! Même avec un bras en moins, je redeviendrai le chasseur ! Je ferai en sorte que toute ta vie ceux que tu aimes… »

Ses cris rauques résonnaient dans le salon ; puis, tout à coup, la maison explosa.

CHAPITRE 46

Fort Wayne, de nos jours.

M16 calé sous l'aisselle, Eytan considérait avec tristesse le cadavre de Tim Terry. Le sang s'écoulait de la tempe du Marine et s'agglomérait en une flaque sombre autour du canon du fusil qui gisait à ses côtés.

— C'est terminé, jugea Jacky en passant une main réconfortante sur l'avant-bras du géant.

— Presque, rectifia-t-il en attrapant le corps par les mollets.

Il sentit sous ses grandes paumes la rigidité des jambes synthétiques qui équipaient le sergent et entreprit de le tirer en direction du cercle formé par les véhicules militaires.

— File rejoindre les garçons, ordonna-t-il, je vais inspecter les camionnettes et les corps. Tu n'as pas besoin de participer à ça.

— Comme tu voudras, fit la jeune femme, certaine qu'aucun argument n'infléchirait la décision du *kidon*. Dis donc, tu n'oublierais pas un petit quelque chose…

— Tu crois ? s'étonna-t-il alors qu'il tractait le poids mort sans effort apparent.

— Incorrigible… soupira-t-elle.

Elle lui tourna le dos et s'éloigna en claudiquant.

— Merci ?

— Il était temps, cria-t-elle sans se retourner.

— Je pensais te l'avoir dit…

Jacky s'arrêta net et rentra la tête dans les épaules. Elle pivota vers Eytan, les yeux mi-clos en signe de reproche. Le clin d'œil désarmant qu'il lui adressa valait tous les remerciements du monde et, sourire aux lèvres, elle reprit sa marche, impatiente de serrer son mari dans ses bras.

Jeremy pressait aussi fort que possible ses doigts sur la plaie. Il ne sentait plus ses phalanges rougies par l'effort autant que par l'hémoglobine. En fait, il ne sentait plus rien, ne comprenait plus rien. Il ne savait même pas par quel miracle il tenait encore debout, enfin à genoux, en l'occurrence.

À ses côtés, Avi s'activait avec énergie, déchirant un sachet de compresses avec les dents. De sa main libre, il déboucha un flacon d'antiseptique. Le calme et le contrôle de soi dont il faisait preuve rejaillissaient sur Jeremy, qui s'abandonnait au savoir-faire indiscutable du médecin.

— Les yeux sur moi, tu gardes les yeux sur moi, déclara-t-il d'une voix posée et rassurante, presque chantante, qui fit renaître l'espoir chez le libraire. Je vais désinfecter ta blessure et la compresser. Tu vas souffrir, mais c'est bon signe. Et tu n'arrêtes pas de me regarder.

Les doigts d'Avi chassèrent ceux de Jeremy. Il appliqua la gaze imbibée sur la peau bleutée, tuméfiée par la balle, et entreprit le nettoyage de la plaie d'Eli.

Le vétéran, allongé entre les deux hommes, tressaillit de douleur. Il luttait pour rester conscient. Ses yeux roulaient dans leurs orbites, mais revenaient immanquablement se fixer sur Avi qui officiait sans cesser de lui sourire. Les lèvres du sexagénaire articulaient des mots inaudibles.

— N'essaye pas de parler, murmura Avi. Tout ira bien.

L'ultime balle tirée par Tim Terry avait frappé Eli à l'épaule, perforant la clavicule. Jeremy s'était précipité vers le vétéran et l'avait recueilli dans ses bras, amortissant sa chute et le couchant au sol avec douceur. Aussitôt, le sang s'était écoulé à gros bouillons, et, sans hésiter, Avi était entré en action. Il avait saisi le sac à dos rempli du matériel de premier secours acheté lors de la halte à la supérette après leur fuite de la High Line et en avait vidé le contenu, avant de délivrer à Jeremy ses premières consignes : déchirer le pull d'Eli puis comprimer la blessure.

Depuis lors, fasciné par le ballet des doigts experts d'Avi, Jeremy s'accrochait à l'idée qu'ensemble ils se sortiraient de cette mauvaise passe.

— Coupe-moi quatre bandes de sparadrap pour maintenir le pansement, ordonna le médecin.

Jeremy s'exécuta maladroitement et arracha la bande adhésive plus qu'il ne la coupa vraiment.

La poitrine d'Eli se souleva tout à coup, prise d'un violent spasme.

— Il nous fait un arrêt cardiaque, annonça Avi, imperturbable. Colle le pansement, je lui fais un massage.

Jeremy contint à grand-peine la panique qui s'emparait de lui. Ils tombaient de Charybde en Scylla, et la chance qui leur avait tant souri jusqu'ici semblait décidée à les abandonner.

Avi plaqua le talon de sa main sur le sternum d'Eli, puis appliqua l'autre main, entrecroisée sur la première et débuta les compressions, bras tendus.

Jeremy scruta le visage du vieil homme, qui lui renvoya un regard que le libraire crut, de prime abord, suppliant. Ses yeux se firent plus tendres, mais ceux du sexagénaire devinrent plus durs, plus insistants, luisant d'une énergie impossible. Ses doigts à la peau parcheminée serrèrent ceux du jeune homme avec une force inattendue avant de relâcher leur étreinte. Alors, Jeremy comprit…

Après une trentaine de pressions, Avi plaça une paume sur le front d'Eli et lui pinça le nez à l'aide du pouce et de l'index. Il saisit ses lèvres et les souleva légèrement pour former un entonnoir contre lequel il colla sa bouche pour lui insuffler de l'air.

Retour aux pressions sur le sternum. Puis à la bouche. Jeremy guettait le moindre signe indiquant le réveil d'Eli. Avi enchaînait les efforts sans ciller alors que des gouttes de sueur sourdaient de ses tempes. Deux séquences, puis trois. La quatrième fut la dernière.

Avi, les mains jointes sur le torse d'Eli, arrêta le massage, devenu inutile. Le médecin demeura immobile un moment, puis ses épaules s'affaissèrent. Il baissa la tête. Vinrent alors les larmes qu'il ne chercha ni à retenir ni à dissimuler.

Jeremy, incrédule, voyait Avi se fissurer. Il bondit sur ses jambes puis tourna le dos à la scène. Il passa ses doigts dans ses cheveux blonds, le regard embué, perdu dans le ciel. Le sol tangua sous ses pieds. Le monde entier basculait de droite et de gauche, comme emporté par l'ivresse folle d'une sarabande irréelle. Des dizaines, des centaines de pensées contradictoires s'entrechoquaient dans son esprit.

Au-dessus de lui, les oiseaux insouciants reprenaient possession de leur territoire. Leurs piaillements couvraient les sanglots d'Avi, comme pour mieux souligner l'insignifiance du passage des hommes sur cette terre.

— Les garçons, nous avons eu de la chan…

La voix flûtée de Jacky, qui approchait en boitant bas, se brisa lorsque son regard croisa celui de Jeremy. Son sourire s'éteignit devant les larmes qui roulaient sur les joues de son époux. Il vint à sa rencontre et la serra dans ses bras de toutes ses forces.

— Non… chuchota-t-elle en se libérant de l'étreinte.

Avisant Eli, elle oublia la brûlure qui mordait sa cuisse et se précipita à genoux, contre Avi. Ce dernier, au comble de la tristesse, ne bougea pas. Jeremy les rejoignit sans dire un mot. La jeune femme caressa le front du sexagénaire. Elle contempla ses traits, aussi apaisés que ceux d'Eytan quelques minutes plus tôt. La même décontraction, la même plénitude. La peine, l'absence ne concernaient que les vivants…

Ils restèrent ainsi, tous trois blottis les uns contre les autres, autour du corps sans vie.

Jacky tourna la tête et vit par-dessus son épaule Eytan figé, quelques mètres en retrait.

Il détailla longuement la dépouille d'Eli alors que la jeune femme soufflait lentement pour mieux contenir son chagrin.

Elle aurait voulu connaître les mots. Ceux qui soulagent, ceux qui réconfortent. Ceux qui, au final, n'existent pas.

Face à la mort de ceux que nous aimons, quoi qu'il arrive, nous sommes seuls.

Elle demeura muette, adressant au *kidon* un message silencieux : « Je sais… »

Sur le visage livide d'Eytan, Jacky découvrit toute l'humanité d'un être dont les défenses dressées depuis tant et tant d'années cédaient les unes après les autres. Et dans ses grands yeux bleus auxquels aucune larme ne pouvait plus accéder, elle lut le désespoir d'un père. La détresse d'un fils.

CHAPITRE 47

Washington, une semaine plus tard.

Les odeurs d'huile et de graillon agressaient ses narines de gastronome patenté. Les seuls légumes connus du cuisinier de l'établissement se limitaient aux tomates servies en garniture de hamburgers hauts comme des pintes de bière. Chauffeurs et ouvriers du bâtiment constituaient l'essentiel de la clientèle du relais routier situé à la sortie sud de Washington. La décoration se résumait à de vieilles affiches cornées de films de James Dean, rendues luisantes par les émanations graisseuses. Les haut-parleurs crachotaient sans discontinuer une sélection de standards de la country.

Simon Attali patientait devant une maigre salade, obtenue après d'âpres négociations avec le serveur, un chicano édenté et sans âge, aussi buté que limité dans le maniement de la langue anglaise.

Les États-Unis ne cesseraient jamais de surprendre le maître-espion. Sous les atours de la superpuissance se cachait un pays fait de bric et de broc, glorifiant le système D et portant tous les stigmates d'une république bananière. À l'épreuve de la vie quotidienne, le rêve américain prenait du plomb dans l'aile. Sauf pour les bien nés, une catégorie à laquelle appartenait le petit homme rondouillard et court sur pattes en imperméable noir qui poussait la porte d'entrée de la gargote.

Simon regarda « Monsieur Patate », comme il aimait à le nommer lors des rares réunions du Mossad où ce triste sire était évoqué, traverser la salle avec le sourire pincé des gens de la haute mal à l'aise en compagnie des plébéiens. De tous les connards qui hantaient les couloirs de la Maison-Blanche et du Pentagone, il fallait que ce soit celui-ci qui dirige l'affaire qui l'amenait en Amérique…

Lamont tira la chaise en face de Simon et y posa ses grosses fesses flasques.

— Désolé pour le retard, s'excusa-t-il, mais je me suis fait surprendre par la sortie des bureaux et les bouchons subséquents. Ça me fait plaisir de te voir ! Comment vas-tu, ma couille ?

Subséquent. Ma couille…

Le grand écart lexical résumait à lui seul les méthodes de survie de ce faux-cul de classe mondiale. Sa bonhomie travaillée, ses mots parfaitement choisis, visaient tout à la fois à endormir la vigilance de ses interlocuteurs et à instaurer une complicité factice. Les imbéciles qui tombaient dans le panneau s'en mordaient les doigts tôt ou tard. Travis Lamont suivait à la lettre une astuce qu'Eytan Morg avait enseignée à Simon lors de ses débuts dans les services secrets.

« Joue au con. On ne se méfie jamais du con », lui avait conseillé l'exécuteur, maître dans l'art de se faire passer pour une brute épaisse.

Simon s'arracha à ses réflexions.

— Oh, comme toi, j'imagine. Toujours à cavaler pour rattraper les bêtises des politiciens.

— Ne m'en parle pas, ricana Lamont, j'en traîne justement un plus prompt à baisser sa braguette devant les secrétaires qu'à rédiger les rapports que le gouvernement lui paye à prix d'or.

— Je te fais confiance pour régler la question avec ta délicatesse habituelle.

— Ah, tu me connais bien, s'amusa le fonctionnaire ventripotent en pointant un index joueur vers Simon. Disons que je dispose de quelques photos, et qu'en échange d'un silence bienveillant, je me suis fait un nouvel ami. Dans un panier de crabes de la taille de Washington, c'est important, les amis…

Simon plissa le nez, dédaigneux.

— Les amis sont importants certes, mais tellement versatiles, conclut-il en abattant la main sur la couverture rouge du dossier épais d'une centaine de pages qui patientait à côté de son assiette.

— L'objet de ta visite ? s'enquit Lamont en posant un regard gourmand sur le volumineux document.

— Ça ? Non, il s'agit d'un cadeau, un gage de bonne volonté.

— Simon, tu m'intrigues ! Tu te rends compte que je suis comme un gamin devant une montagne de confiseries, là ?

— À ta place, je limiterais ma consommation en sucre, plaisanta l'Israélien. À ce sujet, as-tu des problèmes de diabète ?

— Oh, que c'est méchant de se moquer de mon embonpoint, s'offusqua Travis.

— Je ne me moque pas, je m'inquiète pour ta santé, surtout au vu des informations dont j'ai pris connaissance depuis quelques jours.

— Ta sollicitude me touche, mais je ne vois pas où tu veux en venir…

— Tu savais, toi, que 5 à 10 % des diabétiques finissaient par se faire amputer ?

Au mot « amputer », Lamont passa les doigts dans ses cheveux.

— Moi, je l'ignorais totalement, continua Attali. Heureusement, il existe aujourd'hui des prothèses miraculeuses. Je l'ai découvert récemment, et je ne me lasse pas d'en apprendre chaque jour un peu plus sur ce thème…

Le sourire de Travis Lamont disparut comme par enchantement. Le vernis craquait, pour le grand plaisir de Simon dont l'aversion pour ce personnage avait franchi un nouveau cap après la lecture du rapport circonstancié qu'Avi Lafner lui avait remis, en même temps que sa démission irrévocable.

— Ne tourne pas autour du pot, s'agaça l'émissaire de la Maison-Blanche.

— Lâcher les chiens sur Eytan Morgenstern, quelle mauvaise idée ! déclara Simon en hochant la tête. Et tout ça pour quoi ? Améliorer le rendement de soldats que vous avez vous-même mutilés.

— Quoi ? Nous-mêmes mutilés ? Mais je l'ignorais ! éructa Lamont, portant la main à son cœur.

Il se calma et adopta un ton de comploteur.

— Un général a monté le coup dans notre dos, je te le jure ! J'ai simplement participé à une réunion au Pentagone, c'est tout.

— Réunion à l'issue de laquelle vous avez décidé de faire suivre et abattre Titus Bramble.

— Non ! s'insurgea Lamont. Cette décision n'émanait pas de moi.

— Inutile de t'emporter, je te crois, Travis. J'espère juste que les journalistes te croiront également.

Lamont s'agita sur son siège. Son teint avait viré au gris et ses gestes trahissaient désormais une nervosité certaine.

— Tu ne comptes tout de même pas… Allons, Simon, nous sommes amis depuis longtemps. Je dois bien avoir dans la manche deux ou trois pochettes surprises qui intéressent ton gouvernement.

— Je vais y venir. Avant, j'aimerais te remettre ceci, dit-il en faisant glisser le dossier vers Lamont qui s'en saisit immédiatement et commença à le compulser. La société qui a développé les prothèses pour vos soldats a intégré de nombreux logiciels dans les microprocesseurs. Vois-tu, vos membres artificiels disposent d'une balise biométrique qui transmet les données biologiques des soldats équipés à leur commandement. Parmi ces informations, on pourrait citer le rythme cardiaque ou la température du corps. En fait, cela fonctionne comme une Formule 1 dont les mécaniciens suivent l'état de santé depuis les stands.

— C'était dans le cahier des charges, précisa Lamont en continuant de feuilleter le dossier.

— Le cahier des charges… Je trouve dérangeant de pouvoir établir un tel parallèle entre un être humain et une vulgaire bagnole, soupira Simon.

— Épargne-moi la leçon de morale. Ni toi ni moi ne sommes crédibles dans cet exercice. Cette affaire m'a causé plus d'emmerdes en deux semaines que je n'en traite en une année. De toute façon, de quoi te plains-tu ? Ton superagent s'en est tiré et les instigateurs du programme ont été éliminés. En plus, tu possèdes maintenant des plans de ces foutues prothèses puisque tu les as fait analyser.

— Exact ! J'ai d'ailleurs oublié de te remercier pour ce transfert de technologie amical et spontané.

Nous en ferons bon usage, n'en doute pas. Par contre, si tu ne nous en tiens pas rigueur, nous n'intégrerons pas le logiciel permettant la prise de contrôle à distance…

— Pardon ?

— Je répète pour que tu comprennes tout : H-Plus Dynamics a inséré un programme informatique lui permettant de stopper le fonctionnement des prothèses. Tu vois le tableau ? Un champ de bataille, des fusillades, des corps à corps furieux, ton armée prend le dessus, et d'un coup, tes troupes s'arrêtent. De quoi perdre une guerre gagnée d'avance. Amusant non ?

— Tu es certain de ce que tu avances ?

— De plus éminents spécialistes que moi se sont penchés sur la question. Tout est là, dans ce dossier. À toi de mener l'enquête sur les grands méchants qui s'apprêtaient à vous jouer un tour pendable.

Simon observa Lamont avec un sourire narquois. Ce dernier croisa les jambes, puis cala le document contre ses genoux.

— Pourquoi me fais-tu un tel cadeau ? demanda-t-il avec une prudence cauteleuse.

— Je te l'ai dit, c'est un gage de bonne volonté. La tienne…

— Que veux-tu en échange ?

— Je prendrais comme une faveur personnelle le fait que vous foutiez une paix royale à Jacqueline Walls et à son mari, Jeremy Corbin. Ils sont hors du coup désormais.

— Ça doit pouvoir se faire.

— Tu ne m'as pas compris. S'il leur arrive ne serait-ce qu'un accident de voiture, je t'en tiendrai pour responsable et je ferai en sorte que la presse comme les nombreux « amis » que tu t'es faits au fil de ta carrière tombent sur la totalité du dossier.

— D'accord, souffla Lamont. Tu as ma parole.

— Je me fous de ta parole, je ne te laisse tout bonnement pas le choix.

— Et tu ne me demandes pas d'arrêter de rechercher ton agent, Eytan Morg ou Morgenstern ?

— Il n'appartient plus à mes services. Il n'a d'ailleurs jamais appartenu à personne, murmura-t-il pour lui-même. Cette affaire lui… nous a coûté beaucoup, déclara Simon en repoussant sa chaise. Eytan Morg s'est retiré du monde. À ta place, je m'en réjouirais. Si un homme tel que lui avait connaissance de ton nom et de ton implication dans cette histoire, un homme tel que toi aurait d'excellentes raisons de mal dormir…

La nouvelle menace, à peine voilée, cloua le bec de Lamont.

— Bien, je crois que nous sommes d'accord, jugea Simon en enfilant sa veste. Je te souhaite… ce qu'il te plaira.

— Attends, tu pourrais au moins me dire qui est cet agent, risqua l'émissaire de la Maison-Blanche en agrippant sa manche.

— Pour quoi faire ? cracha-t-il en se dégageant de la prise. Tu ne comprendrais pas. Les animaux à sang froid ne comprendront jamais…

ÉPILOGUE

Boston, de nos jours.

La gorge nouée, Jeremy regardait deux moineaux virevolter dans le ciel bleu azur. Une brise chaude et douce balayait son visage, réconfortant son âme déchirée. À l'horizon, par-delà les arbres, le soleil tirait sa révérence sur une de ces journées qui refusent obstinément de mourir. Les secondes rechignaient à s'égrener, complices de la tristesse qui étreignait le trentenaire. Il ne doutait pas que le temps accomplirait son œuvre. Il l'accomplissait toujours. La douleur passerait. Elle passait toujours. Certaines fois plus lentement que d'autres.

Le regard de Jeremy se perdait au loin depuis de longues minutes. Le paysage apaisant ne justifiait pas à lui seul une telle contemplation. La cause de sa rêverie se trouvait ailleurs. Il avait peur. Peur d'affronter la vue de la tombe. Peur de revivre le combat désespéré mené avec Avi pour disputer leur ami à la mort.

Jeremy puisa le courage qui lui manquait au plus profond de l'affection qu'il vouait à Eli.

Il baissa enfin la tête et porta son regard sur la stèle de marbre gris moucheté de noir.

Ci-gît Eli Anthony Karman, 1946-2012. Grand-père, père, frère et fils aimé.

À la lecture de la sobre épitaphe rédigée par Rose, la fille d'Eli, il tenta de refouler les larmes qui perlaient à ses yeux. Elles roulèrent sur son visage quand il découvrit, inscrite sur la pierre tombale, la citation qu'il avait suggérée.

Montrez-moi un héros, j'écrirai une tragédie.

Le son des roues sur le gravier de l'allée centrale du cimetière le rappela à la réalité et à la nécessité de rester digne pour aider les autres à supporter leur douleur. Jeremy sécha discrètement ses joues et se tourna vers Jacky qui s'approchait en poussant le landau dans lequel Ann agitait en riant un hochet orange.

— Je n'y crois toujours pas, murmura la jeune femme.

— Moi non plus, répondit Jeremy après s'être raclé la gorge afin de retrouver une contenance.

— Il n'a rien dit, avant de…

Sa voix se brisa sans qu'elle ait pu conclure sa question.

Jeremy se remémora alors le regard d'Eli, ressentit la pression de sa main dans la sienne. Ce qu'il avait d'abord pris pour l'expression de la souffrance ou de la peur était en fait une ultime requête, sa dernière volonté.

— Je crois qu'il veut… qu'il voulait, corrigea-t-il, que nous prenions soin d'Eytan.

— Comment allons-nous prendre soin de lui alors qu'il est parti ?

— En vivant, mon cœur. En chérissant ce qu'il nous a donné. Et surtout, en étant toujours là pour lui, répondit Jeremy avec conviction. Le jour venu, quand il sera prêt, il réapparaîtra…

Jeremy s'interrompit en entendant les pas d'Avi dans son dos. Le médecin rangeait son téléphone portable dans la poche de son imperméable gris.

— J'étais en ligne avec Simon Attali, expliqua-t-il. Selon lui, le dossier est définitivement clos. Vous n'avez plus rien à craindre.

— Nous ne le connaissons pas, mais tu le remercieras pour nous, dit doucement Jacky.

— Je n'en aurai pas le loisir.

— Alors tu as vraiment quitté le Mossad ? demanda Jeremy.

Avi acquiesça d'un signe de tête.

— Plus rien ne m'y retenait.

— Que vas-tu faire ? Ouvrir un cabinet ?

— Franck Meyer m'a offert un poste de chercheur à l'université de Chicago. Il souhaite que je travaille avec lui sur le sérum d'Eytan.

— Tu vas accepter ?

— J'ai signé mon contrat avant-hier, annonça le médecin en poussant quelques gravillons du bout de la chaussure. Je commence à chercher une maison dès demain. Je suis certain que de là où il nous observe, Eli approuve. Et puis, Chicago est nettement moins loin du New Jersey que Tel-Aviv. Avec l'aide d'un libraire avisé, qui plus est amateur de bonne musique, je parviendrai peut-être à m'intéresser aux bandes dessinées peuplées d'hommes en collants. Et qui sait, une amie dans les forces de l'ordre pourrait aussi s'avérer utile pour faire sauter d'éventuelles contraventions ?

Jeremy et Jacky échangèrent un large sourire.

— Ne rêve pas trop, reprit la jeune femme, mon influence se limite au comté auquel j'appartiens.

— Et ce n'est pas en parlant d'hommes en collants pour évoquer les superhéros que tu réussiras à m'amadouer, ajouta Jeremy.

— Pas la peine de vous y mettre à deux, se défendit Avi. J'échange volontiers une flic et un libraire contre un couple d'amis.

— Là, par contre…, commença Jeremy.

— … tu peux compter sur nous, conclut Jacky.

*

* *

Une île au large des côtes irlandaises,
le même jour.

Le couvercle de la vieille malle se releva en arrachant un grincement aux gonds rouillés. Des volutes de poussière voltigèrent avant de retomber sur la terre battue de la cache souterraine. Les doigts fourragèrent plusieurs minutes dans le capharnaüm entassé depuis des lustres dans le coffre de voyage. Parmi les papiers, au milieu d'armes et d'uniformes qui auraient fait frissonner d'excitation un conservateur de musée, il trouva enfin ce qu'il cherchait.

Il quitta la pièce étroite et sombre, creusée à même la lande, s'éloigna de la bâtisse en pierre qui constituait son refuge, puis se dirigea vers la côte déchirée de l'île perdue loin de la fureur des hommes.

Il ferma les paupières et laissa le vent fouetter son visage.

Alors les fantômes du passé se levèrent. Son père, sa mère, son petit frère Roman. Il sentit la main rugueuse de Vassili sur son épaule, l'étreinte protectrice de Janusz, et entendit la voix de Karol citant Stefan Zweig. Puis retentit le rire franc d'Eli.

Le géant rouvrit les yeux pour se confronter à l'océan qui s'écrasait en longs rouleaux contre les rochers, au pied de la falaise abrupte. L'odeur des algues charriée par les embruns envahissait tout son être.

Il regarda avec dégoût la dague qu'il tenait entre ses doigts et relut l'inscription gravée sur la lame. *Meine Ehre heisst Treue, Mon honneur est Fidélité.*

À ces mots dévoyés, j'ai redonné un sens. Eli, pardonne-moi d'avoir tant tardé. Aujourd'hui, je brise mes chaînes, se dit-il en armant son bras. Le poignard tournoya dans les airs avant de s'abîmer dans les flots qui l'engloutirent à jamais.

Eytan Morgenstern enfonça les poings dans les poches de son jean noir, et reprit le chemin de sa demeure.

Et par le pouvoir d'un mot
Je recommence ma vie
Je suis né pour te connaître
Pour te nommer
Liberté

Paul ELUARD, 1942

« Ce n'est pas la fin,
ce n'est même pas le commencement de la fin,
mais c'est peut-être la fin du commencement. »

Winston CHURCHILL

MIXTE
Papier issu de sources responsables
FSC® C003309
FSC
www.fsc.org

10/18, une marque d'Univers Poche,
est un éditeur qui s'engage pour
la préservation de son environnement
et qui utilise du papier fabriqué à partir
de bois provenant de forêts gérées
de manière responsable.

Impression réalisée par

CPI
BRODARD & TAUPIN

La Flèche (Sarthe), 3004003
Dépôt légal : mars 2014
X05466/01

Imprimé en France